ESSAIS

DE MICHEL

DE MONTAIGNE.

ESSAIS

DE MICHEL

DE MONTAIGNE.

NOUVELLE ÉDITION.

TOME PREMIER.

Paris,

Hector Bossange,

QUAI VOLTAIRE, N. 11.

IMPRIMERIE DE LACHEVARDIERE,

RUE DU COLOMBIER, N. 30.

1828.

AVERTISSEMENT

DE L'EDITEUR. (a)

L'EXEMPLAIRE qui a servi de copie pour cette nouvelle
édition des Essais appartient à la bibliothèque centrale
de Bordeaux. Il est chargé en tout sens de corrections
et d'additions toutes écrites de la main de Montaigne.
C'est au citoyen François de Neufchâteau, alors ministre
de l'intérieur, que je dois la connoissance et la communication de cet exemplaire, un des plus précieux monu-
ments de notre littérature. Les notes que j'ai jointes à
cette édition, par-tout où elles m'ont paru nécessaires,
font assez connoître l'importance de cette espece de ma-
nuscrit de Montaigne; et j'y renvoie le lecteur : elles sont
indiquées par la premiere lettre de mon nom ; et les re-
marques historiques ou critiques que j'ai empruntées de
Coste sont désignées par la lettre initiale du sien. J'en
avertis, pour éviter toute méprise, et parceque chacun
ne doit répondre que de son travail : on a bien assez de
ses propres fautes, sans se charger encore de celles des
autres ; on succomberoit sous ce double fardeau.

Montaigne a publié deux éditions de ses Essais. La
premiere, in-8°, imprimée à Bordeaux en 1580, ne contient que les deux premiers livres : la seconde est in-4°, et
parut en 1588 (1), augmentée du troisieme livre, et,

(a) Cet avertissement est du citoyen NAIGEON, de l'Institut
national des sciences, etc. *Note du citoyen Didot.*

(1) A Paris, chez Abel L'Angellier.

comme le titre l'annonce, *d'un grand nombre* (1) *d'additions aux deux premiers*. C'est sur un exemplaire de cette
seconde édition que Montaigne a écrit ses corrections
et ses additions, recueillies avec beaucoup de soin dans
celle que je publie aujourd'hui, et qui differe en une
infinité d'endroits de toutes celles qui l'ont précédée :
j'ajouterai même qu'elle les rend absolument inutiles
pour ceux qui sont curieux d'avoir l'ouvrage d'un auteur
célebre, tel qu'il est sorti de ses mains.

On trouve au verso du frontispice gravé de l'exemplaire corrigé par Montaigne une page manuscrite,
sans titre, mais qui n'est autre chose qu'un avis à l'imprimeur ; ce qui prouve évidemment que cet exemplaire
devoit servir de copie pour la nouvelle édition qu'il
projetoit, et dont la mort de ce philosophe a privé le
public. Cet avis, qui est fort court, est important sous
plusieurs rapports, et mérite d'être lu : on le trouvera
à la suite de cet avertissement.

La vie de Montaigne est tout entiere dans son livre,
dont il est lui-même la matiere (2) ; ce que j'en pourrois
dire n'offriroit que les mêmes faits narrés en d'autres
termes, qui n'auroient d'ailleurs ni la naïveté, ni l'ori-
ginalité, ni l'heureux abandon de son style : ce ne seroit
même à cet égard qu'un extrait ou un abrégé de ses
Essais ; et, comme il l'observe très judicieusement, *tout
abrégé d'un bon livre est un sot abrégé* : je ne veux point
être enveloppé dans ce juste décret de proscription ; je
remarquerai seulement, en faveur de ceux qui aiment
à savoir avec exactitude l'année de la naissance et de

(1) De six cents. Voyez le frontispice de cette édition.
(2) Voyez ci-après sa préface au lecteur.

la mort des grands hommes, que Montaigne est né (1) *en-*
tre unze heures et midi, le dernier iour de febvrier mille cinq
cents trente-trois, comme nous comptons à cette heure, com-
menceant l'an en Ianvier, et qu'il est mort le 13 de septem-
bre 1592, âgé de 59 ans, sept mois et onze jours. Il a
vécu sous les regnes de François I, Henri II, François II,
Charles IX, Henri III, et Henri IV.

_____

(1) C'est lui-même qui nous apprend cette date, et qui a pris
soin de la consigner dans son livre. Voyez liv. I, chap. 19.

COPIE FIGURÉE

DE

L'AVIS A L'IMPRIMEUR,

Ecrit de la main de Montaigne au verso du frontispice gravé de l'édition in-4°, imprimée chez Abel
L'Angellier, en 1588. Sixieme édition (1), *viresque
acquirit eundo.*

Montre montrer remontrer etc. escrives les sans [s]
a la differance de monstre monstrueus

Cet home cette fame escrives le sans [s] a la differance de c'est c'estoit

Ainsi mettes le sans [n] quand une uoyelle (2) suit
et aueq [n] si c'est une consonante ainsi marcha ainsin
al'a

Campaigne espaigne gascouigne etc. mettez un [i]
davant le [g] come a Montaigne

Non pas sans [i] campagne espagne

---

(1) Ces deux derniers mots   ainsi que le passage latin qui les
suit, sont écrits de la main de Montaigne , au bas du frontispice
gravé de l'édition qu'il a corrigée. N.

(2) Montaigne écrit ici par distraction, précisément le contraire de ce qu'il vouloit dire et de ce qu'il a fait , comme le
prouve évidemment l'exemple même qu'il cite ensuite. N.

Mettez mon nom tout du long sur chaque face Essais de Michel de Montaigne liv. I

Ne mettez en grande lettre que les noms propres ou au moins ne diversifies pas come en cet examplere que un mesme mot soit tantost en grande lettre tantost en petite

La prose latine grecque ou autre estrangiere il la faut mettre parmi la prose françoise en caractere differant les vers a part et les placer selon leur nature penta-mettres saphiques les demi vers les comancemans au bout de la ligne la fin sur la fin en cet examplere il y a mille fautes en tout cela

Mettez regles regler non pas reigles reigler suives lorthografe antiene

Outre les corrections qui sont en cet examplere il y a infinies autres a faire de quoi limprimur se pourra aviser, mais regarder de pres aus poincts qui sont en ce stile de grande importance

S'il treuue une mesme chose en mesme sens deus fois qu'il en oste l'une ou il uerra qu'elle sert le moins

C'est un langage coupé qu'il n'y espargne les poincts et lettres maiuscules. Moi mesme ai failli souuant a les oster et a mettre des comma ou il falloit un poinct.

Qu'il uoie en plusieurs lieus ou il y a des parantheses s'il ne suffira de distinguer le sens aueq des poincts.

Qu'il mette tout au long les dates et sans chiffre.

Qu'il serre les mots autrement qu'ici les uns aus autres.

N. B. On voit par cette espece d'avis à l'imprimeur, combien l'orthographe de Montaigne differe de celle que nous suivons aujourd'hui. Je remarquerai à ce sujet qu'il écrit les mots à cette heure, d'un seul mot, *asteure*, précisément de la même maniere dont nous le prononçons tous les jours dans la conversation, par une de ces contractions que l'usage autorise, et que la célérité propre à la langue parlée, et qui est même un de ses caracteres distinctifs, nécessite en quelque sorte : souvent aussi il écrit *asture*, *dolur*, *valur*, etc., orthographe conforme à la maniere dont ces mots, et tous ceux qui ont la même terminaison, se prononçoient dans son pays, et dont ils s'y prononcent encore aujourd'hui. N.

AU LECTEUR.

C'est icy un livre de bonne foy, lecteur. Il t'advertit dés l'entrée, que ie ne m'y suis proposé aucune fin, que domestique et privée; ie n'y ay eu nulle consideration de ton service, ny de ma gloire : mes forces ne sont pas capables d'un tel dessein. Ie l'ay voué à la commodité particuliere de mes parents et amis : à ce que m'ayant perdu (ce qu'ils ont à faire bientost) ils y puissent retrouver aucuns traicts de mes conditions et humeurs, et que par ce moyen ils nourrissent plus entiere et plus vifve, la cognoissance qu'ils ont eu de moy. Si c'eust esté pour rechercher la faveur du monde : ie me fusse (1) mieulx paré; et me presanterois en une marche estudiee. Ie veulx qu'on m'y voye en ma façon simple, naturelle et ordinaire, sans (2) contention et artifice : car c'est moy que ie peins. Mes defauts s'y liront au vif (3), et ma forme naïfve, autant que la reverence publique me l'a permis.

---

(1) paré de beautez empruntees, *édit.* de 1595.

(2) estude, *édit.* de 1595.

(3) mes imperfections et ma forme, *édit.* de 1595.

Que si i'eusse esté (1) entre ces nations qu'on dict vivre
encores soubs la douce liberté des premieres loix de nature, ie t'asseure que ie m'y fusse tres volontiers peint
tout entier, et tout nud. Ainsi, lecteur, ie suis moy-
mesme la matiere de mon livre : ce n'est pas raison que
tu employes ton loisir en un subiect si frivole et si vain.
A Dieu donq, de Montaigne, ce (2) premier de mars
mille cinq cents quatre vingt.

---

(1) parmi, *édit.* de 1595.

(2) Cette date est écrite de la main de Montaigne.

ESSAIS

DE MICHEL

DE MONTAIGNE.

~~~~~~~~~~~~~~~~~~~~~~~~~~~~~~~~

LIVRE PREMIER.

CHAPITRE I.

Par divers moyens on arrive à pareille fin.

L<small>A</small> plus commune façon d'amollir les cœurs de ceulx qu'on a offensez, lors-qu'ayants la vengeance en main ils nous tiennent à leur mercy, c'est de les esmouvoir, par soubmission, à commiseration et à pitié : toutesfois la braverie et la constance, moyens tout contraires, ont quelquesfois servy à ce mesme effect. Edouard (a), prince de Galles, celuy qui regenta si longtemps nostre Guienne, personnage duquel les conditions et la fortune ont beaucoup de notables parties de grandeur, ayant esté bien fort offensé par les Limosins, et prenant leur ville par force, ne peut estre arresté par les cris du peuple et des femmes et enfants abandonnez à la boucherie, luy criants mercy, et se iectants à ses

---

(a) Que les Anglois nomment communément *the black Prince*, le Prince noir, fils d'Edouard III, roi d'Angleterre, et père de l'infortuné Richard II. *Coste.*

pieds; iusqu'à ce que, passant tousiours oultre dans la
ville, il apperceut trois gentilshommes françois qui
d'une hardiesse incroyable soustenoient seuls l'effort de
son armee victorieuse. La consideration et le respect
d'une si notable vertu reboucha premierement la poincte
de sa cholere; et commencea par ces trois à faire misericorde à touts les aultres habitants de la ville. Scander-
berch, prince de l'Epire, suyvant un soldat des siens
pour le tuer; et ce soldat, ayant essayé par toute espece
d'humilités et de supplications de l'appaiser, se resolut à
toute extremité de l'attendre l'espee au poing : cette
sienne resolution arresta sus bout la furie de son maistre,
qui, pour luy avoir veu prendre un si honnorable party,
le receut en grace. Cet exemple pourra souffrir aultre interpretation de ceulx qui n'auront leu la prodigieuse force
et vaillance de ce prince là. L'empereur Conrad troisiesme, ayant assiegé (a) Guelphe duc de Bavieres, ne
voulut condescendre à plus doulces conditions, quelques
viles et lasches satisfactions qu'on luy offrist, que de
permettre seulement aux gentilsfemmes qui estoient assie-
gees avecques le duc de sortir, leur honneur sauve, à pied,
avecques ce qu'elles pourroient emporter sur elles. Elles,
d'un cœur magnanime, s'adviserent de charger sur leurs
espaules leurs maris, leurs enfants, et le duc mesme.
L'empereur print si grand plaisir à veoir la gentillesse de
leur courage, qu'il en pleura d'ayse, et amortit toute cette
aigreur d'inimitié mortelle et capitale qu'il avoit portee
contre ce duc; et dez lors en avant traicta humainement
luy et les siens. L'un et l'aultre de ces deux moyens
m'emporteroit ayseement; car i'ay une merveilleuse lascheté vers la misericorde et la mansuetude. Tant y a, qu'à
mon advis ie serois pour me rendre plus naturellement
à la compassion qu'à l'estimation : si est la pitié passion

(a) En 1140, dans Winsberg, ville de la haute Baviere.
Calvisius. C.

vicieuse aux Stoicques; ils veulent qu'on secoure les affligez, mais non pas qu'on flechisse et compatisse avecques eulx. Or ces exemples me semblent plus à propos, d'autant qu'on veoit ces ames, assaillies et essayees par ces deux moyens, en soustenir l'un sans s'esbransler, et courber soubs l'aultre. Il se peult dire que, de rompre son cœur à la commiseration, c'est l'effect de la facilité, debonnaireté et mollesse, d'où il advient que les natures plus foibles, comme celles des femmes, des enfants et du vulgaire, y sont plus subiectes; mais, ayant eu à desdaing les larmes et les prieres, de se rendre à la seule reverence de la saincte image de la vertu, que c'est l'effect d'une ame forte et imployable, ayant en affection et en honneur une vigueur masle et obstinee. Toutesfois ez ames moins genereuses, l'estonnement et l'admiration peuvent faire naistre un pareil effect : tesmoing le peuple thebain, lequel, ayant mis en iustice d'accusation capitale ses capitaines pour avoir continué leur charge oultre le temps qui leur avoit esté prescript et preordonné, absolut à toute peine Pelopidas qui plioit soubs le faix de telles obiections, et n'employoit à se garantir que requestes et supplications; et au contraire, Epaminondas qui veint à raconter magnifiquement les choses par luy faictes, et à les reprocher au peuple d'une façon fiere et arrogante, il n'eut pas le cœur de prendre seulement les balotes en main; et se departit l'assemblee, louant grandement la haultesse du courage de ce personnage. Dionysius le vieil, aprez des longueurs et difficultés extremes, ayant prins la ville de Regge, et en icelle le capitaine Phyton, grand homme de bien, qui l'avoit si obstineement deffendue, voulut en tirer un tragique exemple de vengeance. Il luy dict premierement, comment le iour avant il avoit faict noyer son fils et touts ceulx de sa parenté : à quoy Phyton respondit seulement Qu'ils en estoient d'un iour plus heureux que luy. Aprez il le feit despouiller et saisir à des bourreaux,

et le traisner par la ville, en le fouettant tresignomi-
nieusement et cruellement, et en oultre le chargeant de
felonnes paroles et contumelieuses : mais il eut le courage tousiours constant, sans se perdre ; et, d'un visage
ferme, alloit au contraire ramentevant à haulte voix
l'honnorable et glorieuse cause de sa mort, pour n'avoir
voulu rendre son païs entre les mains d'un tyran; le
menaceant d'une prochaine punition des dieux. Dionysius, lisant dans les yeulx de la commune de son armee
que, au lieu de s'animer des bravades de cet ennemy vaincu, au mespris de leur chef et de son triumphe, elle alloit
s'amollissant par l'estonnement d'une si rare vertu, et
marchandoit de se mutiner et mesme d'arracher Phyton
d'entre les mains de ses sergeants, feit cesser ce martyre,
et à cachettes l'envoya noyer en la mer.

Certes c'est un subiect merveilleusement vain, divers
et ondoyant, que l'homme : il est malaysé d'y fonder
iugement constant et uniforme. Voylà Pompeius qui
pardonna à toute la ville des Mamertins, contre laquelle
il estoit fort animé, en consideration de la vertu et
magnanimité du citoyen Zenon qui se chargeoit seul de
la faulte publicque et ne requeroit aultre grace que
d'en porter seul la peine : et l'hoste de Sylla, ayant usé
en la ville de Peruse de semblable vertu, n'y gaigna rien
ny pour soy ny pour les aultres. Et, directement contre
mes premiers exemples, le plus hardy des hommes et
si gracieux aux vaincus, Alexandre, forceant aprez beaucoup de grandes difficultez la ville de Gaza, rencontra
Betis qui y commandoit, de la valeur duquel il avoit
pendant ce siege senti des preuves merveilleuses, lors
seul, abandonné des siens, ses armes despecees, tout
couvert de sang et de playes, combattant encores au milieu de plusieurs Macedoniens qui le chamailloient de
toutes parts; et luy dict, tout picqué d'une si chere
victoire (car, entre aultre dommage, il avoit receu deux
fresches bleceures sur sa personne) : « Tu ne mourras pas

comme tu as voulu, Betis; fais estat qu'il te fault souffrir toutes les sortes de torments qui se pourront inventer contre un captif » : l'aultre, d'une mine non seulement asseuree, mais rogue et altiere, se teint sans mot
dire à ces menaces. Lors Alexandre, voyant son fier et
obstiné silence : « A il flechy un genouil? luy est il eschappé quelque voix suppliante? Vrayement, ie vaincqueray
ta taciturnité; et si ie n'en puis arracher parole, i'en
arracheray au moins du gemissement » : et, tournant sa
cholere en rage, commanda qu'on luy perceast les talons;
et le feit ainsi traisner tout vif, deschirer et desmembrer
au cul d'une charrette. Seroit ce que la hardiesse luy
feust si commune, que, pour ne l'admirer point, il la
respectast moins? ou qu'il l'estimast si proprement
sienne, qu'en cette haulteur il ne peust souffrir de la
veoir en un aultre, sans le despit d'une passion envieuse?
ou que l'impetuosité naturelle de sa cholere feust incapable d'opposition? De vray, si elle eust receu bride,
il est à croire que en la prinse et desolation de la ville
de Thebes elle l'eust receue, à veoir cruellement mettre
au fil de l'espee tant de vaillants hommes perdus et
n'ayants plus moyens de deffense publicque ; car il en
feut tué bien six mille, desquels nul ne feut veu ny fuyant,
ny demandant mercy; au rebours, cherchant qui çà, qui
là, par les rues, à affronter les ennemis victorieux, les
provoquants à les faire mourir d'une mort honnorable. Nul
ne feut veu si abbattu de bleceures, qui n'essayast en son
dernier souspir de se venger encores, et, à tout les armes
du desespoir, consoler sa mort en la mort de quelque
ennemy. Si ne trouva l'affliction de leur vertu aulcune
pitié, et ne suffit la longueur d'un iour à assouvir sa
vengeance: dura ce carnage iusques à la derniere goutte
de sang qui se trouva espandable, et ne s'arresta que aux
personnes desarmees, vieillards, femmes et enfants,
pour en tirer trente mille esclaves.

CHAPITRE II.

De la tristesse.

IE suis des plus exempts de cette passion, et ne l'aime ny l'estime; quoyque le monde aye prins, comme à pris faict, de l'honnorer de faveur particuliere : ils en habillent la sagesse, la vertu, la conscience : sot et monstrueux ornement! Les Italiens ont plus sortablement baptisé de son nom (a) la malignité : car c'est une qualité tousiours nuisible, tousiours folle ; et, comme tousiours couarde et basse, les Stoïciens en deffendent le sentiment à leur sage. Mais le conte dict que Psammenitus, roy d'Aegypte, ayant esté desfaict et prins par Cambyses roy de Perse, voyant passer devant luy sa fille prisonniere habillee en servante qu'on envoyoit puiser de l'eau, touts ses amis pleurants et lamentants autour de luy, se teint coy, sans mot dire, les yeulx fichez en terre; et, voyant encores tantost qu'on menoit son fils à la mort, se mainteint en cette mesme contenance : mais qu'ayant apperceu un de ses domestiques conduict entre les captifs, il se meit à battre sa teste, et mener un dueil extreme. Cecy se pourroit apparier à ce qu'on veit dernierement d'un prince des nostres, qui ayant ouï à Trente, où il estoit, nouvelles de la mort de son frere aisné, mais un frere en qui consistoit l'appuy et l'honneur de toute sa maison, et bientost aprez d'un puisné sa seconde esperance, et ayant soustenu ces deux charges d'une constance exemplaire; comme, quelques iours aprez, un de ses gents veint à mourir, il se laissa emporter à ce dernier accident, et, quitant sa resolution, s'abandonna au dueil

---

(a) Le mot italien *tristezza* signifie *malignité*. C.

et aux regrets, en maniere qu'aulcuns en prinrent argument qu'il n'avoit esté touché au vif que de cette derniere secousse : mais, à la verité, ce feut que, estant d'ailleurs plein et comblé de tristesse, la moindre surcharge brisa les barrieres de la patience. Il s'en pourroit, dis ie, autant iuger de nostre histoire, n'estoit qu'elle adiouste que, Cambyses s'enquerant à Psammenitus pourquoi, ne s'estant esmeu au malheur de son fils et de sa fille, il portoit si impatiemment celuy d'un de ses amis : « C'est, respondit il, que ce seul dernier desplaisir se peult signifier par larmes, les deux premiers surpassant de bien loing tout moyen de se pouvoir exprimer ». A l'adventure reviendroit à ce propos l'invention de cet ancien peintre, lequel, ayant à representer, au sacrifice de Iphigenia, le dueil des assistants selon les degrez de l'interest que chascun apportoit à la mort de cette belle fille innocente, ayant espuisé les derniers efforts de son art, quand ce veint au pere de la (a) fille, il le peignit le visage couvert, comme si nulle contenance ne pouvoit (b) representer ce degré de dueil. Voylà pourquoy les poëtes feignent cette miserable mere Niobé, ayant perdu premierement sept fils, et puis de suite autant de filles, surchargee de pertes, avoir esté enfin transmuee en rochier,

> Diriguisse malis, (1)

pour exprimer cette morne, muette et sourde stupidité qui nous transit lorsque les accidents nous accablent surpassants nostre portee. De vray, l'effort d'un desplaisir, pour estre extreme, doibt estonner toute l'ame et luy empescher la liberté de ses actions : comme il nous advient, à la chaulde alarme d'une bien mauvaise nou-

---

(a) la vierge : *Edit.* de 1595.
(b) rapporter : *Edit.* de 1595.
(1)   Par ses malheurs en rocher endurcie.
Ovid. metamorph. l. 6., fab. 3., v. 303.

velle, de nous sentir saisis, transis, et comme perclus de
touts mouvements; de façon que l'ame, se relaschant aprez
aux larmes et aux plainctes, semble se desprendre, se
desmesler, et se mettre plus au large et à son ayse :

Et via vix tandem voci laxata dolore est. (1)

En la guerre que le roi Ferdinand feit contre la veufve de
Iean roi de Hongrie, (a) autour de Bude, Raïsciac, capitaine allemand, voyant rapporter le corps d'un homme
de cheval à qui chascun avoit veu excessifvement bien
faire en la meslee, le plaignoit d'une plaincte commune :
mais, curieux avecques les aultres de cognoistre qui il
estoit, aprez qu'on l'eut desarmé, trouva que c'estoit son
fils ; et, parmi les larmes publicques, luy seul se teint,
sans espandre ny voix ny pleurs, debout sur ses pieds,
les yeulx immobiles, le regardant fixement, iusques à

---

(1) Et la douleur à peine à la voix fit passage.
Virg. Aen. l. 11, v. 151.
(a) Ce trait d'histoire est raconté différemment dans l'édition
in-fol. de 1595, dont voici le texte.

Après ces mots, *autour de Bude,* on lit ce qui suit : Un
gendarme feut particulierement remarqué de chascun, pour avoir
excessifvement bien faict de sa personne en certaine meslee, et,
incogneu, haultement loué et plainct y estant demouré, mais
de nul tant, que de Raïsciac, seigneur allemand, esprins d'une si
rare vertu. Le corps estant rapporté, cettuy cy, d'une commune
curiosité, s'approcha pour veoir qui c'estoit; et, les armes ostees
au trespassé, il recognut son fils. Cela augmenta la compassion
aux assistants : luy seul, sans rien dire, sans ciller les yeulx,
se teint debout, contemplant fixement le corps de son fils ; iusques à ce que la vehemence de la tristesse, ayant accablé ses esprits vitaux, le porta roide mort par terre.

Ce passage, si différent dans l'exemplaire de la bibliotheque
centrale du département de la Gironde, prouve, ainsi que je
l'ai dit ailleurs, qu'il y a eu deux copies, ou, pour m'exprimer
avec plus d'exactitude, deux exemplaires des Essais, tous les deux

ce que l'effort de la tristesse, venant à glacer ses esprits vitaux, le porta en cet estat roide mort par terre.

Chi può dir com' egli arde, è in picciol fuoco, (1)

disent les amoureux qui veulent representer une passion insupportable :

Misero quod omnes
Eripit sensus mihi : nam, simul te,
Lesbia, aspexi, nihil est super mi
Quod loquar amens :
Lingua sed torpet ; tenuis sub artus
Flamma dimanat ; sonitu suopte
Tinniunt aures ; gemina teguntur
Lumina nocte. (2)

Aussi n'est ce pas en la vifve et plus cuysante chaleur

---

revus et corrigés par Montaigne : l'un, d'après lequel l'édition de 1595 a été imprimée, est perdu, comme la plupart des copies qu'on livre à l'impression ; l'autre est celui même dont je publie aujourd'hui le texte. Ce dernier, donné par la famille de Montaigne à la bibliotheque des Feuillants de Bordeaux, où il est resté long-temps inconnu, étoit encore dans sa maison lorsque mademoiselle de Gournay publia l'édition de 1595 ; elle le dit expressément dans sa préface ; et elle appelle même cette *aultre copie* à témoin de la fidélité avec laquelle elle a conservé dans cette édition le texte de Montaigne : d'où, pour l'observer ici en passant, on peut conclure avec certitude qu'elle n'avoit pas collationné ces deux exemplaires, qui different l'un de l'autre en une infinité d'endroits. Voyez à ce sujet la note (b) p. 96 et 97 du tome 3. N.

. (1) Qui peut dire à quel point il est enflammé ne sent qu'une ardeur médiocre. *Petrarca*, fol. 70, edit. *di Gab. Giolito, in Vinegia*, anno 1545, et *sonetto* 137, *vers. ultim.* edit. de Venise, 1756, in-4°.

(2)   Chere Lesbie, amour, qui m'asservit
A tes beaux yeux, tous mes sens me ravit :
Interdit à ta vue,

de l'accez, que nous sommes propres à desployer nos
plainctes et nos persuasions; l'ame est lors aggravee de
profondes pensees, et le corps abbattu et languissant
d'amour : et de là s'engendre par fois la defaillance fortuite qui surprend les amoureux si hors de saison, et
cette glace qui les saisit, par la force d'une ardeur extreme, au giron mesme de la iouissance (a). Toutes passions qui se laissent gouster et digerer ne sont que me-
diocres :

Curæ leves loquuntur, ingentes stupent. (1)

La surprinse d'un plaisir inesperé nous estonne de mesme:

Ut me conspexit venientem, et Troïa circum
Arma amens vidit ; magnis exterrita monstris,
Diriguit visu in medio ; calor ossa reliquit ;
Labitur ; et longo vix tandem tempore fatur. (2)

Le trouble se répand dans mon ame éperdue;
Je n'ai langue ni voix :
Par tout mon corps je sens une flamme soudaine
Courir de veine en veine ;
Je n'entends ni ne vois.
          Catull. epigr. 51, v. 5, et seqq. edit.
          Vulpii, Patav. 1737, in-4°.

Coste ne cite point l'auteur de cette traduction qui, dans son
style un peu suranné, rend assez bien le sens de l'original. N.

(a) Montaigne ajoutoit ici : « accident qui ne m'est pas in-
cognen » : mais il a rayé cette phrase dans l'exemplaire corrigé.
J'en tiens note, pour faire connoître sur ce fait, purement phy-
siologique, le tempérament et la constitution particuliere de
Montaigne. N.

(1)   Légers soucis fort aisément babillent:
          Mais les grands sont muets.   •
          Senec. Hippol. act. 2, sc. 3, v. 607.

(2) Lorsqu'elle me vit venir armé à la troyenne, toute hors
d'elle-même, et effrayée d'une rencontre si extraordinaire, elle
devint immobile à cet aspect; toute sa chaleur l'abandonne, elle
tombe évanouie; et enfin, après bien du temps, à peine peut-elle
m'adresser la parole. *Aeneid.* l. 3, v. 306, et seqq.

Oultre la femme romaine qui mourut surprinse d'ayse
de veoir son fils revenu de la route de Cannes, Sopho-
cles et Denys le tyran qui trespasserent d'ayse, et Talva
qui mourut en Corsegue lisant les nouvelles des honneurs que le senat de Rome luy avoit decernez, nous
tenons, en nostre siecle, que le pape Leon dixiesme, ayant
esté adverty de la prinse de Milan qu'il avoit extremement souhaitee, entra en tel excez de ioye, que la fiebvre
l'en print, et en mourut. Et, pour un plus notable tesmoignage de l'imbecillité humaine, il a esté remarqué par
les anciens que Diodorus le dialecticien mourut sur le
champ, esprins d'une extreme passion de honte pour,
en son eschole et en public, ne se pouvoir desvelopper
d'un argument qu'on luy avoit faict. Ie suis peu en prinse
de ces violentes passions : i'ay l'apprehension naturellement dure; et l'encrouste et espessis touts les iours par
discours.

CHAPITRE III.

Nos affections s'emportent au delà de nous.

Ceulx qui accusent les hommes d'aller tousiours beeant
aprez les choses futures, et nous apprennent à nous saisir
des biens presents et nous rasseoir en ceulx là, comme
n'ayants aulcune prinse sur ce qui est à venir, voire assez
moins que nous n'avons sur ce qui est passé, touchent
la plus commune des humaines erreurs, s'ils osent appeller erreur chose à quoy nature mesme nous achemine
pour le service de la continuation de son ouvrage, nous
imprimant comme assez d'aultres cette imagination
faulse, plus ialouse de nostre action que de nostre science. Nous ne sommes iamais chez nous; nous sommes

tousiours au delà : la crainte, le desir, l'esperance, nous
eslancent vers l'advenir, et nous desrobbent le sentiment
et la consideration de ce qui est, pour nous amuser à
ce qui sera, voire quand nous ne serons plus. Calamitosus
est animus futuri anxius. (1)

Ce grand precepte est souvent allegué en Platon : « Fay
ton faict, et te cognoy ». Chascun de ces deux membres
enveloppe generalement tout nostre debvoir, et semblablement enveloppe son compaignon. Qui auroit à faire
son faict, verroit que sa premiere leçon, c'est cognoistre
ce qu'il est et ce qui luy est propre : et qui se cognoist,
ne prend plus l'estrangier faict pour le sien ; s'aime et se
cultive avant toute aultre chose ; refuse les occupations
superflues et les pensees et propositions inutiles. [Comme
la folie, quand on luy octroyera ce qu'elle desire, ne sera
pas contente : aussi, est la sagesse contente de ce qui est présent, ne se desplaist iamais de (a) soy]. Epicurus dispense
son sage de la prevoyance et solicitude de l'advenir.

Entre les loix qui regardent les trespassez, celle icy
me semble autant solide qui oblige les actions des princes
à estre examinees aprez leur mort. Ils sont compaignons,
sinon maistres, des loix : ce que la iustice n'a peu sur leurs
testes, c'est raison qu'elle l'ayt sur leur reputation et
biens de leurs successeurs ; choses que souvent nous pre-
ferons à la vie. C'est une usance qui apporte des commoditez singulieres aux nations où elle est observee, et de-

_____

(1) Tont esprit qui s'inquiete de l'avenir est malheureux.
                                    Senec. epist. 98.
(a) Cette réflexion est la traduction exacte d'un passage de
Cicéron dont Montaigne n'avoit d'abord cité que le latin dans
l'exemplaire chargé de ses additions : ici, au contraire, il le traduit sans y joindre le texte, que voici tel qu'il le rapporte à la
marge de l'exemplaire corrigé : *Ut stultitia, etsi adepta est
quod concupivit, nunquam se tamen satis consecutam putat :
sic sapientia semper eo contenta est quod adest ; neque eam
unquam sui pænitet.* Tusc. quæst. l. 5, c. 18. N.

sirable à touts bons princes qui ont à se plaindre de ce
qu'on traicte la memoire des meschants comme la leur.
Nous debvons la subiection et l'obeïssance egalement à
touts roys, car elle regarde leur office; mais l'estimation,
non plus que l'affection, nous ne la debvons qu'à leur
vertu. Donnons à l'ordre politique de les souffrir patiemment indignes; de celer leurs vices; d'aider de nostre
recommendation leurs actions indifferentes, pendant que
leur auctorité a besoing de nostre appuy: mais, nostre
commerce finy, ce n'est pas raison de refuser à la iustice
et à nostre liberté l'expression de nos vrays ressenti-
ments; et nommeement de refuser aux bons subiects la
gloire d'avoir reveremment et fidellement servi un maistre, les imperfections duquel leur estoient si bien co-
gneues; frustrant la posterité d'un si utile exemple. Et
ceulx qui, par respect de quelque obligation privee, es-
pousent iniquement la memoire d'un prince meslouable,
font iustice particuliere aux despens de la iustice publicque. Titus Livius dict vray, « Que le langage des hommes
nourris soubs la royauté est tousiours plein de folles os-
tentations et fauls tesmoignages »: chascun eslevant indifferemment son roy à l'extreme ligne de valeur et grandeur souveraine. On peult reprouver la magnanimité de
ces deux soldats qui respondirent à Neron, à sa barbe:
l'un enquis de luy Pourquoy il lui vouloit mal: « Ie t'ai-
mois quand tu le valois; mais depuis que tu es devenu
parricide, boutefeu, basteleur, cocher, ie te hais comme
tu merites »: l'aultre, Pourquoy il le vouloit tuer; » Parceque ie ne treuve aultre remede à tes continuelles meschan-
cetez »: mais les publics et universels tesmoignages, qui,
aprez sa mort, ont esté rendus et le seront à tout iamais
à luy, et à touts meschants comme luy, de ses tyranni-
ques et vilains deportements, qui de sain entendement
les peult reprouver ?

Il me desplaist qu'en une si saincte police que la lacedemonienne se feust meslee une si feincte cerimonie: A

la mort des roys touts les confederez et voisins , et touts les Ilotes , hommes , femmes , peslemesle , se descoupoient le front pour tesmoignage de dueil , et disoient en leurs cris et lamentations , que celuy-là , quel qu'il eust esté , estoit le meilleur roy de touts les leurs ; attribuant au reng le loz qui appartenoit au merite , et qui appartenoit au premier merite , au postreme et dernier reng.

Aristote , qui remue toutes choses , s'enquiert , sur le mot de Solon que « Nul avant sa mort ne peult estre dict heureux », si celuy là mesme qui a vescu et qui est mort selon ordre (a) peult estre dict heureux si sa renommee va mal , si sa posterité est miserable. Pendant que nous nous remuons , nous nous portons par preoccupation où il nous plaist ; mais estant hors de l'estre , nous n'avons aulcune communication avecques ce qui est : et seroit meilleur de dire à Solon que iamais homme n'est donc heureux , puisqu'il ne l'est qu'aprez qu'il n'est plus.

> Quisquam
> Vix radicitus è vita se tollit , et eicit :
> Sed facit esse sui quiddam super inscius ipse.....
> Nec removet satis à proiecto corpore sese , et
> Vindicat. (1)

Bertrand du Glesquin mourut au siege du chasteau de Rancon prez du Puy en Auvergne : les assiegez , s'estant rendus aprez , feurent obligez de porter les clefs de la place sur le corps du trespassé. Barthelemy d'Alviane , general de l'armee des Venitiens , estant mort au service de leurs guerres en la Bresse , et son corps ayant esté rapporté à Venise par le Veronois , terre ennemie , la

---

(a) *A souhait.* édit. in-fol. de 1595.

(1) A peine se trouve-t-il une personne qui s'arrache totalement à la vie. L'homme , tout ignorant qu'il est de son état après le trepas , s'imagine qu'il y a quelque chose qui lui survit. Il ne peut se détacher et s'affranchir entièrement de son corps terrassé par la mort. *Lucret.* l. 3 , v. 890 , et seqq.

pluspart de ceulx de l'armee estoient d'advis qu'on demandast saufconduict pour le passage à ceulx de Verone : mais Theodore Trivulce y contredict ; et choisit plustost de le passer par vifve force, au hazard du combat : N'estant convenable, disoit il, que celui qui en sa vie n'avoit iamais eu peur de ses ennemis, estant mort feist demonstration de les craindre. De vray, en chose voisine, par les loix grecques, celui qui demandoit à l'ennemy un corps pour l'inhumer, renonceoit à la victoire, et ne luy estoit plus loisible d'en dresser trophee : à celui qui en estoit requis, c'estoit tiltre de gaing. Ainsi perdit Nicias l'advantage qu'il avoit nettement gaigné sur les Corinthiens ; et, au rebours, Agesilaus asseura celuy qui luy estoit bien doubteusement acquis sur les Bœotiens.

Ces traicts se pourroient trouver estranges ; s'il n'estoit receu de tout temps non seulement d'estendre le soing de nous au delà cette vie, mais encores de croire que bien souvent les faveurs celestes nous accompaignent au tumbeau et continuent à nos reliques. Dequoy il y a tant d'exemples anciens, laissant à part les nostres, qu'il n'est besoing que ie m'y estende. Edouard premier, roy d'Angleterre, ayant essayé aux longues guerres d'entre luy et Robert roy d'Escosse, combien sa presence donnoit d'advantage à ses affaires, rapportant tousiours la victoire de ce qu'il entreprenoit en personne ; mourant, obligea son fils, par solennel serment, à ce qu'estant trespassé il feist bouillir son corps pour desprendre sa chair d'avecques les os, laquelle il feist enterrer ; et quant aux os, qu'il les reservast pour les porter avecques luy et en son armee toutes les fois qu'il luy adviendroit d'avoir guerre contre les Escossois : comme si la destinee avoit fatalement attaché la victoire à ses membres. Iean Zischa, qui troubla la Boëme pour la deffense des erreurs de Wiclef, voulut qu'on l'escorchast aprez sa mort, et de sa peau qu'on feist un tabourin à porter à la guerre contre ses ennemis ; estimant que cela ayderoit à continuer les advantages qu'il avoit éus aux guerres par lui conduictes contre culx. Certains Indiens portoient ainsin au combat contre les Espaignols les ossements d'un de leurs capitaines, en consideration de l'heur qu'il avoit eu en vivant : et d'aultres peuples, en ce mesme monde, traisnent à la guerre les corps des vaillants hommes qui sont morts en leurs battailles, pour leur servir de bonne fortune et d'encouragement. Les premiers exemples ne reservent au tumbeau que la reputation acquise par leurs actions passees : mais ceulx cy y veulent encores mesler la puissance d'agir.

Le faict du capitaine Bayard est de meilleure composition : lequel, se sentant blecé à mort d'une arquebusade dans le corps, conseillé de se retirer de la meslee, respondit qu'il ne commenceroit point sur sa fin à tourner le dos à l'ennemy ; et ayant combattu autant qu'il eut de force, se sentant defaillir et eschapper du cheval, commanda à son maistre d'hostel de le coucher au pied d'un arbre, mais que ce feust en façon qu'il mourust le visage tourné vers l'ennemi : comme il feit.

Il me fault adiouster cet aultre exemple aussi remarquable, pour cette consideration, que nul des precedents. L'empereur Maximilian, bisayeul du roy Philippes qui est à present, estoit prince doué de tout plein de grandes qualitez, et entre aultres d'une beauté de corps singuliere : mais parmy ses humeurs il avoit cette cy, bien contraire à celle des princes qui, pour despescher les plus importantes affaires, font leur throsne de leur chaire percee ; c'est qu'il n'eut iamais valet de chambre si privé à qui il permeist de le veoir en sa garderobbe : il se desroboit pour tumber de l'eau, aussi religieux qu'une pucelle à ne descouvrir ny à medecin ny à qui que ce feust les parties qu'on a accoustumé de tenir cachees. Moy qui ay la bouche si effrontee, suis pourtant par complexion touché de cette honte ; si ce n'est à une grande suasion de la necessité ou de la volupté, ie ne communique gueres aux yeulx de personne les membres et actions que nostre coustume ordonne estre couvertes ; i'y souffre plus de contraincte que ie n'estime bienseant à un homme, et surtout à un homme de ma profession : mais luy en veint à telle superstition, qu'il ordonna par paroles expresses de son testament qu'on luy attachast des calessons quand il seroit mort. Il debvoit adiouster, par codicille, que celuy qui les luy monteroit eust les yeulx bandez. L'ordonnance que Cyrus faict à ses enfants que ny eulx, ny aultre, ne voye et touche son corps aprez que l'ame en sera separee, ie l'attribue à quelque sienne devotion ; car et son historien et luy, entre leurs grandes qualitez, ont semé par tout le cours de leur vie un singulier soing et reverence à la religion.

Ce conte me despleut qu'un grand me feit d'un mien allié, homme assez cogneu et en paix et en guerre : c'est que, mourant bien vieil en sa court, tormenté de douleurs extremes de la pierre, il amusa toutes ses heures dernieres avec un soing vehement à disposer l'honneur et la ceremonie de son enterrement ; et somma toute la noblesse qui le visitoit de luy donner parole d'assister à son convoy : à ce prince mesme qui le veit sur ses derniers traicts, il feit une instante supplication que sa maison feust commandee de s'y trouver, employant plusieurs exemples et raisons à prouver que c'estoit chose qui appartenoit à un homme de sa sorte ; et sembla expirer content, ayant retiré cette promesse, et ordonné à son gré la distribution et ordre de sa montre. Ie n'ay gueres veu de vanité si perseverante. Cette aultre curiosité contraire, en laquelle ie n'ay point aussi faulte d'exemple domestique, me semble germaine à cette cy ; d'aller se soignant et passionnant, à ce dernier poinct, à regler son convoy à quelque particuliere et inusitee parcimonie, à un serviteur et une lanterne. Ie veoy louer cette humeur et l'ordonnance de Marcus Emilius Lepidus qui deffendit à ses heritiers d'employer pour luy les cerimonies qu'on avoit accoustumé en telles choses. Est ce encores temperance et frugalité d'eviter la despense et la volupté, desquelles l'usage et la cognoissance nous est imperceptible? voilà une aisee reformation et de peu de coust! S'il estoit besoing d'en ordonner, ie serois d'advis qu'en celle là, comme en toutes actions de la vie, chascun en rapportast la regle à la forme (a) de sa fortune. Et le philosophe Lycon prescrit sagement à ses amis de mettre son corps où ils adviseront pour le mieulx; et quant aux funerailles, de les faire ny superflues ny mechaniques. Ie lairray purement la coustume ordonner de cette cerimonie, et m'en remettray à la discretion des premiers à qui ie tumberay en charge. Totus hic locus est contemnendus in nobis, non negligendus in nostris (1). Et est sainctement dict à un sainct: Curatio funeris, conditio sepulturæ, pompa exsequiarum, magis sunt vivorum solatia, quàm subsidia mortuorum (2). Pour tant Socrates à Crito, qui sur l'heure de sa fin luy demande comment il veult estre enterré: « Comme vous vouldrez», respond il. Si i'avois à m'en empescher plus avant, ie trouveroy plus galand d'imiter ceulx qui entreprennent, vivants et respirants, iouyr de l'ordre et honneur de leur sepulture, et qui se plaisent de veoir en marbre leur morte contenance. Heureux qui sachent resiouyr et gratifier leur sens par l'insensibilité, et vivre de leur mort!

A peu que ie n'entre en haine irreconciliable contre toute domination populaire, quoyqu'elle me semble la plus naturelle et équitable, quand il me souvient de cette inhumaine iniustice du peuple athenien, de faire mourir sans remission, et sans les vouloir seulement ouyr en

---

(a) *Au degré*, édit. in-fol. de 1595.

(1) A l'égard de la sépulture, c'est un point qu'il fant mépriser pour soi-même, et ne pas négliger pour les siens. *Cic.* Tusc. quæst. l. 1, c. 45.

(2) Le soin de l'enterrement, la qualité de la sépulture, et la pompe des obseques, regardent plutôt la consolation des vivants que le besoin des morts. *Augustinus*, de Civit. Dei, l. 1, c. 12.

leurs deffenses, ces braves capitaines venant de gaigner
contre les Lacedemoniens la battaille navale prez des isles
Arginuses, la plus contestee, la plus forte battaille que les
Grecs aient oncques donnee en mer de leurs forces ; parce qu'aprez la victoire ils avoient suyvi les occasions que
la loy de la guerre leur presentoit, plustost que de s'arrester à recueillir et inhumer leurs morts. Et rend cette
execution plus odieuse le faict de Diomedon : cettuy cy
est l'un des condemnez, homme de notable vertu et militaire et politique, lequel, se tirant avant pour parler,
aprez avoir ouï l'arrest de leur condemnation, et trouvant seulement lors temps de paisible audience, au lieu
de s'en servir au bien de sa cause et à descouvrir l'evidente iniustice d'une si cruelle conclusion, ne representa
qu'un soing de la conservation de ses iuges ; priant les
dieux de tourner ce iugement à leur bien ; et, à fin que, à
faulte de rendre les vœux que luy et ses compaignons
avoient vouez en recognoissance d'une si illustre fortune,
ils n'attirassent l'ire des dieux sur eulx, les advertissant
quels vœux c'estoient ; et, sans dire aultre chose, et sans
marchander, s'achemina de ce pas courageusement au
supplice. La fortune, quelques annees aprez, les punit de
mesme pain soupe : car Chabrias, capitaine general de
l'armee de mer des Atheniens, ayant eu le dessus du combat contre Pollis admiral de Sparte, en l'isle de Naxe,
perdit le fruict tout net et comptant de sa victoire, tres-
important à leurs affaires, pour n'encourir le malheur
de cet exemple ; et, pour ne perdre peu de corps morts
de ses amis qui flottoient en mer, laissa voguer en sauveté un monde d'ennemis vivants qui, depuis, leur feirent
bien acheter cette importune superstition.

> Quæris quo iaceas post obitum loco ?
> Quo non nata iacent. (1)

---

(1) Veux-tu savoir en quel lieu tu seras après ta mort ? C'est où
sont les choses non encore nées. *Senec.* Troad. Chor. act. 2, v. 30.

Cet aultre redonne le sentiment du repos à un corps sans
ame :

Neque sepulchrum, quo recipiat, habeat, portum corporis ;
Ubi, remissâ humanâ vitâ, corpus requiescat à malis : (1)

[tout (a) ainsi que nature nous faict veoir que plusieurs
choses mortes ont encores des relations occultes à la vie :
le vin s'altere aux caves, selon aulcunes mutations des
saisons de sa vigne; et la chair de venaison change d'estat aux saloirs, et de goust, selon les loix de la chair
vifve, à ce qu'on dict.]

CHAPITRE IV.

Comme l'ame descharge ses passions sur des obiects
fauls, quand les vrays luy defaillent.

U**N** gentilhomme des nostres, merveilleusement subiect à la goutte, estant pressé par les medecins de laisser
du tout l'usage des viandes salces, avoit accoustumé de
respondre plaisamment que, « Sur les efforts et torments
du mal, il vouloit avoir à qui s'en prendre; et que s'escriant, et mauldissant tantost le cervelat, tantost la langue de bœuf et le iambon, il s'en sentoit d'autant allegé ».
Mais, en bon escient, comme le bras estant haulsé pour

---

(1) N'aura-t-il donc point de sépulcre où son corps, étant
reçu comme dans un port, puisse se reposer à l'abri de tous
maux, après avoir quitté la vie ? *Cic.* tusc. quæst. l. 1, c. 44.

(a) Ce qui est ici entre deux crochets ne se trouve point dans
l'exemplaire corrigé par Montaigne : c'est la leçon de l'édition
in-fol. de 1595 et de toutes celles qui l'ont suivie. J'ai recueilli
avec soin, dans l'édition que je publie, toutes les additions qui
distinguent celle de 1595; et elles sont enfermées, comme celle-
ci, entre deux crochets. J'en avertis une fois pour toutes. N.

frapper, il nous deult si le coup ne rencontre et qu'il
aille au vent ; aussi que pour rendre une veue plaisante, il ne fault pas qu'elle soit perdue et escartee dans
le vague de l'air , ains qu'elle ayt butte pour la soustenir à raisonnable distance :

> Ventus ut amittit vires, nisi robora densæ
> Occurrant sylvæ, spatio diffusus inani : (1)

de mesme il semble que l'ame esbranslee et esmue se
perde en soy mesme si on ne luy donne prinse ; et fault
tousiours luy fournir d'obiect où elle s'abbutte et agisse.
Plutarque dict, à propos de ceulx qui s'affectionnent aux
guenons et petits chiens, que la partie amoureuse qui est
en nous, à faulte de prinse legitime, plustost que de
demourer en vain, s'en forge ainsin une faulse et frivole.
Et nous voyons que l'ame en ses passions se pipe plustost elle mesme , se dressant un fauls subiect et fantastique, voire contre sa propre creance, que de n'agir
contre quelque chose. Ainsin emporte les bestes leur rage
à s'attaquer à la pierre et au fer qui les a blecees, et à
se venger à belles dents sur soy mesme du mal qu'elles
sentent :

> Pannonis haud aliter post ictum sævior ursa ,
> Cum iaculum parva Libys amentavit habena ,
> Se rotat in vulnus, telumque, irata, receptum
> Impetit, et secum fugientem circuit hastam. (2)

Quelles causes n'inventons nous des malheurs qui
nous adviennent ? à quoy ne nous prenons nous , à tort

_____

(1) Comme le vent perd ses forces en se répandant dans un
espace vide , à moins que des forêts touffues ne s'opposent à
son passage. *Lucan.* l. 3, v. 362, 363.

(2) Ainsi l'ourse , plus féroce après le coup qu'elle a reçu , se
roule sur sa plaie , et toute en fureur se jette sur le dard dont
elle est percée, et le fait tourner fuyant avec elle. *Lucan.* l. 6,
v. 220 et seqq.

ou à droict, pour avoir où nous escrimer? « Ce ne sont pas ces tresses blondes que tu deschires, ny la blancheur de cette poictrine que despitee tu bats si cruellement, qui ont perdu d'un malheureux plomb ce frere bien-aymé: prens t'en ailleurs » : Livius parlant de l'armee romaine en Espaigne aprez la perte des deux freres ses grands capitaines, flere omnes repentè, et offensare capita (1). C'est un usage commun. Et le philosophe Bion, de ce roy qui de dueil s'arrachoit les poils, feut il pas plaisant? « Cestuy cy pense il que la pelade soulage le dueil » ? Qui n'a veu mascher et engloutir les chartes, se gorger d'une balle de dez, pour avoir où se venger de la perte de son argent? Xerxes fouetta la mer de l'Helespont, l'enforgea et lui feit dire mille vilanies, et escrivit un cartel de desfi au mont Athos; et Cyrus amusa toute une armee plusieurs iours à se venger de la riviere de Gyndus, pour la peur qu'il avoit eue en la passant; et Caligula ruina une tresbelle maison, pour le plaisir que sa mere y avoit eu. Le peuple disoit en ma ieunesse, qu'un roy de nos voysins, ayant receu de Dieu une basto-nade, iura de s'en venger, ordonnant que de dix ans on ne le priast ny parlast de luy, ny, autant qu'il estoit en son auctorité, qu'on ne creust en luy. Par où on vouloit peindre non tant la sottise que la gloire naturelle à la nation de quoy estoit le conte; ce sont vices tousiours conioincts : mais telles actions tiennent, à la verité, un peu plus encores d'oultrecuidance que de bestise. Augustus Cesar, ayant esté battu de la tempeste sur mer, se print à desfier le dieu Neptunus, et en la pompe des ieux circenses feit oster son image du reng où elle estoit parmy les aultres dieux, pour se venger de luy : en quoy il est encores moins excusable que les precedents, et moins

---

(1) Dit que chacun se mit aussitôt à pleurer, et à se frapper la tête, lib. 25, c. 37.

qu'il ne feut depuis, lors qu'ayant perdu une battaille soubs Quintilius Varus, en Allemaigne, il alloit de cholere et de desespoir chocquant sa teste contre la muraille, en s'escriant : « Varus, rends moy mes soldats » : car ceulx là surpassent toute folie, d'autant que l'impieté y est ioincte, qui s'en adressent à Dieu mesme ou à la fortune, comme si elle avoit des aureilles subiectes à nostre batterie ; à l'exemple des Thraces, qui, quand il tonne ou esclaire, se mettent à tirer contre le ciel d'une vengeance titanienne, pour renger Dieu à raison, à coups de fleches. Or, comme dict cet ancien poëte chez Plutarque,

> Point ne se fault courroucer aux affaires :
> Il ne leur chault de toutes nos choleres.

Mais nous ne dirons iamais assez d'iniures au desreglement de nostre esprit.

~~~~~~

CHAPITRE V.

Si le chef d'une place assiegee doibt sortir pour parlementer.

Lucius Marcius, legat des Romains en la guerre contre Perseus roy de Macedoine, voulant gaigner le temps qu'il luy falloit encores à mettre en poinct son armee, sema des entreiects d'accord, desquels le roy endormy accorda trefve pour quelques iours, fournissant par ce moyen son ennemy d'opportunité et loisir pour s'armer ; d'où le roy encourut sa derniere ruine. Si est ce que les vieux du senat, memoratifs des mœurs de leurs peres, accuserent cette practique, comme ennemie de leur style ancien, qui feut, disoient ils, combattre de vertu, non de finesse, ny par surprinses et rencontres de nuict, ny par fuittes appostees et recharges inopinees ; n'entrepre-

nant guerre, qu'aprez l'avoir denoncee, et souvent aprez
avoir assigné l'heure et lieu de la battaille. De cette conscience ils renvoyerent à Pyrrhus son traistre medecin,
et aux Phalisques leur meschant (a) maistre d'eschole.
C'estoient les formes vrayement romaines; non de la
grecque subtilité, et astuce punique, où le vaincre par
force est moins glorieux que par fraude. Le tromper peult
servir pour le coup: mais celuy seul se tient pour sur-
monté, qui sçait l'avoir esté ny par ruse ny de sort, mais
par vaillance, de troupe à troupe, en une loyale et iuste
guerre. Il appert bien, par le langage de ces bonnes gents,
qu'ils n'avoient encore receu cette belle sentence,

> dolus, an virtus, quis in hoste requirat? (1)

Les Achaïens, dict Polybe, detestoient toute voye de tromperie en leurs guerres, n'estimants victoire, sinon où les
courages des ennemis sont abbattus: Eam vir sanctus et
sapiens sciet veram esse victoriam, quæ salvâ fide et integrâ digni-
tate parabitur (2), dict un aultre:

> Vos ne velit, an me, regnare hera, quidve ferat, fors,
> Virtute experiamur. (3)

Au royaume de Ternate (b), parmi ces nations que, si
à pleine bouche, nous appellons barbares, la coustume
porte qu'ils n'entreprennent guerre sans l'avoir premierement denoncee; y adioustants ample declaration des
moyens qu'ils ont à y employer, quels, combien d'hom-

(a) Desloyal. Edit. in-fol. de 1595.

(1) Qu'importe qu'on surmonte ses ennemis par ruse ou par
valeur? *Aeneid*. l. 2, v. 390.

(2) Un homme sage et vertueux doit savoir qu'il n'y a de véritable victoire que celle qu'on gagne sans blesser ni son honneur
ni sa dignité. *Florus*, l. 1, c. 12, num. 6.

(3) Eprouvons par la force si c'est à vous ou à moi que la
fortune, maîtresse des événements, destine l'empire. *Ennius*
apud *Cic.* l. 1 de offic. c. 12.

(b) La principale isle des Molucques.

mes, quelles munitions, quelles armes, offensives et de-
fensives : mais, cela faict aussi, si leurs ennemis ne ce-
dent et viennent à accord, ils donnent loy au pis faire;
et ne pensent pouvoir estre reprochez de trahison, de
finesse et de tout moyen qui sert à vaincre. Les anciens
Florentins estoient si esloingnez de vouloir gaigner advantage sur leurs ennemis par surprinse, qu'ils les ad-
vertissoient, un mois avant que de mettre leur exercite
aux champs, par le continuel son de la cloche qu'ils
nommoient Martinella. Quant à nous, moins supersti-
tieux, qui tenons celuy avoir l'honneur de la guerre qui
en a le proufit, et qui, aprez Lysander, disons que, « où
la peau du lyon ne peult suffire, il y fault coudre un loppin de celle du regnard », les plus ordinaires occasions de
surprinse se tirent de cette practique; et n'est heure,
disons nous, où un chef doibve avoir plus l'œil au guet,
que celle des parlements et traictez d'accord : et, pour
cette cause, c'est une regle, en la bouche de touts les
hommes de guerre de nostre temps, « qu'il ne fault iamais
que le gouverneur en une place assiegee sorte luy
mesme pour parlementer ». Du temps de nos peres cela
feut reproché aux seigneurs de Montmord et de l'Assigni,
deffendants Mouson contre le comte de Nansau. Mais
aussi, à ce compte, celuy là seroit excusable qui sortiroit
en telle façon que la seureté et l'advantage demourast de
son costé, comme feit en la ville de Regge le comte Guy
de Ragon (s'il en fault croire du Bellay, car Guicciardin
dict que ce feut luy mesme), lors que le seigneur de
l'Escut s'en approcha pour parlementer; car il abandonna
de si peu son fort, qu'un trouble s'estant esmeu pendant
ce parlement, non seulement monsieur de l'Escut, et sa
trouppe qui estoit approchee avecques luy, se trouva le
plus foible, de façon que Alexandre Trivulce y feut tué,
mais luy mesme feut contrainct, pour le plus seur, de suyvre le comte, et se iecter sur sa foy à l'abri des coups dans
la ville. Eumenes, en la ville de Nora, pressé par Anti-

gonus, qui l'assiegeoit, de sortir (a) parler à luy, et qui, aprez plusieurs aultres entremises, alleguoit que c'estoit raison qu'il veinst devers luy, attendu qu'il estoit le plus grand et le plus fort; aprez avoir faict cette noble response, « Ie n'estimeray iamais homme plus grand que moy, tant que i'auray mon espee en ma puissance », n'y consentit qu'Antigonus ne luy eust donné Ptolomeus son propre nepveu ostage, comme il demandoit. Si est ce que encores en y a il qui se sont tresbien trouvez de sortir sur la parole de l'assaillant : tesmoing Henry de Vaux, chevalier champenois, lequel estant assiegé dans le chasteau de Commercy par les Anglois; et Barthelemy de Bonnes qui commandoit au siege ayant par dehors faict sapper la pluspart du chasteau, si qu'il ne restoit que le feu pour accabler les assiegez soubs les ruynes, somma ledit Henry de sortir à parlementer pour son proufit, comme il feit luy quatriesme; et son evidente ruyne luy ayant esté montree à l'œil, il s'en sentit singulierement obligé à l'ennemy, à la discretion duquel aprez qu'il se feut rendu et sa trouppe, le feu estant mis à la mine, les estansons de bois venus à faillir, le chasteau feut emporté de fond en comble. Ie me fie ayseement à la foy d'aultruy; mais malayseement le feroy ie, lors que ie donnerois à iuger l'avoir plustost faict par desespoir et faulte de cœur, que par franchise et fiance de sa loyauté.

CHAPITRE VI.

L'heure des parlements, dangereuse.

Toutesfois ie veis dernierement en mon voisinage de Mussidan, que ceulx qui en feurent deslogez à force

---

(a) pour luy parler, alleguant que : *Edit.* de 1595.

par nostre armee, et aultres de leur party, crioyent, comme de trahison, de ce que pendant les entremises d'accord, et le traicté se continuant encores, on les avoit surprins et mis en pieces : chose qui eust eu à l'adventure apparence en un aultre siecle. Mais, comme ie viens de dire, nos façons sont entierement esloingnees de ces regles ; et ne se doibt attendre fiance des uns aux aultres, que le dernier sceau d'obligation n'y soit passé ; encores y a il lors assez à faire : et a tousiours esté conseil hazardeux de fier à la licence d'une armee victorieuse l'observation de la foy qu'on a donnee à une ville qui vient de se rendre par doulce et favorable composition, et d'en laisser, sur la chaulde, l'entree libre aux soldats. L. Emilius Regillus preteur romain, ayant perdu son temps à essayer de prendre la ville de Phocees à force, pour la singuliere prouesse des habitants à se bien deffendre, feit pache avec eulx de les recevoir pour amis du peuple romain, et d'y entrer comme en ville confederee, leur ostant toute crainte d'action hostile : mais y ayant quand et luy introduict son armee pour s'y faire veoir en plus de pompe, il ne feut en sa puissance, quelque effort qu'il y employast, de tenir la bride à ses gents ; et veit devant ses yeulx fourrager bonne partie de la ville, les droicts de l'avarice et de la vengeance suppeditant ceulx de son auctorité et de la discipline militaire. Cleomenes disoit que quelque mal qu'on peust faire aux ennemis en guerre, cela estoit par dessus la iustice, et non subiect à icelle, tant envers les dieux qu'envers les hommes ; et ayant faict trefve avec les Argiens pour sept iours, la troisiesme nuict aprez il les alla charger touts endormis, et les desfeit, alleguant qu'en sa trefve il n'avoit pas esté parlé des nuicts : mais les dieux vengerent cette perfide subtilité. Pendant le parlement, et qu'ils musoient sur leurs seuretez, la ville de Casilinum feut saisie par surprinse : et cela pourtant au siecle et des plus iustes capitaines et de la plus parfaicte milice romaine. Car il n'est pas dict

qu'en temps et lieu il ne soit permis de nous prevaloir
de la sottise de nos ennemis, comme nous faisons de leur
lascheté. Et certes la guerre a naturellement beaucoup
de privileges raisonnables, au preiudice de la raison ; et
icy fault la regle, neminem id agere, ut ex alterius prædetur
inscitiâ (1) : mais ie m'estonne de l'estendue que Xenophon
leur donne, et par les propos et par divers exploicts de
son parfaict empereur, aucteur de merveilleux poids en
telles choses, comme grand capitaine, et philosophe des
premiers disciples de Socrates ; et ne consens pas à la
mesure de sa dispense en tout et partout. Monsieur
d'Aubigny assiegeant Capoue, et aprez y avoir faict une
furieuse batterie, le seigneur Fabrice Colonne, capitaine
de la ville, ayant commencé à parlementer de dessus un
bastion, et ses gents faisants plus molle garde, les nostres
s'en emparerent et meirent tout en pieces. Et de plus fresche memoire, à Yvoy, le seigneur Iulian Rommero, ayant
faict ce pas de clerc de sortir pour parlementer avecques
monsieur le connestable, trouva au retour sa place saisie. Mais à fin que nous ne nous en allions pas sans re-
venche, le marquis de Pesquaire assiegeant Gênes où le
duc Octavian Fregose commandoit soubs nostre protec-
tion, et l'accord entre eulx ayant esté poulsé si avant
qu'on le tenoit pour faict ; sur le poinct de la conclusion, les Espaignols, s'estant coulés dedans, en userent
comme en une victoire planiere. Et depuis à Ligny en
Barrois, où le comte de Brienne commandoit, l'empereur l'ayant assiegé en personne, et Bertheville lieutenant du dict comte estant sorty pour parler, pendant le
marché (a) la ville se trouva saisie.

> Fù il vincer sempremai laudabil cosa,
> Vincasi o per fortuna o per ingegno, (2)

***

(1) Que personne ne doit chercher à faire son profit de la
sottise d'autrui. *Cic.* de offic. l. 3, c. 17.

(a) *Le parlement.* édit. in-fol. de 1595.

(2) La victoire a toujours été une chose louable, soit que le

disent ils : mais le philosophe Chrysippus n'eust pas esté
de cet advis ; et moy aussi peu : car il disoit que ceulx
qui courent à l'envy doibvent bien employer toutes leurs
forces à la vistesse, mais il ne leur est pourtant aulcunement loisible de mettre la main sur leur adversaire pour
l'arrester, ny de luy tendre la iambe pour le faire cheoir.
Et plus genereusement encores ce grand Alexandre à Po-
lypercon qui lui suadoit de se servir de l'advantage que
l'obscurité de la nuict luy donnoit pour assaillir Darius :
« Point, dict il, ce n'est pas à moy de chercher des victoires desrobees » : malo me fortunæ pœniteat, quàm victo-
riæ pudeat. (1)

> Atque idem fugientem haud est dignatus Oroden
> Sternere, nec iactâ cæcum dare cuspide vulnus ;
> Obvius, adversoque occurrit, seque viro vir
> Contulit, haud furto melior, sed fortibus armis. (2)

CHAPITRE VII.

Que l'intention iuge nos actions.

La mort, dict on, nous acquitte de toutes nos obligations. I'en sçay qui l'ont prins en diverse façon. Henry
septiesme, roy d'Angleterre, feit composition avec Dom
Philippe, fils de l'empereur Maximilian, ou, pour le con-

---

hasard ou l'habileté nous y conduise. *Ariosto*, cant. 15,
v. 1, 2.

(1) J'aime mieux me plaindre de la fortune, que de rougir de
ma victoire. *Quinte-Curce*, l. 4, c. 13, num. 9.

(2) Il ne daigna pas terrasser Orodes qui fuyoit, ni lui lancer son javelot pour le blesser furtivement par derriere : il alla
se présenter à lui ; et le combattant tête à tête il le vainquit, non
par fraude ou par artifice, mais par sa propre valeur. *Aeneid*.
l. 10, v. 732, et seqq.

fronter plus honorablement, pere de l'empereur Charles cinquiesme, que le dict Philippe remettroit entre ses mains le duc de Suffolc de la Rose blanche, son ennemy, lequel s'en estoit fuy et retiré au païs bas, moyennant qu'il promettoit de n'attenter rien sur la vie du dict duc: toutesfois venant à mourir, il commanda par son testament à son fils de le faire mourir, soubdain aprez qu'il seroit decedé. Dernierement en cette tragedie que le duc d'Albe nous feit voir à Bruxelles ez comtes de Horne et d'Aiguemond, il y eut tout plein de choses remarquables; et, entre aultres, que le dict comte d'Aiguemond, soubs la foy et asseurance duquel le comte de Horne s'estoit venu rendre au duc d'Albe, requit avec grande instance qu'on le feist mourir le premier, à fin que sa mort l'affranchist de l'obligation qu'il avoit au dict comte de Horne. Il semble que la mort n'ayt point deschargé le premier de sa foy donnee, et que le second en estoit quitte, mesme sans mourir. Nous ne pouvons estre tenus au delà de nos forces et de nos moyens; à cette cause, parceque les effects et executions ne sont aulcunement en nostre puissance, et qu'il n'y a rien en bon escient en nostre puissance que la volonté; en celle là se fondent par necessité et s'establissent toutes les regles du debvoir de l'homme: par ainsi le comte d'Aiguemond tenant son ame et volonté endebtee à sa promesse, bien que la puissance de l'effectuer ne feust pas en ses mains, estoit sans doubte absouls de son debvoir, quand il eust survescu le comte de Horne; mais le roy d'Angleterre, faillant à sa parole par son intention, ne se peult excuser pour avoir retardé iusques aprez sa mort l'execution de sa desloyauté; non plus que le masson de Herodote, lequel ayant loyalement conservé durant sa vie le secret des thresors du roy d'Aegypte son maistre, mourant les descouvrit a ses enfants.

I'ay veu plusieurs de mon temps, convaincus par leur conscience retenir de l'aultruy, se disposer à y satisfaire

par leur testament et aprez leur decez. Ils ne font rien
qui vaille, ny de prendre terme à chose si pressante, ny
de vouloir restablir une iniure avec si peu de leur ressentiment et interest. Ils doibvent du plus leur : et d'autant qu'ils
payent plus poisamment et incommodeement, d'autant
en est leur satisfaction plus iuste et meritoire : la penitence demande à se charger. Ceulx là font encore pis,
qui reservent la declaration de quelque haineuse volonté
envers le proche, à leur derniere volonté, l'ayant cachee
pendant la vie ; et montrent avoir peu de soing du propre
honneur, irritant l'offensé à l'encontre de leur memoire,
et moins de leur conscience, n'ayant, pour le respect de
la mort mesme, sceu faire mourir leur maltalent, et en
estendant la vie oultre la leur. Iniques iuges, qui remet-
tent à iuger alors qu'ils n'ont plus de cognoissance
de cause. Ie me garderay, si ie puis, que ma mort die
chose que ma vie n'ayt premierement dict, [et aperte-
ment] (a).

CHAPITRE VIII.

De l'oysifveté.

Comme nous voyons des terres oysifves, si elles sont
grasses et fertiles, foisonner en cent mille sortes d'herbes
sauvages et inutiles, et que, pour les tenir en office, il les
fault assubiectir et employer à certaines semences pour
nostre service ; et comme nous voyons que les femmes
produisent bien toutes seules des amas et pieces de chair
informes, mais que pour faire une generation bonne et
naturelle il les fault embesongner d'une aultre semence :
ainsin est il des esprits ; si on ne les occupe à certain

(a) Ce mot manque dans l'exemplaire corrigé par Montaigne.

subiect qui les bride et contraigne, ils se iectent desreglez par cy par là, dans le vague champ des imaginations,

> Sicut aquæ tremulum labris ubi lumen ahenis,
> Sole repercussum, aut radiantis imagine lunæ,
> Omnia pervolitat latè loca; iamque sub auras
> Erigitur, summique ferit laquearia tecti; (1)

et n'est folie ny resverie qu'ils ne produisent en cette agitation,

> velut ægri somnia, vanæ
> Finguntur species. (2)

L'ame qui n'a point de but estably, elle se perd : car, comme on dict, c'est n'estre en aulcun lieu, que d'estre partout. (a)

> Quisquis ubique habitat, Maxime, nusquam habitat.

Dernierement que ie me retiray chez moy, deliberé, autant que ie pourroy, ne me mesler d'aultre chose que de passer en repos et à part ce peu qui me reste de vie; il me sembloit ne pouvoir faire plus grande faveur à mon esprit, que de le laisser en pleine oysifveté s'entretenir soy mesme, et s'arrester et rasseoir en soy, ce que i'esperoy qu'il peust meshuy faire plus ayseement, devenu avecques le temps plus poisant et plus meur : mais ie treuve, comme

---

(1) Semblables à la lumiere du soleil ou de la lune, qui, refléchie de la surface tremblante d'une eau agitée dans une cuve d'airain, voltige çà et là, s'éleve et va frapper le haut du plafond. *Aeneid.* lib. 8, v. 22, et seqq.

(2) Se forgeant des chimeres qui ressemblent aux songes d'un malade. *Horat.* de Arte poëtica, v. 7, 8.

(a) Montaigne a traduit le vers de Martial avant que de le citer. *Martial*, l. 7, epigr. 73.

variam semper dant otia mentem. (1)

que, au rebours, faisant le cheval eschappé, il se donne cent fois plus (a) d'affaire à soy mesme qu'il n'en prenoit pour aultruy; et m'enfante tant de chimères et monstres fantasques les uns sur les aultres, sans ordre et sans propos, que, pour en contempler à mon ayse l'ineptie et l'estrangeté, i'ay commencé de les mettre en roolle, esperant avecques le temps luy en faire honte à luy mesme.

CHAPITRE IX.

Des menteurs.

Il n'est homme à qui il siese si mal de se mesler de parler de memoire, car ie n'en recognois quasy trace en moy; et ne pense qu'il y en aye au monde une aultre si monstrueuse(b)en defaillance. I'ay toutes mes aultres parties viles et communes; mais, en cette là, ie pense estre singulier et tresrare, et digne de gaigner par là nom et reputation. Oultre l'inconvenient naturel que i'en souffre, car certes, veu sa necessité, Platon a raison de la nommer une grande et puissante deesse, si en mon païs on veult dire qu'un homme n'a point de sens, ils disent qu'il n'a point de memoire; et quand ie me plains du default de la mienne, ils me reprennent et mescroyent, comme si ie m'accusois d'estre insensé: ils ne veoyent pas de chois entre memoire et entendement. C'est bien empirer mon marché! Mais ils me font tort; car il se veoid par experience, plustost au rebours, que les memoires excellentes

---

(1) L'oisiveté nous fait passer incessamment d'une pensée à une autre. *Lucan.* l. 4, v. 704.

(a) de carriere. *Edit.* de 1595. N.

(b) merveilleuse. *Edit.* de 1595.

se ioignent volontiers aux iugements debiles. Ils me font tort aussi en cecy, qui ne sçais rien si bien faire qu'estre ami, que les mesmes paroles qui accusent ma maladie representent l'ingratitude : on se prend de mon affection, à ma memoire ; et d'un default naturel, on en faict un default de conscience : « Il a oublié, dict on, cette priere ou cette promesse : Il ne se souvient point de ses amys : Il ne s'est point souvenu de dire, ou faire, ou taire cela, pour l'amour de moy ». Certes ie puis ayseement oublier : mais de mettre à nonchaloir la charge que mon ami m'a donnee, ie ne le fois pas. Qu'on se contente de ma misere, sans en faire une espece de malice, et de la malice autant ennemie de mon humeur!

  Ie me console aulcunement : Premierement, sur ce, Que c'est un mal duquel principalement i'ay tiré la raison de corriger un mal pire qui se feust facilement produict en moy, savoir est l'ambition ; car c'est une defaillance insupportable à qui s'empesche des negociations du monde : Que, comme disent plusieurs pareils exemples du progrez de nature, elle a volontiers fortifié d'aultres facultés en moy à mesure que cette cy s'est affoiblie ; et irois facilement couchant et alanguissant mon esprit et mon iugement sur les traces d'aultruy, comme faict le monde, sans exercer leurs propres forces, si les inventions et opinions estrangieres m'estoient presentes par le benefice de la memoire : Que mon parler en est plus court ; car le magasin de la memoire est volontiers plus fourny de matiere que n'est celuy de l'invention ; si elle m'eust tenu bon, i'eusse assourdi touts mes amis de babil, les subiects esveillants cette telle quelle faculté que i'ay de les manier et employer, eschauffants et attirants mes discours. C'est pitié : ie l'essaye par la preuve d'aulcuns de mes privez amys ; à mesure que la memoire leur fournit la chose entiere et presente, ils reculent si arriere leur narration, et la chargent [de tant] de vaines circonstances, que si le conte est bon ils en estouffent la bonté ; s'il ne l'est pas,

vous estes à mauldire ou l'heur de leur memoire, ou le
malheur de leur iugement. Et c'est chose difficile de fer-
mer un propos et de le coupper depuis qu'on est arrouté :
et n'est rien où la force d'un cheval se cognoisse plus,
qu'à faire un arrest rond et net. Entre les pertinents
mesmes, i'en veoy qui veulent et ne se peuvent desfaire
de leur course : ce pendant qu'ils cherchent le poinct de
clorre le pas, ils s'en vont balivernant et traisnant comme
des hommes qui defaillent de foiblesse. Surtout les
vieillards sont dangereux, à qui la souvenance des
choses passees demeure, et ont perdu la souvenance de
leurs redictes : i'ay veu des recits bien plaisants devenir
tresennuyeux en la bouche d'un seigneur, chascun de
l'assistance en ayant esté abbruvé cent fois.

Secondement, qu'il me souvient moins des offenses
receues, ainsi que disoit cet ancien : il me fauldroit un
protocolle ; comme Darius, pour n'oublier l'offense qu'il
avoit receue des Atheniens, faisoit qu'un page, à touts les
coups qu'il se mettoit à table, luy veinst rechanter par
trois fois à l'aureille, Sire, souvienne vous des Atheniens :
et que les lieux et les livres que ie reveoy me rient tousiours d'une fresche nouvelleté.

Ce n'est pas sans raison qu'on dict que qui ne se sent
point assez fermé de memoire ne se doibt pas mesler
d'estre menteur. Ie sçay bien que les grammairiens font
difference entre dire mensonge, et mentir ; et disent que
dire mensonge, c'est dire chose faulse, mais qu'on a prins
pour vraye ; et que la definition du mot de mentir en
latin, d'où nostre françois est party, porte autant comme
aller contre sa conscience (a) ; et que par consequent
cela ne touche que ceulx qui disent contre ce qu'ils sçavent,
desquels ie parle. Or ceulx icy, ou ils inventent marc et
tout ; ou ils deguisent et alterent un fond veritable. Lors
qu'ils deguisent et changent, à les remettre souvent en

(a) Mentiri, quasi contra mentem ire.

ce mesme conte, il est malaisé qu'ils ne se desferrent ;
parce que la chose comme elle est s'estant logee la
premiere dans la memoire et s'y estant empreinte par
la voye de la cognoissance et de la science, il est malaisé qu'elle ne se represente à l'imagination, deslogeant la
faulseté qui n'y peult avoir le pied si ferme ny si rassis,
et que les circonstances du premier apprentissage, se coulant à touts coups dans l'esprit, ne facent perdre le souvenir des pieces rapportees faulses ou abastardies. En ce
qu'ils inventent tout à faict, d'autant qu'il n'y a nulle
impression contraire qui chocque leur faulseté, ils semblent avoir d'autant moins à craindre de se mesconter.
Toutesfois encores cecy, parce que c'est un corps vain et
sans prinse, eschappe volontiers à la memoire, si elle
n'est bien asseuree : de quoy i'ay souvent veu l'experience, et plaisamment aux despens de ceulx qui font
profession de ne former aultrement leur parole que selon
qu'il sert aux affaires qu'ils negocient et qu'il plaist aux
grands à qui ils parlent ; car ces circonstances à quoy
ils veulent asservir leur foy et leur conscience, estant
subiectes à plusieurs changements, il fault que leur parole se diversifie quand et quand : d'où il advient que de
mesme chose ils disent tantost gris, tantost iaune, à tel
homme d'une sorte, à tel d'une aultre ; et si par fortune
ces hommes rapportent en butin leurs instructions si
contraires, que devient cette belle art ? oultre ce qu'im-
prudemment ils se desferrent eulx mesmes si souvent ;
car quelle memoire leur pourroit suffire à se souvenir
de tant de diverses formes qu'ils ont forgees en un mesme
subiect ? l'ay veu plusieurs de mon temps envier la
reputation de cette belle sorte de prudence ; qui ne
veoyent pas que si la reputation y est, l'effect n'y peult
estre.

En verité le mentir est un mauldict vice. Nous ne
sommes hommes, et ne nous tenons les uns aux aultres,
que par la parole. Si nous en cognoissions l'horreur et

le poids, nous le poursuivrions à feu, plus iustement que d'aultres crimes. Ie treuve qu'on s'amuse ordinairement à chastier aux enfants des erreurs innocentes, tresmal à propos, et qu'on les tormente pour des actions temeraires qui n'ont ny impression ny suitte. La menterie seule, et, un peu au dessoubs, l'opiniastreté, me semblent estre celles desquelles on debvroit à toute instance combattre la naissance et le progrez : elles croissent quand et eulx; et depuis qu'on a donné ce fauls train à la langue, c'est merveille combien il est impossible de l'en retirer : par où il advient que nous voyons des honnestes hommes d'ailleurs y estre subiects et asservis. I'ay un bon garçon de tailleur à qui ie n'ouy iamais dire une verité, non pas quand elle s'offre pour luy servir utilement. Si, comme la verité, le mensonge n'avoit qu'un visage, nous serions en meilleurs termes; car nous prendrions pour certain l'opposé de ce que diroit le menteur : mais le revers de la verité a cent mille figures et un champ indefiny. Les Pythagoriens font le bien certain et finy, le mal infiny et incertain. Mille routes desvoyent du blanc : une y va. Certes ie ne m'asseure pas que ie peusse venir à bout de moy à garantir un danger evident et extreme par une effrontee et solenne mensonge. Un ancien pere dict que nous sommes mieulx en la compaignie d'un chien cogneu, qu'en celle d'un homme duquel le langage nous est incogneu; Ut externus alieno non sit hominis vice (a). Et de combien est le langage fauls moins sociable que le silence !

___

(a) De sorte que deux personnes de diverses nations ne sont point hommes l'un à l'égard de l'autre.

C'est un passage de Pline, mais que Montaigne a tronqué pour l'adapter à sa pensée. Il y a dans Pline, *ut externus alieno penè non sit hominis vice.* Nat. Hist. l. 7, c. 1, « De sorte que « deux personnes de différents pays ne sont presque pas des « hommes l'un à l'égard de l'autre ». *Coste.*

Le roi François premier se vantoit d'avoir mis au
rouet, par ce moyen, Francisque Taverna, ambassadeur
de François Sforce duc de Milan, homme tresfameux
en science de parlerie. Cestuy cy avoit esté despesché
pour excuser son maistre envers sa maiesté d'un faict
de grande consequence, qui estoit tel : le roy, pour
maintenir tousiours quelques intelligences en Italie, d'où
il avoit esté dernierement chassé, mesme au duché de
Milan, avoit advisé d'y tenir prez du duc un gentilhomme de sa part, ambassadeur par effect, mais par
apparence homme privé, qui feist la mine d'y estre pour
ses affaires particulieres ; d'autant que le duc, qui despen-
doit beaucoup plus de l'empereur (lors principalement
qu'il estoit en traicté de mariage avec sa niepce, fille du
roy de Danemarc, qui est à present douairiere de
Lorraine), ne pouvoit descouvrir avoir aulcune practique
et conference avec nous, sans son grand interest. A cette
commission se trouva propre un gentilhomme milan-
nois, escuyer d'escurie chez le roy, nommé Merveille. Cestuy cy, despesché avecques lettres secrettes de creance et
instructions d'ambassadeur, et avecques d'aultres lettres
de recommandation envers le duc en faveur de ses affaires
particulieres, pour le masque et la montre, feut si long
temps auprez du duc, qu'il en veint quelque ressentiment
à l'empereur, qui donna cause à ce qui s'ensuivit aprez,
comme nous pensons : ce feut que, soubs couleur de
quelque meurtre, voilà le duc qui luy faict trencher
la teste de belle nuict, et son procez faict en deux iours.
Messire Francisque estant venu prest d'une longue de-
duction contrefaicte de cette histoire, car le roy s'en
estoit adressé, pour demander raison, à touts les princes
de chrestienté et au duc mesme, feut ouy aux affaires
du matin ; et ayant estably pour le fondement de sa
cause, et dressé à cette fin plusieurs belles apparences du
faict : que son maistre n'avoit iamais prins nostre homme
que pour gentilhomme privé et sien subiect, qui estoit

venu faire ses affaires à Milan et qui n'avoit iamais
vescu là soubs aultre visage ; desadvouant mesme avoir
sceu qu'il feust en estat de la maison du roy , ny cogneu
de luy , tant s'en fault qu'il le prinst pour ambassadeur.
Le roy, à son tour, le pressant de diverses obiections et
demandes , et le chargeant de toutes parts , l'accula enfin sur le poinct de l'execution faicte de nuict et comme
à la desrobee : à quoy le pauvre homme embarrassé
respondit, pour faire l'honneste, que, pour le respect de
sa maiesté, le duc eust esté bien marry que telle execution se feust faicte de iour. Chascun peult penser comme
il feut relevé, s'estant si lourdement couppé, à l'endroict
d'un tel nez que celuy du roy François.

Le pape Iule second , ayant envoyé un ambassadeur
vers le roy d'Angleterre pour l'animer contre le roy
François , l'ambassadeur ayant esté ouy sur sa charge ,
et le roy d'Angleterre s'estant arresté en sa response aux
difficultez qu'il trouvoit à dresser les preparatifs qu'il
fauldroit pour combattre un roy si puissant, et en alleguant quelques raisons ; l'ambassadeur repliqua mal
à propos qu'il les avoit aussi considerees de sa part,
et les avoit bien dictes au pape. De cette parole , si
esloingnee de sa proposition qui estoit de le poulser
incontinent à la guerre, le roy d'Angleterre print le
premier argument de ce qu'il trouva depuis par effect ,
que cet ambassadeur , de son intention particuliere ,
pendoit du costé de France ; et , en ayant adverty son
maistre , ses biens feurent confisquez , et ne teint à gueres
qu'il n'en perdist la vie.

CHAPITRE X.

Du parler prompt, ou tardif.

Onc ne furent à tonts toutes graces donnees : (1)
aussi voyons nous qu'au don d'eloquence les uns ont
la facilité et la promptitude, et, ce qu'on dict, le bou-
tehors si aisé, qu'à chasque bout de champ ils sont
prests; les aultres, plus tardifs, ne parlent iamais rien
qu'elaboré et premedité.

Comme on donne des regles aux dames de prendre les
ieux et les exercices du corps, selon l'advantage de ce
qu'elles ont le plus beau; si i'avois à conseiller de
mesme en ces deux divers advantages de l'eloquence, de
laquelle il semble en nostre siecle que les prescheurs et
les advocats facent principale profession, le tardif seroit
mieulx prescheur, ce me semble, et l'aultre, mieulx
advocat : parce que la charge de cestuy là luy donne
autant qu'il luy plaist de loisir pour se preparer; et puis
sa carriere se passe d'un fil et d'une suite sans interruption : là où les commoditez de l'advocat le pressent à
toute heure de se mettre en lice; et les responses im-
prouveues de sa partie adverse le reiectent de son bransle,
où il lui fault sur le champ prendre nouveau party. Si
est ce qu'à l'entreveue du pape Clement et du roi François à Marseille, il adveint, tout au rebours, que monsieur
Poyet, homme toute sa vie nourry au barreau, en grande
reputation, ayant charge de faire la harangue au pape,
et l'ayant de longue main pourpensee, voire, à ce qu'on
dict, apportee de Paris toute preste; le iour mesme qu'elle

---

(1) Ce vers est d'Estienne de la Boetie, l'intime ami de Montaigne. Voyez le chapitre *de l'amitié*, l. 1, chap. 27.

debvoit estre prononcee, le pape, se craignant qu'on
luy teinst propos qui peust offenser les ambassadeurs des
aultres princes qui estoient autour de luy, manda au
roy l'argument qui luy sembloit estre le plus propre au
temps et au lieu, mais, de fortune, tout aultre que celuy sur
lequel monsieur Poyet s'estoit travaillé; de façon que sa
harangue demeuroit inutile, et luy en falloit promptement
refaire une aultre : mais s'en sentant incapable, il fallut
que monsieur le cardinal du Bellay en prinst la charge.
La part de l'advocat est plus difficile que celle du prescheur : et nous trouvons pourtant, ce m'est advis, plus
de passables advocats, que prescheurs, au moins en
France. Il semble que ce soit plus le propre de l'esprit
d'avoir son operation prompte et soubdaine; et plus le
propre du iugement de l'avoir lente et posee. Mais qui
demeure du tout muet s'il n'a loisir de se preparer, et
celuy aussi à qui le loisir ne donne advantage de mieulx
dire, ils sont en pareil degré d'estrangeté.

On recite de Severus Cassius, qu'il disoit mieulx sans
y avoir pensé; qu'il debvoit plus à la fortune qu'à sa dili-
gence; qu'il luy venoit à proufit d'estre troublé en parlant;
et que ses adversaires craignoyent de le picquer, de peur
que la cholere ne lui feist redoubler son eloquence. Ie
cognoy par experience cette condition de nature qui ne
peult soustenir une vehemente premeditation et laborieuse : si elle ne va gayement et librement, elle ne va
rien qui vaille. Nous disons d'aulcuns ouvrages qu'ils
puent l'huyle et la lampe, pour certaine aspreté et rudesse
que le travail imprime en ceulx où il a grande part. Mais
oultre cela, la solicitude de bien faire, et cette contention
de l'ame trop bandee et trop tendue à son entreprinse, la
met au rouet, la rompt et l'empesche; ainsi qu'il advient
à l'eau qui, par force de se presser, de sa violence et
abondance ne peult trouver issue en un goulet ouvert.
En cette condition de nature dequoy ie parle, il y a quand
et quand aussi cela, qu'elle demande à estre non pas es-

branslee et picquee par ces passions fortes, comme la cholere de Cassius (car ce mouvement seroit trop aspre), elle veult estre non pas secouee, mais solicitee ; elle veult estre eschauffee et resveillee par les occasions estrangieres, presentes, et fortuites : si elle va toute seule, elle ne faict que traisner et languir ; l'agitation est sa vie et sa grace. Ie ne me tiens pas bien en ma possession et disposition : le hazard y a plus de droict que moy ; l'occasion, la compaignie, le bransle mesme de ma voix, tire plus de mon esprit, que ie n'y treuve lorsque ie le sonde et employe à part moy. Ainsi les paroles en valent mieulx que les escripts, s'il y peult avoir chois où il n'y a point de prix. Cecy m'advient aussi : que ie ne me treuve pas où ie me cherche ; et me treuve plus par rencontre que par l'inquisition de mon iugement. I'auray eslancé quelque subtilité en escrivant ; i'entens bien : mornee pour un aultre, affilee pour moy. Laissons toutes ces honnestetez : cela se dict par chascun selon sa force. Ie l'ay si bien perdue, que ie ne sçay ce que i'ay voulu dire ; et l'a l'estrangier descouverte parfois avant moy. Si ie portoy le rasoir partout où cela m'advient, ie me desferoy tout. Le rencontre m'en offrira le iour quelque aultre fois plus apparent que celuy du midy ; et me fera estonner de ma hesitation.

CHAPITRE XI.

Des prognostications.

Quant aux oracles, il est certain que bonne piece avant la venue de Iesus-christ ils avoyent commencé à perdre leur credit ; car nous voyons que Cicero se met en peine de trouver la cause de leur defaillance : et ces mots sont à luy : Cur isto modo iam oracula Delphis non eduntur, non modò

nostrâ ætate, sed iamdiu; ut nihil possit esse contemptius? (1)
Mais quant aux aultres prognosticques qui se tiroyent
de l'anatomie des bestes aux sacrifices, ausquels Platon
attribue en partie la constitution naturelle des membres
internes d'icelles, du trepignement des poulets, du vol
des oyseaux, Aves quasdam....... rerum augurandarum causâ
natas esse putamus (2), des fouldres, du tournoyement
des rivieres, Multa cernunt aruspices, multa augures provi-
dent, multa oraculis declarantur, multa vaticinationibus, multa
somniis, multa portentis (3), et aultres sur lesquels l'ancienneté appuyoit la pluspart des entreprinses tant publicques que privees; nostre religion les a abolis. Et encores qu'il reste entre nous quelques moyens de divination ez astres, ez esprits, ez figures du corps, ez songes,
et ailleurs; notable exemple de la forcenee curiosité de
nostre nature, s'amusant à preoccuper les choses futures,
comme si elle n'avoit pas assez à faire à digerer les presentes,

Cur hanc tibi, rector Olympi,
Sollicitis visum mortalibus addere curam,
Noscant venturas ut dira per omina clades?

. . . .
Sit subitum quodcunque paras; sit cæca futuri
Mens hominum fati; liceat sperare timenti : (4)

---

(1) D'où vient qu'il ne se rend plus d'oracles à Delphes, non
seulement à présent, mais depuis fort long-temps; de sorte qu'on
ne peut rien voir de plus méprisé? *Cic.* de divinat. l. 2, c. 57.

(2) Nous croyons qu'il y a des oiseaux qui naissent pour servir exprès à l'art des augures. *Cic.* de nat. deor. l. 2, c. 64.

(3) Les aruspices voient quantité de choses; les augures en
prévoient aussi un grand nombre : plusieurs évènements sont
annoncés par les oracles, et plusieurs par les devins, par les
songes, et par les prodiges. *Id. ibid.* c. 65.

(4) Pourquoi, souverain maître des dieux, as-tu voulu ajouter
ce souci à tant d'autres qui tourmentent les infortunés mortels,
qu'ils puissent connoître leurs malheurs à venir par de funestes
présages? —Fais plutôt que tout ce que tu leur prépares arrive

Ne utile quidem est scire quid futurum sit ; miserum est enim
nihil proficientem angi (1) : si est ce qu'elle est de beaucoup
moindre auctorité. Voylà pourquoy l'exemple de François, marquis de Sallusses, m'a semblé remarquable : car
lieutenant du roy François en son armee delà les monts,
infiniment favorisé de nostre court, et obligé au roy du
marquisat mesme qui avoit esté confisqué de son frere ;
au reste ne se presentant occasion de le faire (a), son
affection mesme y contredisant, se laissa si fort espou-
vanter, comme il a esté adveré, aux belles prognostica-
tions qu'on faisoit lors courir de touts costez à l'advantage de l'empereur Charles cinquiesme, et à nostre
desadvantage (mesme en Italie, où ces folles prophelies
avoyent trouvé tant de place, qu'à Rome feut baillee
grande somme d'argent au change pour cette opinion
de nostre ruine), qu'aprez s'estre souvent condolu à ses
privez des maulx qu'il voyoit inevitablement preparez à
la couronne de France et aux amis qu'il y avoit, se re-
volta et changea de party ; à son grand dommage pourtant, quelque constellation qu'il y eust. Mais il s'y con-
duisit en homme combattu de diverses passions : car
ayant et villes et forces en sa main, l'armee ennemie soubs
Antoine de Leve à trois pas de luy, et nous sans souspeçons de son faict, il estoit en luy de faire pis qu'il ne feit,
car pour sa trahison nous ne perdismes ny homme ny
ville que Fossan, encores aprez l'avoir longtemps contestee.

à l'improviste ; et que l'esprit de l'homme ne voie rien de l'avenir, afin qu'au milieu de ses craintes il lui soit permis d'espé-
rer. *Lucan*. l. 2, vers. 4 , 5, 6, — 14, 15.

(1) On ne gagne rien à savoir ce qui doit nécessairement arriver : car il est triste de se tourmenter inutilement. *Cic.* de nat.
deor. l. 3, c. 6.

(a) C'est-à-dire, *de changer de parti*, comme Montaigne le
dit onze lignes plus bas.

Prudens futuri temporis exitum
Caliginosà nocte premit Deus :
　　Ridetque, si mortalis ultra
　Fas trepidat.
　. . . . . Ille potens sui,
Lætusque deget, cui licet in diem
　　Dixisse, vixi; cras vel atrà
　Nube polum, pater, occupato,
Vel sole puro. (1)

　　Lætus in præsens animus, quod ultra est
　　Oderit curare. (2)

Et ceulx qui croyent ce mot, au contraire, le croyent à tort : Ista sic reciprocantur; ut et, si divinatio sit, dii sint ; et si dii sint, sit divinatio (3) : beaucoup plus sagement Pacuvius,

　　Nam istis, qui linguam avium intelligunt,
　　Plusque ex alieno iecore sapiunt quàm ex suo,
　　Magis audiendum quàm auscultandum censeo. (4)

Cette tant celebree art de deviner des Thoscans nasquit ainsin : Un laboureur perceant de son coultre profondement la terre, en veit sourdre Tages, demi-

---

(1) Jupiter enveloppe exprès dans une nuit obscure tous les évènements à venir ; et se rit d'un mortel qui porte ses inquiétudes plus loin qu'il ne devroit. — Celui-là sera véritablement maître de lui-même, et vivra content, qui à la fin de chaque jour peut dire, J'ai passé agréablement cette journée, soit que demain Jupiter charge l'air d'épais nuages, ou qu'il l'éclaire d'un beau soleil. *Horat.* od. 29, l. 3, v. 29, et seqq. — 41, et seqq.

(2) Un esprit satisfait du présent se gardera bien de s'embarrasser de l'avenir. *Horat.* od. 16, l. 2, v. 25, 26.

(3) S'il y a une divination, il y a des dieux ; et s'il y a des dieux, il y a une divination. Ces deux principes sont liés et se supposent réciproquement. *Cicer.* de divinat. l. 1, cap. 6.

(4) Car pour ceux qui entendent le langage des oiseaux, et qui sont plus éclairez par le foie d'un animal que par leur propre raison, je pense qu'il vaut mieux les écouter que les croire. *Pacuvius* apud. Cic. *de divinatione*, l. 1, c. 57.

dieu, d'un visage enfantin, mais de senile prudence.
Chascun y accourut, et feurent ses paroles et science re-
cueillie et conservee à plusieurs siecles, contenant les
principes et moyens de cette art : naissance conforme à
son progrez. J'aimeroy bien mieulx regler mes affaires
par le sort des dez, que par ces songes. Et de vray, en
toutes republiques on a tousiours laissé bonne part d'auctorité au sort. Platon, en la police qu'il forge à discretion, lui attribue la decision de plusieurs effects d'importance, et veult, entre aultres choses, que les mariages
se facent par sort entre les bons : et donne si grand poids
à cette election fortuite, que les enfants qui en naissent,
il ordonne qu'ils soyent nourris au païs ; ceulx qui naissent des mauvais, en soyent mis hors : toutesfois si quelqu'un de ces bannis venoit par cas d'adventure à montrer
en croissant quelque bonne esperance de soy, qu'on le
puisse rappeller ; et exiler aussi celuy d'entre les retenus
qui montrera peu d'esperance de son adolescence. J'en
veoy qui estudient et glosent leurs almanacs, et nous en
alleguent l'auctorité aux choses qui se passent. A tant
dire, il fault qu'ils dient et la verité et le mensonge : (1)
quis est enim qui totum diem iaculans non aliquando conli-
neet? Ie ne les estime de rien mieulx, pour les veoir tumber en quelque rencontre. Ce seroit plus de certitude s'il
y avoit regle et verité à mentir tousiours : ioinct que personne ne tient registre de leurs mescontes, d'autant
qu'ils sont ordinaires et infinis ; et faict on valoir leurs
divinations de ce qu'elles sont rares, incroiables, et pro-
digieuses. Ainsi respondit Diagoras, qui feut surnommé
l'athee, estant en la Samothrace, à celuy qui, en luy montrant au temple force vœux et tableaux de ceulx qui
avoyent eschappé le nauffrage, lui dict : « eh bien ! vous
qui pensez que les dieux mettent à nonchaloir les choses
humaines, que dictes vous de tant d'hommes sauvez

---

(1) Qui est-ce qui s'exerçant tout le jour à tirer ne touche
pas quelquefois au but ? *Cicer.* de divinat. l. 2, c. 59.

par leur grace »? Il se faict ainsi, respondit il : « ceulx là
ne sont pas peincts qui sont demourez noyez, en bien
plus grand nombre ». Cicero dict que le seul Xenophanes
colophonien, entre touts les philosophes qui ont advoué
des dieux, a essayé (a) desraciner toute sorte de divination.
D'autant est il moins de merveille si nous avons veu, par
fois à leur dommage, aulcunes de nos ames principesques
s'arrester à ces vanitez. Ie vouldrois bien avoir recogneu
de mes yeulx ces deux merveilles, du livre de Ioachim,
abbé calabrois, qui prédisoit touts les papes futurs, leurs
noms et formes; et celuy de Leon l'empereur, qui pre-
disoit les empereurs et patriarches de Grece. Cecy
ay ie recogneu de mes yeulx, qu'ez confusions publicques, les hommes, estonnez de leur fortune, se vont re-
iectants, comme à toute superstition, à rechercher au
ciel les causes et menaces anciennes de leur malheur; et
y sont si estrangement heureux de mon temps, qu'ils
m'ont persuadé qu'ainsi que c'est un amusement d'esprits aigus et oysifs, ceulx qui sont duicts à cette subtilité
de les replier et desnouer seroyent en touts escripts capables de trouver tout ce qu'ils y demandent : Mais surtout leur preste beau ieu le parler obscur, ambigu et
fantastique du iargon prophetique, auquel leurs aucteurs ne donnent aulcun sens clair, à fin que la posterité y en puisse appliquer de tels qu'il luy plaira. Le
daimon de Socrates estoit à l'adventure certaine impulsion de volonté qui se presentoit à luy sans attendre le
conseil de son discours : en une ame bien espuree comme
la sienne, et preparee par continuel exercice de sagesse
et de vertu, il est vraysemblable que ces inclinations,
quoyque temeraires et indigestes, estoient tousiours importantes et dignes d'estre suyvies. Chascun sent en soy
quelque image de telles agitations d'une opinion prompte,
vehemente et fortuite : c'est à moy de leur donner quelque auctorité, qui en donne si peu à nostre prudence ;

_____

(a) de desraciner. *édit.* in-fol. de 1595, et de 1635.

et en ay eu de pareillement foibles en raison, et violentes en persuasion, ou en dissuasion qui estoient plus ordinaires en Socrates, auxquelles ie me laissay emporter si utilement et heureusement, qu'elles pourroient estre iugees tenir quelque chose d'inspiration divine.

CHAPITRE XII.

De la constance.

La loy de la resolution et de la constance ne porte pas que nous ne nous debvions couvrir, autant qu'il est en nostre puissance, des maulx et inconvenients qui nous menacent, ny par consequent d'avoir peur qu'ils nous surprennent : au rebours, touts moyens honnestes de se garantir des maulx sont non seulement permis, mais louables ; et le ieu de la constance se ioue principalement à porter (a) patiemment les inconvenients où il n'y a point de remede : de maniere qu'il n'y a souplesse de corps ny mouvement aux armes de main, que nous trouvions mauvais s'il sert à nous garantir du coup qu'on nous rue. Plusieurs nations tresbelliqueuses se servoyent, en leurs faicts d'armes, de la fuite, pour advantage principal, et montroyent le dos à l'ennemy plus dangereusement que leur visage : les Turcs en retiennent quelque chose. Et Socrates, en Platon, se mocque de Laches qui avoit definy la fortitude, « Se tenir ferme en son reng contre les ennemis » : Quoy, feit il, seroit ce doncques lascheté de les battre en leur faisant place ? et luy allegue Homere, qui loue en Aeneas la science de fuir. Et, parce que Laches se r'advisant advoue cet usage aux Scythes et enfin generalement aux gents de cheval, il luy allegue encores l'exemple des gents de pied lacedemoniens, nation sur toutes duicte à combattre de pied ferme, qui, en la iournee de Platees,

---

(a) de pied ferme. *Ed.* de 1588 et de 1595, mais rayé par Montaigne dans l'exemplaire qu'il a corrigé. N.

ne pouvant ouvrir la phalange persienne, s'adviserent
de s'escarter et sier arriere; pour, par l'opinion de leur
fuitte, faire rompre et dissouldre cette masse en les pour-
suivant, par où ils se donnerent la victoire. Touchant les
Scythes, on dict d'eux, quand Darius alla pour les subiuguer, qu'il manda à leur roy force reproches, pour le
veoir tousiours reculant devant luy, et gauchissant la
meslee. A quoy Indathyrses, car ainsi se nommoit il,
feit response, « que ce n'estoit pour avoir peur de luy ny
« d'homme vivant; mais que c'estoit la façon de marcher
« de sa nation, n'ayant ny terre cultivee, ny ville, ny
« maison à deffendre, et à craindre que l'ennemy en
« peust faire proufit: mais s'il avoit si grand faim d'y (a)
« mordre, qu'il approchast pour veoir le lieu de leurs an-
« ciennes sepultures, et que là il trouveroit à qui parler ».
Toutesfois aux canonades, depuis qu'on leur est planté
en butte, comme les occasions de la guerre portent souvent, il est messeant de s'esbransler pour la menace du
coup; d'autant que par sa violence et vistesse nous le tenons inevitable; et en y a maint un qui pour avoir ou
haulsé la main, ou baissé la teste, en a, pour le moins,
appresté à rire à ses compaignons. Si est ce qu'au voyage
que l'empereur Charles cinquiesme feit contre nous en
Provence, le marquis de Guast estant allé recognoistre
la ville d'Arles, et s'estant iecté hors du couvert d'un
moulin à vent, à la faveur duquel il s'estoit approché,
feut apperceu par les seigneurs de Bonneval et seneschal
d'Agenois, qui se pourmenoyent sus le theatre aux arenes:
lesquels l'ayant montré au sieur de Villiers commissaire
de l'artillerie, il braqua si à propos une couleuvrine, que
sans ce que le dict marquis voyant mettre le feu se lancea
à quartier, il feut tenu qu'il en avoit dans le corps. Et de
mesme quelques annees auparavant, Laurent de Medi-
cis, duc d'Urbin, pere de la royne mere du roy, assie-

(a) *D'en manger*, édit. in-fol. de 1595.

geant Mondolphe, place d'Italie, aux terres qu'on
nomme du Vicariat, voyant mettre le feu à une piece qui
le regardoit, bien luy servit de faire la cane: car aultrement le coup, qui ne lui raza que le dessus de la teste,
luy donnoit sans doubte dans l'estomach. Pour en dire le
vray, ie ne croy pas que ces mouvements se feissent avecques discours: car quel iugement pouvez vous faire de
la mire haulte ou basse en chose si soubdaine? et est bien
plus aisé à croire que la fortune favorisa leur frayeur;
et que ce seroit moyen une aultre fois aussi bien pour se
iecter dans le coup, que pour l'eviter. Ie ne me puis deffendre, si le bruit esclatant d'une arquebusade vient à
me frapper les aureilles à l'improuveu, en lieu où ie ne le
deusse pas attendre, que ie n'en tressaille: ce que i'ay
veu encores advenir à d'aultres qui valent mieulx que
moy. Ny n'entendent les Stoïciens que l'ame de leur sage
puisse resister aux premieres visions et fantasies qui luy
surviennent; ains, comme à une subiection naturelle, con-
sentent qu'il cede au grand bruit du ciel ou d'une ruine,
pour exemple, iusques à la pasleur et contraction, ainsin aux aultres passions, pourveu que son opinion demeure saulve et entiere, et que l'assiette de son discours
n'en souffre atteinte ni alteration quelconque, et qu'il ne
preste nul consentement à son effroy et souffrance. De
celuy qui n'est pas sage, il en va de mesme en la premiere partie; mais tout aultrement en la seconde: car
l'impression des passions ne demeure pas en luy superficielle, ains va penetrant iusques au siege de sa raison,
l'infectant et la corrompant; il iuge selon icelles, et s'y
conforme. Voyez bien disertement et plainement l'estat
du sage stoïque:

Mens immota manet; lacrymæ volvuntur inanes. (1)

---

(1) Les pleurs ont beau couler, son ame est inflexible.
Virg. Aeneid. l. 4, v. 449.

Le sage peripateticien ne s'exempte pas des perturba-
tions, mais il les modere.

CHAPITRE XIII.

Cerimonie de l'éntreveue des roys.

Il n'est subiect si vain qui ne merite un reng en cette
rapsodie. A nos regles communes, ce seroit une notable
discourtoisie, et à l'endroict d'un pareil, et plus à l'endroict d'un grand, de faillir à vous trouver chez vous
quand il vous auroit adverty d'y debvoir venir: voire,
adioustoit la royne de Navarre Marguerite à ce propos,
que c'estoit incivilité à un gentilhomme de partir de sa
maison, comme il se faict le plus souvent, pour aller au
devant de celuy qui le vient trouver, pour grand qu'il
soit ; et qu'il est plus respectueux et civil de l'attendre
pour le recevoir, ne feust que de peur de faillir sa route ;
et qu'il suffit de l'accompaigner à son partement. Pour
moy i'oublie souvent l'un et l'aultre de ces vains offices ;
comme ie retranche en ma maison autant que ie puis de
la cerimonie. Quelqu'un s'en offense : qu'y feroy ie? Il
vault mieulx que ie l'offense pour une fois, que moy touts
les iours ; ce seroit une subiection continuelle. A quoy
faire fuit on la servitude des courts, si on l'entraisne iusques en sa taniere? C'est aussi une regle commune en
toutes assemblees, qu'il touche aux moindres de se trouver les premiers à l'assignation, d'autant qu'il est mieulx
deu aux plus apparents de se faire attendre. Toutesfois à
l'entreveue qui se dressa du pape Clement (a) et du roy
François à Marseille, le roy, y ayant ordonné les apprests
necessaires, s'esloingna de la ville, et donna loisir au pape

---

(a) Septieme du nom, en 1533.

de deux ou trois iours pour son entree et refreschisse-
ment, avant qu'il le veinst trouver. Et de mesme à l'entree aussi du pape (a) et de l'empereur à Boulogne,
l'empereur donna moyen au pape d'y estre le premier, et
y surveint aprez luy. C'est, disent ils, une cerimonie ordinaire aux abouchements de tels princes, que le plus
grand soit avant les aultres au lieu assigné, voire avant
celuy chez qui se faict l'assemblee; et le prennent de ce
biais, que c'est à fin que cette apparence tesmoigne que
c'est le plus grand que les moindres vont trouver, et le
recherchent, non pas luy eulx.

Non seulement chasque païs, mais chasque cité, a sa
civilité particuliere, et chasque vacation. I'y ay esté
assez soigneusement dressé en mon enfance, et ay vescu
en assez bonne compaignie, pour n'ignorer pas les loix
de la nostre françoise, et en tiendrois eschole. I'aime à
les ensuivre, mais non pas si couardement que ma vie
en demeure contraincte: elles ont quelques formes peni-
bles, lesquelles pourveu qu'on oublie par discretion,
non par erreur, on n'en a pas moins de grace. I'ay veu
souvent des hommes incivils par trop de civilité, et importuns de courtoisie.

C'est au demourant une tresutile science que la science
de l'entregent. Elle est, comme la grace et la beauté,
conciliatrice des premiers abords de la societé et familiarité; et par consequent nous ouvre la porte à nous instruire par les exemples d'aultruy, et à exploicter et produire nostre exemple, s'il a quelque chose d'instruisant
et communicable.

(a) Du même pape Clément VII , et de Charles Quint , sur
la fin de l'année 1532.

CHAPITRE XIV.

On est puny pour s'opiniastrer à une place sans raison.

La vaillance a ses limites, comme les aultres vertus; lesquels franchis, on se treuve dans le train du vice : en maniere que par chez elle on se peult rendre à la temerité, obstination et folie, qui n'en sçait bien les bornes, malaisees en verité à choisir sur leurs confins. De cette consideration est nee la coustume que nous avons aux guerres, de punir, voire de mort, ceulx qui s'opiniastrent à deffendre une place qui par les regles militaires ne peult estre soustenue. Aultrement, soubs l'esperance de l'impunité, il n'y auroit poullier qui n'arrestast une armee. Monsieur le connestable de Montmorency au siege de Pavie, ayant esté commis pour passer le Tesin, et se loger aux fauxbourgs saint Antoine, estant empesché d'une tour au bout du pont, qui s'opiniastra iusques à se faire battre, feit pendre tout ce qui estoit dedans ; et encores depuis accompaignant monsieur le dauphin au voyage delà les monts, ayant prins par force le chasteau de Villane, et tout ce qui estoit dedans ayant esté mis en pieces par la furie des soldats, horsmis le capitaine et l'enseigne, il les feit pendre et estrangler pour cette mesme raison: comme feit aussi le capitaine Martin du Bellay, lors gouverneur de Turin en cette mesme contree, le capitaine de S. Bony, le reste de ses gents ayant esté massacré à la prinse de la place. Mais d'autant que le iugement de la valeur et foiblesse du lieu se prend par l'estimation et contrepoids des forces qui l'assaillent (car tel s'opiniastreroit iustement contre deux couleuvrines, qui feroit l'enragé d'attendre trente canons), où se met

encores en compte la grandeur du prince conquerant,
sa reputation, le respect qu'on luy doibt, il y a danger
qu'on presse un peu la balance de ce costé là : et en advient par ces mesmes termes, que tels ont si grande opinion d'eulx et de leurs moyens, que ne leur semblant raisonnable qu'il y ait rien digne de leur faire teste, ils
passent le coulteau partout où ils treuvent resistance,
autant que fortune leur dure; comme il se veoid par les
formes de sommation et desfi que les princes d'orient, et
leurs successeurs qui sont encores, ont en usage, fiere,
haultaine et pleine d'un commandement barbaresque. Et
au quartier par où les Portugalois escornerent les Indes,
ils trouverent des estats avecques cette loy universelle et
inviolable, que tout ennemy vaincu du roy en presence,
ou de son lieutenant, est hors de composition de rançon
et de mercy. Ainsi surtout il se fault garder, qui peult,
de tumber entre les mains d'un iuge ennemy, victorieux
et armé.

CHAPITRE XV.

De la punition de la couardise.

J'ouy aultrefois tenir à un prince et tresgrand capitaine, que pour lascheté de cœur un soldat ne pouvoit estre condemné à mort; luy estant, à table, faict
recit du procez du seigneur de Vervins qui feut condemné à mort pour avoir rendu Bouloigne. A la verité c'est raison qu'on face grande difference entre les
faultes qui viennent de nostre foiblesse, et celles qui
viennent de nostre malice : car en celles icy nous nous
sommes bandez à nostre escient contre les regles de la
raison que nature a empreintes en nous; et en celles

là, il semble que nous puissions appeller à garant cette
mesme nature, pour nous avoir laissez en telle imperfection et defaillance. De maniere que prou de gents ont pensé qu'on ne se pouvoit prendre à nous que de ce que nous
faisons contre nostre conscience : et sur cette regle est en
partie fondee l'opinion de ceulx qui condemnent les puni-
tions capitales aux heretiques et mescreans, et celle qui
establit qu'un advocat et un iuge ne puissent estre tenus
de ce que par ignorance ils ont failly en leur charge.

Mais quant à la couardise, il est certain que la plus
commune façon est de la chastier par honte et ignominie : et tient on que cette regle a esté premierement mise
en usage par le legislateur Charondas ; et qu'avant luy
les loix de Grece punissoient de mort ceulx qui s'en
estoient fuys d'une bataille : là où il ordonna seulement
qu'ils feussent par trois iours assis emmy la place publicque, vestus de robe de femme ; esperant encores s'en
pouvoir servir, leur ayant faict revenir le courage par
cette honte: Suffundere malis hominis sanguinem, quàm effun-
dere(1). Il semble aussi que les loix romaines condemnoient
anciennement à mort ceulx qui avoient fuy : car Ammia-
nus Marcellinus dict que l'empereur Iulien condemna
dix de ses soldats, qui avoient tourné le dos (a) en une
charge contre les Parthes, à estre degradez, et, aprez, à
souffrir mort, suyvant, dict il, les loix anciennes. Toutesfois ailleurs, pour une pareille faulte, il en condemne
d'aultres seulement à se tenir parmy les prisonniers soubs
l'enseigne du bagage. L'aspre condemnation du peuple
romain contre les soldats eschapez de Cannes, et, en cette
mesme guerre, contre ceulx qui accompaignerent Cn.

---

(1) Songez plutôt à faire monter le sang au visage d'un
homme, qu'à le lui tirer des veines. *Tertull.* in Apologet. p. 583,
tom. II, edit. *Beati Rhenaldi*, Parisiis, an. 1566. in-8°.

(a) à une : *édit.* de 1588 et de 1595, mais effacé par Montaigne
dans l'exemplaire corrigé. N.

Fulvius en sa desfaicte, ne veint pas à la mort. Si est il à craindre que la honte les désespere, et les rende non froids (a) seulement, mais ennemis.

Du temps de nos peres, le seigneur de Franget, iadis lieutenant de la compaignie de monsieur le mareschal de Chastillon, ayant esté mis, par monsieur le mareschal de Chabannes, gouverneur de Fontarabie au lieu de monsieur du Lude, et l'ayant rendue aux Espaignols, fut condemné à estre dégradé de noblesse, et tant luy que sa posterité declaré roturier, taillable, et incapable de porter armes : et feut cette rude sentence executee à Lyon. Depuis, souffrirent pareille punition touts les gentilshommes qui se trouverent dans Guyse, lors que le comte de Nansau y entra; et aultres encores, depuis. Toutesfois quand il y auroit une si grossiere et apparente ou ignorance ou couardise, qu'elle surpassast toutes les ordinaires, ce seroit raison de la prendre pour suffisante preuve de meschanceté et de malice, et de la chastier pour telle.

CHAPITRE XVI.

Un traict de quelques ambassadeurs.

J'OBSERVE en mes voyages cette practique, pour apprendre tousiours quelque chose par la communication d'aultruy (qui est une des plus belles escholes qui puisse estre), de ramener tousiours ceulx avecques qui ie confere, aux propos des choses qu'ils sçavent le mieulx;

> Basti al nocchiero ragionar de' venti,
> Al bifolco dei tori : e le sue piaghe
> Conti 'l guerrier, conti 'l pastor gli armenti; (1)

―――――――――――

(a) non froids amis seulement, mais, etc. *Edit.* de 1595.

(1) Que le pilote se contente de parler des vents, le laboureur

car il advient le plus souvent, au rebours (a), que chascun choisit plustost à discourir du mestier d'un aultre que du sien, estimant que c'est autant de nouvelle reputation acquise : tesmoing le reproche qu'Archidamus feit à Periander, qu'il quitoit la gloire (b) de bon medecin, pour acquerir celle de mauvais poëte. Voyez combien Cesar se desploye largement à nous faire entendre ses inventions à bastir ponts et engins; et combien, au prix, il va se serrant où il parle des offices de sa profession, de sa vaillance, et conduicte de sa milice : ses exploicts le verifient assez capitaine excellent; il se veult faire cognoistre excellent ingenieur (c): qualité aulcunement estrangiere. Le vieil Dionysius estoit tresgrand chef de guerre, comme il convenoit à sa fortune : mais il se travailloit à donner principale recommendation de soy par la poësie; et si n'y sçavoit rien. Un homme de vocation (d) iuridique, mené ces iours passez veoir un'estude fournie de toute sorte de livres de son mestier et de toute aultre sorte, n'y trouva nulle occasion de s'entretenir : mais il s'arresta à gloser rudement et magistralement une barricade logee sur la vis (e) de l'estude, que cent

---

des taureaux, le guerrier de ses blessures, et le berger de ses troupeaux.

Ces trois vers italiens sont tirés d'une traduction de Properce, et ils expriment très fidèlement le sens de l'original que voici :

　　　Navita de ventis, de tauris narrat arator;
　　　Enumerat miles vulnera, pastor oves.
　　　　　　　　　　　　Propert. l. 2, eleg. 1, v. 43, 44.

(a) Au contraire : *Edit.* de 1595.

(b) d'un bon : *Edit.* de 1595.

(c) Montaigne écrit *enginieur*, du mot *engin* dont il se sert souvent. N.

(d) vacation : *Edit.* de 1595.

(e) Montaigne ajoutoit ici *par où il estoit monté :* ce qui explique cette expression *sur la vis ;* on voit alors qu'il s'agit

capitaines et soldats (a) rencontrent touts les iours sans remarque et sans offense.

Optat ephippia bos piger, optat arare caballus. (1)

Par ce train vous ne faictes iamais rien qui vaille. Ainsin il fault (b) reiecter tousiours l'architecte, le peintre, le cordonnier, et ainsi du reste, chascun à son gibbier.

Et, à ce propos, à la lecture des histoires, qui est le subiect de toutes gents, i'ay accoustumé de considerer qui en sont les escrivains : si ce sont personnes qui ne facent aultre profession que de lettres, i'en apprends principalement le style et le langage; si ce sont medecins, ie les crois plus volontiers en ce qu'ils nous disent de la temperature de l'air, de la santé et complexion des princes, des bleceures et maladies; si iurisconsultes, il en fault prendre les controverses des droicts, les loix, l'establissement des polices, et choses pareilles; si theologiens, les affaires de l'Eglise, censures ecclesiastiques, dispenses et mariages; si courtisans, les mœurs et les cerimonies; si gents de guerre, ce qui est de leur charge, et principalement les deductions des exploicts où ils se sont trouvez en personne; si ambassadeurs, les menees, intelligences, et practiques, et maniere de les conduire.

A cette cause, ce que i'eusse passé à un aultre sans m'y arrester, ie l'ay poisé et remarqué en l'histoire du seigneur de Langey, tresentendu en telles choses : C'est qu'aprez avoir conté ces belles remontrances de l'empereur Charles cinquiesme, faictes au consistoire à Rome, present l'evesque de Mascon et le seigneur du Velly nos

---

d'un escalier tournant : mais il a effacé ces mots *par où il estoit monté*, et il a ajouté *de l'estude*. N.

(a) recognoissent. *Edit.* de 1595 et de 1635.

(1) Le bœuf voudroit porter la selle, et le cheval labourer. *Horat.* epist. 14, l. 1, v. 43.

(b) travailler de, *édit.* de 1588 et de 1595, mais effacé par Montaigne dans l'exemplaire qu'il a corrigé. N.

ambassadeurs, où il avoit meslé plusieurs paroles oul-
trageuses contre nous, et, entre aultres, que si ses capitaines, soldats et subiects n'estoient d'aultre fidelité et suffisance en l'art militaire, que ceulx du roy, tout sur l'heure il
s'attacheroit la chorde au col pour luy aller demander misericorde; et de cecy il semble qu'il en creust quelque
chose, car deux ou trois fois en sa vie, depuis, il luy adveint de redire ces mesmes mots : aussi qu'il desfia le roy
de le combattre en chemise avecques l'espee et le poi-
gnard, dans un batteau : le dict seigneur de Langey, suyvant son histoire, adiouste que les dicts ambassadeurs
faisants une despeche au roy de ces choses, luy en dissi-
mulerent la plus grande partie, mesme luy celerent les
deux articles precedents. Or, i'ay trouvé bien estrange
qu'il feust en la puissance d'un ambassadeur de dispenser
sur les advertissements qu'il doibt faire à son maistre,
mesme de telle consequence, venants de telle personne, et
dicts en si grand'assemblee : et m'eust semblé l'office du
serviteur estre de fidelement representer les choses en
leur entier, comme elles sont advenues, à fin que la liberté d'ordonner, iuger et choisir, demeurast au maistre;
car, de luy alterer ou cacher la verité, de peur qu'il ne
la prenne aultrement qu'il ne doibt et que cela ne le
poulse à quelque mauvais party, et ce pendant le laisser
ignorant de ses affaires, cela m'eust semblé appartenir
à celuy qui donne la loy, non à celuy qui la receoit; au
curateur et maistre d'eschole, non à celuy qui se doibt
penser inferieur, non en auctorité seulement, mais aussi
en prudence et bon conseil. Quoy qu'il en soit, ie ne
vouldrois pas estre servy de cette façon en mon petit faict.

Nous nous soustrayons si volontiers du commandement, soubs quelque pretexte, et usurpons sur la maistrise; chascun aspire si naturellement à la liberté et auctorité, qu'au superieur nulle utilité ne doibt estre si
chere, venant de ceulx qui le servent, comme luy doibt
estre chere leur naïfve et simple obeïssance. On cor-

rompt l'office du commander (a), quand on y obeït par
discretion, non par subiection. Et P. Crassus, celuy que
les Romains estimerent cinq fois heureux, lorsqu'il estoit
en Asie consul, ayant mandé à un ingenieur grec de luy
faire mener le plus grand des deux masts de navire qu'il
avoit veus à Athenes, pour quelque engin de batterie qu'il
en vouloit faire : cettuy cy, soubs tiltre de sa science, se
donna loy de choisir aultrement, et mena le plus petit, et,
selon la raison de son art, le plus commode. Crassus
ayant patiemment ouï ses raisons, luy feit tresbien donner le fouet, estimant l'interest de la discipline plus que
l'interest de l'ouvrage. D'aultre part pourtant, on pourroit aussi considerer que cette obeïssance si contraincte
n'appartient qu'aux commandements precis et prefix. Les
ambassadeurs ont une charge plus libre, qui en plusieurs
parties despend souverainement de leur disposition ; ils
n'executent pas simplement, mais forment aussi et dressent par leur conseil la volonté du maistre : l'ay veu, en
mon temps, des personnes de commandement reprins
d'avoir plustost obeï aux paroles des lettres du roy,
qu'à l'occasion des affaires qui estoient prez d'eulx : Les
hommes d'entendement accusent encores [auiourd'huy]
l'usage des roys de Perse de tailler les morceaux si courts
à leurs agents et lieutenants, qu'aux moindres choses ils
eussent à recourir à leur ordonnance ; ce delay, en une
si longue estendue de domination, ayant souvent apporté
des notables dommages à leurs affaires : Et Crassus, escrivant à un homme du mestier, et luy donnant advis de
l'usage auquel il destinoit ce mast, sembloit il pas entrer
en conference de sa deliberation, et le convier à inter-
poser son decret ?

(a) Cette pensée est prise d'*Aulu-Gelle*, Noct. attic. lib. 1,
cap. 13.

CHAPITRE XVII.

De la peur.

Obstupui, steteruntque comæ, et vox faucibus hæsit (1).

Ie ne suis pas bon naturaliste (qu'ils disent), et ne sçais gueres par quels ressorts la peur agit en nous; mais tant y a que c'est une estrange passion : et disent les me-decins qu'il n'en est aulcune qui emporte plustost nostre iugement hors de sa deue assiette. De vray, i'ay veu beaucoup de gents devenus insensez, de peur; et, au plus rassis, il est certain, pendant que son accez dure, qu'elle engendre de terribles esblouïssements. Ie laisse à part le vulgaire, à qui elle represente tantost les bisayeuls sortis du tumbeau enveloppez en leur suaire, tantost des loups-garous, des lutins et des chimeres ; mais parmy les sol-dats mesmes, où elle debvroit trouver moins de place, combien de fois a elle changé un troupeau de brebis en esquadron de corselets? des roseaux et des cannes, en gentsdarmes et lanciers? nos amis, en nos ennemis? et la croix blanche, à la rouge? Lors que monsieur de Bour-bon print Rome (a), un port' enseigne qui estoit à la garde du bourg saint Pierre feut saisi de tel effroy à la premiere alarme, que par le trou d'une ruyne il se iecta, l'enseigne au poing, hors la ville droict aux ennemis, pensant tirer vers le dedans de la ville; et à peine enfin, voyant la troupe de monsieur de Bourbon se renger pour le sous-tenir estimant que ce feust une sortie que ceulx de la ville feissent, il se recogneut, et, tournant teste, rentra par ce

---

(1) Je fus transi de peur, mes cheveux se hérisserent, et ma voix se glaça dans mon palais. *Aeneid.* l. 2, v. 774.
(a) En 1257.

mesme trou par lequel il estoit sorty plus de trois cents
pas avant en la campaigne. Il n'en adveint pas du tout si
heureusement à l'enseigne du capitaine Iulle, lors que
sainct Paul feut prins sur nous par le comte de Bures et
monsieur du Reu; car, estant si fort esperdu de frayeur
que de se iecter à tout son enseigne hors de la ville par une
canoniere, il feut mis en pieces par les assaillants : et, au
mesme siege, feut memorable la peur qui serra, saisit et
glacea si fort le cœur d'un gentilhomme, qu'il en tumba
roide mort par terre à la bresche, sans aulcune bleceure.
Pareille (a) peur saisit par fois toute une multitude : en
l'une des rencontres de Germanicus contre les Allemans,
deux grosses troupes prinrent, d'effroy, deux routes op-
posites; l'une fuyoit d'où l'aultre partoit. Tantost elle nous
donne des aisles aux talons, comme aux deux premiers :
tantost elle nous cloue les pieds et les entrave, comme on
lit de l'empereur Theophile, lequel, en une bataille qu'il
perdit contre les Agarenes, deveint si estonné et si transi
qu'il ne pouvoit prendre party de s'enfuyr, adeò pavor
etiam auxilia formidat (1); iusques à ce que Manuel, l'un des
principaulx chefs de son armee, l'ayant tirassé et secoué,
comme pour l'esveiller d'un profond somme, luy dict : « Si
vous ne me suyvez, ie vous tueray : car il vault mieulx que
vous perdiez la vie, que si, estant prisonnier, vous veniez
à perdre l'empire ». Lors exprime elle sa derniere force,
quand, pour son service, elle nous reiecte à la vaillance
qu'elle a soustraict à nostre debvoir et à nostre honneur :
en la premiere iuste bataille que les Romains perdirent
contre Hannibal, soubs le consul Sempronius, une troupe
de bien dix mille hommes de pied ayant prins l'espou-
vante, ne voyant ailleurs par où faire passage à sa

(a) rage poulse, etc. : *édit.* in-4°. de 1588 et de 1595, in-fol.
mais effacé par Montaigne dans l'exemplaire corrigé. N.

(1) La peur s'effrayant même de ce qui pourroit lui donner
du secours. *Quint.-Curt.* l. 3, c. 11, num. 12.

lascheté, s'alla iecter au travers le gros des ennemis, lequel elle percea d'un merveilleux effort, avec grand
meurtre de Carthaginois ; achetant une honteuse fuyte
au mesme prix qu'elle eust eu d'une glorieuse victoire.

C'est ce de quoy i'ay le plus de peur que la peur : aussi
surmonte elle en aigreur touts aultres accidents. [Quelle
(a) affection peult estre plus aspre et plus iuste, que celle
des amis de Pompeius qui estoient en son navire spectateurs de cet horrible massacre ? Si est ce que la peur des
voiles aegyptiennes, qui commenceoient à les approcher,
l'estouffa de maniere qu'on a remarqué qu'ils ne s'amuserent qu'à haster les mariniers de diligenter et de se sauver à coups d'aviron ; iusques à ce que, arrivez à Tyr,
libres de crainte, ils eurent loy de tourner leur pensee à
la perte qu'ils venoient de faire, et lascher la bride aux
lamentations et aux larmes que cette aultre plus forte
passion avoit suspendues :

Tum pavor sapientiam omnem mihi ex animo expectorat (1).]

Ceulx qui auront esté bien frottez en quelque estour de
guerre, touts blecez encores et ensanglantez, on les ra-
meine bien landemein (b) à la charge : mais ceulx qui ont

(a) Ce qui est ici entre deux crochets manque dans l'exemplaire corrigé par Montaigne : mais après ces mots, *touts aultres
accidents*, on trouve un renvoi ainsi figuré ‡ : ce qui donne lieu
de conjecturer qu'il avoit écrit le passage enfermé ici entre deux
crochets, sur un papier à part qui se sera perdu par le laps de
temps où par la négligence de ceux qui auront parcouru ce précieux exemplaire. Ce n'est malheureusement pas la seule fois
que la même cause a produit le même effet. On en verra dans
la suite trois ou quatre autres exemples. N.

(1) La peur me prive alors de toute ma sagesse. *Cic.* tusc.
quæst. l. 4, c. 8.

(b) C'est ainsi que Montaigne a écrit ce mot à la marge de
l'exemplaire corrigé de sa main ; il l'orthographie même *landemein*, ou *lendemain :* et j'ai remarqué que ce mot est sou-

conçeu quelque bonne peur des ennemis, vous ne les leur
feriez pas seulement regarder en face. Ceulx qui sont en
pressante crainte de perdre leur bien, d'estre exilez,
d'estre subiuguez, vivent en continuelle angoisse, en
perdant le boire, le manger et le repos : là où les pauvres,
les bannis, les serfs, vivent souvent aussi ioyeusement
que les aultres. Et tant de gents qui, de l'impatience des
poinctures de la peur, se sont pendus, noyez et precipitez,
nous ont bien apprins qu'elle est encores plus importune
et insupportable que la mort.

Les Grecs en recognoissent une aultre espece qui est
oultre l'erreur de nostre discours, venant, disent ils, sans
cause apparente et d'une impulsion celeste : des peuples
entiers s'en veoyent souvent saisis, et des armees entieres.
Telle feut celle qui apporta à Carthage une merveilleuse
desolation : on n'y oyoit que cris et voix effrayees ; on
voyoit les habitants sortir de leurs maisons comme à l'a-
larme, et se charger, blecer et entretuer les uns les
aultres comme si ce feussent ennemis qui veinssent à
occuper leur ville : tout y estoit en desordre et en tu-
multe ; iusques à ce que, par oraisons et sacrifices, ils
eussent appaisé l'ire des dieux. Ils nomment cela Terreurs
paniques.

---

vent écrit de ces deux manieres dans plusieurs passages ma-
nuscrits dont il a chargé les marges de son exemplaire. Quelquefois aussi il écrit *le lendemain*, comme on parle aujour-
d'hui.

J'ai conservé ces différentes orthographes du même mot, puisqu'il les emploie indistinctement, et qu'elles sont d'ailleurs très
remarquables pour ceux qui suivent et observent curieusement
les divers changements que le temps, l'usage, et le progrès des
lumieres, ont produits dans notre langue, dans sa syntaxe, son
orthographe et sa prononciation. N.

CHAPITRE XVIII.

Qu'il ne fault iuger de nostre heur qu'aprez la mort.

Scilicet ultima semper
Expectanda dies homini est ; dicique beatus
Ante obitum nemo supremaque funera debet. (1)

Les enfants sçavent le conte du roy Crœsus à ce propos :
lequel ayant esté prins par Cyrus et condemné à la mort ;
sur le poinct de l'execution il s'escria : O Solon ! Solon !
Cela rapporté à Cyrus, et s'estant enquis que c'estoit à
dire ; il luy feit entendre qu'il verifioit lors à ses despens
l'advertissement qu'aultrefois luy avoit donné Solon :
« Que les hommes, quelque beau visage que fortune leur
face, ne se peuvent appeller heureux iusques à ce qu'on
leur aye veu passer le dernier iour de leur vie », pour l'incertitude et varieté des choses humaines, qui, d'un bien
legier mouvement, se changent d'un estat en aultre tout
divers. Et pourtant Agesilaus, à quelqu'un qui disoit
heureux le roy de Perse de ce qu'il estoit venu fort ieune
à un si puissant estat : « Ouy ; mais, dict il, Priam en tel
aage ne feut pas malheureux ». Tantost Des roys de Macedoine, successeurs de ce grand Alexandre, il s'en faict
des menuisiers et greffiers à Rome ; Des tyrans de Sicile,
des pedantes à Corinthe ; D'un conquerant de la moitié du
monde et empereur de tant d'armees, il s'en faict un miserable suppliant des belitres officiers d'un roy d'Aegypte :
tant cousta à ce grand Pompeius la prolongation de cinq
ou six mois de vie ! Et du temps de nos peres, ce Ludovic

_____

(1) Il faut toujours attendre le dernier jour ; car nul ne peut
être estimé heureux avant sa derniere heure et le dernier instant de sa vie. *Ovid.* metamorph. l. 3, fab. 2, v. 5, et seqq.

Sforce, dixiesme duc de Milan, soubs qui avoit si longtemps branslé toute l'Italie, on l'a veu mourir prisonnier à Loches, mais aprez y avoir vescu dix ans, qui est
le pis de son marché : La plus belle royne (a), veufve du plus
grand roy de la chrestienté, vient elle pas de mourir par
main de bourreau? [indigne (b) et barbare cruauté!] Et
mille tels exemples ; car il semble que, comme les orages
et tempestes se picquent contre l'orgueil et haultaineté
de nos bastiments, il y ayt aussi là hault des esprits envieux des grandeurs de çà bas ;

> Usque adeò res humanas vis abdita quædam
> Obterit, et pulchros fasces sævasque secures
> Proculcare ac ludibrio sibi habere videtur ! (1)

et semble que la fortune quelquesfois guette à poinct
nommé le dernier iour de nostre vie, pour montrer sa
puissance de renverser en un moment ce qu'elle avoit
basty en longues anrees; et nous faict crier, aprez Labe-
rius,

> Nimirum hac die
> Unâ plus vixi mihi quàm vivendum fuit ! (2)

Ainsi se peult prendre avecques raison ce bon advis de
Solon : mais d'autant que c'est un philosophe, à l'endroict

(a) Marie, reine d'Ecosse, et mere de Jacques I, roi d'Angleterre, décapitée au château de Fotheringay, par l'ordre de la reine
Elisabeth, le 18 février 1587. Elle avoit été mariée trois fois :
la premiere à François II. N.

(b) Cette réflexion n'est pas dans l'exemplaire corrigé par Montaigne : mais on la trouve dans l'édition in-fol. de 1595, dans
celle de 1635, et dans les suivantes. N.

(1) Tant il est vrai qu'il y a une certaine force secrete qui fait
échouer les entreprises humaines, qui domte l'orgueil des grands,
et se joue des marques les plus éclatantes de leurs dignités !
Lucret. l. 5, v. 1232, et seqq.

(2) J'ai donc vécu aujourd'hui un jour de plus que je n'aurois
dû vivre ! *Macrob.* saturnal. l. 2, c 7.

desquels les faveurs et disgraces de la fortune ne tiennent
reng ny d'heur ny de malheur, et sont les grandeurs et
puissances accidents de qualité à peu prez indifferente,
ie treuve vraysemblable qu'il ayt regardé plus avant, et
voulu dire que ce mesme bonheur de nostre vie, qui de-
pend de la tranquillité et contentement d'un esprit bien
nay, et de la resolution et asseurance d'une ame reglee,
ne se doibve iamais attribuer à l'homme, qu'on ne luy
ayt veu iouer le dernier acte de sa comedie, et sans double
le plus difficile. En tout le reste il y peult avoir du masque: ou ces beaux discours de la philosophie ne sont en
nous que par contenance, ou les accidents ne nous es-
sayant pas iusques au vif nous donnent loisir de maintenir tousiours nostre visage rassis; mais à ce dernier roolle
de la mort et de nous, il n'y a plus que feindre, il fault
parler françois, il fault montrer ce qu'il y a de bon et de
net dans le fond du pot.

> Nam veræ voces tum demum pectore ab imo
> Eiiciuntur; et eripitur persona, manet res. (1)

Voyla pourquoy se doibvent à ce dernier traict toucher et
esprouver toutes les aultres actions de nostre vie: c'est
le maistre iour; c'est le iour iuge de tous les aultres; c'est
le iour, dict un ancien, qui doibt iuger de toutes mes annees passees. Ie remets à la mort l'essay du fruict de mes
estudes: nous verrons là si mes discours me partent de
la bouche ou du cœur. I'ay veu plusieurs donner par
leur mort reputation en bien ou en mal à toute leur vie.
Scipion, beau pere de Pompeius, rabilla en bien mourant
la mauvaise opinion qu'on avoit eu de luy iusques alors.
Epaminondas interrogé lequel des trois il estimoit le
plus, ou Chabrias, ou Iphicrates, ou soy mesme: «Il nous

---

(1) Car alors on parle sincèrement et du fond du cœur : le
masque tombe, et l'homme paroît tel qu'il est véritablement.
Lucret. l. 3, v. 57, 58.

fault veoir mourir, dict il, avant que d'en pouvoir resouldre». De vray, on desroberoit beaucoup à celuy là, qui
le poiseroit sans l'honneur et grandeur de sa fin. Dieu l'a
voulu comme il luy a pleu ; mais en mon temps trois les
plus exsecrables personnes que ie cogneusse en toute
abomination de vie, et les plus infames, ont eu des morts
reglees, et, en toute circonstance, composees iusques à la
perfection. Il est des morts braves et fortunees : ie luy
ay veu trencher le fil d'un progrez de merveilleux advancement, et dans la fleur de son croist, à quelqu'un, d'une
fin si pompeuse, qu'à mon advis ses ambitieux et courageux desseings n'avoient rien de si hault que feut leur interruption : il arriva, sans y aller, où il pretendoit, plus
grandement et glorieusement que ne portoit son desir et
esperance ; et devança par sa cheute le pouvoir et le nom
où il aspiroit par sa course (a). Au iugement de la vie d'aultruy ie regarde tousiours comment s'en est porté le bout ;
et des principaux estudes de la mienne, c'est qu'il se porte
bien, c'est à dire quietement et sourdement.

CHAPITRE XIX.

Que philosopher c'est apprendre à mourir.

CICERO dit que philosopher ce n'est aultre chose que
s'apprester à la mort. C'est d'autant que l'estude et la
contemplation retirent aulcunement nostre ame hors
de nous, et l'embesongnent à part du corps, qui est

(a) Montaigne veut parler ici de son ami Etienne de la Boétie,
à la mort duquel il assista. Voyez dans cette nouvelle édition
le discours qu'il fit imprimer à Paris en 1571, où il rapporte
les particularités les plus remarquables de la maladie et de la
mort de cet ami. N.

quelque apprentissage et ressemblance de la mort: ou
bien, c'est que toute la sagesse et discours du monde se
resoult enfin à ce poinct, de nous apprendre à ne craindre
point à mourir. De vray, ou la raison se mocque, ou elle
ne doibt viser qu'à nostre contentement, et tout son travail tendre en somme à nous faire bien vivre, et à nostre
aise, comme dict la saincte escriture (1). Toutes les opinions du monde en sont là, que le plaisir est nostre but;
quoyqu'elles en prennent divers moyens: aultrement on
les chasseroit d'arrivee; car qui escouteroit celuy qui
pour sa fin establiroit nostre peine et mesaise? Les dis-
sentions des sectes philosophiques en ce cas sont ver-
bales; transcurramus solertissimas nugas (2), il y a plus d'opiniastreté et de picoterie qu'il n'appartient à une si saincte
profession: mais quelque personnage que l'homme en-
treprenne, il ioue tousiours le sien parmy.

Quoy qu'ils dient, en la vertu mesme, le dernier but
de nostre visee c'est la volupté. Il me plaist de battre
leurs aureilles de ce mot qui leur est si fort à contrecœur:
et s'il signifie quelque supreme plaisir et excessif contentement, il est mieulx deu à l'assistance de la vertu qu'à nulle
aultre assistance. Cette volupté, pour estre plus gaillarde,
nerveuse, robuste, virile, n'en est que plus serieusement voluptueuse: et luy debvions donner le nom du
plaisir, plus favorable, plus doulx et naturel, non celuy
de la vigueur, duquel nous l'avons denommee. Cette aultre
volupté plus basse, si elle meritoit ce beau nom, ce debvoit estre en concurrence, non par privilege: ie la treuve
moins pure d'incommoditez et de traverses, que n'est la
vertu; oultre que son goust est plus momentanee, fluide
et caducque, elle a ses veillees, ses ieusnes et ses travaulx,
et la sueur et le sang, et en oultre particulierement ses

_____

(1) Et cognovi quòd non esset melius nisi lætari, et facere
bene in vità suà. *Ecclesiastes*, c. 3, v. 12.

(2) Ne nous arrêtons point à ces subtiles fadaises. *Senec.* Ep. 117.

passions trenchantes de tant de sortes, et à son costé une
satieté si lourde, qu'elle equipolle à penitence. Nous
avons grand tort d'estimer que ces incommoditez luy servent d'aiguillon, et de condiment à sa doulceur (comme
en nature le contraire se vivifie par son contraire), et de
dire, quand nous venons à la vertu, que pareilles suittes
et difficultez l'accablent, la rendent austere et inaccessible; là où, beaucoup plus proprement qu'à la volupté,
elles anoblissent, aiguisent et rehaulsent le plaisir divin
et parfaict qu'elle nous moyenne. Celuy là est certes bien
indigne de son accointance, qui contrepoise son coust à
son fruict, et n'en cognoist ny les graces ny l'usage. Ceulx
qui nous vont instruisant que sa queste est scabreuse et
laborieuse, sa iouïssance agreable; que nous disent ils
par là, sinon qu'elle est tousiours desagreable? car quel
moyen humain arriva iamais à sa iouïssance? les plus par-
faicts se sont bien contentez d'y aspirer et de l'approcher,
sans la posseder. Mais ils se trompent; veu que de touts
les plaisirs que nous cognoissons, la poursuite mesme en
est plaisante : l'entreprinse se sent de la qualité de la
chose qu'elle regarde, car c'est une bonne portion de
l'effect, et consubstantielle. L'heur et la beatitude qui re-
luit en la vertu remplit toutes ses appartenances et advenues, iusques à la premiere entree, et extreme barriere.
Or des principaux bienfaicts de la vertu est le mespris
de la mort : moyen qui fournit nostre vie d'une molle
tranquillité, [et] nous en donne le goust pur et amiable ;
sans qui toute aultre volupté est esteincte. Voyla pourquoy
toutes les regles se rencontrent et conviennent à cet article. Et combien qu'elles nous conduisent aussi toutes
d'un commun accord à mespriser la douleur, la pauvreté
et aultres accidents à quoy la vie humaine est subiecte, ce
n'est pas d'un pareil soing : tant parce que ces accidents
ne sont pas de telle necessité; la pluspart des hommes
passent leur vie sans gouster de la pauvreté; et tels encores
sans sentiment de douleur et de maladie, comme Xeno-

philus le musicien qui vescut cent et six ans d'une entiere
santé : qu'aussi d'autant qu'au pis aller la mort peult
mettre fin, quand il nous plaira, et coupper broche à
touts aultres inconveniens. Mais quant à la mort, elle est
inevitable :

> Omnes eodem cogimur; omnium
> Versatur urnâ, seriùs, ociùs,
>   Sors exitura, et nos in æternum
>   Exilium impositura cymbæ : (1)

et par consequent, si elle nous faict peur, c'est un subiect
continuel de torment et qui ne se peult aulcunement
soulager. Il n'est lieu d'où elle ne nous vienne : nous
pouvons tourner sans cesse la teste çà et là, comme en
païs suspect ; quæ, quasi saxum Tantalo, semper impendet (2).
Nos parlements renvoyent souvent executer les criminels
au lieu où le crime est commis : durant le chemin, pro-
menez les par des belles maisons, faictes leur tant de
bonne chere qu'il vous plaira,

>   non Siculæ dapes
> Dulcem elaborabunt saporem;
>   Non avium cytharæque cantus
> Somnum reducent; (3)

pensez vous qu'ils s'en puissent resiouir? et que la finale
intention de leur voyage leur estant ordinairement de-

---

(1) Nous sommes tous sujets à la même nécessité : l'urne
fatale remue pour tous ; et nos billets en sortiront tôt ou tard,
pour nous faire passer de la funeste barque dans un exil éternel.
Horat. od. 3, l. 2, v. 25.

(2) Elle nous pend sans cesse sur la tête, comme le rocher sur
celle de Tantale. *Cic.* de Finib. bonor. et malor. l. 1, c. 18.

(3) Les mets les plus exquis ne lui donneront aucun plaisir :
le chant des oiseaux, et les instruments de musique les plus har-
monieux, ne lui rendront point le sommeil. *Horat.* od. 1, l. 3,
v. 18, etc.

vant les yeulx ne leur ayt alteré et affadi le goust à toutes ces commoditez?

> Audit iter, numeratque dies, spatioque viarum
> Metitur vitam, torquetur peste futurâ. (1)

Le but de nostre carriere c'est la mort; c'est l'obiect necessaire de nostre visee: si elle nous effroye, comme est il possible d'aller un pas avant sans fiebvre? Le remede du vulgaire c'est de n'y penser pas: mais de quelle brutale stupidité luy peult venir un si grossier aveuglement? Il luy fault faire brider l'asne par la queue:

> Qui capite ipse suo instituit vestigia retro. (2)

Ce n'est pas de merveille s'il est si souvent prins au piege. On faict peur à nos gents seulement de nommer la mort; et la pluspart s'en seignent, comme du nom du diable. Et parce qu'il s'en faict mention aux testaments, ne vous attendez pas qu'ils y mettent la main, que le medecin ne leur ayt donné l'extreme sentence: et Dieu sçait lors, entre la douleur et la frayeur, de quel bon iugement ils vous le pastissent. Parceque cette syllabe frappoit trop rudement leurs aureilles, et que cette voix leur sembloit malencontreuse, les Romains avoient apprins de l'amollir ou de l'estendre en periphrases: au lieu de dire, Il est mort: « Il a cessé de vivre, disent ils, Il a vescu »: pourveu que ce soit vie, soit elle passee, ils se consolent. Nous en avons emprunté nostre Feu maistre Jehan. A l'adventure est ce que, comme on dict, le terme vault l'argent. Ie nasquis entre unze heures et midi le dernier iour de Febvrier

---

(1) Il s'inquiete du chemin, il compte les jours; et mesure sa vie sur la longueur de la route, tourmenté sans cesse par l'idée du supplice qui l'attend. *Claudian.* in Ruf. l. 2, v. 137, 138.

(2) Réduit par sa folie à retourner sur ses pas. *Lucret.* l. 4, v. 474.

mille cinq cents trente trois, comme nous comptons à cette heure(a), commenceant l'an en Ianvier. Il n'y a iustement que quinze iours que i'ay franchi 39 ans : il m'en fault, pour le moins, encores autant. Cependant s'empescher du pensement de chose si esloingnee, ce seroit folie. Mais quoy ? les ieunes et les vieux laissent la vie de mesme condition : nul n'en sort aultrement que comme si tout presentement il y entroit ; ioinct qu'il n'est homme si decrepite, tant qu'il veoid Mathusalem devant, qui ne pense avoir encores vingt ans dans le corps. Davantage, pauvre fol que tu es, qui t'a estably les termes de ta vie ? Tu te fondes sur les contes des medecins : regarde plustost l'effect et l'experience. Par le commun train des choses, tu vis pieça par faveur extraordinaire : tu as passé les termes accoustumez de vivre. Et qu'il soit ainsi, compte de tes cognoissants combien il en est mort avant ton aage plus qu'il n en y a qui l'ayent atteint : et de ceulx mesmes qui ont anobli leur vie par renommee, fais en registre ; et i'entrerai en gageure d'en trouver plus qui sont morts avant, qu'aprez trente cinq ans. Il est plein de raison et de pieté de prendre exemple de l'humanité mesme de Iesus christ : or il finit sa vie à trente et trois ans. Le plus grand homme, simplement homme, Alexandre, mourut aussi à ce terme. Combien a la mort de façons de surprinse !

> Quid quisque vitet, nunquam homini satis
> Cautum est in horas : (1)

ie laisse à part les fiebvres et les pleuresies : qui eust iamais pensé qu'un duc de Bretaigne deust estre estouffé de la presse, comme feut celuy là (b) à l'entree du pape

---

(a) L'orthographe de ce mot varie dans Montaigne, qui l'écrit souvent *asteure*, ou *asture* selon la prononciation gasconne. N.

(1) L'homme n'est jamais assuré contre les divers accidents qui peuvent lui arriver à toute heure. *Horat.* od. 13, l. 2, v. 13, 14.

(b) En 1305, sous le regue de Philippe le Bel.

Clement, mon voisin, à Lyon? N'as tu pas veu tuer uñ
de nos roys (a) en se iouant? et un de ses ancestres (b)
mourut il pas chocqué par un pourceau? Eschylus me-
nacé de la cheute d'une maison a beau se tenir à l'airte,
le voylà assommé d'un toict de tortue qui eschappa des
pattes d'un' aigle en l'air : l'aultre mourut d'un grain de
raisin; un empereur, de l'esgratigneure d'un peigne en
se testonnant; Aemilius Lepidus, pour avoir heurté du
pied contre le seuil de son huis; et Aufidius, pour avoir
chocqué en entrant contre la porte de la chambre du conseil; et entre les cuisses des femmes Cornelius Gallus
preteur, Tigillinus capitaine du guet à Rome, Ludovic
fils de Guy de Gonsague, marquis de Mantoue; et d'un
encores pire exemple, Speusippus philosophe platonicien,
et l'un de nos papes. Le pauvre Bebius, iuge, ce pendant
qu'il donne delay de huictaine à une partie, le voylà saisi,
le sien de vivre estant expiré; et Caius Iulius medecin,
gressant les yeulx d'un patient, voylà la mort qui clost les
siens : et s'il m'y fault mesler, un mien frere, le capitaine
S. Martin, aagé de vingt et trois ans, qui avoit desià faict
assez bonne preuve de sa valeur, iouant à la paulme,
receut un coup d'esteuf qui l'assena un peu au dessus de
l'aureille droicte, sans aulcune apparence de contusion ny
de bleceure; il ne s'en assit ny reposa, mais cinq ou six
heures aprez il mourut d'une apoplexie que ce coup luy
causa. Ces exemples si frequents et si ordinaires nous
passant devant les yeulx, comme est il possible qu'on se
puisse desfaire du pensement de la mort, et qu'à chasque
instant il ne nous semble qu'elle nous tient au collet?
Qu'importe il, me direz vous, comment que ce soit,
pourveu qu'on ne s'en donne point de peine? Ie suis de

_____

(a) Henri II, blessé à mort dans un tournoi, par le comte de
Montgommery l'un de ses capitaines des gardes. C.

(b) Philippe, fils aîné de Louis le Gros, et qui avoit été cou-
ronné du vivant de son pere. C.

cet advis : et, en quelque maniere qu'on se puisse mettre à
l'abri des coups, feust ce soubs la peau d'un veau, ie ne
suis pas homme qui y reculasse, car il me suffit de passer
à mon ayse; et le meilleur ieu que ie me puisse donner, ie
le prends, si peu glorieux au reste et exemplaire que vous
vouldrez.

> Prætulerim........ delirus inersque videri,
> Dum mea delectent mala me, vel denique fallant,
> Quàm sapere, et ringi. (1)

Mais c'est folie d'y penser arriver par là. Ils vont,
ils viennent, ils trottent, ils dansent; de mort, nulles
nouvelles : tout cela est beau ; mais aussi, quand elle
arrive ou à eulx ou à leurs femmes, enfants et amis,
les surprenant (a) en dessoude et (b) à descouvert, quels
torments, quels cris, quelle rage et quel desespoir les
accable? vistes vous iamais rien si rabbaissé, si changé,
si confus? Il y fault prouveoir de meilleure heure : et cette
nonchalance bestiale, quand elle pourroit loger en la
teste d'un homme d'entendement, ce que ie treuve entierement impossible, nous vend trop cher ses denrees.
Si c'estoit ennemy qui se peust eviter, ie conseillerois
d'emprunter les armes de la couardise : mais puisqu'il ne
se peult, puisqu'il vous attrape fuyant et poltron aussi
bien qu'honneste homme,

> Nempe et fugacem persequitur virum,
> Nec parcit imbellis iuventæ
> Poplitibus timidoque tergo, (2)

---

(1) J'aime mieux passer pour fou et impertinent, pourvu que
mes défauts me donnent du plaisir, ou que je ne m'en apper-
çoive pas, que d'être sage, et rongé de chagrin. *Horat.* epist. 2,
lib. 2, v. 126, et seqq.

(a) à l'improuveu, *édit.* de 1588 : mais Montaigne a effacé ce
mot, et a écrit de sa main *en dessoude*. N.

(b) au descouvert, *édit.* de 1588 et de 1595, mais effacé par
Montaigne, qui a substitué *à* dans l'exemplaire corrigé. N.

(2) Car la mort atteint également et le guerrier qui fuit et

et que nulle trempe de cuirasse vous couvre,

> Ille licet ferro cautus se condat et ære,
> Mors tamen inclusum protrahet inde caput, (1)

apprenons à le soustenir de pied ferme et à le combattre :
et pour commencer à luy oster son plus grand advantage
contre nous, prenons voye toute contraire à la commune; ostons luy l'estrangeté, practiquons le, accoustumons le, n'ayons rien si souvent en la teste que la mort,
à touts instants representons la à nostre imagination et en
touts visages : au broncher d'un cheval, à la cheute d'une
tuile, à la moindre picqueure d'espingle, remaschons
soubdain; « Eh bien ! quand ce seroit la mort mesme » ! et là-
dessus, roidissons nous, et nous efforceons. Parmy les festes et la ioye ayons tousiours ce refrain de la souvenance de
nostre condition; et ne nous laissons pas si fort emporter
au plaisir, que par fois il ne nous repasse en la memoire
en combien de sortes cette nostre alaigresse est en butte
à la mort, et de combien de prinses elle la menace. Ainsi
faisoient les Aegyptiens, qui au milieu de leurs festins,
et parmy leur meilleure chere, faisoient apporter l'anatomie seche (a) d'un corps d'homme mort, pour servir d'advertissement aux conviez :

> Omnem crede diem tibi diluxisse supremum :
> Grata superveniet, quæ non sperabitur, hora. (2)

Il est incertain où la mort nous attende; attendons la
partout. La premeditation de la mort est premeditation

---

le jeune homme timide et lâche qui tourne honteusement le dos
à l'ennemi. *Horat.* od. 2, l. 3, v. 14, et seqq.

(1) L'homme a beau se couvrir de fer et d'airain, la mort
saura bien l'arracher de ce fort, quelque soin qu'il ait pris de s'y
enfermer. *Propert.* l. 3, eleg. 18, v. 25, 26.

(a) d'un homme, pour etc. : *Édit.* de 1595.

(2) Mets-toi dans l'esprit que chaque jour est le dernier de ta
vie : les moments sur lesquels tu ne compteras point n'en seront
que plus agréables. *Horat.* epist. 4, l. 1, v. 13, 14.

de la liberté : qui a apprins à mourir, il a desapprins à servir ; le sçavoir mourir nous affranchit de toute subiection
et contraincte : il n'y a rien de mal en la vie pour celuy
qui a bien comprins que la privation de la vie n'est pas
mal. Paulus Aemilius respondit à celuy que ce miserable roy de Macedoine son prisonnier luy envoyoit
pour le prier de ne le mener pas en son triumphe : « Qu'il
en face la requeste à soy mesme ». A la verité, en toutes
choses, si nature ne preste un peu, il est malaysé que
l'art et l'industrie aillent güeres avant. Ie suis de moy
mesme non melancholique, mais songecreux : il n'est rien
de quoy ie me soye dez tousiours plus entretenu que des
imaginations de la mort ; voire en la saison la plus licen-
tieuse de mon aage,

Iucundum cùm ætas florida ver ageret. (1)

Parmy les dames et les ieux, tel me pensoit empesché à
digerer à part moy quelque ialousie, ou l'incertitude de
quelque esperance, ce pendant que ie m'entretenois de ie
ne sçais qui surprins les iours precedents d'une fiebvre
chaulde et de sa fin, au partir d'une feste pareille, et la
teste pleine d'oysifveté, d'amour et de bon temps, comme
moy, et qu'autant m'en pendoit à l'aureille ;

Iam fuerit, neque post unquam revocare licebit ; (2)

ie ne ridois non plus le front de ce pensement là, que d'un
aultre. Il est impossible que d'arrivee nous ne sentions
des picqueures de telles imaginations ; mais en les maniant
et repassant, au long aller, on les apprivoise sans
doubte : aultrement, de ma part, ie feusse en continuelle

---

(1)   Quand mon âge fleari rouloit son gai printemps.

Catull. epigr. 67, v. 16.

Ce vers françois est de mademoiselle de Gournay. C.

(2) Qu'il soit une fois passé, il n'y aura plus moyen de le
rappeler. Lucret. l. 3, v. 928.

frayeur et frenesie; car iamais homme ne se desfia tant de
sa vie; iamais homme ne feit moins d'estat de sa durèe.
Ny la santé, que i'ay iouï iusques à present tresvigo-
reuse et peu souvent interrompue, ne m'en alonge l'esperance; ny les maladies ne me l'accourcissent: à chasque
minute il me semble que ie m'eschappe; et me rechante
sans cesse : « Tout ce qui peult estre faict un aultre iour,
le peult estre auiourd'huy ». De vray, les hazards et dan-
giers nous approchent peu ou rien de nostre fin : et si
nous pensons combien il en reste, sans cet accident qui
semble nous menacer le plus, de millions d'aultres sur
nos testes, nous trouverons que, gaillards et fiebvreux,
en la mer et en nos maisons, en la bataille et en repos, elle nous est egalement prez : Nemo altero fragilior
est ; nemo in crastinum sui certior (1). Ce que i'ay à faire
avant mourir, pour l'achever tout loisir me semble
court, feust ce [œuvre] d'un' heure. Quelqu'un, feuille-
tant l'aultre iour mes tablettes, trouva un memoire
de quelque chose que ie voulois estre faicte aprez ma
mort : ie luy dis, comme il estoit vray, que n'estant qu'à
une lieue de ma maison, et sain et gaillard, ie m'estois
hasté de l'escrire là, pour ne m'asseurer point d'arriver
iusques chez moy. Comme celuy qui continuellement me
couve de mes pensees et les couche en moy, ie suis à
toute heure preparé environ ce que ie le puis estre, et ne
m'advertira de rien de nouveau la survenance de la
mort. Il fault estre tousiours botté et prest à partir entant
qu'en nous est, et sur tout se garder qu'on n'aye lors
affaire qu'à soy;

> Quid brevi fortes iaculamur ævo
> Multa ? (2)

---

(1) L'un n'est point plus fragile que l'autre ; et l'incertitude
du lendemain est la même pour tous. *Senec.* epist. 91, p. 422, ed.
varior.

(2) Borné à une vie très courte, pourquoi formons-nous

car nous y aurons assez de besongne, sans aultre surcroist. L'un se plainct, plus que de la mort, de quoy elle luy
rompt le train d'une belle victoire; l'aultre, qu'il luy fault
desloger avant qu'avoir marié sa fille ou contreroollé l'institution de ses enfants : l'un plainct la compaignie de sa
femme, l'aultre de son fils, comme commoditez principales de son estre. Ie suis pour cette heure en tel estat,
Dieu mercy, que ie puis desloger quand il luy plaira,
sans regret de chose quelconque, si ce n'est de la vie si
sa perte vient à me poiser. Ie me desnoue partout; mes
adieux sont à demi prins de chascun, sauf de moy. Iamais homme ne se prepara à quitter le monde plus purement et pleinement, et ne s'en desprint plus universellement, que ie m'attends de faire. [Les plus mortes morts (a)
sont les plus saines.]

> Miser ! ô miser ! (ainnt) omnia ademit
> Una dies infesta mihi tot præmia vitæ : (1)

et le bastisseur,

> 　　　　　manent (dict il) opera interrupta, minæque
> Murorum ingentes. (2)

Il ne fault rien (b) desseigner de si longue haleine, ou au

---

de si vastes projets? *Horat.* od. 16, l. 2, v. 17, 18.

(a) Cette réflexion, dont le tour et l'expression sont si vifs, si
énergiques, et le sens si profond, ne se trouve point dans l'exemplaire corrigé de la main de Montaigne. C'est la leçon de l'édition de 1595, de celle de 1635, et des suiv. N.

(1) Malheureux ! ah ! malheureux que je suis ! disent-ils, un
seul jour infortuné m'a ravi tous les biens et tous les charmes
de la vie. *Lucret.* l. 3, v. 911, 912.

(2)　　　Voilà des bâtiments, et de hautes murailles,
　　　　　Que je laisse imparfaits.
　　　　　　　　　　　　Virg. æneid. l. 4, v. 88, 89.
Il y a *pendent* dans Virgile, au lieu de *manent.*
(b) designer : *édit.* de 1595.

moins avecques telle intention de se passionner pour n'en veoir la fin : nous sommes nayz pour agir :

      Cùm moriar, medium solvar et inter opus : (1)

ie veulx qu'on agisse et qu'on alonge les offices de la vie tant qu'on peult ; et que la mort me treuve plantant mes choulx, mais nonchalant d'elle, et encores plus de mon iardin imparfaict. I'en veis mourir un qui, estant à l'extremité, se plaignoit incessamment de quoy sa destinee coupoit le fil de l'histoire qu'il avoit en main sur le quinziesme ou seiziesme de nos roys,

      Illud in his rebus non addunt, Nec tibi earum
      Iam desiderium rerum super insidet una. (2)

Il fault se descharger de ces humeurs vulgaires et nuisibles. Tout ainsi qu'on a planté nos cimetieres ioignant les eglises et aux lieux les plus frequentez de la ville, pour accoustumer, disoit Lycurgus, le bas populaire, les femmes et les enfants, à ne s'effaroucher point de veoir un homme mort, et à fin que ce continuel spectacle d'ossements, de tumbeaux et de convois, nous advertisse de nostre condition ;

      Quin etiam exhilarare viris convivia cæde
      Mos olim, et miscere epulis spectacula dira
      Certantum ferro, sæpè et super ipsa cadentum
      Pocula, respersis non parco sanguine mensis ; (3)

---

(1) Je veux que la mort me surprenne au milieu du travail. *Ovid.* amor. l. 2 , eleg. 10 , v. 36.

(2) Mais ils n'ajoutent pas Que la mort vous ôte le regret de toutes ces choses. *Lucret.* l. 3 , v. 913, 914.

Montaigne a changé l'ordre des mots du second vers ; et Lucrece n'y a pas gagné. N.

(3) Autrefois les hommes avoient accoutumé d'égayer leurs festins par des meurtres, mêlant à leurs repas les cruels spectacles de gladiateurs, qui, bien souvent, après avoir combattu de l'épée, tomboient parmi les pots, couvrant les tables d'un ruisseau de sang. *Silius Ital.* l. 11, v. 51, et seqq.

et comme les Aegyptiens, aprez leurs festins, faisoient presenter aux assistants une grande image de la mort par un qui leur crioit : « Boy, et t'esiouy ; car, mort, tu seras tel » : aussi ay ie prins en coustume d'avoir, non seulement en l'imagination, mais continuellement, la mort en la bouche. Et n'est rien dequoy ie m'informe si volontiers que de la mort des hommes, « quelle parole, quel visage, quelle contenance ils y ont eu » ; ny endroict des histoires que ie remarque si attentifvement : il y paroist à la farcissure de mes exemples ; et que i'ay en particuliere affection cette matiere. Si i'estoy faiseur de livres, ie ferois un registre commenté des morts diverses. Qui apprendroit les hommes à mourir, leur apprendroit à vivre. Dicearchus en feit un de pareil tiltre, mais d'aultre et moins utile fin.

On me dira que l'effect surmonte de si loing la pensee, qu'il n'y a si belle escrime qui ne se perde quand on en vient là. Laissez les dire : le premediter donne sans doubte grand advantage ; et puis, n'est ce rien d'aller au moins iusques là sans alteration et sans fiebvre ? Il y a plus ; nature mesme nous preste la main et nous donne courage : si c'est une mort courte et violente, nous n'avons pas loisir de la craindre ; si elle est aultre, ie m'apperceoy qu'à mesure que ie m'engage dans la maladie, i'entre naturellement en quelque desdaing de la vie. Ie treuve que i'ay bien plus à faire à digerer cette resolution de mourir, quand ie suis en santé, que quand ie suis en fiebvre : d'autant que ie ne tiens plus si fort aux commoditez de la vie, à raison que ie commence à en perdre l'usage et le plaisir, i'en veoy la mort d'une veue beaucoup moins effroyee ; cela me faict esperer que plus ie m'esloingneray de celle là et approcheray de cette cy, plus ayseement i'entreray en composition de leur eschange. Tout ainsi que i'ay essayé en plusieurs aultres occurrences ce que dict Cesar, Que les choses nous paroissent souvent plus grandes de loing que de prez ; i'ay trouvé que

sain i'avois eu les maladies beaucoup plus en horreur,
que lors que ie les ay senties. L'alaigresse où ie suis, le
plaisir et la force, me font paroistre l'aultre estat si dis-
proportionné à celuy là, que par imagination ie grossis
ces incommoditez de la moitié, et les conceoy plus poisantes que ie ne les treuve quand ie les ay sur les espaules. I'espere qu'il m'en adviendra ainsi de la mort.

Voyons, à ces mutations et declinaisons ordinaires que
nous souffrons, comme nature nous desrobe la veüe de
nostre perte et empirement. Que reste il à un vieillard
de la vigueur de sa ieunesse et de sa vie passee?

Heu! senibus vitæ portio quanta manet ! (1)

Cesar, à un soldat de sa garde recreu et cassé qui veint
en la rue luy demander congé de se faire mourir, regardant son maintien decrepite, respondit plaisamment: «Tu
penses doncques estre en vie? Qui y tumberoit tout à un
coup, ie ne croy pas que nous feussions capables de porter un tel changement : mais conduicts par sa main,
d'une doulce pente et comme insensible, peu à peu, de
degré en degré, elle nous roule dans ce miserable estat,
et nous y apprivoise, si que nous ne sentons aulcune secousse quand la ieunesse meurt en nous, qui est en essence et en verité une mort plus dure que n'est la mort
entiere d'une vie languissante, et que n'est la mort de
la vieillesse ; d'autant que le sault n'est pas si lourd
du mal estre au non estre, comme il est d'un estre
doulx et fleurissant à un estre penible et douloureux. Le
corps courbe et plié à moins de force à soustenir un fais:
aussi a nostre ame; il la fault dresser et eslever contre
l'effort de cet adversaire. Car, comme il est impossible
qu'elle se mette en repos pendant qu'elle le craint: si elle
s'en asseure aussi, elle se peult vanter (qui est chose

_____

(1)   Ah! qu'il reste aux vieillards peu de part en la vie!
      Maximian. eleg. 1, v. 16, ex Cornel. Gallo.

comme surpassant l'humaine condition), qu'il est impossible que l'inquietude, le torment, la peur, non le moindre desplaisir, loge en elle :

> Non vultus instantis tyranni
> Mente quatit solidâ, neque Auster
> Dux inquieti turbidus Adriæ,
> Nec fulminantis magna Iovis manus. (1)

elle est rendue maistresse de ses passions et concupiscences, maistresse de l'indigence, de la honte, de la pauvreté, et de toutes aultres iniures de fortune. Gaignons cet advantage, qui pourra. C'est icy la vraye et souveraine liberté, qui nous donne de quoy faire la figue à la force et à l'iniustice, et nous mocquer des prisons et des fers :

> In manicis et
> Compedibus sævo te sub custode tenebo.
> Ipse Deus, simul atque volam, me solvet. Opinor,
> Hoc sentit: Moriar. Mors ultima linea rerum est. (2)

Nostre religion n'a point eu de plus asseuré fondement humain, que le mespris de la vie. Non seulement le discours de la raison nous y appelle; car pourquoy craindrions nous de perdre une chose, laquelle perdue ne peult estre regrettee? et puisque nous sommes menacez de tant de façons de mort, n'y a il pas plus de mal à les craindre toutes qu'à en soustenir une? Que chault il quand ce soit, puisqu'elle est inevitable? A celui qui

---

(1) Son courage n'est abattu ni par les menaces d'un tyran, ni par les tempêtes qu'un Autan furieux excite sur le golfe Adriatique, ni par la foudre qui part de la puissante main de Jupiter. *Horat.* od. 3, l. 3, v. 3, et seqq.

(2) Je te tiendrai les pieds et les mains aux fers, sous un geolier impitoyable. Un dieu me délivrera, quand je voudrai. Je crois qu'il veut dire par-là, Je mourrai. Car le trépas vient tout finir. *Horat.* epist. 16, l. 1, v. 76, et seqq.

disoit à Socrates : Les trente tyrans t'ont condemné à la mort : « Et nature, eulx », respondit il. Quelle sottise de nous peiner, sur le poinct du passage à l'exemption de toute peine ! Comme nostre naissance nous apporta la naissance de toutes choses : aussi fera la mort de toutes choses nostre mort. Parquoy c'est pareille folie de pleurer de ce que d'icy à cent ans nous ne vivrons pas, que de pleurer de ce que nous ne vivions pas il y a cent ans. La mort est origine d'une aultre vie ; ainsi pleurasmes nous, ainsi nous cousta il d'entrer en cette cy, ainsi nous despouillasmes nous de nostre ancien voile en y entrant. Rien ne peult estre grief, qui n'est qu'une fois. Est ce raison de craindre si long temps chose de si brief temps ? Le long temps vivre, et le peu de temps vivre, est rendu tout un par la mort : car le long et le court n'est point aux choses qui ne sont plus. Aristote dict qu'il y a des petites bestes sur la riviere de Hypanis, qui ne vivent qu'un iour : celle qui meurt à huict heures du matin, elle meurt en ieunesse ; celle qui meurt à cinq heures du soir meurt en sa decrepitude. Qui de nous ne se mocque de veoir mettre en consideration d'heur ou de malheur ce moment de duree ? Le plus et le moins en la nostre, si nous la comparons à l'eternité, ou encores à la duree des montaignes, des rivieres, des estoiles, des arbres, et mesme d'aulcuns animaulx, n'est pas moins ridicule.

Mais nature nous y force. « Sortez, dict elle, de ce monde, comme vous y estes entrez. Le mesme passage que vous feistes de la mort à la vie, sans passion et sans frayeur, refaictes le de la vie à la mort. Vostre mort est une des pieces de l'ordre de l'univers ; c'est une piece de la vie du monde.

> Inter se mortales mutua vivunt,
> . . . .
> Et, quasi cursores, vitaï lampada tradunt. (1)

_____

(1) Les mortels partagent entre eux la vie, dont ils se trans-

Changeray ie pas pour vous cette belle contexture des choses? C'est la condition de vostre creation; c'est une partie de vous, que la mort; vous vous fuyez vous-mesme. Cestuy vostre estre que vous iouyssez est egalement party à la mort et à la vie. Le premier iour de vostre naissance vous achemine à mourir comme à vivre.

Prima quæ vitam dedit, hora, carpsit. (1)

Nascentes morimur; finisque ab origine pendet. (2)

Tout ce que vous vivez, vous le desrobez à la vie; c'est à ses despens. Le continuel ouvrage de vostre vie, c'est bastir la mort. Vous estes en la mort pendant que vous estes en vie; car vous estes aprez la mort quand vous n'estes plus en vie: ou, si vous l'aimez mieulx ainsi, vous estes mort aprez la vie; mais pendant la vie, vous estes mourant; et la mort touche bien plus rudement le mourant que le mort, et plus vifvement et essentiellement. Si vous avez faict vostre proufit de la vie; vous en estes repeu: allez vous en satisfaict.

Cur non ut plenus vitæ conviva recedis? (3)

Si vous n'en avez sceu user, si elle vous estoit inutile, que vous chault il de l'avoir perdue? à quoi faire la voulez vous encores?

Cur ampliùs addere quæris
Rursum quod pereat malè, et ingratum occidat omne? (4)

---

mettent le flambeau, comme ceux qui courent aux jeux sacrés. *Lucret.* l. 2, v. 75, 78.

(1) La premiere heure qui nous a donné la vie, nous l'a enlevée. *Senec.* Hercul. fur. act. 3, chor. v. 874.

(2) L'instant qui nous voit naître commence celui qui nous voit mourir: la fin de notre vie dépend du premier moment de notre existence. *Manil.* astronomic. l. 4, v. 16.

(3) Pourquoi ne sors-tu pas de la vie, comme on sort d'un festin? *Lucret.* l. 3, v. 951.

(4) Pourquoi veux-tu multiplier des jours qui doivent couler

La vie n'est de soy ny bien ny mal; c'est la place du bien
et du mal, selon que vous la leur faictes. Et si vous avez
vescu un iour, vous avez tout veu : un iour est egal à
touts iours. Il n'y a point d'aultre lumiere ny d'aultre
nuict : ce soleil, cette lune, ces estoiles, cette disposition, c'est celle mesme que vos ayeuls ont iouye et qui
entretiendra vos arrierenepveux.

> Non alium vidêre patres, aliumve nepotes
> Aspicient. (1)

Et au pis aller, la distribution et varieté de touts les
actes de ma comedie se parfournit en un an. Si vous
avez prins garde au bransle de mes quatre saisons, elles
embrassent l'enfance, l'adolescence, la virilité, et la
vieillesse du monde : il a ioué son ieu ; il n'y sçait
aultre finesse que de recommencer; ce sera tousiours
cela mesme.

> Versamur ibidem, atque insumus usque. (2)

> Atque in se sua per vestigia volvitur annus. (3)

Ie ne suis pas deliberee de vous forger aultres nouveaux
passetemps :

> Nam tibi præterea quod machiner, inveniamque
> Quod placeat, nihil est : eadem sunt omnia semper. (4)

Faictes place aux aultres, comme d'aultres vous l'ont

---

avec le même désagrément, et s'évanouir entièrement sans te
donner aucun plaisir ? *Lucret.* l. 3, v. 954, 955.

(1)   Vos neveux ne verront que ce qu'ont vu vos peres.
       Manil. l. 1, v. 529, 530, edit. Argentor. 1767.

(2) Nous tournons toujours autour d'un même cercle dans
lequel nous sommes circonscrits. *Lucret.* de rer. nat. l. 3,
v. 1093.

(3) Et l'année, après avoir achevé son cours, se renouvelle de
la même maniere. *Virgil.* georgic. l. 2, v. 402.

(4) Car enfin ma fécondité ne peut rien produire de nouveau

faicte. L'equalité est la premiere piece de l'equité. Qui
se peult plaindre d'estre comprins où touts sont comprins?
Aussi avez vous beau vivre, vous n'en rabbattrez rien du
temps que vous avez à estre mort; c'est pour néant: aussi
longtemps serez vous en cet estat-là que vous craignez,
comme si vous estiez mort en nourrice :

> Licet quot vis vivendo vincere sæcla,
> Mors æterna tamen nihilominus illa manebit. (1)

Et si vous mettray en tel poinct auquel vous n'aurez aulcun mescontentement ;

> In verà nescis nullum fore morte alium te,
> Qui possit vivus tibi te lugere peremptum,
> Stansque jacentem ; (2)

ny ne desirerez la vie que vous plaignez tant.

> Nec sibi enim quisquam tum se vitamque requirit.
> . . . .
> Nec desiderium nostri nos afficit ullum. (3)

La mort est moins à craindre que rien, s'il y avoit quelque chose de moins :

> Multò . . . . . mortem minùs ad nos esse putàndum,
> Si minùs esse potest quàm quod nihil esse videmus. (4)

---

en ta faveur : je n'ai toujours à t'offrir que les mêmes phéno-
mènes. *Lucret.* l. 3 , v. 957 , 958.

(1) Vis autant de siecles que tu voudras ; ce tems une fois
écoulé , ta mort n'en sera pas moins éternelle. *Lucret.* lib. 3 ,
v. 1103 , 1104.

(2) Ne sais-tu pas que la vraie mort ne laissera pas subsister
un autre toi-même , qui puisse, vivant , gémir de ton trépas, et
pleurer, debout, sur ton cadavre étendu ? *Id.* ibid. v. 898 , et seqq.

(3) Car alors on ne s'intéresse ni pour soi, ni pour la vie; et
nous ne sommes plus touchés d'aucun regret sur nous-mêmes.
Id. ibid. v. 932, 935.

(4) S'il y a quelque chose qui soit moins que ce qui nous pa-

elle ne vous concerne ny mort ny vif ; vif, parce que
vous estes ; mort, parce que vous n'estes plus. Nul ne
meurt avant son heure : ce que vous laissez de temps
n'estoit non plus vostre, que celuy qui s'est passé avant
vostre naissance, et ne vous touche non plus.

> Respice enim quàm nil ad nos anteacta vetustas
> Temporis æterni fuerit. (1)

Où que vostre vie finisse, elle y est toute. L'utilité du
vivre n'est pas en l'espace ; elle est en l'usage : tel a vescu
longtemps, qui a peu vescu. Attendez vous y pendant
que vous y estes : il gist en vostre volonté, non au nombre des ans, que vous ayez assez vescu. Pensiez vous
iamais n'arriver là où vous alliez sans cesse ? encores n'y
a il chemin qui n'ayt son issue. Et si la compaignie vous
peult soulager, le monde ne va il pas mesme train que
vous allez ?

> Omnia te vitâ perfuncta sequentur. (2)

Tout ne bransle il pas vostre bransle ? y a il chose qui ne
vieillisse quand et vous ? mille hommes, mille animaulx
et mille aultres creatures meurent en ce mesme instant
que vous mourez.

> Nam nox nulla diem, neque noctem aurora, sequuta est,
> Quæ non audierit mistos vagitibus ægris
> Ploratus mortis comites et funeris atri. (3)

---

roit n'être rien, nous devons croire que la mort nous est encore
moins que cela. *Lucret.* l. 3, v. 939, 940.

(1) Considérez que les siecles sans nombre qui ont précédé
notre naissance n'ont rien été pour nous. *Id.* ibid. v. 985, 986.

(2) Les races futures passeront elles-mêmes, et ne tarderont
pas à vous suivre. *Lucret.* de rer. nat. l. 3, v. 981.

(3) Car il ne s'est passé ni jour ni nuit qu'avec des cris d'enfants naissants on n'ait entendu des regrets et des pleurs inséparables du funeste appareil de la mort. *Lucret.* l. 2, v. 579, 580.

A quoy faire y reculez vous, si vous ne pouvez tirer arriere? Vous en avez assez veu qui se sont bien trouvez de mourir, eschevant par là des grandes miseres : mais quelqu'un qui s'en soit mal trouvé, en avez vous veu? si est ce grand'simplesse de condemner chose que vous n'avez esprouvee ny par vous ny par aultre. Pourquoy te plains tu de moy et de la destinee? Te faisons nous tort? Est ce à toy de nous gouverner, ou à nous toy? Encores que ton aage ne soit pas achevé, ta vie l'est : un petit homme est homme entier comme un grand : ny les hommes ny leurs vies ne se mesurent à l'aulne. Chiron refusa l'immortalité, informé des conditions d'icelle par le dieu mesme du temps et de la duree, Saturne son pere. Imaginez, de vray, combien seroit une vie perdurable moins supportable à l'homme, et plus penible, que n'est la vie que ie luy ay donnee. Si vous n'aviez la mort, vous me mauldiriez sans cesse de vous en avoir privé : i'y ay à escient meslé quelque peu d'amertume, pour vous empescher, voyant la commodité de son usage, de l'embrasser trop avidement et indiscrettement. Pour vous loger en cette moderation, ny de fuir la vie, ny de refuir à la mort, que ie demande de vous, i'ay temperé l'une et l'aultre entre la doulceur et l'aigreur. l'apprins à Thales, le premier de vos sages, que le vivre et le mourir estoit indifferent : par où, à celuy qui luy demanda pourquoy doncques il ne mouroit, il respondit tressagement, « Parce qu'il est indifferent ». L'eau, la terre, l'air, le feu, et aultres membres de ce mien bastiment, ne sont non plus instruments de ta vie, qu'instruments de ta mort. Pourquoy crains tu ton dernier iour? il ne confere non plus à ta mort que chascun des aultres : le dernier pas ne faict pas la lassitude; il la declare. Touts les iours vont à la mort : le dernier y arrive ». Voyla les bons advertissements de nostre mere nature.

Or i'ay pensé souvent d'où venoit cela, qu'aux guerres le visage de la mort, soit que nous la voyions en nous ou en aultruy, nous semble sans comparaison moins effroyable qu'en nos maisons; aultrement ce seroit une armee de medecins et de pleurars : et, elle estant tousiours une, qu'il y ait toutesfois beaucoup plus d'asseurance parmy les gents de village et de basse condition, qu'ez aultres. Ie crois, à la verité, que ce sont ces mines et appareils effroyables, dequoy nous l'entournons, qui nous font plus de peur qu'elle : une toute nouvelle forme de vivre; les cris des meres, des femmes et des enfants; la visitation de personnes estonnees et transies; l'assistance d'un nombre de valets pasles et esplorez; une chambre sans iour; des cierges allumez; nostre chevet assiegé de medecins et de prescheurs; somme, tout horreur et tout effroy autour de nous: nous voyla desia ensepyelis et enterrez. Les enfants ont peur de leurs amis mesmes, quand ils les voyent masquez : aussi avons nous. Il fault oster le masque aussi bien des choses que des personnes : osté qu'il sera , nous ne trouverons au dessoubs que cette mesme mort qu'un valet ou simple chambriere passerent dernierement sans peur. Heureuse la mort qui oste le loisir aux apprests de tel equipage!

CHAPITRE XX.

De la force de l'imagination.

Fortis imaginatio generat casum (1), disent les clercs.

Ie suis de ceulx qui sentent tresgrand effort de l'imagination: chascun en est heurté, mais aulcuns en sont renversez. Son impression me perce; et mon art est de

---

(1) Une imagination forte produit quelquefois l'evènement même.

luy eschapper (a), non pas de luy resister. Ie vivroy de la seule assistance de personnes saines et gayes : la veue des angoisses d'aultruy m'angoisse materiellement, et a mon sentiment souvent usurpé le sentiment d'un tiers ; un tousseur continuel irrite mon poulmon et mon gosier ; ie visite plus mal volontiers les malades ausquels le debvoir m'interesse, que ceulx ausquels ie m'attends moins et que ie considere moins : ie saisis le mal que i'estudie, et le couche en moy. Ie ne treuve pas estrange qu'elle donne et les fiebvres et la mort à ceulx qui la laissent faire et qui luy applaudissent. Simon Thomas estoit un grand medecin de son temps : il me souvient que me rencontrant un iour à Toulouse (b) chez un riche vieillard pulmonique, et traictant avec luy des moyens de sa guarison, il luy dict que c'en estoit l'un de me donner occasion de me plaire en sa compaignie ; et que fichant ses yeulx sur la frescheur de mon visage, et sa pensee sur cette alaigresse et vigueur qui regorgeoit de mon adolescence, et remplissant touts ses sens de cet estat florissant en quoy i'estoy, son habitude s'en pourroit amender : mais il oublioit à dire que la mienne s'en pourroit empirer aussi. Gallus Vibius banda si bien son ame à comprendre l'essence et les mouvements de la folie, qu'il emporta son iugement hors de son siege, si qu'oncques puis il ne l'y peut remettre ; et se pouvoit vanter d'estre devenu fol par sagesse. Il y en a qui de frayeur anticipent la main du bourreau ; et celuy qu'on desbandoit pour luy lire sa grace, se trouva roide mort sur l'eschaffaud, du seul coup de son imagination. Nous tressuons, nous tremblons, nous paslissons, et rougissons, aux secousses de nos imaginations ; et, renversez dans la plume, sentons nostre

---

(a) *Par faulte de force à lui resister.* Edit. in-fol. de 1595.

(b) Le nom de la ville n'est pas dans l'exemplaire corrigé par Montaigne. N.

corps agité à leur bransle, quelquesfois iusques à en expirer : et la ieunesse bouillante s'eschauffe si avant en son harnois toute endormie, qu'elle assouvit en songe ses amoureux desirs (1) :

Ut, quasi transactis sæpè omnibu' rebu', profundant
Fluminis ingentes fluctus, vestemque cruentent.

Et encores qu'il ne soit pas nouveau de veoir croistre la nuict des cornes à tel qui ne les avoit pas en se couchant; toutesfois l'evenement de Cippus roy d'Italie est memorable, lequel pour avoir assisté le iour avecques grande affection au combat des taureaux, et avoir eu en songe toute la nuict des cornes en la teste, les produisit en son front par la force de l'imagination. La passion donna au fils de Crœsus la voix que nature luy avoit refusee. Et Antiochus print la fiebvre, de la beauté de Stratonice trop vifvement empreinte en son ame. Pline dict avoir veu Lucius Cossitius, de femme, changé en homme le iour de ses nopces. Pontanus et d'aultres racontent pareilles metamorphoses advenues en Italie ces siecles passez. Et, par vehement desir de luy et de sa mere,

Vota puer solvit, quæ fœmina voverat, Iphis. (2)

Passant à Vitry le François ie peus veoir un homme que l'evesque de Soissons avoit nommé Germain en confirmation, lequel touts les habitants de là ont cogneu et veu fille iusques à l'aage de vingt deux ans, nommee Marie. Il estoit à cette heure là fort barbu, et vieil, et point marié. Faisant, dict il, quelque effort en saultant, ses membres virils se produisirent : et est encores en usage entre les filles de là une chanson, par laquelle elles s'entradvertissent de ne faire point de grandes en-

_____

(1) C'est ce que Lucrece dit un peu trop ouvertement dans les deux vers suivants. *Lucret.* l. 4, v. 1029, 1030.

(2)   Iphis paya garçon les vœux qu'il fit pucelle.

              Ovid. metamorph. l. 9, fab. 12, v. 793.

iambees, de peur de devenir garçons comme Marie
Germain. Ce n'est pas tant de merveille que cette sorte
d'accident se rencontre frequent; car, si l'imagination
peult en telles choses, elle est si continuellement et si
vigoreusement attachee à ce subiect, que, pour n'avoir
si souvent à recheoir en mesme pensee et aspreté de desir, elle a meilleur compte d'incorporer une fois pour
toutes cette virile partie aux filles.

Les uns attribuent à la force de l'imagination les cica-
trices du roy Dagobert et de sainct François. On dict que
les corps s'en enlevent, telle fois, de leur place; et Celsus
recite d'un presbtre qui ravissoit son ame en telle ex-
tase, que le corps en demouroit longue espace sans res-
piration et sans sentiment: sainct Augustin en nomme
un aultre à qui il ne falloit que faire ouïr des cris lamen-
tables et plainctifs; soubdain il defailloit, et s'emportoit
si vifvement hors de soy, qu'on avoit beau le tempester,
et hurler, et le pincer, et le griller, iusques à ce qu'il
feust ressuscité: lors, il disoit avoir ouï des voix, mais
comme venant de loing; et s'appercevoit de ses eschaul-
dures et meurtrisseures. Et, que ce ne feust une obstination apostee contre son sentiment, cela le montroit,
qu'il n'avoit ce pendant ny pouls ny haleine.

Il est vraysemblable que le principal credit des visions,
des enchantements et de tels effects extraordinaires,
vienne de la puissance de l'imagination, agissant principalement contre les ames du vulgaire, plus molles : on
leur a si fort saisi la creance, qu'ils pensent veoir ce
qu'ils ne veoyent pas.

Ie suis encores (a) de cette opinion, que ces plaisantes liaisons (b), de quoy nostre monde se veoid si entravé qu'il ne
se parle d'aultre chose, ce sont volontiers des impressions de l'apprehension et de la crainte : car ie sçais, par

---

(a) en ce donbte. *Edit.* de 1595.
(b) C'est-à-dire, Nouements d'éguillettes. C.

experience, que tel, de qui ie puis respondre comme de moy mesme, en qui il ne pouvoit cheoir souspeçon aulcune de foiblesse et aussi peu d'enchantement, ayant ouï faire le conte à un sien compaignon d'une defaillance extraordinaire en quoy il estoit tumbé sur le poinct qu'il en avoit le moins de besoing, se trouvant en pareille occasion, l'horreur de ce conte luy veint à coup si rudement frapper l'imagination, qu'il encourut une fortune pareille; et de là en hors feut subiect à y rencheoir, ce vilain souvenir de son inconvenient le gourmandant et tyrannisant. Il trouva quelque remede à cette resverie par une aultre resverie: c'est que, advouant luy mesme et preschant avant la main cette sienne subiection, la contention de son ame se soulageoit sur ce que, apportant ce mal comme attendu, son obligation en amoindrissoit et luy en poisoit moins. Quand il a eu loy, à son chois, sa pensee desbrouillee et desbandee, son corps se trouvant en son deu, de le faire lors premierement tenter, saisir, et surprendre à la cognoissance d'aultruy, il s'est guari tout net à l'endroict de ce subiect. A qui on a esté une fois capable, on n'est plus incapable, sinon par iuste foiblesse. Ce malheur n'est à craindre qu'aux entreprinses où nostre ame se treuve oultre mesuré tendue de desir et de respect; et notamment si les commoditez se rencontrent improuveües et pressantes: on n'a pas moyen de se r'avoir de ce trouble. I'en sçais à qui il a servy d'y apporter le corps mesme commencé à rassasier d'ailleurs, pour endormir l'ardeur de cette fureur, et qui, par l'aage, se treuve moins impuissant de ce qu'il est moins puissant; et tel aultre à qui il a servy aussi que un amy l'aye asseuré d'estre fourni d'une contrebatterie d'enchantements certains à le preserver. Il vault mieulx que ie die comment ce feut.

Un comte de tresbon lieu, de qui i'estois fort privé, se mariant avecques une belle dame qui avoit esté poursuy-

vie de tel qui assistoit à la feste, mettoit en grande
peine ses amis, et nommeement une vieille dame sa pa-
rente qui presidoit à ces nopces et les faisoit chez elle,
craintive de ces sorcelleries : ce qu'elle me feit entendre.
Ie la priay s'en reposer sur moy. I'avoy, de fortune, en
mes coffres certaine petite piece d'or platte, où estoient
gravees quelques figures celestes contre le coup du soleil, et pour oster la douleur de teste, la logeant à poinct
sur la cousture du test ; et pour l'y tenir, elle estoit cou-
sue à un ruban propre à rattacher soubs le menton : resverie germaine à celle dequoy nous parlons. Iacques
Peletier, [vivant chez moy,] m'avoit faict ce present singulier. I'advisay d'en tirer quelque usage, et dis au
comte qu'il pourroit courre fortune comme les aultres,
y ayant là des hommes pour luy en vouloir prester d'une ;
mais que hardiment il s'allast coucher ; que ie luy ferois
un tour d'amy, et n'espargnerois à son besoing un miracle qui estoit en ma puissance, pourveu que sur son
honneur il me promeist de le tenir tresfidelement secret :
seulement, comme sur la nuict on iroit luy porter le
resveillon, s'il luy estoit mal allé, il me feist un tel signe.
Il avoit eu l'ame et les aureilles si battues, qu'il se trouva
lié du trouble de son imagination ; et me feit son signe
[à l'heure susdicte]. Ie luy dis lors à l'aureille, qu'il se
levast soubs couleur de nous chasser, et prinst en se
iouant la robbe de nuict que i'avoy sur moy (nous
estions de taille fort voisine), et s'en vestist tant qu'il
auroit executé mon ordonnance, qui feut, quand nous
serions sortis, qu'il se retirast à tumber de l'eau ; dist
trois fois telles oraisons, et feist tels mouvements ; qu'à
chascune de ces trois fois il ceignist le ruban que ie luy
mettois en main, et couchast bien soigneusement la medaille, qui y estoit attachee, sur ses roignons, la figure
en telle posture : cela faict, ayant [à la derniere fois]
bien estreinct ce ruban pour qu'il ne se peust ny desnouer n'y mouvoir de sa place, qu'en toute asseurance

il s'en retournast à son prix faict, et n'oubliast de reiecter ma robbe sur son lict, en maniere qu'elle les abriast
touts deux. Ces singeries sont le principal de l'effect ;
nostre pensee ne se pouvant desmesler que moyens si
estranges ne viennent de quelque abstruse science : leur
inanité leur donne poids et reverence. Somme, il feut
certain que mes characteres se trouverent plus vene-
riens que solaires, plus en action qu'en prohibition. Ce
feut une humeur prompte et curieuse qui me convia à tel
effect esloingné de ma nature. Ie suis ennemy des actions
subtiles et feinctes ; et hay la finesse, en mes mains, non
seulement recreative, mais aussi proufitable : si l'action
n'est vicieuse, la route l'est. Amasis roi d'Aegypte, espou-
sa Laodice tresbelle fille grecque : et luy, qui se monstroit gentil compaignon par tout ailleurs, se trouva
court à iouïr d'elle, et menaça de la tuer, estimant que
ce feust quelque sorcerie. Comme ez choses qui consistent
en fantasie, elle le reiecta à la devotion : et ayant faict
ses vœus et promesses à Venus, il se trouva divinement
remis dez la premiere nuict d'aprez ses oblations et sacrifices. Or, elles ont tort de nous recueillir de ces contenances mineuses, querelleuses et fuyardes qui nous esteignent en nous allumant. La bru de Pythagoras disoit que
la femme qui se couche avecques un homme doibt avecques
sa cotte laisser aussi la honte, et la reprendre avecques le
cottillon. L'ame de l'assaillant troublee de plusieurs diverses alarmes se perd aiseement : et à qui l'imagination
a faict une fois souffrir cette honte (et elle ne la faict
souffrir qu'aux premieres accointances, d'autant qu'elles
sont plus bouillantes et aspres, et aussi qu'en cette
premiere cognoissance, on craint beaucoup plus de
faillir), ayant mal commencé, il entre en fiebvre et
despit de cet accident, qui luy dure aux occasions suivantes.

Les mariez, le temps estant tout leur, ne doibvent ny
presser ny taster leur entreprinse, s'ils ne sont prests : et

vault mieulx faillir indecemment à estrener la couche
nuptiale pleine d'agitation et de fiebvre, attendant une
et une aultre commodité plus privee et moins alarmee,
que de tumber en une perpetuelle misere pour s'estre
estonné et desesperé du premier refus. Avant la possession prinse, le patient se doibt, à saillies et divers temps,
legierement essayer et offrir, sans se picquer et opiniastrer à se convaincre definitivement soy mesme. Ceulx
qui sçavent leurs membres de nature dociles, qu'ils se
soignent seulement de contrepiper leur fantasie.

On a raison de remarquer l'indocile liberté de ce membre, s'ingerant si importuneement (a) lors que nous n'en
avons que faire, et defaillant si importuneement lors que
nous en avons le plus affaire, et contestant de l'auctorité
si imperieusement avecques nostre volonté, refusant avecques tant de fierté et d'obstination nos solicitations et men-
tales et manuelles. Si toutesfois, en ce que on gourmande
sa rebellion, et qu'on en tire preuve de sa condemnation,
il m'avoit payé pour plaider sa cause, à l'adventure met-
trois ie en souspeçon nos aultres membres ses compaignons de luy estre allé dresser, par belle envie de l'importance et doulceur de son usage, cette querelle apostee, et avoir, par complot, armé le monde à l'encontre
de luy, le chargeant malignement, seul, de leur faulte
commune : car ie vous donne à penser s'il y a une seule
des parties de nostre corps qui ne refuse à nostre volonté
souvent son operation, et qui souvent ne s'exerce contre
nostre volonté. Elles ont chascune des passions propres,
qui les esveillent et endorment sans nostre congé : à quant
de fois tesmoignent les mouvements forcez de nostre visage les pensees que nous tenions secrettes, et nous tra-
hissent aux assistants ! Cette mesme cause qui anime ce
membre anime aussi, sans nostre sceu, le cœur, le poul-

___

(a) Ce qui suit, jusqu'à ces mots répétés *lors que*, a été omis
dans toutes les éditions des Essais, données par Coste. N.

mon et le pouls; la veue d'un obiect agreable respandant imperceptiblement en nous la flamme d'une esmotion fiebvreuse. N'y a il que ces muscles et ces veines qui s'eslevent et se couchent sans l'adveu non seulement de nostre volonté mais aussi de nostre pensee? nous ne commandons pas à nos cheveux de se herisser, et à nostre peau de fremir de desir ou de crainte; la main se porte souvent où nous ne l'envoyons pas; la langue se transit, et la voix se fige, à son heure; lors mesme que, n'ayant de quoy frire, nous le luy deffendrions volontiers, l'appetit de manger et de boire ne laisse pas d'esmouvoir les parties qui luy sont subiectes, ny plus ny moins que cet aultre appetit, et nous abandonne de mesme hors de propos, quand bon luy semble; les utils qui servent à descharger le ventre ont leurs propres dilatations et compressions, oultre et contre nostre advis, comme ceulx cy destinés à descharger les roignons. Et ce que, pour auctoriser la puissance de nostre volonté, sainct Augustin allegue avoir veu quelqu'un qui commandoit à son derriere autant de pets qu'il en vouloit, et que Vivez son glossateur encherit d'un aultre exemple de son temps, de pets organisez, suyvants le ton des vers qu'on leur prononceoit, ne suppose non plus pure l'obeïssance de ce membre; car en est il ordinairement de plus indiscret et tumultuaire? ioinct que i'en sçais un si turbulent et revesche, qu'il y a quarante ans qu'il tient son maistre à peter d'une haleine et d'une obligation constante et irremittente, et le mene ainsin à la mort: [et (a), pleust à Dieu que ie ne le sceusse que par les histoires, combien de fois nostre ventre, par le refus d'un seul pet, nous mene iusques aux portes d'une mort tresangoisseuse! et que l'empereur, qui nous donna liberté de peter par tout, nous en eust donné le pouvoir!] Mais nostre vo-

_____

(a) Sur ce passage, et sur tous ceux qui sont renfermés entre deux crochets, voyez la note suivante. N.

lonté, pour les droicts de qui nous mettons en avant ce reproche, combien plus vraysemblablement la pouvons nous marquer de rebellion et sedition, par son desreglement et desobeïssance? Veult elle tousiours ce que nous vouldrions qu'elle voulsist? ne veult elle pas souvent ce que nous luy prohibons de vouloir, et à nostre evident dommage? se laisse elle non plus mener aux conclusions de nostre raison? Enfin, ie diroy pour monsieur ma Partie, que plaise à considerer qu'en ce faict sa cause estant inseparablement conioincte à un consort et indistinctement, on ne s'addresse pourtant qu'à luy, et par les arguments et charges telles, veu la condition des parties, qu'elles ne peuvent aulcunement appartenir ny concerner son dict consort : [car (a) l'effect d'iceluy est bien de convier inopportuneement par fois, mais refuser, iamais; et de convier encores tacitement et quietement:] partant se veoid l'animosité et illegalité manifeste des accusateurs. Quoy qu'il en soit, protestant que les advocats et iuges ont beau quereller et sentencier, nature tirera ce pendant son train, qui n'auroit faict que raison quand elle auroit doué ce membre de quelque particulier privilege; aucteur du seul ouvrage immortel des mortels : pour tant est à Socrates action divine que la generation; et amour, desir d'immortalité et daimon immortel luy mesme.

Tel, à l'adventure, par cet effect de l'imagination, laisse icy les escrouelles, que son compaignon reporte en Espaigne. Voyla pourquoy en telles choses l'on a accoustumé de demander une ame preparee. Pourquoy practiquent les medecins avant main la creance de leur pa-

---

(a) Ce qui est ici entre deux crochets ne se trouve point dans l'exemplaire corrigé par Montaigne. J'en avertis ici le lecteur pour la derniere fois. Il suffit qu'il soit prévenu que les divers passages ou expressions renfermés entre ces deux signes, manquent dans l'exemplaire corrigé de la main même de Montaigne. N.

tient avec tant de faulses promesses de sa guarison, si
ce n'est à fin que l'effect de l'imagination supplee l'imposture de leur apozeme? ils sçavent qu'un des maistres
de ce mestier leur a laissé par escript qu'il s'est trouvé des
hommes à qui la seule veue de la medecine faisoit l'operation. Et tout ce caprice m'est tombé presentement en
main, sur le conte que me faisoit un domestique apotiquaire de feu mon pere, homme simple et souysse, nation peu vaine et mensongiere, d'avoir cogneu longtemps
un marchand à Toulouse maladif et subiect à la pierre,
qui avoit souvent besoing de clysteres, et se les faisoit
diversement ordonner aux medecins selon l'occurrence
de son mal: apportez qu'ils estoyent, il n'y avoit rien
obmis des formes accoustumees; souvent il tastoit s'ils
estoyent trop chauds; le voyla couché, renversé, et
toutes les approches faictes, sauf qu'il ne s'y faisoit aulcune iniection. L'apotiquaire retiré aprez cette cerimonie, le patient accommodé comme s'il avoit veritablement
prins le clystere, il en sentoit pareil effect à ceulx qui les
prennent. Et si le medecin n'en trouvoit l'operation suffisante, il luy en redonnoit deux ou trois aultres de
mesme forme. Mon tesmoing iure que pour espargner la
despense (car il les payoit comme s'il les eust receus), la
femme de ce malade ayant quelquesfois essayé d'y faire
seulement mettre de l'eau tiede, l'effect en descouvrit la
fourbe; et, pour avoir trouvé ceulx là inutiles, qu'il faulsist revenir à la premiere façon.

Une femme, pensant avoir avalé une espingle avecques
son pain, crioit et se tormentoit comme ayant une douleur insupportable au gosier, où elle pensoit la sentir arres-
tee; mais parce qu'il n'y avoit ny enfleure ny alteration par
le dehors, un habile homme ayant iugé que ce n'estoit que
fantasie et opinion, prinse de quelque morceau de pain
qui l'avoit picquee en passant, la feit vomir, et iecta à
la desrobee dans ce qu'elle rendit une espingle tortue.
Cette femme, cuidant l'avoir rendue, se sentit soubdain

deschargee de sa douleur. Ie sçay qu'un gentilhomme,
ayant traicté chez luy une bonne compaignie, se vanta
trois ou quatre iours aprez, par maniere de ieu (car il
n'en estoit rien), de leur avoir faict manger un chat en
paste : de quoy une damoiselle de la troupe print telle
horreur, qu'en estant tumbee en un grand desvoyement
d'estomach et fiebvre, il feut impossible de la sauver.
Les bestes mesmes se veoyent, comme nous, subiectes à la
force de l'imagination; tesmoings les chiens qui se laissent mourir de dueil de la perte de leurs maistres : nous
les voyons aussi iapper et tremousser en songe; hennir
les chevaux et se debattre. Mais tout cecy se peult rapporter à l'estroicte cousture de l'esprit et du corps s'entre-
communiquants leurs fortunes : c'est aultre chose, que
l'imagination agisse quelquefois non contre son corps
seulement, mais contre le corps d'autruy. Et tout ainsi
qu'un corps reiecte son mal à son voisin, comme il se
véoid en la peste, en la verolle, et au mal des yeulx qui se
chargent de l'un à l'aultre :

Dum spectant oculi læsos, læduntur et ipsi :
Multaque corporibus transitione nocent : (1)

pareillement l'imagination, esbranslee avecques vehemence, eslance des traits qui puissent offenser l'obiect
estrangier. L'ancienneté a tenu, de certaines femmes en
Scythie, qu'animees et courroucees contre quelqu'un,
elles le tuoient du seul regard. Les tortues et les autru-
ches couvent leurs œufs de la seule veue, signe qu'ils y
ont quelque vertu eiaculatrice. Et quant aux sorciers,
on les dict avoir des yeulx offensifs et nuisants :

Nescio quis teneros oculus mihi fascinat agnos : (2)

_____

. (1) Des yeux sont incommodés en regardant des yeux malades; et bien des choses nuisibles passent imperceptiblement d'un
corps dans un autre. *Ovid.* de remedio amor. vers. 615, 616.

(2) Je ne sais quel regard ensorcelle mes jeunes agneaux. *Virgil.*
eglog. 3, v. 103.

ce sont pour moy mauvais respondants que magiciens.
Tant y a que nous voyons par experience les femmes envoyer aux corps des enfants qu'elles portent au ventre
des marques de leurs fantasies; tesmoing celle qui engendra le more ; et il feut presenté à Charles , roy de
Boëme et empereur, une fille d'auprez de Pise , toute velue
et herissee, que sa mere disoit avoir esté ainsi conceue à
cause d'une image de sainct Iean Baptiste pendue en son
lict. Des animaux il en est de mesme ; tesmoings les brebis de Iacob , et les perdris et lievres que la neige blan-
chit aux montaignes. On veit dernierement chez moy un
chat guestant un oyseau au hault d'un arbre, et, s'estants
fichez la veue ferme l'un contre l'aultre quelque espace
de temps, l'oyseau s'estre laissé cheoir comme mort entre
les pattes du chat; ou enyvré par sa propre imagination,
ou attiré par quelque force attractive du chat. Ceulx qui
aiment la volerie ont ouy faire le conte du faulconnier,
qui, arrestant obstineement sa veue contre un milan en
l'air, gageoit, de la seule force de sa veue, le ramener
contrebas, et le faisoit, à ce qu'on dict: car les histoires
que i'emprunte, ie les renvoye sur la conscience de ceulx
de qui ie les prens. Les discours sont à moy, et se tiennent par la preuve de la raison, non de l'experience :
chascun y peult ioindre ses exemples ; et qui n'en a point,
qu'il ne laisse pas de croire qu'il en est assez, veu le
nombre et varieté des accidents. Si je ne comme bien,
qu'un aultre comme pour moi. Aussi en l'estude que
ie traicte de nos mœurs et mouvements, les tesmoignages fabuleux, pourveu qu'ils soient possibles, y servent comme les vrays: advenu ou non advenu, à Rome
ou à Paris, à Iean ou à Pierre, c'est tousiours un tour
de l'humaine capacité, duquel ie suis vtilement advisé par ce recit. Ie le veois et en foys mon proufit esga-
lement en umbre que en corps ; et aux diverses leçons
qu'ont souvent les histoires, ie prens à me servir de
celle qui est la plus rare et memorable. Il y a des

aucteurs desquels la fin c'est dire les evenements : la
mienne, si i'y sçavois advenir, seroit dire sùr ce qui
peult advenir. Il est, iustement, permis aux escholes de
supposer des similitudes quand ils n'en ont point : ie
n'en foys pas ainsi pourtant, et surpasse de ce costé
là en religion superstitieuse toute foy historiale. Aux
exemples que ie tire ceans de ce que i'ay leu, ouï, faict,
ou dict, ie me suis deffendu d'oser alterer iusques aux
plus legieres et inutiles circonstances : ma conscience
ne falsifie pas un iota ; ma science, ie ne sçay. Sur ce
propos i'entre par fois en pensee qu'il puisse assez bien
convenir à un theologien, à un philosophe, et telles gents
d'exquise et exacte conscience et prudence, d'escrire
l'histoire. Comment peuvent ils engager leur foy sur une
foy populaire ? comment respondre des pensees de personnes incogneues, et donner pour argent comptant
leurs coniectures ? Des actions à divers membres qui
se passent en leur presence, ils refuseroient d'en rendre
tesmoignage, assermentez par un iuge ; et n'ont homme
si familier, des intentions duquel ils entreprennent de
pleinement respondre. Ie tiens moins hazardeux d'escrire les choses passees, que presentes : d'autant que
l'escrivain n'a à rendre compte que d'une verité em-
pruntee.

Aulcuns me convient d'escrire les affaires de mon
temps, estimants que ie les veoy d'une veue moins
blecee de passion qu'un aultre, et de plus prez, pour
l'accez que fortune m'a donné aux chefs de divers partis. Mais ils ne disent pas, Que pour la gloire de Salluste
ie n'en prendroy pas la peine ; ennemy iuré d'obligation, d'assiduité, de constance : Qu'il n'est rien si contraire à mon style, qu'une narration estendue ; ie me
recouppe si souvent à faulte de haleine ; ie n'ay ny
composition ny explication, qui vaille ; ignorant, au-
delà d'un enfant, des frases et vocables qui servent aux
choses plus communes ; pour tant ay ic prins à dire ce

que ie sçay dire, accommodant la matiere à ma force;
si i'en prenois qui me guidast, ma mesure pourroit
faillir à la sienne : Que ma liberté estant si libre, i'eusse
publié des iugements, à mon gré mesme et selon raison,
illegitimes et punissables. Plutarque nous diroit volontiers, de ce qu'il en a faict, que c'est l'ouvrage d'aultruy
que ses exemples soient en tout et par tout veritables :
qu'ils soient utiles à la posterité et presentez d'un lustre
qui nous esclaire à la vertu, que c'est son ouvrage.
Il n'est pas dangereux, comme en une drogue medi-
cinale, en un conte ancien qu'il soit ainsin ou ainsi.

CHAPITRE XXI.

Le proufit de l'un est dommage de l'aultre.

Demades athenien condemna un homme de sa ville
qui faisoit mestier de vendre les choses necessaires aux
enterrements, soubs tiltre de ce qu'il en demandoit trop
de proufit, et que ce proufit ne luy pouvoit venir sans
la mort de beaucoup de gents. Ce iugement semble
estre mal prins; d'autant qu'il ne se faict aucun proufit qu'au dommage d'aultruy, et qu'à ce compte il fauldroit condemner toute sorte de gaings. Le marchand
ne faict bien ses affaires qu'à la desbauche de la ieunesse; le laboureur, à la cherté des bleds; l'architecte,
à la ruine des maisons; les officiers de la iustice, aux
procez et querelles des hommes; l'honneur mesme et
practique des ministres de la religion se tire de nostre
mort et de nos vices; nul medecin ne prend plaisir à
la santé de ses amis mesmes, dit l'ancien comique grec;
ny soldat, à la paix de sa ville : ainsi du reste. Et, qui
pis est, que chascun se sonde au dedans, il trouvera
que nos souhaits interieurs pour la pluspart naissent

et se nourrissent aux despens d'aultruy. Ce que considerant, il m'est venu en fantasie comme nature ne se desment point en cela de sa generale police ; car les physiciens tiennent que la naissance, nourrissement et augmentation de chasque chose, est l'alteration et corruption d'une aultre :

> Nam quodcunque suis mutatum finibus exit,
> Continuò hoc mors est illius quod fuit ante. (1)

CHAPITRE XXII.

De la coustume, et de ne changer ayseement une loy receue.

Celuy me semble avoir tresbien conceu la force de la coustume qui premier forgea ce conte, qu'une femme de village, ayant apprins de caresser et porter entre ses bras un veau dez l'heure de sa naissance, et continuant tousiours à ce faire, gaigna cela par l'accoustumance, que, tout grand bœuf qu'il estoit, elle le portoit encores : car c'est, à la verité, une violente et traistresse maistresse d'eschole que la coustume. Elle establit en nous, peu à peu, à la desrobee, le pied de son auctorité : mais, par ce doulx et humble commencement l'ayant rassis et planté avec l'ayde du temps, elle nous descouvre tantost un furieux et tyrannique visage, contre lequel nous n'avons plus la liberté de haulser seulement les yeulx. Nous luy voyons forcer, touts les coups, les regles de nature : Usus efficacissimus rerum omnium ma-

---

(1) Un corps ne peut franchir les bornes où sa nature le circonscrit, sans cesser d'être ce qu'il étoit. *Lucret.* lib. sec., v. 752, 753.

gister (1). I'en croy l'antre de Platon en sa republique;
et les medecins, qui quittent si souvent à son auctorité
les raisons de leur art; et ce roy, qui par son moyen
rengea son estomach à se nourrir de poison; et la fille
qu'Albert recite s'estre accoustumee à vivre d'araignees:
et en ce monde des Indes nouvelles on trouva des
grands peuples, et en fort divers climats, qui en vi-
voient, en faisoient provision et les appastoient, comme
aussi des saulterelles, fourmis, lezards, chauvesouris;
et feut un crapaud vendu six escus en une necessité de
vivres; ils les cuisent et apprestent à diverses saulses:
il en feut trouvé d'aultres ausquels nos chairs et nos
viandes estoient mortelles et venimeuses. Consuetudinis
magna vis est : pernoctant venatores in nive; in montibus uri
se patiuntur : pugiles, cæstibus contusi, ne ingemiscunt quidem (2). Ces exemples estrangiers ne sont pas estranges
si nous considerons, ce que nous essayons ordinairement, combien l'accoustumance hebete nos sens. Il ne
nous fault pas aller chercher ce qu'on dict des voisins
des cataractes du Nil; et ce que les philosophes estiment
de la musique celeste, que les corps de ces cercles,
estant solides, polis, et venants à se leicher et frotter
l'un à l'aultre en roulant, ne peuvent faillir de produire une merveilleuse harmonie, aux coupures et
nuances de laquelle se manient les contours et changements des carolles des astres, mais qu'universellement
les ouïes des creatures de çà bas, endormies, comme

---

(1) L'usage est, dans toutes les choses, le maître dont les leçons
sont les plus efficaces. *Plin.* nat. hist. lib. 26, cap. 2.

(2) La force de la coutume est grande : c'est elle qui est cause
que les chasseurs passent des nuits entieres dans la neige, que
de jour ils se laissent brûler de chaleur sur les montagnes; et
que les athletes, meurtris de coups de gantelets, ne poussent pas
le moindre gémissement. *Cic.* Tusc. quæst. l. 2, c. 16, edit.
Davis.

celles des Aegyptiens, par la continuation de ce son,
ne le peuvent appercevoir, pour grand qu'il soit : les
mareschaux, meusniers, armuriers, ne sçauroient durer
au bruit qui les frappe, s'ils s'en estonnoient comme
nous. Mon collet de fleurs sert à mon nez : mais aprez
que ie m'en suis vestu trois iours de suite, il ne sert
qu'aux nez assistants. Cecy est plus estrange, que,
nonobstant des longs intervalles et intermissions, l'accoustumance puisse ioindre et establir l'effect de son impression sur nos sens ; comme essàyent les voysins des
clochiers. Ie loge chez moy en une tour, où, à la diane
et à la retraicte, une fort grosse cloche sonne touts les
iours l'Ave Maria. Ce tintamarre effroye ma tour mesme :
et aux premiers iours me semblant insupportable, en peu
de temps m'apprivoise de maniere que ie l'oy sans offense et souvent sans m'en esveiller. Platon tansa un
enfant qui iouoit aux noix. Il luy respondit : « Tu me
tanses de peu de chose » : « L'accoustumance, repliqua
Platon, n'est pas chose de peu. »

Ie treuve que nos plus grands vices prennent leur ply
de nostre plus tendre enfance, et que nostre principal
gouvernement est entre les mains des nourrices. C'est
passetemps aux meres de veoir un enfant tordre le col à
un poulet, et s'esbattre à blecer un chien et un chat :
et tel pere est si sot de prendre à bon augure d'une ame
martiale, quand il veoid son fils gourmer iniurieusement un païsan ou un laquay qui ne se deffend point ;
et à gentillesse, quand il le veoid affiner son compaignon
par quelque malicieuse desloyauté et tromperie. Ce sont
pourtant les vrayes semences et racines de la cruauté,
de la tyrannie, de la trahison : elles se germent là ; et
s'eslevent aprez gaillardement, et proufitent à force entre
les mains de la coustume. Et est une tresdangereuse institution d'excuser ces vilaines inclinations par la foiblesse de l'aage et legiereté du subiect : premierement,
c'est nature qui parle, de qui la voix est lors plus pure

et plus forte, qu'elle est plus graile [et plus neufve] : secondement, la laideur de la piperie ne despend pas de
la difference des escus aux espingles ; elle despend de
soy. Ie treuve bien plus iuste de conclure ainsi : « Pourquoy ne tromperoit il aux escus, puisqu'il trompe aux
espingles »? que, comme ils font : « Ce n'est qu'aux espingles ; il n'auroit garde de le faire aux escus ». Il fault apprendre soigneusement aux enfants de haïr les [vices (a),
de leur propre contexture, et leur en fault apprendre
la naturelle difformité, à ce qu'ils les fuyent non en leur
action seulement, mais surtout en leur cœur ; que la
pensee mesme leur en soit odieuse, quelque masque
qu'ils portent. Ie sçais bien que pour m'estre duict, en
ma puerilité, de marcher tousiours mon grand et plain
chemin, et avoir eu à contrecœur de mesler ny tricot-
terie ny finesse à mes ieux enfantins (comme de vray
il fault noter que les ieux des enfants ne sont pas ieux,
et les fault iuger en eulx comme leurs plus serieuses actions), il n'est passetemps si legier où ie n'apporte, du
dedans et d'une propension naturelle et sans estude,
une extreme contradiction à tromper. Ie manie les chartes pour les doubles, et tiens compte comme pour les
doubles doublons ; lorsque le gaigner et le perdre, contre ma femme et ma fille, m'est indifferent, comme
lorsqu'il va de bon. En tout et par tout il y a assez de
mes yeulx à me tenir en office ; il n'y en a point qui me
veillent de si prez, ny que ie respecte plus.]

    Ie viens de veoir chez moy un petit homme natif de
Nantes, nay sans bras, qui a si bien façonné ses pieds
au service que luy desvoient les mains, qu'ils en ont, à

(a) La suite de cette belle et longue addition ne se trouve
point dans l'exemplaire corrigé par Montaigne ; une partie en a
été emportée par le couteau du relieur, et le reste étoit vrai-
semblablement sur un papier séparé, qui s'est perdu avec le
temps. L'édition de 1595 y supplée heureusement. N.

la verité à demy oublié leur office naturel. Au demourant il les nomme ses mains ; il trenche, il charge un
pistolet et le lasche, il enfile son aiguille, il coud, il
escrit, il tire le bonnet, il se peigne, il ioue aux chartes
et aux dez, et les remue avecques autant de dexterité que
sçauroit faire quelqu'aultre : l'argent que ie luy ay donné,
(car il gaigne sa vie à se faire veoir) il l'a emporté en son
pied, comme nous faisons en nostre main. I'en veis un aultre, estant enfant, qui manioit un'espee à deux mains, et
un'hallebarde, du ply du col, à faulte de mains ; les iectoit en l'air, et les reprenoit ; lanceoit une dague ; et faisoit
craqueter un fouet aussi bien que charretier de France.

Mais on descouvre bien mieulx ses effects aux estranges
impressions qu'elle faict en nos ames, où elle ne treuve
pas tant de resistance. Que ne peult elle en nos iugements et en nos creances? y a il opinion si bizarre (ie
laisse à part la grossiere imposture des religions, de quoy
tant de grandes nations et tant de suffisants personnages
se sont veus enyvrez ; car cette partie estant hors de nos
raisons humaines, il est plus excusable de s'y perdre, à
qui n'y est extraordinairement esclairé par faveur divine), mais d'aultres opinions, y en a il de si estranges
qu'elle n'aye planté et estably par loix ez regions que
bon luy a semblé? et est tresiuste cette ancienne exclamation : Non pudet physicum, id est speculatorem venato-
remque naturæ, ab animis consuetudine imbutis quærere testi-
monium veritatis ! (1)

I'estime qu'il ne tumbe en l'imagination humaine aulcune fantasie si forcenee qui ne rencontre l'exemple
de quelque usage publicque, et par consequent que nostre

---

(1) Quelle honte à un physicien, qui doit fouiller dans les secrets de la nature, d'alléguer pour des preuves de la vérité ee
qui n'est que prévention et que coutume ! *Cic.* de nat. deor.
l. i, c. 30, de la traduction de l'abbé d'Olivet.

Il y a dans Cicéron *petere* au lieu de *quærere*.

discours (a) n'estaye et ne fonde. Il est des peuples où on
tourne le dos à celuy qu'on salue, et ne regarde lon iamais celuy qu'on veult honnorer. Il en est, où quand le
roy crache, la plus favorie des dames de sa court tend
la main; et, en aultre nation, les plus apparents qui sont
autour de luy se baissent à terre pour amasser en du
linge son ordure. Desrobbons icy la place d'un conte.

Un gentilhomme françois se mouchoit tousiours de sa
main; chose tresennemie de nostre usage : deffendant
là dessus son faict, et estoit fameux en bons rencontres, il me demanda quel privilege avoit ce sale excre-
ment, que nous allassions luy apprestant un beau linge
delicat à le recevoir, et puis, qui plus est, à l'empa-
queter et serrer soigneusement sur nous : que cela debvoit faire plus de horreur (b), et de mal au cœur, que
de le veoir verser où que ce feust, comme nous faisons
touts aultres excrements. Ie trouvai qu'il ne parloit
pas du tout sans raison : et m'avoit la coustume osté
l'appercevance de cette estrangeté, laquelle pourtant nous
trouvons si hideuse quand elle est recitee d'un aultre
païs. Les miracles sont selon l'ignorance en quoy nous
sommes de la nature, non selon l'estre de la nature;
l'assuefaction endort la veue de nostre iugement : les
barbares ne nous sont de rien plus merveilleux, que
nous sommes à eulx, ny avecques plus d'occasion;
comme chascun advoueroit, si chascun sçavoit, aprez
s'estre promené par ces (c) nouveaux exemples, se

(a) raison, *édit.* de 1595, mais rayé par Montaigne, qui a écrit
au-dessus *discours.* N.

(b) Je n'assure pas que ce soit là le mot dont Montaigne s'est
servi : le commencement a été emporté à la relieure, et l'on ne
distingue bien nettement que les quatre dernieres lettres que
voici : *rrur.* C'est évidemment un mot qui se termine en *eur.*
Montaigne écrit les mots qui ont cette désinence, comme les
Gascons les prononcent : il écrit *dolur, valur, horrur,* etc. N.

(c) Loingtains. *Édit.* de 1595 et de 1635. N.

coucher sur les propres, et les conferer sainement. La
raison humaine est une teincture infuse environ de pareil poids à toutes nos opinions et mœurs de quelque
forme qu'elles soient ; infinie en matiere, infinie en diversité. Ie m'en retourne.

Il est des peuples où sauf sa femme et ses enfants aulcun ne parle au roy que par sarbatane. En une mesme
nation, et les vierges montrent à descouvert leurs parties
honteuses, et les mariees les couvrent et cachent soigneusement. A quoy cette aultre coustume qui est ailleurs a
quelque relation : la chasteté n'y est en prix que pour le
service du mariage ; car les filles se peuvent abandonner
à leur poste, et engroissees se faire avorter par medicaments propres, au veu d'un chascun. Et ailleurs si c'est
un marchand qui se marie, touts les marchands conviez à
la nopce couchent avecques l'espousee avant luy ; et plus
il y en a, plus a elle d'honneur et de recommendation de
fermeté et de capacité : si un officier se marie, il en va de
mesme ; de mesme si c'est un noble ; et ainsi des aultres :
sauf si c'est un laboureur ou quelqu'un du bas peuple ;
car lors c'est au seigneur à faire : et si on ne laisse pas d'y
recommender estroictement la loyauté pendant le mariage. Il en est où il se veoid des bordeaux publics de
masles, voire et des mariages : où les femmes vont à la
guerre quand et leurs maris, et ont reng, non au combat
seulement, mais aussi au commandement : où non seulement les bagues se portent au nez, aux levres, aux
ioues et aux orteils des pieds ; mais des verges d'or bien
poisantes au travers des tettins et des fesses : où en man-
geant on s'essuye les doigts aux cuisses, et à la bourse
des genitoires, et à la plante des pieds : où les enfants ne
sont pas heritiers, ce sont les freres et nepveux, et
ailleurs les nepveux seulement ; sauf en la succession
du prince : où, pour regler la communauté des biens qui
s'y observe, certains magistrats souverains ont charge
universelle de la culture des terres et de la distribution

des fruicts, selon le besoing d'un chascun : où l'on pleure
la mort des enfants, et festoye lon celle des vieillards : où
ils couchent en des licts dix ou douze ensemble avec leurs
femmes : où les femmes qui perdent leurs maris par mort
violente se peuvent remarier, les aultres non : où l'on
estime si mal de la condition des femmes, que l'on y tue les
femelles qui y naissent, et achepte lon, des voisins, des
femmes pour le besoing : où les maris peuvent repudier,
sans alleguer aulcune cause ; les femmes non, pour cause
quelconque : où les maris ont loy de les vendre si elles
sont steriles : où ils font cuire le corps du trespassé, et
puis piler iusques à ce qu'il se forme comme en bouillie ;
laquelle ils meslent à leur vin, et la boivent : où la plus
desirable sepulture est d'estre mangé des chiens ; ailleurs,
des oyseaux : où l'on croit que les ames heureuses vivent
en toute liberté en des champs plaisants fournis de toutes
commoditez, et que ce sont elles qui font cet echo que
nous oyons : où ils combattent en l'eau, et tirent seurement de leurs arcs en nageant : où pour signe de subiection il fault haulser les espaules et baisser la teste ; et
deschausser ses souliers quand on entre au logis du roy :
où les eunuques qui ont les femmes religieuses en garde
ont encores le nez et les levres à dire pour ne pouvoir
estre aimez : et les presbtres se crevent les yeulx, pour
accointer les daimons et prendre les oracles : où chascun
faict un dieu de ce qu'il luy plaist, le chasseur d'un lyon
ou d'un regnard, le pescheur de certain poisson ; et des
idoles, de chasque action ou passion humaine : le soleil,
la lune, et la terre, sont les dieux principaux : la forme
de iurer, c'est toucher la terre regardant le soleil : et y
mange lon la chair et le poisson crud : où le grand serment, c'est iurer le nom de quelque homme trespassé qui
a esté en bonne reputation au païs, touchant de la main
sa tumbe : où les estrenes annuelles que le roy envoye
aux princes ses vassaux, c'est du feu ; l'ambassadeur qui
l'apporte, arrivant, l'ancien feu est esteinct tout par tout

en la maison ; et de ce feu nouveau, le peuple despendant de ce prince en doibt venir prendre chascun pour soy, sur peine de crime de leze maiesté : où, quand le roy pour s'adonner du tout à la devotion , comme ils font souvent, se retire de sa charge, son premier successeur est obligé d'en faire autant ; et passe le droict du royaume au troisiesme successeur : où lon diversifie la forme de la police selon que les affaires le requierent ; on depose le roy, quand il semble bon ; et substitue lon des anciens à prendre le gouvernement de l'estat ; et le laisse lon par fois aussi ez mains de la commune : où hommes et femmes sont circoncis, et pareillement baptisez : où le soldat qui en un ou divers combats est arrivé à presenter à son roy sept testes d'ennemis est faict noble : où lon vit soubs cette opinion si rare et incivile (a) de la mortalité des ames : où les femmes s'accouchent sans plaincte et sans effroy : où les femmes en l'une et l'aultre iambe portent des greves de cuivre ; et, si un pouil les mord, sont tenues par debvoir de magnanimité de le remordre ; et n'osent espouser, qu'elles n'ayent offert à leur roy, s'il veut de leur pucellage : où lon salue mettant le doigt à terre, et puis le haulsant vers le ciel : où les hommes portent les charges sur la teste, les femmes sur les espaules ; elles pissent debout, les hommes accroupis : où ils envoyent de leur sang en signe d'amitié, et encensent, comme les dieux, les hommes qu'ils veulent honorer : où non seulement iusques au quatriesme degré, mais en aulcun plus esloingné, la parenté n'est soufferte aux mariages : où les enfants sont quatre ans à nourrice et souvent douze ; et là mesme il est estimé mortel de donner à l'enfant à tetter tout le premier iour : où les peres ont charge du chastiment des masles ; et les meres, à part, des femelles ; et est le chastiment de les fumer pendus par les pieds : où on faict circoncire les femmes : où lon mange toute sorte d'herbes,

---

(a) *Insociable*. Edition de 1595.

sans aultre discretion que de refuser celles qui leur semblent avoir mauvaise senteur : où tout est ouvert ; et les
maisons, pour belles et riches qu'elles soyent, sans porte,
sans fenestre, sans coffre qui ferme ; et sont les larrons,
doublement punis qu'ailleurs : où ils tuent les pouils avec
les dents comme les magots, et trouvent horrible de les
voir escacher soubs les ongles : où lon ne coupe en toute
la vie ny poil ny ongle ; ailleurs où lon ne coupe que les
ongles de la droicte, celles de la gauche se nourrissent
par gentillesse : où ils nourrissent tout le poil du corps
du costé droict tant qu'il peult croistre, et tiennent raz
le poil de l'aultre costé ; et en voisines provinces, celle
icy nourrit le poil de devant, celle là le poil de derriere,
et rasent l'opposite : où les peres prestent leurs enfants,
les maris leurs femmes, à iouyr aux hostes, en payant :
où on peult honnestement faire des enfants à sa mere,
les peres se mesler à leurs filles et à leurs fils : où aux assemblees des festins ils s'entreprestent [sans distinction
de parenté] les enfants les uns aux aultres : icy on vit de
chair humaine : là c'est office de pieté de tuer son pere
en certain aage : ailleurs les peres ordonnent, des enfants
encores au ventre des meres, ceulx qu'ils veulent estre
nourris et conservez, et ceulx qu'ils veulent estre abandonnez et tuez : ailleurs les vieux maris prestent leurs
femmes à la ieunesse pour s'en servir ; et ailleurs elles
sont communes sans peché ; voire en tel païs portent pour
marque d'honneur autant de belles houppes frangees au
bord de leurs robes qu'elles ont accointé de masles. N'a
pas faict la coustume encores une chose publicque de
femmes à part ? leur a elle pas mis les armes à la main ?
faict dresser des armees et livrer des battailles ? Et, ce
que toute la philosophie ne peult planter en la teste des
plus sages, ne l'apprend elle pas de sa seule ordonnance
au plus grossier vulgaire ? car nous sçavons des nations
entieres où non seulement la mort estoit mesprisee,
mais festoyee ; où les enfants de sept ans souffroient à

estre fouettez iusques à la mort sans changer de visage;
où la richesse estoit en tel mespris que le plus chestif citoyen de la ville n'eust daigné baisser le bras pour amasser une bourse d'escus. Et sçavons des regions tresfer-
tiles en toutes façons de vivres, où toutesfois les plus
ordinaires mets et les plus savoureux c'estoient du pain,
du nasitort et de l'eau. Fèit elle pas encores ce miracle en
Gio, qu'il s'y passa sept cents ans, sans memoire que
femme ny fille y eust faict faulte à son honneur? Et
somme, à ma fantasie, il n'est rien qu'elle ne face, ou qu'elle
ne puisse; et avecques raison l'appelle Pindarus, à ce
qu'on m'a dict « La royne et emperiere du monde ». Celuy
qu'on rencontra battant son pere respondit que c'estoit
la coustume de sa maison; que son pere avoit ainsi battu
son ayeul, son ayeul son bisayeul; et montrant son fils,
et cettuy cy me battra quand il sera venu au terme de
l'aage où ie suis : et le pere que le fils tirassoit et sabou-
loit emmy la rue luy commanda de s'arrester à certain
huis; car luy n'avoit traisné son pere que iusques là; que
c'estoit la borne des iniurieux traictements hereditaires
que les enfants avoient en usage faire aux peres en leur
famille. Par coustume, dit Aristote, aussi souvent que
par maladie, des femmes s'arrachent le poil, rongent
leurs ongles, mangent des charbons et de la terre; et,
autant par coustume que par nature, les masles se meslent aux masles.

Les loix de la conscience, que nous disons naistre de
nature, naissent de la coustume; chascun ayant en vene-
ration interne les opinions et mœurs approuvees et receues autour de luy ne s'en peult desprendre sans re-
mors, ny s'y appliquer sans applaudissement. Quand
ceulx de Crete vouloient au temps passé mauldire quelqu'un; ils prioient les dieux de l'engager en quelque
mauvaise coustume. Mais le principal effect de sa puissance, c'est de nous saisir et empieter de telle sorte, qu'à
peine soit il en nous de nous r'avoir de sa prinse, et de

r'entrer en nous pour discourir et raisonner de ses ordonnances. De vray, parce que nous les humons avec le laict
de nostre naissance, et que le visage du monde se presente en cet estat à nostre premiere veue, il semble que
nous soyons nayz à la condition de suyvre ce train; et
les communes imaginations que nous trouvons en credit
autour de nous, et infuses en nostre ame par la semence
de nos peres, il semble que ce soyent les generales et naturelles : par où il advient que ce qui est hors les gonds
de la coustume, on le croit hors les gonds de la raison;
Dieu sçait combien desraisonnablement le plus souvent.
Si, comme nous, qui nous estudions, avons apprins de
faire, chascun qui oid une iuste sentence regardoit incontinent par où elle luy appartient en son propre, chascun
trouveroit que ceste cy n'est pas tant un bon mot qu'un
bon coup de fouet à la bestise ordinaire de son iugement:
mais on reçoit les advis de la verité et ses preceptes
comme adressez au peuple, non iamais à soy; et au lieu
de les coucher sur ses mœurs, chascun les couche en sa
memoire, tressottement et tresinutilement. Revenons
à l'empire de la coustume.

Les peuples nourris à la liberté et à se commander
eulx mesmes estiment toute aultre forme de police monstrueuse et contre nature: ceulx qui sont duicts à la monarchie en font de mesme; et, quelque facilité que leur preste
fortune au changement, lors mesme qu'ils se sont avecques
grandes difficultez desfaicts de l'importunité d'un maistre,
ils courent à en replanter un nouveau avecques pareilles
difficultez, pour ne se pouvoir resouldre de prendre en
haine la maistrise. C'est par l'entremise de la coustume
que chascun est content du lieu où nature l'a planté; et
les sauvages d'Escosse n'ont que faire de la Touraine, ny
les Scythes, de la Thessalie. Darius demandoit à quelques
Grecs pour combien ils vouldroient prendre la coustume
des Indes dé manger leurs peres trespassez (car c'estoit
leur forme, estimants ne leur pouvoir donner plus favo-

rable sepulture que dans eulx mesmes); ils luy respondirent que pour chose du monde ils ne le feroient : mais
s'estant aussi essayé de persuader aux Indiens de laisser
leur façon et prendre celle de Grece, qui estoit de brusler les corps de leurs peres, il leur feit encores plus d'horreur. Chascun en faict ainsi, d'autant que l'usage nous
desrobe le vray visage des choses.

> Nil adeò magnum, nec tam mirabile quicquam
> Principio, quod non minuant mirarier omnes
> Paulatim. (1)

Aultrefois, ayant à faire valoir quelqu'une de nos observations, et receue avecques resolue auctorité bien loing
autour de nous; et ne voulant point, comme il se faict,
l'establir seulement par la force des loix et des exemples,
mais questant tousiours iusques à son origine, i'y trouvay le fondement si foible qu'à peine que ie ne m'en de-
goustasse, moy, qui avois à la confirmer en aultruy. C'est
cette recepte de quoy (a) Platon entreprend de chasser
les desnaturees et preposteres amours de son temps,
qu'il estime souveraine et principale; à sçavoir, que l'o-
pinion publicque les condemne, que les poëtes, que
chascun en face des mauvais contes : recepte par le
moyen de laquelle les plus belles filles n'attirent plus l'a-
mour des peres, ny les freres plus excellents en beauté
l'amour des sœurs; les fables mesmes de Thyestes, d'Oedi-
pus, de Macareus, ayant, avecques le plaisir de leur chant,
infus cette utile creance en la tendre cervelle des enfants.
De vray, la pudicité est une belle vertu, et de laquelle
l'utilité est assez cogneue; mais de là traicter et faire valoir selon nature, il est autant malaysé, comme il est aysé

---

(1) Il n'y a rien de si grand et de si merveilleux dans son commencement que peu-à-peu tous les hommes ne s'habituent à regarder avec moins d'admiration. *Lucret.* l. 2, v. 1027, et seqq.

(a) *Par la quelle Platon.* Edition de 1595 et de 1635.

de la faire valoir selon l'usage, les loix et les preceptes.
Les premieres et universelles raisons sont de difficile
perscrutation ; et les passent nos maistres en escumant,
ou, ne les osant pas seulement taster, se iectent d'abor-
dee dans la franchise de la coustume, où ils s'enflent et
triumphent à bon compte. Ceulx qui ne se veulent laisser
tirer hors de cette originelle source, faillent encores plus,
et s'obligent à des opinions sauvages; comme Chrysippus
qui sema en tant de lieux de ses escripts le peu de compte
en quoy il tenoit les conionctions incestueuses quelles
qu'elles feussent.

Qui vouldra se desfaire de ce violent preiudice de la
coustume, il trouvera plusieurs choses receues d'une
resolution indubitable, qui n'ont appuy qu'en la barbe
chenue et rides de l'usage qui les accompaigne : mais ce
masque arraché, rapportant les choses à la verité et à la
raison, il sentira son iugement comme tout bouleversé, et
remis pourtant en bien plus seur estat. Pour exemple, ie
luy demanderay lors, quelle chose peult estre plus
estrange que de veoir un peuple obligé à suyvre des loix
qu'il n'entendit oncques ; attaché en touts ses affaires
domestiques, mariages, donations, testaments, ventes et
achapts, à des regles qu'il ne peult sçavoir, n'estant escriptes ny publiees en sa langue, et desquelles par necessité il luy faille acheter l'interpretation et l'usage : non
selon l'ingenieuse opinion d'Isocrates qui conseille à son
roy de rendre les traficques et negociations de ses subiects, libres, franches et lucratives, et leurs debats et
querelles, onereuses, les chargeant de poisants subsides ;
mais selon une opinion monstrueuse de mettre en traficque la raison mesme, et donner aux loix cours de marchandise. Ie sçay bon gré à la fortune dequoy, comme
disent nos historiens, ce feut un gentilhomme gascon et
de mon pays, qui le premier s'opposa à Charlemaigne
nous voulant donner les loix latines et imperiales. Qu'est
il plus farouche que de veoir une nation où par legitime

coustume la charge de iuger se vende, et les iugements
soyent payez à purs deniers comptants; et où legitime-
ment la iustice soit refusee à qui n'a dequoy la payer; et
ayt cette marchandise si grand credit qu'il se face en une
police un quatriesme estat de gents maniants les procez,
pour le ioindre aux trois anciens, de l'eglise, de la noblesse, et du peuple; lequel estat ayant la charge des loix
et souveraine auctorité des biens et des vies, face un
corps à part de celuy de la noblesse : d'où il advienne
qu'il y ayt doubles loix, celles de l'honneur, et celles de
la iustice, en plusieurs choses fort contraires ; aussi rigoureusement condemnent celles là un dementi souffert,
comme celles icy un dementi revenché; par le debvoir
des armes, celuy là soit degradé d'honneur et de noblesse
qui souffre une iniure, et par le debvoir civil, celuy qui
s'en venge encoure une peine capitale; qui s'adresse aux
loix pour avoir raison d'une offense faicte à son honneur,
il se deshonore, et qui ne s'y adresse, il en est puny et
chastié par les loix : et de ces deux pieces si diverses, se
rapportant toutesfois à un seul chef, ceulx là ayent la
paix, ceulx cy la guerre, en charge ; ceulx là ayent le
gàing, ceulx cy l'honneur ; ceulx là le sçavoir, ceulx cy
la vertu; ceulx là la parole, ceulx cy l'action; ceulx là
la iustice, ceulx cy la vaillance; ceulx là la raison, ceulx
cy la force; ceulx là la robbe longue, ceulx cy la courte
en partage.

Quant aux choses indifferentes, comme vestements;
qui les vouldra ramener à leur vraye fin, qui est le service
et commodité du corps, d'où despend leur grace et bienseance originelle, pour les plus fantastiques à mon gré
qui se puissent imaginer ie luy donray entre aultres nos
bonnets quarrez, cette longue queue de veloux plissé qui
pend aux testes de nos femmes avecques son attirail bigar-
ré, et ce vain modele et inutile d'un membre que nous ne
pouvons seulement honnestement nommer, duquel toutesfois nous faisons montre et parade en public. Ces consi-

derations ne destournent pourtant pas un homme d'entendement de suyvre le style commun : ains au rebours ,
il me semble que toutes façons escartees et particulieres
partent plustost de folie ou d'affectation ambitieuse ,
que de vraye raison ; et que le sage doibt au dedans retirer son ame de la presse et la tenir en liberté et puissance
de iuger librement des choses ; mais , quant au dehors ,
qu'il doibt suyvre entierement les façons et formes receues.
La societé publicque n'a que faire de nos pensees ; mais
le demourant , comme nos actions , nostre travail , nos
fortunes et nostre vie , il la fault prester et abandonner à
son service et aux opinions communes : comme ce bon et
grand Socrates refusa de sauver sa vie par la desobeïssance du magistrat , voire d'un magistrat tresiniuste et
tresinique ; car c'est la regle des regles , et generale loy
des loix , que chascun observe celles du lieu où il est :

Νομοις επεσθαι τοισιν εγχωροις καλον. (1)

En voicy d'une aultre cuvee. Il y a grand doubte s'il
se peult trouver si evident proufit au changement d'une
loy receue, telle qu'elle soit , qu'il y a de mal à la remuer :
d'autant qu'une police , c'est comme un bastiment de diverses pieces ioinctes ensemble d'une telle liaison qu'il est
impossible d'en esbransler une , que tout le corps ne s'en
sente. Le legislateur des Thuriens ordonna que quiconque
vouldroit ou abolir une des vieilles loix , ou en establir
une nouvelle, se presenteroit au peuple la chorde au col ;
à fin que, si la nouvelleté n'estoit approuvee d'un chascun,
il feust incontinent estranglé : et celuy de Lacedemone
employa sa vie , pour tirer de ses citoyens une promesse
asseuree de n'enfreindre aulcune de ses ordonnances.
L'ephore qui coupa si rudement les deux chordes que

---

(1)　　Il est beau d'obéir aux loix de son pays.
　　　　　Exerpta ex tragœd. græcis. Hug. Grotio,
　　　　interpr. Paris. 1626, in-4°, p. 937.

Phrinys avoit adiousté à la musique ne s'esmoie pas si
elle en vault mieulx, ou si les accords en sont mieulx
remplis; il luy suffit, pour les condemner, que ce soit une
alteration de la vieille façon. C'est ce que signifioit cette
espee rouillee de la iustice de Marseille. Ie suis desgousté
de la nouvelleté, quelque visage qu'elle porte; et ay
raison, car i'en ay veu des effects tresdommageables:
celle qui nous presse depuis (a) tant d'ans, elle n'a pas
tout exploicté; mais on peult dire, avecques apparence;
que par accident elle a tout produict et engendré,
voire et les maulx et ruynes qui se font depuis sans elle
et contre elle : c'est à elle à s'en prendre au nez;

> Heu! patior telis vulnera facta meis! (1)

Ceulx qui donnent le bransle à un estat, sont volontiers
les premiers absorbez en sa ruyne : le fruict du trouble
ne demeure gueres à celuy qui l'a esmeu; il bat et
brouille l'eau pour d'aultres pescheurs. La liaison et contexture de cette monarchie et ce grand bastiment ayant
esté desmis et dissoult, notamment sur ses vieux ans, par
elle, donne tant qu'on veult d'ouverture et d'entree à
pareilles iniures : la maiesté royale, dict un ancien, s'a-
valle plus difficilement du sommet au milieu, qu'elle ne
se precipite du milieu à fond. Mais si les inventeurs sont
plus dommageables, les imitateurs sont plus vicieux de
se iecter en des exemples desquels ils ont senti et puni
l'horreur et le mal : et s'il y a quelque degré d'honneur,
mesme au mal faire, ceulx cy doibvent aux aultres la
gloire de l'invention et le courage du premier effort.
Toutes sortes de nouvelles desbauches puisent heureusement en cette premiere et feconde source les images et

---

(a) vingt-cinq ou trente ans. *Edit.* de 1588, in-4°. Mais Montaigne a rayé ces mots, et a écrit au-dessus *tant d'ans.*

(1) Ah! c'est de moi que vient tout le mal que j'endure!
Ovid. epist. Phillidis Demophoonti, v. 48.

patrons à troubler nostre police : on lit en nos loix mesmes, faictes pour le remede de ce premier mal, l'apprentissage et l'excuse de toute sorte de mauvaises entreprinses ; et nous advient, ce que Thucydides dict des guerres civiles de son temps, qu'en faveur des vices publics on les bapti- soit de mots nouveaux plus doulx pour leur excuse, abas- tardissant et amollissant leurs vrays tiltres : c'est pour- tant pour reformer nos consciences et nos creances ! honesta oratio est (1). Mais le meilleur pretexte de nouvel- leté est tresdangereux : adeò nihil motum ex antiquo, pro- babile est (2) ! Si me semble il, à le dire franchement, qu'il y a grand amour de soy et presumption, d'estimer ses opinions iusques là que, pour les establir, il faille ren- verser une paix publicque, et introduire tant de maulx inevitables et une si horrible corruption de mœurs que les guerres civiles apportent et les mutations d'estat, en chose de tel poids, et les introduire en son païs propre. Est ce pas malmesnagé, d'advancer tant de vices cer- tains et cogneus, pour combattre des erreurs contestees et debattables ? est il quelque pire espece de vices, que ceulx qui chocquent la propre conscience et naturelle cognoissance ? Le senat osa donner en payement cette desfaicte, sur le differend d'entre luy et le peuple pour le ministere de leur religion, ad deos id magis, quàm ad se, pertinere ; ipsos visuros ne sacra sua polluantur (3) ; confor- mement à ce que respondit l'oracle à ceulx de Delphes, en la guerre medoise, craignants l'invasion des Perses : ils demanderent au dieu ce qu'ils avoient à faire des tre- sors sacrez de son temple ; ou les cacher ; ou les empor-

---

(1) Le prétexte est honnête. *Terent.* Andr. act. 1, sc. 1, v. 114.

(2) tant il est vrai que nul changement introduit dans un ancien établissement n'est louable ! *Tit. Liv.* l. 34, c. 54.

(3) que cette affaire concernoit plutôt les dieux qu'eux ; et que leur providence sauroit bien prendre soin que la religion ne fût point profanée. *Tit. Liv.* l. 10, c. 6.

ter : il leur respondit, qu'ils ne bougeassent rien ; qu'ils
se soignassent d'eulx ; qu'il estoit suffisant pour prouveoir à ce qui luy estoit propre. La religion chrestienne
a toutes les marques d'extreme iustice et utilité, mais
nulle plus apparente que l'exacte recommandation de l'o-
beïssance du magistrat et manutention des polices. Quel
merveilleux exemple nous en a laissé la sapience divine,
qui pour establir le salut du genre humain, et conduire
cette sienne glorieuse victoire contre la mort et le péché,
ne l'a voulu faire qu'à la mercy de nostre ordre politique ;
et a soubmis son progrez, et la conduicte d'un si hault
effect et si salutaire, à l'aveuglement et iniustice de nos
observations et usances, y laissant courir le sang inno-
cent de tant d'esleus ses favoris, et souffrant une longue
perte d'annees à meurir ce fruict inestimable? Il y a grand
à dire entre la cause de celuy qui suyt les formes et les loix
de son païs, et celuy qui entreprend de les regenter et
changer : celuy là allegue pour son excuse la simplicité,
l'obeïssance et l'exemple ; quoy qu'il face, ce ne peult
estre malice, c'est, pour le plus, malheur, quis est enim
quem non moveat clarissimis monumentis testata consignataque
antiqúitas (1)? oultre ce que dict Isocrates que la defectuo-
sité a plus de part à la moderation que n'a l'excez : l'aultre
est en bien plus rude party ; car qui se mesle de choisir
et de changer usurpe l'auctorité de iuger, et se doibt
faire fort de veoir la faulte de ce qu'il chasse et le bien de
ce qu'il introduict. Cette si vulgaire consideration m'a
fermy en mon siege, et tenu ma ieunesse mesme, plus
temeraire, en bride, de ne charger mes espaules d'un si
lourd faix que de me rendre respondant d'une science
de telle importance, et oser en cette cy ce qu'en sain
iugement ie ne pourrois oser en la plus facile de celles

_____

(1) Car qui n'est point touché de respect pour une antiquité
scellée et confirmée par les témoins les plus authentiques et les
plus illustres? *Cic*. de divinat. l. 1, c. 40.

ausquelles on m'avoit instruict, et ausquelles la temerité
de iuger est de nul preiudice; me semblant tresinique
de vouloir soubmettre les constitutions et observances
publicques et immobiles à l'instabilité d'une privee fantasie, la raison privee n'a qu'une iurisdiction privee, et
entreprendre sur les loix divines ce que nulle police ne
supporteroit aux civiles, ausquelles encores que l'humaine raison ayt beaucoup plus de commerce, si sont
elles soverainement iuges de leurs iuges: et l'extreme
suffisance sert à expliquer et estendre l'usage qui en est
receu, non à le detourner et innover. Si quelquesfois la
providence divine a passé par dessus les regles ausquelles
elle nous a necessairement astreincts, ce n'est pas pour
nous en dispenser: ce sont coups de sa main-divine qu'il
nous fault non pas imiter, mais admirer; et exemples extraordinaires, marquez d'un exprez et particulier adveu,
du genre des miracles, qu'elle nous offre pour tesmoignage de sa toute puissance au dessus de nos ordres et
de nos forces, qu'il est folie et impieté d'essayer à representer, et que nous ne debvons pas suyvre, mais contempler avec estonnement; actes de son personnage, non
pas du nostre. Cotta proteste bien opportuneement:
Quum de religione agitur, T. Coruncanium, P. Scipionem,
P. Scævolam, pontifices maximos, non Zenonem, aut Clean-
them, aut Chrysippum, sequor (1). Dieu le sçache, en nostre
presente querelle, où il y a cent articles à oster et remettre,
grands et profonds articles, combien ils sont qui se puissent vanter d'avoir exactement recogneu les raisons et
fondements de l'un et l'aultre party: c'est un nombre, si
c'est nombre, qui n'auroit pas grand moyen de nous
troubler. Mais toute cette aultre presse où va elle? soubs
quelle enseigne se iecte elle à quartier? Il advient de là

_____

(1) Quand il s'agit de la religion, j'écoute T. Coruncanius,
P. Scipion, P. Scévola, souverains pontifes, et non pas Zénon,
Cléanthe, ou Chrysippe, *Cic.* de nat. deor. l. 3, c. 2.

leur comme des aultres medecines foibles et mal appli-
queés, les humeurs qu'elle vouloit purger en nous, elle
les a eschauffees, exasperees et aigries par le conflict, et si
nous est demeuree dans le corps : elle n'a sceu nous purger par sa foiblesse, et nous a cependant affoiblis en
maniere que nous ne la pouvons vuider non plus, et ne
recevons de son operation que des douleurs longues et
intestines. Si est ce que la fortune, reservant tousiours
son auctorité au dessus de nos discours, nous presente
aulcunesfois la necessité si urgente, qu'il est besoing que
les loix luy facent quelque place : et, quand on resiste à l'accroissance d'une innovation qui vient par violence à s'introduire, de se tenir en tout et partout en bride et en
regle contre ceulx qui ont la clef des champs, ausquels
tout cela est loisible qui peult advancer leur desseing, qui
n'ont ny loy ny ordre que de suyvre leur advantage, c'est
une dangereuse obligation et inequalité;

Aditum nocendi perfido præstat fides : (1)

d'autant que la discipline ordinaire d'un estat qui est en
sa santé ne pourveoit pas à ces accidents extraordinaires,
elle presuppose un corps qui se tient en ses principaux
membres et offices et un commun consentement à son
observation et obeïssance. L'aller legitime est un aller
froid, poisant et contrainct, et n'est pas pour tenir bon à
un aller licencieux et effrené; on sçait qu'il est encores
reproché à ces deux grands personnages Octavius et
Caton, aux guerres civiles, l'un de Sylla, l'aultre de
Cesar, d'avoir plustost laissé encourir toutes extremitez
à leur patrie, que de la secourir aux despens de ses loix,
et que de rien remuer : car à la verité en ces dernieres necessitez où il n'y a plus que tenir, il seroit à l'adventure
plus sagement faict de baisser la teste et prester un peu

_____

(1) En nous fiant à un perfide, nous lui fournissons le moyen
de nous nuire. *Senec.* Oedip. act. 3, v. 686.

au coup, que, s'aheurtant, oultre la possibilité, à ne rien relascher, donner occasion à la violence de fouler tout aux pieds ; et vauldroit mieulx faire vouloir aux loix ce qu'elles peuvent, puisqu'elles ne peuvent ce qu'elles veulent. Ainsi feit celuy qui ordonna qu'elles dormissent vingt et quatre heures ; et celuy qui remua pour cette fois un iour du calendrier ; et cet aultre qui du mois de iuin feit le second may. Les Lacedemoniens mesmes, tant religieux observateurs des ordonnances de leur païs, estants pressez de leur loy qui deffendoit d'eslire par deux fois admiral un mesme personnage, et de l'aultre part leurs affaires requerants de toute necessité que Lysander prinst derechef cette charge, ils feirent bien un Aracus admiral, mais Lysander surintendant de la marine : et de mesme subtilité, un de leurs ambassadeurs, estant envoyé vers les Atheniens pour obtenir le changement de quelqu'ordonnance, et Pericles luy alleguant qu'il estoit deffendu d'oster le tableau où une loy estoit une fois posee, lui conseilla de le tourner seulement, d'autant que cela n'estoit pas deffendu. C'est ce de quoy Plutarque loue Philopœmen, qu'estant nay pour commander, il sçavoit non seulement commander selon les loix, mais aux loix mesmes quand la necessité publicque le requeroit.

CHAPITRE XXIII.

Divers évenements de mesme conseil.

Iacques Amyot, grand aumosnier de France, me recita un iour cette histoire à l'honneur d'un prince des nostres (et nostre estoit il à tresbonnes enseignes, encores que son origine (a) feust estrangière), que durant nos

---

(1) Le duc de Guise, de la maison de Lorraine.

premiers troubles, au siege de Rouan, ce prince ayant esté
adverti par la royne mere du roy d'une entreprinse qu'on
faisoit sur sa vie, et instruict particulierement, par ses
lettres, de celuy qui la debvoit conduire à chef, qui estoit
un gentilhomme angevin, ou manceau, frequentant lors
ordinairement pour cet effect la maison de ce prince, il
ne communiqua à personne cet advertissement: mais
se promenant l'endemain au mont saincte Catherine
d'où se faisoit nostre batterie à Rouan, car c'estoit au
temps que nous la tenions assiegee (1), ayant à ses costez ledit seigneur grand aumosnier et un aultre evesque,
il apperceut ce gentilhomme qui lui avoit esté remarqué,
et le feit appeller. Comme il feut en sa presence, il luy
dict ainsi, le voyant desia paslir et fremir des alarmes de
sa conscience: « Monsieur de tel lieu, vous vous doubtez
bien de ce que ie vous veulx, et vostre visage le montre.
Vous n'avez rien à me cacher; car ie suis instruict de
vostre affaire si avant, que vous ne feriez qu'empirer
vostre marché d'essayer à le couvrir. Vous sçavez bien
telle chose et telle (qui estoyent les tenants et aboutissants
des plus secretes pieces de cette mence): ne faillez sur
vostre vie à me confesser la verité de tout ce desseing ».
Quand ce pauvre homme se trouva prins et convaincu,
car le tout avoit esté descouvert à la royne par l'un des
complices, il n'eut qu'à ioindre les mains et requerir
la grace et misericorde de ce prince, aux pieds duquel il
se voulut iecter; mais il l'en garda, suyvant ainsi son
propos: « Venez çà: vous ay ie aultrefois faict desplaisir?
ay ie offensé quelqu'un des vostres par haine particuliere?
Il n'y a pas trois semaines que ie vous cognoy, quelle
raison vous a peu mouvoir à entreprendre ma mort »?
Le gentilhomme respondit à cela d'une voix tremblante,
que ce n'estoit aulcune occasion particuliere qu'il en eust,
mais l'interest de la cause generale de son party, et qu'aul-

---

(1) En 1562.

cuns luy avoient persuadé que ce seroit une execution
pleine de pieté d'extirper en quelque maniere que ce feust
un si puissant ennemy de leur religion. « Or, suyvit ce
prince, ie vous veulx montrer combien la religion que
ie tiens est plus doulce que celle de quoy vous faictes
profession. La vostre vous a conseillé de me tuer sans
m'ouïr, n'ayant receu de moy aulcune offense; et la
mienne me commande que ie vous pardonne, tout convaincu que vous estes de m'avoir voulu tuer sans raison.
Allez vous en, retirez vous; que ie ne vous voye plus
icy: et, si vous estes sage, prenez doresnavant en vos
entreprinses des conseillers plus gents de bien que
ceulx là. »

L'empereur Auguste, estant en la Gaule, receut certain
advertissement d'une coniuration que lui brassoit L.
Cinna: il delibera de s'en venger; et manda pour cet
effect au lendemain le conseil de ses amis. Mais la nuict
d'entre deux il la passa avecques grande inquietude, considerant qu'il avoit à faire mourir un ieune homme de
bonne maison et nepveu du grand Pompeius, et produi-
soit en se plaignant plusieurs divers discours : « Quoy
doncques, faisoit il, sera il dict que ie demeureray en
crainte et en alarme, et que ie lairray mon meurtrier se
promener ce pendant à son ayse ? S'en ira il quitte, ayant
assailly ma teste, que i'ay sauvee de tant de guerres civiles, de tant de batailles par mer et par terre, et aprez
avoir estably la paix universelle du monde ? sera il absoult
ayant deliberé non de me meurtrir seulement, mais de
me sacrifier » ? (car la coniuration estoit faicte de le tuer
comme il feroit quelque sacrifice). Aprez cela s'estant
tenu coy quelque espace de temps, il recommençeoit
d'une voix plus forte, et s'en prenoit à soy mesme :
« Pourquoi vis tu, s'il importe à tant de gents que tu
meures ? n'y aura il point de fin à tes vengeances et à
tes cruautez ? Ta vie vault elle que tant de dommage se
face pour la conserver » ? Livia sa femme le sentant en

ces angoisses : « Et les conseils des femmes y seront ils
receus ? luy dict elle : Fay ce que font les medecins ; quand
les receptes accoustumees ne peuvent servir, ils en essayent de contraires. Par severité tu n'as iusques à
cette heure rien proufité ; Lepidus a suyvi Salvidienus ;
Murena, Lepidus ; Caepio, Murena ; Egnatius, Caepio :
commence à experimenter comment te succederont la
doulceur et la clemence. Cinna est convaincu ; pardonne
luy : de te nuire desormais il ne pourra, et proufitera à
ta gloire ». Auguste feut bien ayse d'avoir trouvé un advocat de son humeur ; et, ayant remercié sa femme, et
contremandé ses amis qu'il avoit assignez au conseil,
commanda qu'on feist venir à luy Cinna tout seul : et
ayant faict sortir tout le monde de sa chambre, et faict
donner un siege à Cinna, il luy parla en cette maniere :
« En premier lieu ie te demande, Cinna, paisible audience : n'interromps pas mon parler ; ie te donneray temps
et loisir d'y respondre. Tu sçais, Cinna, que t'ayant prins
au camp de mes ennemis, non seulement t'estant faict
mon ennemi, mais estant nay tel, ie te sauvay, ie te meis
entre mains touts tes biens, et t'ai enfin rendu si accommodé et si aysé que les victorieux sont envieux de la condition du vaincu : l'office du sacerdoce que tu me deman-
das, ie te l'octroyay, l'ayant refusé à d'aultres, desquels
les peres avoyent tousiours combattu avecques moy.
T'ayant si fort obligé, tu as entreprins de me tuer ». A
quoy Cinna s'estant escrié qu'il estoit bien esloingné d'une
si meschante pensee : « Tu ne me tiens pas, Cinna, ce
que tu m'avois promis, suyvit Auguste ; tu m'avois asseuré
que ie ne seroy pas interrompu. Ouy, tu as entreprins
de me tuer en tel lieu, tel iour, en telle compaignie, et de
telle façon ». Et le voyant transi de ces nouvelles, et en
silence, non plus pour tenir le marché de se taire, mais
de la presse de sa conscience : « Pourquoy, adiousta il,
le fais tu ? Est ce pour estre empereur ? Vrayement il va
bien mal à la chose publicque s'il n'y a que moy qui

l'empesche d'arriver à l'empire. Tu ne peulx pas seulement deffendre ta maison, et perdis dernierement un
procez par la faveur d'un simple libertin. Quoy! n'as-tu
moyen ny pouvoir en aultre chose qu'à entreprendre
Cesar? Ie le quitte, s'il n'y a que moy qui empesche tes
esperances. Pense tu que Paulus, que Fabius, que les
Cosseens et Serviliens te souffrent, et une si grande
troupe de nobles, non seulement nobles de nom, mais
qui par leur vertu honorent leur noblesse »? Aprez plusieurs aultres propos (car il parla à luy plus de deux
heures entieres): « Or va, luy dict il, ie te donne,
Cinna, la vie à traistre et à parricide que ie te donnay
aultrefois à ennemy: que l'amitié commence de ce iour-
d'huy entre nous: essayons qui de nous deux de meilleure
foy, moy t'aye donné ta vie, ou tu l'ayes receue ». Et se
despartit d'avecques luy en cette maniere. Quelque temps
aprez il luy donna le consulat, se plaignant de quoy il ne
le luy avoit osé demander. Il l'eut depuis pour fort amy
et feut seul faict par luy heritier de ses biens. Or depuis
cet accident, qui adveint à Auguste au quarantiesme an
de son aage, il n'y eut iamais de coniuration ny d'entreprinse contre luy, et receut une iuste recompense de
cette sienne clemence. Mais il n'en adveint pas de mesme
au nostre: car sa doulceur ne le sceut garantir qu'il ne
cheust depuis aux laqs de pareille trahison: tant c'est
chose vaine et frivole que l'humaine prudence! et au travers de touts nos proiects, de nos conseils et precautions,
la fortune maintient tousiours la possession des evenements.

Nous appellons les medecins heureux, quand ils arrivent à quelque bonne fin: comme s'il n'y avoit que leur
art qui ne se peust maintenir d'elle mesme, et qui eust les
fondements trop frailes pour s'appuyer de sa propre
force; et comme s'il n'y avoit qu'elle qui aye besoing
que la fortune preste la main à ses operations. Ie croy
d'elle tout le pis ou le mieulx qu'on vouldra: car nous

n'avons, dieu mercy! nul commerce ensemble. Ie suis au
rebours des aultres; car ie la mesprise bien tousiours:
mais quand ie suis malade, au lieu d'entrer en composition, ie commence encores à la haïr et à la craindre;
et responds à ceulx qui me pressent de prendre méde-
cine, qu'ils attendent au moins que ie sois rendu à mes
forces et à ma santé pour avoir plus de moyen de soustenir l'effort et le hazard de leur bruvage. Ie laisse faire
nature, et presuppose qu'elle se soit pourveue de dents
et de griffes pour se deffendre des assaults qui luy
viennent, et pour maintenir cette contexture de quoy
elle fuit la dissolution. Ie crains, au lieu de l'aller secourir, ainsi comme elle est aux prinses bien estroictes et
bien ioinctes avecques la maladie, qu'on secoure son adversaire au lieu d'elle, et qu'on la recharge de nouveaux
affaires. Or, ie dy que, non en la medecine seulement,
mais en plusieurs arts plus certaines, la fortune y a bonne
part : les saillies poëtiques qui emportent leur aucteur
et le ravissent hors de soy, pourquoy ne les attribue-
rons nous à son bonheur, puis qu'il confesse luy mesme
qu'elles surpassent sa suffisance et ses forces, et les recognoist venir d'ailleurs que de soy, et ne les avoir aulcunement en sa puissance; non plus que les orateurs ne
disent avoir en la leur ces mouvements et agitations
extraordinaires qui les poulsent au delà de leur desseing?
Il en est de mesme en la peincture, qu'il eschappe par
fois des traicts de la main du peintre, surpassants sa
conception et sa science, qui le tirent lui mesme en admiration et qui l'estonnent. Mais la fortune montre bien
encores plus evidemment la part qu'elle a en touts ces
ouvrages, par les graces et beautez qui s'y treuvent
non seulement sans l'intention, mais sans la cognoissance
mesme de l'ouvrier : un suffisant lecteur descouvre souvent ez escripts d'aultruy des perfections aultres que
celles que l'aucteur y a mises et apperceues; et y preste
des sens et des visages plus riches. Quant aux entre-

prinses militaires, chascun veoid comment la fortune
y a bonne part. En nos conseils mesmes et en nos deliberations, il fault certes qu'il y ayt du sort et du bonheur meslé parmy ; car tout ce que nostre sagesse peult,
ce n'est pas grand'chose : plus elle est aiguë et vifve,
plus elle treuve en soy de foiblesse, et se desfie d'autant plus d'elle mesme. Ie suis de l'advis de Sylla ; et
quand ie me prends garde de prez aux plus glorieux
exploicts de la guerre, ie veoy, ce me semble, que
ceulx qui les conduisent n'y employent la deliberation
et le conseil que par acquit ; et que la meilleure part
de l'entreprinse ils l'abandonnent à la fortune ; et, sur
la fiance qu'ils ont à son secours, passent à touts les
coups au delà des bornes de tout discours. Il survient
des alaigresses fortuites et des fureurs estrangieres parmy
leurs deliberations, qui les poulsent le plus souvent à
prendre le party le moins fondé en apparence, et qui
grossissent leur courage au dessus de la raison. D'ou
il est advenu à plusieurs grands capitaines anciens, pour
donner credit à ces conseils temeraires, d'alleguer à
leurs gents qu'ils y estoyent conviez par quelque inspiration, par quelque signe et prognostique.

Voyla pourquoy, en cette incertitude et perplexité
que nous apporte l'impuissance de veoir et choisir ce
qui est le plus commode, pour les difficultez que les
divers accidents et circonstances de chaque chose tirent,
le plus seur, quand aultre consideration ne nous y con-
vieroit, est, à mon advis, de se reiecter au party où il y
a plus d'honnesteté et de iustice ; et puisqu'on est en
doubte du plus court chemin, tenir tousiours le droict :
comme en ces deux exemples que ie viens de proposer, il n'y a point de doubte qu'il ne feust plus beau
et plus genereux à celuy qui avoit receu l'offense, de
la pardonner, que s'il eust faict aultrement. S'il en est
mesadvenu au premier, il ne s'en fault pas prendre à
ce sien bon desseing : et ne sçait on, quand il eust prins

le party contraire, s'il eust eschappé la fin à laquelle
son destin l'appelloit; et si eust perdu la gloire d'une
telle humanité.

Il se veoid, dans les histoires, force gents en cette
crainte; d'où la pluspart ont suyvi le chemin de courir
au devant des coniurations qu'on faisoit contre eulx,
par vengeance et par supplices : mais i'en veoy fort peu
ausquels ce remede ait servy; tesmoings tant d'empereurs romains. Celuy qui se treuve en ce danger, ne
doibt pas beaucoup esperer ny de sa force ny de sa vigi-
lance : car combien est il mal aisé de se garantir d'un
ennemy qui est couvert du visage du plus officieux amy
que nous ayons, et de cognoistre les volontez et pensements interieurs de ceulx qui nous assistent? Il a beau
employer des nations estrangieres pour sa garde, et estre
tousiours ceinct d'une haye d'hommes armez; quiconque
aura sa vie à mespris, se rendra tousiours maistre de
celle d'aultruy : et puis, ce continuel souspeçon qui met
le prince en doubte de tout le monde luy doibt servir
d'un merveilleux torment. Pourtant Dion, estant adverty que Callippus espioit les moyens de le faire mourir, n'eut iamais le cœur d'en informer, disant qu'il aimoit
mieulx mourir, que vivre en cette misere d'avoir à se
garder non de ses ennemis seulement mais aussi de ses
amis : ce qu'Alexandre representa bien plus vifvement
par effect, et plus roidement, quand ayant eu advis,
par une lettre de Parmenion, que Philippus son plus
cher medecin estoit corrompu par l'argent de Darius
pour l'empoisonner; en mesme temps qu'il donnoit à
lire sa lettre à Philippus, il avala le bruvage qu'il luy
avoit presenté. Feut ce pas exprimer cette resolution, que
si ses amis le vouloient tuer, il consentoit qu'ils le peussent faire? Ce prince est le souverain patron des actes
hazardeux : mais ie ne sçay s'il y a traict en sa vie qui
ayt plus de fermeté que cettui cy, ny une beauté illustre
par tant de visages. Ceulx qui preschent aux princes la

desfiance si attentifve, soubs couleur de leur prescher leur seureté, leur preschent leur ruine et leur honte : rien de noble ne se faict sans hazard. I'en sçais un de courage tresmartial de sa complexion, et entreprenant, de qui touts les iours on corrompt la bonne fortune par telles persuasions : « qu'il se resserre entre les siens; qu'il n'entende à aulcune reconciliation de ses anciens ennemis; se tienne à part, et ne se commette entre mains plus fortes, quelque promesse qu'on luy face, quelque utilité qu'il y voye ». I'en sçais un aultre qui a inesperement advancé sa fortune pour avoir prins conseil tout contraire. La hardiesse, de quoy ils cherchent si avidement la gloire, se represente, quand il est besoing, aussi magnifiquement en pourpoinct qu'en armes; en un cabinet, qu'en un camp; le bras pendant, que le bras levé. La prudence si tendre et circonspecte est mortelle ennemye de haultes executions. Scipion sceut, pour practiquer la volonté de Syphax, quittant son armee, et abandonnant l'Espaigne doubteuse encores sous sa nouvelle conqueste, passer en Afrique dans deux simples vaisseaux pour se commettre, en terre ennemie, à la puissance d'un roy barbare, à une foy incogneue, sans obligation, sans ostage, soubs la seule seureté de la grandeur de son propre courage, de son bonheur et de la promesse de ses haultes esperances. *Habita fides ipsam plerumque fidem obligat* (1). A une vie ambitieuse et fameuse il fault, au rebours, prester peu et porter la bride courte aux souspeçons : la crainte et la desfiance attirent l'offense, et la convient. Le plus desfiant de nos roys establit ses affaires principalement pour avoir volontairement abandonné et commis sa vie et sa liberté entre les mains de ses ennemis : montrant avoir entiere fiance d'eulx, à fin qu'ils la prinssent de luy. A ses legions mu-

_____

(1) La confiance que nous prenons en autrui nous gagne souvent la sienne. *Tit. Liv.* l. 22, c. 22.

tinees et armees contre luy Cesar opposoit seulement l'auctorité de son visage et la fierté de ses paroles ; et se fioit tant à soy et à sa fortune, qu'il ne craignoit point de l'abandonner et commettre à une armee seditieuse et rebelle :

> stetit aggere fultus
> Cespitis, intrepidus vultu ; meruitque timeri ,
> Nil metuens. (1)

Mais il est bien vray que cette forte asseurance ne se peult representer bien entiere et naïfve, que par ceulx ausquels l'imagination de la mort, et du pis qui peult advenir aprez tout, ne donne point d'effroy : car de la presenter tremblante, encores doubteuse et incertaine, pour le service d'une importante reconciliation, ce n'est rien faire qui vaille. C'est un excellent moyen de gaigner le cœur et volonté d'aultruy, de s'y aller soubmettre et fier, pourveu que ce soit librement et sans contraincte d'aulcune necessité, et que ce soit en condition qu'on y porte une fiance pure et nette, le front au moins deschargé de tout scrupule. Ie veis en mon enfance un gentil-homme, commandant à une grande ville, empressé à l'esmotion d'un peuple furieux : pour esteindre ce commencement de trouble, il print party de sortir d'un lieu tres-asseuré où il estoit, et se rendre à cette tourbe mutine d'où mal luy print, et y feut miserablement tué. Mais il ne me semble pas que sa faulte feust tant d'estre sorty, ainsi qu'ordinairement on le reproche à sa memoire, comme ce feut d'avoir prins une voye de soubmission et de mollesse, et d'avoir voulu endormir cette rage plustost en suyvant que en guidant, et en requerant plustost qu'en remontrant ; et estime qu'une gratieuse severité,

---

(a) D'un air intrépide il parut debout sur le haut du rempart, et mérita d'être craint en ne craignant rien lui-même. *Lucan.* l. 5, v. 316, et seqq.

avecques un commandement militaire plein de securité,
de confiance, convenable à son reng et à la dignité de sa
charge, luy eust mieulx succedé, au moins avecques plus
d'honneur et de bienseance. Il n'est rien moins esperable
de ce monstre ainsin agité, que l'humanité et la doulceur;
il recevra bien plustost la reverence et la crainte. Ie luy
reprocherois aussi, qu'ayant prins une resolution plustost brave à mon gré que temeraire, de se iecter foible et
en pourpoinct emmy cette mer tempestueuse d'hommes
insensez, il la debvoit avaller toute, et n'abandonner ce
personnage : là où il luy adveint, aprez avoir recogneu le
danger de prez, de saigner du nez, et d'alterer encores
depuis cette contenance desmise et flatteuse, qu'il avoit entreprinse, en une contenance effroyee : chargeant sa voix
et ses yeulx d'estonnement et de penitence, cherchant à
conniller et se desrober, il les enflamma et appella sur
soy. On deliberoit de faire une montre generale de diverses troupes en armes (c'est le lieu des vengeances secrettes ; et n'est poinct où, en plus grande seureté, on les
puisse exercer): il y avoit publicques et notoires apparences qu'il n'y faisoit pas fort bon pour aulcuns, ausquels touchoit la principale et necessaire charge de les
recognoistre. Il s'y proposa divers conseils, comme en
chose difficile et qui avoit beaucoup de poids et de suite.
Le mien feut qu'on evitast surtout de donner aulcun tesmoignage de ce doubte ; et qu'on s'y trouvast et meslast
parmy les files, la teste droicte et le visage ouvert ; et
qu'au lieu d'en retrencher aulcune chose (à quoy les
aultres opinions visoyent le plus), au contraire l'on soli-
citast les capitaines d'advertir les soldats de faire leurs
salves belles et gaillardes en l'honneur des assistants, et
n'espargner leur pouldre. Cela servit de gratification envers ces troupes suspectes, et engendra dez lors en avant
une mutuelle et utile confiance. La voye qu'y teint Iulius
Cesar, ie treuve que c'est la plus belle qu'on y puisse
prendre. Premierement il essaya par clemence à se faire

aimer de ses ennemis mesmes, se contentant, aux coniurations qui luy estoient descouvertes, de declarer simplement qu'il en estoit adverty : cela faict, il print une tres-noble resolution d'attendre sans effroy et sans solicitude ce qui luy en pourroit advenir, s'abandonnant et se remettant à la garde des dieux et de la fortune; car certainement c'est l'estat où il estoit quand il feut tué. Un estrangier ayant dict et publié partout qu'il pourroit instruire Dionysius tyran de Syracuse d'un moyen de sentir et descouvrir en toute certitude les parties que ses subiects machineroient contre luy, s'il luy vouloit donner une bonne piece d'argent; Dionysius en estant adverty le feit appeller à soy pour s'esclaircir d'une art si necessaire à sa conservation. Cet estrangier luy dict qu'il n'y avoit pas d'aultre art, sinon qu'il luy feist delivrer un talent, et se vantast d'avoir apprins de luy un singulier secret. Dionysius trouva cette invention bonne, et luy feit compter six cents escus. Il n'estoit pas vraysemblable qu'il eust donné si grande somme à un homme incogneu, qu'en recompense d'un tresutile apprentissage; et servoit cette reputation à tenir ses ennemis en crainte. Pourtant les princes sagement publient les advis qu'ils reçoivent des menees qu'on dresse contre leur vie, pour faire croire qu'ils sont bien advertis, et qu'il ne se peult rien entreprendre de quoy ils ne sentent le vent. Le duc d'Athenes feit plusieurs sottises en l'establissement de sa fresche tyrannie sur Florence; mais cette cy la plus notable, qu'ayant receu le premier advis des monopoles que ce peuple dressoit contre lui, par Matteo di Morozo, complide d'icelles, il le feit mourir pour supprimer cet advertissement et ne faire sentir qu'aulcun en la ville se peust ennuyer de son iuste gouvernement.

Il me souvient avoir leu aultrefois l'histoire de quelque Romain, personnage de dignité, lequel, fuyant la tyrannie du triumvirat, avoit eschappé mille fois les mains de ceulx qui le poursuyvoient, par la subtilité de ses inventions.

Il adveint un iour qu'une troupe de gents de cheval qui
avoit charge de le prendre, passa tout ioignant un hallier
où il s'estoit tapy, et faillit de le descouvrir : mais luy, sur
ce poinct là, considerant la peine et les difficultez ausquelles il avoit desia si longtemps duré pour se sauver
des continuelles et curieuses recherches qu'on faisoit de
luy partout, le peu de plaisir qu'il pouvoit esperer d'une
telle vie, et combien il luy valoit mieulx passer une fois
le pas, que demourer tousiours en cette transe, luy-
mesme les r'appella et leur trahit sa cachette, s'abandonnant volontairement à leur cruauté, pour oster eulx
et luy d'une plus longue peine. D'appeller les mains enne-
mies, c'est un conseil un peu gaillard : si croy ie qu'encore vauldroit il mieulx le prendre que de demourer en
la fiebvre continuelle d'un accident qui n'a point de remede. Mais puisque les provisions qu'on y peult apporter
sont pleines d'inquietude et d'incertitude, il vault mieulx
d'une belle asseurance se preparer à tout ce qui en pourra
advenir, et tirer quelque consolation de ce qu'on n'est
pas asseuré qu'il advienne.

CHAPITRE XXIV.

Du pedantisme.

Ie me suis souvent despité en mon enfance de veoir ez
comedies italiennes tousiours un Pedante pour badin ; et
le surnom de Magister n'avoir gueres plus honorable
signification parmy nous : car, leur estant donné en gouvernement, que pouvois ie moins faire que d'estre ialoux
de leur reputation ? Ie cherchoy bien de les excuser par
la disconvenance naturelle qu'il y a entre le vulgaire et
les personnes rares et excellentes en iugement et en sça-

voir; d'autant qu'ils vont un train entierement contraire
les uns des aultres : mais en cecy perdois ie mon latin,
que les plus galants hommes c'estoient ceulx qui les
avoyent le plus à mespris, tesmoing nostre bon du
Bellay :

Mais ie hay par sur tout un scavoir pedantesque.

et est cette coustume ancienne ; car Plutarque dict que
grec et escholier estoient mots de reproche entre les Romains, et de mespris. Depuis avec l'aage i'ay trouvé qu'on
avoit une grandissime raison, et que *magis magnos clericos
non sunt magis magnos sapientes* (a). Mais d'où il puisse advenir qu'une ame riche de la cognoissance de tant
de choses n'en devienne pas plus vifve et plus es-
veillee ; et qu'un esprit grossier et vulgaire puisse loger
en soy, sans s'amender, les discours et les iugements des
plus excellents esprits que le monde ait porté, i'en suis
encores en doubte. A recevoir tant de cervelles estrangieres, et si fortes et si grandes, il est necessaire (me disoit une fille, la premiere de nos princesses, parlant de
quelqu'un) que la sienne se foule, se contraigne et ra-
petisse pour faire place aux aultres : ie diroy volontiers
que, comme les plantes s'estouffent de trop d'humeur,
et les lampes de trop d'huile : aussi [faict] l'action de l'esprit, par trop d'estude et de matiere ; lequel saisi et embarrassé d'une grande diversité de choses, perde le moyen
de se desmesler, et que cette charge le tienne courbe et
croupy. Mais il en va aultrement ; car nostre ame s'eslar-
git d'autant plus qu'elle se remplit : et aux exemples des
vieux temps, il se veoid, tout au rebours, des suffisants
hommes aux maniements des choses publicques, des

(a) Le poëte Regnier a traduit ainsi cette espece de proverbe :
Les plus grands clercs ne sont pas les plus fins.
                                            Sat. 3, vers dernier.

grands capitaines, et grands conseillers aux affaires d'estat, avoir esté ensemble tressçavants.

Et quant aux philosophes retirez de toute occupation publicque, ils ont esté aussi quelquesfois à la verité mesprisez par la liberté comique de leur temps; leurs opinions et façons les rendant ridicules. Les voulez vous faire iuges des droicts d'un procez, des actions d'un homme? ils en sont bien prests: ils cherchent encores s'il y a vie, s'il y a mouvement, si l'homme est aultre chose qu'un bœuf; que c'est qu'agir et souffrir; quelles bestes ce sont que loix et iustice. Parlent ils du magistrat, ou parlent ils à luy? c'est d'une liberté irreverente et incivile. Oyent ils louer leur prince ou un roy? c'est un pastre pour eulx, oisif comme un pastre, occupé à pressurer et tondre ses bestes, mais bien plus rudement qu'un pastre. En estimez vous quelqu'un plus grand pour posseder deux mille arpents de terre? eulx s'en mocquent, accoustumés d'embrasser tout le monde comme leur possession. Vous vantez vous de vostre noblesse, pour compter sept ayeulx riches? ils vous estiment de peu, ne concevant l'image universelle de nature, et combien chascun de nous a eu de predecesseurs riches, pauvres, roys, valets, grecs, barbares; et quand vous seriez cinquantiesme descendant de Hercules, ils vous trouvent vain de faire valoir ce present de la fortune. Ainsi les desdaignoit le vulgaire comme ignorants les premieres choses et communes, et comme presumptueux et insolents.

Mais cette peincture platonique est bien esloingnee de celle qu'il fault à nos gents. On envioit ceulx là comme estants au dessus de la commune façon, comme mesprisants les actions publicques, comme ayant dressé une vie particuliere et inimitable, reglee à certains discours haultains et hors d'usage: ceulx cy on les desdaigne comme estants au dessoubs de la commune façon, comme incapables des charges publicques, comme traisnants une vie et des mœurs basses et viles aprez le vulgaire:

Odi homines ignavâ operâ, philosophâ sententiâ. (1)

Quant à ces philosophes, dis ie, comme ils estoyent grands en science, ils estoyent encores plus grands en toute action. Et tout ainsi qu'on dict de ce geometrien de Syracuse, lequel ayant esté destourné de sa contemplation pour en mettre quelque chose en practique à la deffense de son païs, qu'il meit soubdain en train des engins espouvantables et des effets surpassants toute creance humaine; desdaignant toutesfois luy mesme toute cette sienne manufacture, et pensant en cela avoir corrompu la dignité de son art de laquelle ses ouvrages n'estoient que l'apprentissage et le iouet: aussi eulx, si quelquesfois on les a mis à la preuve de l'action, on les a veu voler d'une aile si haulte, qu'il paroissoit bien leur cœur et leur ame s'estre merveilleusement grossie et enrichie par l'intelligence des choses. Mais aulcuns, voyants la place du gouvernement politique saisie par hommes incapables, s'en sont reculez: et celuy qui demanda à Crates, iusques à quand il fauldroit philosopher, en receut cette response: « Iusques à temps que ce ne soient plus des asniers qui conduisent nos armees ». Heraclytus resigna la royauté à son frere: et aux Ephesiens, qui luy reprochoient à quoy il passoit son temps à iouer avecques les enfants devant le temple : «Vault il pas mieulx faire cecy, que gouverner les affaires en vostre compaignie »? D'aultres, ayants leur imagination logee au dessus de la fortune et du monde, trouverent les sieges de la iustice, et les throsnes mesmes des roys, bas et vils; et refusa Empedocles la royauté que les Agrigentins luy offrirent. Thales accusant quelquesfois le soing du mesnage et de s'enrichir, on luy reprocha que c'estoit à la mode du regnard,

---

(1) Je hais les hommes dont les discours sont philosophiques, et les actions lâches et frivoles. *Pacuvius*, apud. *Aul. Gellium*, l 13, c. 8.

pour n'y pouvoir advenir: il luy print envie par passetemps d'en montrer l'experience; et, ayant pour ce coup
ravalé son sçavoir au service du proufit et du gaing,
dressa une traficque qui dans un an rapporta telles richesses qu'à peine en toute leur vie les plus experimentez de ce mestier là en pouvoyent faire de pareilles. Ce
qu'Aristote recite d'aulcuns qui appelloyent et celuy là
et Anaxagoras, et leurs semblables, sages et non prudents, pour n'avoir assez de soing des choses plus utiles;
oultre ce que ie ne digere pas bien cette difference de
mots, cela ne sert point d'excuse à mes gents; et à veoir
la basse et necessiteuse fortune de quoy ils se payent,
nous aurions plustost occasion de prononcer touts les
deux, qu'ils sont et non sages et non prudents.

Ie quitte cette premiere raison, et croy qu'il vault
mieulx dire que ce mal vienne de leur mauvaise façon de
se prendre aux sciences; et qu'à la mode de quoy nous
sommes instruicts, il n'est pas merveille si ny les escholiers ny les maistres n'en deviennent pas plus habiles,
quoy qu'ils s'y facent plus doctes. De vray, le soing et
la despense de nos peres ne vise qu'à nous meubler la
teste de science: du iugement et de la vertu, peu de nouvelles. Criez d'un passant à nostre peuple: « O le sçavant
homme »! et d'un aultre, « O le bon homme »! il ne fauldra pas de tourner les yeulx et son respect vers le premier.
Il y fauldroit un tiers crieur: « O les lourdes testes »!
Nous nous enquerons volontiers: « Sçait il du grec ou
du latin? Escrit il en vers ou en prose »? mais s'il est
devenu meilleur ou plus advisé, c'estoit le principal, et
c'est ce qui demeure derriere. Il falloit s'enquerir qui est
mieulx sçavant, non qui est plus sçavant. Nous ne travaillons qu'à remplir la memoire, et laissons l'entendement et la conscience vuides. Tout ainsi que les oyseaux
vont quelquesfois à la queste du grain, et le portent au bec
sans le taster pour en faire bechee à leurs petits : ainsi

nos pedantes vont pillotant la science dans les livres, et
ne la logent qu'au bout de leurs levres, pour la degorger
seulement et mettre au vent. C'est merveille combien
proprement la sottise se loge sur mon exemple : est ce
pas faire de mesme ce que ie fois en la plus part de cette
composition? ie m'en vois escornifflant, par cy par là,
des livres, les sentences qui me plaisent, non pour les
garder, car ie n'ay point de gardoire, mais pour les
transporter en cettuy cy; où, à vray dire, elles ne sont
non plus miennes qu'en leur premiere place : nous ne
sommes, ce crois ie, sçavants que de la science presente ;
non de la passee, aussi peu que de la future. Mais, qui pis
est, leurs escholiers et leurs petits ne s'en nourrissent
et alimentent non plus; ains elle passe de main en main,
pour cette seule fin d'en faire parade, d'en entretenir
aultruy, et d'en faire des contes, comme une vaine monnoye inutile à tout aultre usage et emploite qu'à compter
et iecter. Apud alios loqui didicerunt, non ipsi secum (1). Non
est loquendum, sed gubernandum (2). Nature, pour montrer qu'il n'y a rien de sauvage en ce qui est conduict par
elle, faict naistre, ez nations moins cultivees par art, des
productions d'esprit souvent qui luictent les plus artistes
productions. Comme, sur mon propos, le proverbe gascon est il delicat, « Bouha prou bouha, mas à remuda lous
dits qu'em? souffler prou souffler, mais nous en sommes à remuer les doigts » : tiré d'une chalemie. Nous sçavons
vons dire : « Cicero dict ainsi; Voilà les mœurs de Platon; Ce sont les mots mesmes d'Aristote » : mais nous,
que disons nous nous mesmes ? que iugeons nous? que
faisons nous? Autant en diroit bien un perroquet. Cette
façon me faict souvenir de ce riche Romain qui avoit

(1) Ils ont appris à parler aux autres, et non pas à eux-mêmes.
Cic. tusc. quæst l. 5, c. 36.
(2) Il ne s'agit pas de parler, mais de conduire le vaisseau.
Senec. epist. 108, sub fin.

esté soigneux, à fort grande despense, de recouvrer
des hommes suffisants en tout genre de sciences, qu'il
tenoit continuellement autour de luy, à fin que, quand il
escheeoit entre ses amis quelque occasion de parler d'une
chose ou d'aultre, ils supplissent sa place (a), et feussent
tout prests à luy fournir qui d'un discours, qui d'un vers
d'Homere, chascun selon son gibbier; et pensoit ce sçavoir estre sien, parce qu'il estoit en la teste de ses gents :
et comme font aussi ceulx desquels la suffisance loge en
leurs sumptueuses librairies. I'en cognois à qui quand ie
demande ce qu'il sçait, il me demande un livre pour me
le montrer; et n'oseroit me dire qu'il a le derriere galeux,
s'il ne va sur le champ estudier, en son lexicon, que c'est
que Galeux, et que c'est que Derriere.

Nous prenons en garde les opinions et le sçavoir d'aultruy, et puis c'est tout : il les fault faire nostres. Nous
semblons proprement celuy qui ayant besoing de feu, en
iroit querir chez son voisin, et, y en ayant trouvé un beau
et grand, s'arresteroit là à se chauffer, sans plus se souvenir d'en rapporter chez soy. Que nous sert il d'avoir la
panse pleine de viande, si elle ne se digere, si elle ne se
transforme en nous, si elle ne nous augmente et fortifie?
Pensons nous que Lucullus, que les lettres rendirent et
formerent si grand capitaine sans l'experience, les eust
prinses à nostre mode? Nous nous laissons si fort aller
sur les bras d'aultruy, que nous aneantissons nos forces :
Me veulx ie armer contre la crainte de la mort? c'est aux
despens de Seneca : Veulx ie tirer de la consolation pour
moy où pour un aultre? ie l'emprunte de Cicero. Ie l'eusse
prinse en moy mesme si on m'y eust exercé. Ie n'aime
point cette suffisance relative et mendiee : quand bien
nous pourrions estre sçavants du sçavoir d'aultruy; au
moins, sages ne pouvons nous estre que de nostre propre
sagesse.

(a) Ils suppleassent en sa place. *Edit.* de 1595 et de 1635.

Μισω σοφιστην, ὁστις ουχ ἁυτῳ σοφος. (1)

Ex quo Ennius : Nequidquam sapere sapientem, qui ipse sibi prodesse non quiret : (2)

> si cupidus, si
> Vanus, et Euganeâ quantumvis vilior agnâ. (3)

Non enim paranda nobis solùm, sed fruenda sapientia est (4). Dionysius se mocquoit des grammairiens qui ont soing de s'enquerir des maulx d'Ulysses, et ignorent les propres; des musiciens qui accordent leurs fleutes, et n'accordent pas leurs mœurs; des orateurs qui estudient à dire iustice, non à la faire. Si nostre ame n'en va un meilleur bransle, si nous n'en avons le iugement plus sain, i'aimerois aussi cher que mon escholier eust passé le temps à iouer à la paulme: au moins le corps en seroit plus alaigre. Voyez le revenir de là aprez quinze ou seize ans employez; il n'est rien si mal propre à mettre en besongne: tout ce que vous y recognoissez davantage, c'est que son latin et son grec l'ont rendu plus sot et presumptueux qu'il n'estoit party de la maison. Il en debvoit rap-

----

(1) Je hay le sage qui n'est pas sage pour soy mesme. Cette traduction est de Montaigne, qui l'a même insérée dans son texte, édition in-4°. de 1588 : mais dans celle in-folio de 1595, revue et publiée avec un grand nombre d'additions, il s'est contenté de citer le vers grec sans y joindre la traduction. C'est un vers d'Euripide, comme nous l'apprend Cicéron, epist. 15, ad Cæsar. lib. 13 ad familiar. N.

(2) C'est pourquoi, dit Ennius, vaine est la sagesse du sage s'il ne sait pas se faire du bien à lui-même. *Apud Cic.* Offic. l. 3, c. 15.

(3) S'il est avare, menteur, et efféminé. *Juvenal.* sat. 8, v. 14.

(4) Car il ne suffit pas d'acquérir la sagesse, il faut en jouir. *Cic.* de Finib. l. 1, c. 1.

porter l'ame pleine, il ne l'en rapporte que bouffie; et l'a seulement enflee, en lieu de la grossir.

Ces maistres icy, comme Platon dict des sophistes leurs germains, sont de touts les hommes ceulx qui promettent d'estre les plus utiles aux hommes; et seuls, entre touts les hommes, qui non seulement n'amendent point ce qu'on leur commet, comme faict un charpentier et un masson, mais l'empirent, et se font payer de l'avoir empiré. Si la loy que Protagoras proposoit à ses disciples estoit suyvie, «ou qu'ils le payassent selon son mot, ou qu'ils iurassent au temple combien ils estimoient le proufit qu'ils avoient receu de sa discipline, et selon iceluy satisfissent sa peine», mes paidagogues se trouveroient chouez, s'estant remis au serment de mon experience. Mon vulgaire perigordin appelle fort plaisamment Lettre-ferits, ces sçavanteaux; comme si vous disiez Lettre-ferus, ausquels les lettres ont donné un coup de marteau, comme on dict. De vray, le plus souvent ils semblent estre ravalez mesme du sens commun: car le païsan et le cordonnier vous leur voyez aller simplement et naïfvement leur train, parlant de ce qu'ils sçavent; ceulx cy, pour se vouloir eslever et gendarmer de ce sçavoir qui nage en la superficie de leur cervelle, vont s'embarrassant et empestrant sans cesse. Il leur eschappe de belles paroles; mais qu'un aultre les accommode: ils cognoissent bien Galien; mais nullement le malade: ils vous ont desia rempli la teste de loix; et si n'ont encores conceu le nœud de la cause: ils sçavent la theorique de toutes choses; cherchez qui la mette en practique. I'ay veu chez moy un mien amy, par maniere de passetemps, ayant affaire à un de ceulx cy, contrefaire un iargon de galimatias, propos sans suitte, tissu de pieces rapportees, sauf qu'il estoit souvent entrelardé de mots propres à leur dispute, amuser ainsi tout un iour ce sot à desbattre, pensant tousiours respondre aux obiections qu'on luy faisoit: et si estoit homme de lettres et de reputation, et qui avoit une belle robbe.

Vos, ô patricius sanguis, quos vivere par est
Occipiti cæco, posticæ occurrite sannæ. (1)

Qui regardera de bien prez à ce genre de gents, qui s'estend bien loing, il trouvera comme moy que le plus souvent ils ne s'entendent ny aultruy, et qu'ils ont la souvenance assez pleine, mais le iugement entierement creux;
sinon que leur nature d'elle mesme le leur ait aultrement
façonné : comme i'ay veu Adrianus Turnebus qui n'ayant
faict aultre profession que de lettres, en laquelle c'estoit,
à mon opinion, le plus grand homme qui feust il y a
mille ans, n'ayant toutesfois rien de pedantesque que le
port de sa robbe et quelque façon externe qui pouvoit
n'estre pas civilisee à la courtisane, qui sont choses de
neant : et hay nos gents qui supportent plus malayseement une robbe qu'une ame de travers, et regardent à sa
reverence, à son maintien et à ses bottes, quel homme il
est ; car au dedans c'estoit l'ame la plus polie du monde.
Ie l'ay souvent à mon escient iecté en propos esloingnez
de son usage : il y voyoit si clair, d'une apprehension si
prompte, d'un iugement si sain, qu'il sembloit qu'il n'eust
iamais faict aultre mestier que la guerre et affaires d'estat.
Ce sont natures belles et fortes,

queis arte benignâ
Et meliore luto finxit præcordia Titan, (2)

qui se maintiennent au travers d'une mauvaise institution. Or ce n'est pas assez que nostre institution ne nous
gaste pas ; il fault qu'elle nous change en mieulx.
   Il y a aulcuns de nos parlements, quand ils ont à rece-

---

(1) O nobles Patriciens, qui n'avez pas le don de voir ce qui se
passe derriere vous, prenez garde que ceux à qui vous tournez
le dos ne se moquent de vous. *Pers.* sat. 1, v. 61 et 62.
   (2) Que Dieu a formées d'un meilleur limon, et douées d'un
plus heureux génie. *Juvenal.* sat. 14, v. 34 et 35.

voir des officiers, qui les examinent seulement sur la
science : les aultres y adioustent encores l'essay du sens,
en leur presentant le iugement de quelque cause. Ceulx
cy me semblent avoir un beaucoup meilleur style : et encores que ces deux pieces soyent necessaires, et qu'il faille
qu'elles s'y treuvent toutes deux, si est ce qu'à la verité
celle du sçavoir est moins prisable que celle du iugement;
cette cy se peult passer de l'aultre, et non l'aultre de
cette cy. Car, comme dict ce vers grec,

ὡς ουδεν ἡ μαθησις, ην μη νους παρῃ : (1)

« à quoy faire la science, si l'entendement n'y est » ?
Pleust à Dieu que, pour le bien de nostre iustice, ces
compaignies là se trouvassent aussi bien fournies d'entendement et de conscience, comme elles sont encores de
science ! Non vitæ, sed scholæ discimus (2). Or il ne fault pas
attacher le sçavoir à l'ame, il l'y fault incorporer; il ne
l'en fault pas arrouser, il l'en fault teindre : et s'il ne la
change, et meliore son estat imparfaict, certainement il
vault beaucoup mieulx le laisser là; c'est un dangereux
glaive, et qui empesche et offense son maistre, s'il est en
main foible et qui n'en sçache l'usage; Ut fuerit melius non
didicisse (3). A l'adventure est ce la cause que et nous et la
theologie ne requerons pas beaucoup de science aux
femmes, et que François duc de Bretaigne fils de Iean V,
comme on luy parla de son mariage avec Isabeau fille
d'Escosse, et qu'on luy adiousta qu'elle avoit esté nourrie
simplement et sans aulcune instruction de lettres, res-

---

(1) Apud *Stob.* tit. 3, p. 37, edit. Aurel. Allobrog. 1609, in-
fol. Montaigne a traduit ce vers grec immédiatement après l'avoir
cité.

(2) Nous n'apprenons point à vivre, mais à disputer. *Senec.*
epist. 106, in fine.

(3) De sorte qu'il auroit mieux valu n'avoir rien appris. *Cic.*
tusc. quæst. l. 2, c. 4.

pondit, « qu'il l'en aymoit mieulx; et qu'une femme
estoit assez sçavante quand elle sçavoit mettre difference
entre la chemise et le pourpoinct de son mary. »

Aussi ce n'est pas si grande merveille, comme on crie,
que nos ancestres n'ayent pas faict grand estat des lettres,
et qu'encores auiourd'huy elles ne se treuvent que par
rencontre aux principaux conseils de nos roys; et si cette
fin de s'en enrichir, qui seule nous est auiourd'huy proposee par le moyen de la iurisprudence, de la medecine,
du pedantisme, et de la theologie encores, ne les tenoit
en credit, vous les verriez sans doubte aussi marmiteuses
qu'elles feurent oncques. Quel dommage, si elles ne nous
apprennent ny à bien penser ny à bien faire? Postquam
docti prodierunt, boni desunt (1). Toute aultre science est
dommageable à celuy qui n'a la science de la bonté.

Mais la raison que ie cherchoy tantost, seroit elle pas
aussi de là, que, nostre estude en France n'ayant quasi
aultre but que le proufit, moins de ceulx que nature a
faict naistre à plus genereux offices que lucratifs s'adon-
nants aux lettres, ou si courtement, retirez, avant que
d'en avoir prins le goust, à une profession qui n'a rien
de commun avecques les livres, il ne reste plus ordinairement pour s'engager tout à faict à l'estude, que les
gents de basse fortune qui y questent des moyens à vivre;
et de ces gents là les ames estant, et par nature et par
domestique institution et exemple, du plus bas aloy, rapportent faulsement le fruict de la science : car elle n'est
pas pour donner iour à l'ame qui n'en a point, ny pour
faire veoir un aveugle; son mestier est, non de luy fournir de veue, mais de la luy dresser, de luy regler ses allures, pourveu qu'elle ayt de soy les pieds et les iambes
droictes et capables. C'est une bonne drogue que la science; mais nulle drogue n'est assez forte pour se preserver

---

(1) Depuis que les savants ont paru, l'on ne voit plus de gens
de bien. *Senec.* epist. 95, p. 458, edit. varior. t. 2.

sans alteration et corruption selon le vice du vase qui l'estuye. Tel a la veue claire, qui ne l'a pas droicte; et par consequent veoid le bien, et ne le suyt pas; et veoid la science, et ne s'en sert pas. La principale ordonnance de Platon en sa republique, c'est «donner à ses citoyens, selon leur nature, leur charge». Nature peult tout, et faict tout. Les boiteux sont mal propres aux exercices du corps ; et aux exercices de l'esprit, les ames boiteuses : les bastardes et vulgaires sont indignes de la philosophie. Quand nous voyons un homme mal chaussé, nous disons que ce n'est pas merveille s'il est chaussetier : de mesme il semble que l'experience nous offre souvent un medecin plus mal medeciné, un theologien moins reformé, et coustumierement un sçavant moins suffisant que tout aultre. Aristo Chius avoit anciennement raison de dire que les philosophes nuisoient aux auditeurs ; d'autant que la pluspart des ames ne se treuvent propres à faire leur proufit de telle instruction, qui, si elle ne se met à bien, se met à mal : ἀσώτους ex Aristippi, acerbos ex Zenonis scholâ exire (1).

En cette belle institution que Xenophon preste aux Perses, nous trouvons qu'ils apprenoient la vertu à leurs enfants, comme les aultres nations font les lettres. Platon dict que le fils aisné en leur succession royale estoit ainsi nourry : aprez sa naissance on le donnoit, non à des femmes, mais à des eunuches de la premiere auctorité autour des roys à cause de leur vertu. Ceulx cy prenoient charge de luy rendre le corps beau et sain ; et aprez sept ans le duisoient à monter à cheval et aller à la chasse. Quand il estoit arrivé au quatorziesme, ils le deposoient entre les mains de quatre; le plus sage, le plus iuste, le plus temperant, le plus vaillant de la nation : le premier luy apprenoit la religion; le second, à estre tous-

---

(1) Qu'il sortoit des débauchés de l'école d'Aristippe , et des esprits difficiles et durs de celle de Zénon. *Cic.* de nat. deor. l. 3, c. 31.

iours veritable; le tiers, à se rendre maistre des cupidi-
tés; le quart, à ne rien craindre.

C'est chose digne de tresgrande consideration, que
en cette excellente police de Lycurgus, et à la verité
monstrueuse par sa perfection, si soingneuse pourtant
de la nourriture des enfants comme de sa principale
charge, et au giste mesme des muses, il s'y face si peu de
mention de la doctrine: comme si cette genereuse ieunesse desdaignant tout aultre ioug que de la vertu, on luy
ayt deu fournir, au lieu de nos maistres de science, seulement des maistres de vaillance, prudence et iustice:
exemple que Platon en ses loys a suyvi. La façon de leur
discipline, c'estoit leur faire des questions sur le iugement
des hommes et de leurs actions; et, s'ils condamnoient et
louoient ou ce personnage ou ce faict, il falloit raisonner
leur dire: et par ce moyen ils aiguisoient ensemble leur
entendement et apprenoient le droict. Astyages, en Xenophon, demande à Cyrus compte de sa derniere leçon:
C'est, dict il, qu'en nostre eschole un grand garçon ayant
un petit saye, le donna à l'un de ses compaignons de plus
petite taille, et luy osta son saye qui estoit plus grand:
nostre precepteur m'ayant faict iuge de ce differend, ie
iugeay qu'il falloit laisser les choses en cet estat, et que
l'un et l'aultre sembloit estre mieulx accommodé en ce
poinct: sur quoy il me remontra que i'avois mal faict;
car ie m'estois arresté à considerer la bienseance, et il
falloit premierement avoir prouveu à la iustice qui vouloit que nul ne feust forcé en ce qui luy appartenoit: et
dict qu'il en feut foueté, tout ainsi que nous sommes en
nos villages pour avoir oublié le premier aoriste de
τύπτω. Mon regent me feroit une belle harangue in genere demonstrativo, avant qu'il me persuadast que son eschole vault cette là. Ils ont voulu couper chemin: et
puisqu'il est ainsi que les sciences, lors mesme qu'on
les prend de droict fil, ne peuvent que nous enseigner la
prudence, la preud'hommie et la resolution, ils ont voulu

d'arrivee mettre leurs enfants au propre des effects, et
les instruire non par ouïr dire, mais par l'essay de l'action, en les formant et moulant vifvement non seulement de preceptes et paroles, mais principalement d'exemples et d'œuvres : à fin que ce ne feust pas une science en
leur ame, mais sa complexion et habitude ; que ce ne
feust pas un acquest, mais une naturelle possession. A
ce propos, on demandoit à Agesilaus ce qu'il seroit d'advis que les enfants apprinssent : « Ce qu'ils doibvent faire
estants hommes », respondit il. Ce n'est pas merveille si
une telle institution a produict des effects si admirables.
On alloit, dict on, aux aultres villes de Grece chercher
des rhetoriciens , des peintres et des musiciens ; mais en
Lacedemone, des legislateurs, des magistrats, et empereurs d'armee : à Athenes on apprenoit à bien dire ; et
icy à bien faire : là à se desmesler d'un argument so-
phistique, et à rabattre l'imposture des mots captieu-
sement entrelacez ; icy à se desmesler des appasts de la
volupté, et à rabattre, d'un grand courage, les menaces
de la fortune et de la mort : ceulx là s'embesongnoient
aprez les paroles ; ceulx cy aprez les choses : là c'estoit
une continuelle exercitation de la langue ; icy une continuelle exercitation de l'ame. Parquoy il n'est pas estrange si Antipater leur demandant cinquante enfants
pour ostages , ils respondirent, tout au rebours de ce
que nous ferions, qu'ils aymoient mieulx donner deux
fois autant d'hommes faicts : tant ils estimoient la perte
de l'education de leur pays ! Quand Agesilaus convie
Xenophon d'envoyer nourrir ses enfants à Sparte, ce
n'est pas pour y apprendre la rhetorique ou dialectique ; mais « pour apprendre (ce dict il) la plus belle
science qui soit, à sçavoir la science d'obeïr et de commander ». Il est tresplaisant de veoir Socrates, à sa mode,
se mocquant de Hippias qui luy recite comment il a gaigné, specialement en certaines petites villettes de la Sicile,
bonne somme d'argent à regenter ; et qu'à Sparte il n'a

gaigné pas un sol; que ce sont gents idiots qui ne sçavent ny mesurer ny compter, ne font estat ny de grammaire ny de rythme, s'amusants seulement à sçavoir la suitte des roys, establissements et decadences des estats, et tels fatras de contes : et au bout de cela Socrates, luy faisant advouer par le menu l'excellence de leur forme de gouvernément public, l'heur et vertu de leur vie privee, luy laisse deviner la conclusion de l'inutilité de ses arts.

Les exemples nous apprennent, et en cette martiale police et en toutes ses semblables, que l'estude des sciences amollit et effemine les courages plus qu'il ne les fermit et aguerrit. Le plus fort estat qui paroisse pour le present au monde, est celuy des Turcs, peuples egalement duicts à l'estimation des armes et mespris des lettres. Ie treuve Rome plus vaillante avant qu'elle feust sçavante. Les plus belliqueuses nations en nos iours sont les plus grossieres et ignorantes : les Scythes, les Parthes, Tamburlan, nous servent à cette preuve. Quand les Gots ravagerent la Grece, ce qui sauva toutes les librairies d'estre passees au feu, ce feut un d'entre eulx qui sema cette opinion, qu'il falloit laisser ce meuble entier aux ennemis, propre à les destourner de l'exercice militaire, et amuser à des occupations sedentaires et oysifves. Quand nostre roy Charles huictiesme, [quasi] sans tirer l'espee du fourreau, se veit maistre du royaume de Naples et d'une bonne partie de la Toscane, les seigneurs de sa suitte attribuerent cette inesperee facilité de conqueste à ce que les princes et la noblesse d'Italie s'amusoient plus à se rendre ingenieux et sçavants, que vigoreux et guerriers.

CHAPITRE XXV.

De l'institution des enfants.

A Madame Diane de Foix, comtesse de Gurson.

IE ne veis iamais pere, pour teigneux ou bossé que feust
son fils, qui laissast de l'advouer ; non pourtant, s'il
n'est du tout enyvré de cette affection, qu'il ne s'apper-
çoive de sa defaillance; mais tant y a qu'il est sien : aussi
moy, ie veoy mieulx que tout aultre que ce ne sont icy
que resveries d'homme qui n'a gousté des sciences que
la crouste premiere en son enfance, et n'en a retenu qu'un
general et informe visage; un peu de chasque chose, et
rien du tout : à la françoise. Car, en somme, ie sçay qu'il
y a une medecine, une iurisprudence, quatre parties en
la mathematique, et grossierement ce à quoy elles visent;
et à l'adventure encores sçay ie la pretention des sciences
en general au service de nostre vie : mais d'y enfoncer
plus avant, de m'estre rongé les ongles à l'estude d'A-
ristote monarque de la doctrine moderne, ou opiniastré
aprez quelque science, ie ne l'ay iamais faict; ny n'est
art de quoy ie sceusse peindre seulement les premiers
lineaments; et n'est enfant des classes moyennes qui ne
se puisse dire plus sçavant que moy, qui n'ay seulement
pas de quoy l'examiner sur sa premiere leçon, au moins
selon icelle; et, si l'on m'y force, ie suis contrainct assez
ineptement d'en tirer quelque matiere de propos universel, sur quoy i'examine son iugement naturel : leçon
qui leur est autant incogneue, comme à moy la leur.

Ie n'ay dressé commerce avecques aulcun livre solide
sinon Plutarque et Seneque, où ie puyse comme les Da-
naïdes, remplissant et versant sans cesse. I'en attache

quelque chose à ce papier; à moy, si peu que rien. L'histoire c'est plus mon gibier, ou la poësie, que i'ayme d'une particuliere inclination : car, comme disoit Cleanthes, tout ainsi que la voix contraincte dans l'estroict canal d'une trompette sort plus aigüe et plus forte; ainsi me semble il que la sentence pressee aux pieds nombreux de la poësie s'eslance bien plus brusquement, et me fiert d'une plus vifve secousse. Quant aux facultez naturelles qui sont en moy, dequoy c'est icy l'essay, ie les sens flechir soubs la charge : mes conceptions et mon iugement ne marche qu'à tastons, chancelant, bronchant et chopant ; et quand ie suis allé le plus avant que ie puis, si ne me suis ie aulcunement satisfaict ; ie veois encores du païs au delà, mais d'une veue trouble et en nuage, que ie ne puis desmesler. Et entreprenant de parler indifferemment de tout ce qui se presente à ma fantasie, et n'y employant que mes propres et naturels moyens, s'il m'advient, comme il faict souvent, de rencontrer de fortune dans les bons aucteurs ces mesmes lieux que i'ay entreprins de traicter, comme ie viens de faire chez Plutarque tout presentement son discours de la force de l'imagination, à me recognoistre, au prix de ces gents là, si foible et si chestif, si poisant et si endormy, ie me foys pitié ou desdaing à moy mesme : si me gratifie ie de cecy, que mes opinions ont cet honneur de rencontrer souvent aux leurs, et que ie voys au moins de loing aprez, disant que voire (1); aussi que i'ay cela, que chascun n'a pas, de cognoistre l'extreme difference d'entre eulx et moy ; et laisse, ce neantmoins, courir mes inventions ainsi foibles et basses comme ie les ay produictes, sans en replastrer et recoudre les defaults que cette comparaison m'y a descouverts. Il fault avoir les reins bien fermes pour entreprendre de marcher front à front avecques ces gents

(1) Disant qu'ils ont raison.

là. Les escrivains indiscrets de nostre siécle, qui parmy leurs ouvrages de neant vont semant des lieux entiers des anciens aucteurs pour se faire honneur, font le contraire; car cette infinie dissemblance de lustres rend un visage si pasle, si terni et si laid à ce qui est leur, qu'ils y perdent beaucoup plus qu'ils n'y gaignent. C'estoit deux contraires fantasies : le philosophe Chrysippus mesloit à ses livres, non les passages seulement, mais des ouvrages entiers d'aultres aucteurs, et en un la Medee d'Euripides ; et disoit Apollodorus que, qui en retrancheroit ce qu'il y avoit d'estrangier, son papier demeureroit en blanc : Epicurus, au rebours, en trois cents volumes qu'il laissa, n'avoit pas semé une seule allegation estrangiere. Il m'adveint, l'aultre iour, de tumber sur un tel passage : i'avois traisné languissant aprez des paroles françoises si exangues, si descharnees et si vuides de matiere et de sens, que ce n'estoient voirement que paroles françoises ; au bout d'un long et ennuyeux chemin, ie veins à rencontrer une piece haulte, riche et eslevee iusques aux nues. Si i'eusse trouvé la pente doulce, et la montee un peu alongee, cela eust esté excusable : c'estoit un precipice si droict et si coupé, que, des six premieres paroles, ie cogneus que ie m'envolois en l'aultre monde ; de là ie descouvris la fondriere d'où ie venois, si basse et si profonde, que ie n'eus oncques puis le cœur de m'y ravaler. Si i'estoffois l'un de mes discours de ces riches despouilles, il esclaireroit par trop la bestise des aultres. Reprendre en aultruy mes propres faultes ne me semble non plus incompatible que de reprendre, comme ie foys souvent, celles d'aultruy en moy : il les fault accuser partout, et leur oster tout lieu de franchise. Si sçay ie bien combien audacieusement i'entreprends moy mesme à touts coups de m'egualer à mes larrecins, d'aller pair à pair quand et eulx, non sans une temeraire esperance que ie puisse tromper les yeulx des iuges à les discerner ; mais c'est autant par le benefice

de mon application que par le benefice de mon invention
et de ma force. Et puis, ie ne luicte point en gros ces
vieux champions là, et corps à corps ; c'est par reprin-
ses, menues et legieres atteinctes : ie ne m'y aheurte pas ;
ie ne foys que les taster ; et ne vois point tant, comme
ie marchande d'aller. Si ie leur pouvois tenir palot, ie
serois honneste homme, car ie ne les entreprends que
par où ils sont les plus roides. De faire ce que i'ay descouvert d'aulcuns, se couvrir des armes d'aultruy iusques à ne montrer pas seulement le bout de ses doigts ;
conduire son desseing, comme il est aysé aux sçavants
en une matiere commune, soubs les inventions anciennes
rappiecees par cy par là : à ceulx qui les veulent cacher et faire propres, c'est premierement iniustice et
lascheté, que, n'ayants rien en leur vaillant par où se
produire, ils cherchent à se présenter par une valeur
.[purement] estrangiere ; et puis, grande sottise, se contentant par piperie de s'acquerir l'ignorante approbation du vulgaire, se descrier envers les gents d'entendement, qui hochent du nez vostre incrustation em-
pruntee, desquels seuls la louange a du poids. De ma
part il n'est rien que ie vueille moins faire : ie ne dis
les aultres, sinon pour d'autant plus me dire. Cecy ne
touche pas les centons qui se publient pour centons ;
et i'en ay veu de tresingenieux en mon temps, entre
aultres un, sous le nom de Capilupus, oultre les anciens :
ce sont des esprits qui se font veoir, et par ailleurs, et
par là ; comme Lipsius, en ce docte et laborieux tissu
de ses politiques.

Quoy qu'il en soit, veulx ie dire, et quelles que soient
ces inepties, ie n'ay pas deliberé de les cacher ; non plus
qu'un mien pourtraict chauve et grisonnant où le peintre auroit mis, non un visage parfaict, mais le mien.
Car aussi ce sont icy mes humeurs et opinions ; ie les
donne pour ce qui est en ma creance, non pour ce qui
est à croire : ie ne vise icy qu'à descouvrir moy mesme,

qui seray par adventure aultre demain si nouvel apprentissage me change. Ie n'ay point l'auctorité d'estre creu, ny ne le desire, me sentant trop mal instruict pour instruire aultruy.

Quelqu'un donc, ayant veu l'article precedent, me disoit chez moy, l'aultre iour, que ie me debvois estre un petit estendu sur le discours de l'institution des enfants. Or, madame, si i'avoy quelque suffisance en ce subiect, ie ne pourroy la mieulx employer que d'en faire un present à ce petit homme qui vous menace de faire tantost une belle sortie de chez vous (vous estes trop genereuse pour commencer aultrement que par un masle); car ayant eu tant de part à la conduicte de vostre mariage, i'ay quelque droict et interest à la grandeur et prosperité de tout ce qui en viendra; oultre ce que l'ancienne possession que vous avez sur ma servitude m'oblige assez à desirer honneur, bien et advantage à tout ce qui vous touche : mais à la verité ie n'y entends sinon cela, que la plus grande difficulté et importante de l'humaine science semble estre en cet endroict où il se traicte de la nourriture et institution des enfants. Tout ainsi qu'en l'agriculture les façons qui vont avant le planter sont certaines et aysees, et le planter mesme; mais, depuis que ce qui est planté vient à prendre vie, à l'eslever il y a une grande varieté de façons, et difficulté : pareillement aux hommes, il y a peu d'industrie à les planter; mais depuis qu'ils sont nayz, on se charge d'un soing divers plein d'embesongnement et de crainte à les dresser et nourrir. La montre de leurs inclinations est si tendre en ce bas aage et si obscure, les promesses si incertaines et faulses, qu'il est malaysé d'y establir aucun solide iugement. Voyez Cimon, voyez Themistocles, et mille aultres, combien ils se sont disconvenus à eulx mesmes. Les petits des ours et des chiens montrent leur inclination naturelle : mais les hommes, se iectants incontinent en des accoustumances, en des opinions, en des loys, se changent ou se desguisent facilement : si est il difficile de forcer les propensions naturelles. D'où il advient que par faulte d'avoir bien choisi leur route, pour neant se travaille on souvent, et employe lon beaucoup d'aage, à dresser des enfants aux choses ausquelles ils ne peuvent prendre pied. Toutesfois en cette difficulté, mon opinion est de les acheminer tousiours aux meilleures choses et plus proufitables; et qu'on se doibt peu appliquer à ces legieres divinations et prognostiques que nous prenons des mouvements de leur enfance : Platon mesme en sa republique me semble leur donner beaucoup d'auctorité.

Madame, c'est un grand ornement que la science, et un util de merveilleux service, notamment aux personnes eslevees en tel degré de fortune comme vous estes. A la verité elle n'a point son vray usage en mains viles et basses: elle est bien plus fiere de prester ses moyens à conduire une guerre, à commander un peuple, a practiquer l'amitié d'un prince ou d'une nation estrangiere, qu'à dresser un argument dialectique, ou à plaider un appel, ou ordonner une masse de pilules. Ainsi, madame, parceque ie croy que vous n'oublierez pas cette partie en l'institution des vostres, vous qui en avez savouré la doulceur, et qui estes d'une race lettree (car nous avons encores les escripts de ces anciens comtes de Foix, d'où monsieur le comte vostre mary et vous estes descendus; et François monsieur de Candale, vostre oncle, en faict naistre tous les iours d'aultres qui estendront la cognoissance de cette qualité de vostre famille à plusieurs siecles), ie vous veulx dire là dessus une seule fantasie que i'ay, contraire au commun usage : c'est tout ce que ie puis conferer à vostre service en cela.

La charge du gouverneur que vous luy donnerez, du chois duquel despend tout l'effect de son institution, elle a plusieurs aultres grandes parties, mais ie n'y touche point pour n'y sçavoir rien apporter qui vaille; et de cet article sur lequel ie me mesle de luy donner advis, il m'en croira autant qu'il y verra d'apparence. A un enfant de

maison qui recherche les lettres, non pour le gaing (car
une fin si abiecte est indigne de la grace et faveur des
muses, et puis elle regarde et despend d'aultruy), ny tant
pour les commoditez externes, que pour les siennes propres et pour s'en enrichir et parer au dedans, ayant plus-
tost envie (a) d'en reussir habile homme qu'homme sçavant, ie vouldrois aussi qu'on feust soigneux de luy choisir un conducteur qui eust plustost la teste bien faicte que
bien pleine; et qu'on y requist touts les deux, mais plus les
mœurs et l'entendement, que la science; et qu'il se condui-
sist en sa charge d'une nouvelle maniere. On ne cesse de
criailler à nos aureilles, comme qui verseroit dans un
entonnoir; et nostre charge ce n'est que redire ce qu'on
nous a dict : ie vouldrois qu'il corrigeast cette partie ; et
que de belle arrivee, selon la portee de l'ame qu'il a en
main, il commenceast à la mettre sur la montre, luy faisant gouster les choses, les choisir, et discerner d'elle
mesme ; quelquefois luy ouvrant chemin, quelquefois le
luy laissant ouvrir. Ie ne veulx pas qu'il invente et parle
seul; ie veulx qu'il escoute son disciple parler à son tour.
Socrates, et depuis Archesilas, faisoient premierement
parler leurs disciples, et puis ils parloient à eulx. Obest
plerumque iis qui discere volunt auctoritas eorum qui do-
cent (1). Il est bon qu'il le face trotter devant luy, pour
iuger de son train; et iuger iusques à quel poinct il se
doibt ravaller pour s'accommoder à sa force. A faulte de
cette proportion, nous gastons tout; et de la sçavoir
choisir et s'y conduire bien mesureement, c'est une des
plus ardues besongnes que ie sache; et est l'effect d'une
haulte ame et bien forte, sçavoir condescendre à ces allures pueriles, et les guider. Ie marche plus seur et plus

---

(a) D'en tirer un habil'homme qu'un homme sçavant. Ed. in-4°.
de 1588.

(1) L'autorité de ceux qui enseignent nuit souvent à ceux qui
veulent apprendre. *Cic.* de nat. deor. l. 1, c. 5.

ferme à mont qu'à val. Ceulx qui, comme porte nostre
usage, entreprennent, d'une mesme leçon et pareille mesure de conduicte, regenter plusieurs esprits de si diverses mesures et formes ; ce n'est pas merveille si en tout
un peuple d'enfants ils en rencontrent à peine deux ou
trois qui rapportent quelque iuste fruict de leur discipline. Qu'il ne luy demande pas seulement compte des
mots de sa leçon, mais du sens et de la substance : et qu'il
iuge du proufit qu'il aura faict, non par le tesmoignage
de sa memoire, mais de sa vie. Que ce qu'il viendra d'apprendre, il le luy face mettre en cent visages, et accommoder à autant de divers subiects, pour veoir s'il l'a encores bien prins et bien faict sien : prenant (a) l'instruction de son progrez, des paidagogismes de Platon. C'est
tesmoignage de crudité et indigestion, que de regorger
la viande comme on l'a avallee : l'estomach n'a pas faict
son operation s'il n'a faict changer la façon et la forme à
ce qu'on luy avoit donné à cuire. Nostre ame ne bransle
qu'à credit, liee et contraincte à l'appetit des fantasies
d'aultruy, serve et captivee soubs l'auctorité de leur leçon : on nous a tant assubiectis aux chordes, que nous
n'avons plus de franches allures ; nostre vigueur et liberté est esteincte : *nunquam tutelæ suæ fiunt* (1). Ie veis
priveement à Pise un honneste homme, mais si aristote-
licien que le plus general de ses dogmes est : « Que la tou-
« che et regle de toutes imaginations solides et de toute
« verité, c'est la conformité à la doctrine d'Aristote ; Que
« hors de là, ce ne sont que chimeres et inanité ; Qu'il a
« tout veu et tout dict » : cette proposition, pour avoir
esté un peu trop largement et iniquement interpretee,
le meit aultrefois et teint longtemps en grand accessoire
à l'inquisition à Rome. Qu'il luy face tout passer par

(a) l'instruction à son progrez, des etc. *édit.* de 1595 et de 1635.
(1) Ils ne sortent jamais de tutele pour jouir de leurs droits.
Senec. epist. 33.

l'estamine, et ne loge rien en sa teste par simple auctorité
et à credit : Les principes d'Aristote ne luy soient principes, non plus que ceulx des stoïciens ou epicuriens :
qu'on luy propose cette diversité de iugements, il choi-
sira, s'il peult ; sinon il en demeurera en doubte (a) ;

Che non men che saper, dubbiar m'aggrada : (1)

car s'il embrasse les opinions de Xenophon et de Platon
par son propre discours, ce ne seront plus les leurs, ce
seront les siennes : qui suyt un aultre, il ne suyt rien, il
ne treuve rien, voire il ne cherche rien ; Non sumus sub
rege ; sibi quisque se vindicet (2). Qu'il sçache qu'il sçait, au
moins. Il fault qu'il imboive leurs humeurs, non qu'il
apprenne leurs preceptes ; et qu'il oublie hardiement, s'il
veult, d'où il les tient, mais qu'il se les sçache approprier.
La verité et la raison sont communes à un chascun, et
ne sont non plus à qui les a dictes premierement, qu'à
qui les dict aprez : ce n'est non plus selon Platon que selon moy, puisque luy et moy l'entendons et veoyons de
mesme. Les abeilles pillotent deçà delà les fleurs ; mais
elles en font, aprez, le miel, qui est tout leur ; ce n'est plus
thym, ny mariolaine : ainsi les pieces empruntees d'aultruy, il les transformera et confondra pour en faire un
ouvrage tout sien, à sçavoir son iugement : son institution, son travail et estude ne vise qu'à le former. Qu'il
cele tout ce de quoy il a esté secouru, et ne produise
que ce qu'il en a faict. Les pilleurs, les emprunteurs,
mettent en parade leurs bastiments, leurs achapts ; non

(a) Montaigne ajoutoit ici, *il n'y a que les fols, certeins et
resolus* : mais il a rayé ensuite cette addition. N.

(1)   Car à mon sens,
Aussi bien que savoir, douter a son mérite.
Dante, Inferno, cant. 11, v. 93.

(2) Nous ne vivons pas sous un roi : que chacun dispose librement de soi-même. *Senec.* epist. 33.

pas ce qu'ils tirent d'aultruy : vous ne voyez pas les espi-
ces d'un homme de parlement ; vous voyez les alliances
qu'il a gaignees et honneurs à ses enfants : nul ne met en
compte publicque sa recepte ; chascun y met son acquest.
Le gaing de nostre estude, c'est en estre devenu meilleur
et plus sage. C'est, disoit Epicharmus, l'entendement qui
véoid et qui oyt ; c'est l'entendement qui approfite tout,
qui dispose tout, qui agit, qui domine et qui regne ;
toutes aultres choses sont aveugles, sourdes et sans ame.
Certes nous le rendons servile et couard, pour ne luy
laisser la liberté de rien faire de soy. Qui demanda iamais
à son disciple ce qu'il luy semble de la rhetorique et de
la grammaire, de telle ou telle sentence de Cicero ? on
nous les placque en la memoire toutes empennees,
comme des oracles, où les lettres et les syllabes sont de
la substance de la chose. Sçavoir par cœur n'est pas sçavoir ; c'est tenir ce qu'on a donné en garde à sa memoire.
Ce qu'on sçait droictement, on en dispose, sans regarder
au patron, sans tourner les yeulx vers son livre. Fascheuse suffisance qu'une suffisance pure livresque ! Ie
m'attends qu'elle serve d'ornement, non de fondement ;
suyvant l'advis de Platon qui dict « La fermeté, la
foy, la sincerité, estre la vraye philosophie ; les aultres
sciences, et qui visent ailleurs, n'estre que fard ». Ie vouldrois que le Paluel ou Pompee, ces beaux danseurs de
mon temps, apprinssent des caprioles, à les veoir seulement faire, sans nous bouger de nos places ; comme
ceulx cy veulent instruire nostre entendement, sans
l'esbransler : ou qu'on nous apprinst à manier un cheval,
ou une picque, ou un luth, ou la voix, sans nous y
exercer ; comme ceulx icy nous veulent apprendre à bien
iuger et à bien parler, sans nous exercer ny à parler ny
à iuger. Or à cet apprentissage tout ce qui se presente à
nos yeulx sert de livre suffisant : la malice d'un page, la
sottise d'un valet, un propos de table, ce sont autant de
nouvelles matieres.

A cette cause le commerce des hommes y est merveilleusement propre, et la visite des pays estrangiers : non pour en rapporter seulement, à la mode de nostre noblesse françoise, combien de pas a Santa rotonda (a), ou la richesse des calessons de la signora Livia ; ou, comme d'aultres, combien le visage de Neron, de quelque vieille ruyne de là, est plus long ou plus large que celuy de quelque pareille medaille ; mais pour en rapporter principalement les humeurs de ces nations et leurs façons, et pour frotter et limer nostre cervelle contre celle d'aultruy. Ie vouldrois qu'on commenceast à le promener dez sa tendre enfance ; et premierement, pour faire d'une pierre deux coups, par les nations voisines où le langage est plus esloingné du nostre, et auquel, si vous ne la formez de bonne heure, la langue ne se peult plier. Aussi bien est ce une opinion receue d'un chascun, que ce n'est pas raison de nourrir un enfant au giron de ses parents : cette amour naturelle les attendrit trop et relasche, voire les plus sages ; ils ne sont capables ny de chastier ses faultes, ny de le veoir nourry grossierement comme il fault et hazardeusement ; ils ne le sçauroient souffrir revenir suant et pouldreux de son exercice, boire chauld, boire froid, ny le veoir sur un cheval rebours, ny contre un rude tireur le floret au poing, ny la premiere arquebuse. Car il n'y a remede : qui en veult faire un homme de bien, sans doubte il ne le fault espargner en cette ieunesse ; et fault souvent chocquer les regles de la medecine :

> Vitamque sub dio et trepidis agat
> In rebus. (1)

(a) Temple qu'Agrippa fit bâtir sous le regne d'Auguste, et qu'il nomma *Panthéon.* Il subsiste encore, consacré à la vierge, mais beaucoup moins orné que du temps des païens. C.

(1) Qu'exposé à l'air jour et nuit, il s'accoutume aux plus grands dangers. *Horat.* od., l. 23, v. 5, 6.

Ce n'est pas assez de luy roidir l'ame; il luy fault aussi roidir les muscles : elle est trop pressee, si elle n'est secondee; et a trop à faire de, seule, fournir à deux offices. Ie sçais combien ahanne la mienne en compaignie d'un corps si tendre, si sensible, qui se laisse si fort aller sur elle; et apperceois souvent, en ma leçon, qu'en leurs escripts mes maistres font valoir, pour magnanimité et force de courage, des exemples qui tiennent volontiers plus de l'espessissure de la peau et dureté des os. I'ay veu des hommes, des femmes et des enfants ainsi nays, qu'une bastonnade leur est moins, qu'à moy une chiquenaude; qui ne remuent ny langue ny sourcil aux coups qu'on leur donne : quand les athletes contrefont les philosophes en patience, c'est plustost vigueur de nerfs que de cœur. Or l'accoustumance à porter le travail est accoustumance à porter la douleur : labor callum obducit dolori (1). Il le fault rompre à la peine et aspreté des exercices, pour le dresser à la peine et aspreté de la (a) desloueure, de la cholique, du cautere, et de la geaule aussi et de la torture; car de ces dernieres icy encores peult il estre en prinse, qui regardent les bons, selon le temps, comme les meschants : nous en sommes à l'espreuve; quiconque combat les loix menace les plus gents de bien d'escourgees et de la chorde. Et puis, l'auctorité du gouverneur, qui doibt estre souveraine sur luy, s'interrompt et s'empesche par la presence des parents : ioinct que ce respect que la famille luy porte, la cognoissance des moyens et grandeurs de sa maison, ce ne sont, à mon opinion, pas legieres incommoditez en cet aage.

En cette eschole du commerce des hommes, i'ay sou-

---

(1) Le travail nous endurcit à la douleur. *Cic.* tusc. quæst. l. 2, c. 14, in fine.

(a) de la dislocation, *édit.* de 1595; mais à la marge de l'exemplaire corrigé par Montaigne, on lit, écrit de sa main, *desloueure*, qui a le même sens, et qu'on ne trouve que dans Cotgrave. N.

vent remarqué ce vice, qu'au lieu de prendre cognoissance d'aultruy, nous ne travaillons qu'à la donner de
nous; et sommes plus en peine d'emploiter nostre marchandise, que d'en acquerir de nouvelle : le silence et la
modestie sont qualitez trescommodes à la conversation.
On dressera cet enfant à estre espargnant et mesnagier de
sa suffisance quand il l'aura acquise; à ne se formalizer
point des sottises et fables qui se diront en sa presence :
car c'est une incivile importunité de chocquer tout ce qui
n'est pas de nostre appetit. Qu'il se contente de se corriger soy mesme, et ne semble pas reprocher à aultruy
tout ce qu'il refuse à faire, ny contraster aux mœurs
publicques : Licet sapere, sine pompâ, sine invidiâ (1) : Fuye
ces images regenteuses et inciviles, et cette puerile am-
bition de vouloir paroistre plus fin, pour estre aultre; et (a) tirer nom, par reprehensions et nouvelletez.
Comme il n'affiert qu'aux grands poëtes d'user des licen-
ces de l'art : aussi n'est il supportable qu'aux grandes ames et illustres de se privilegier au dessus de la
coustume. Si quid Socrates et Aristippus contra morem
et consuetudinem fecerunt ; idem sibi ne arbitretur licere :
magnis enim illi et divinis bonis hanc licentiam asseque-
bantur (2). On luy apprendra de n'entrer en discours et contestation, (b) que où il verra un champion

_____

(1) On peut être sâge, sans faste, et sans se rendre odieux à
personne. *Senec.* epist. 103 , in fine.

(a) et, comme si ce feust marchandise malaysee que reprehensions et nouvelletez, vouloir tirer, de là , nom de quelque peculiere valeur. *Edit.* de 1595. N.

(2) S'il est échappé à Socrate et à Aristippe quelque mot ou
quelque action contraire aux coutumes ou aux mœurs de leur
pays, il ne faut pas qu'il s'arroge le droit de se donner la même
liberté : car ce que ces grands hommes avoient d'excellent et de
divin les autorisoit à prendre cette espece de licence. *Cic.* de
offic. l. 1, c. 41.

(b) que là où, *édit.* de 1595.

digne de sa luicte; et, là mesme, à n'employer pas touts
les tours qui luy peuvent servir, mais ceulx là seulement
qui luy peuvent le plus servir. Qu'on le rende delicat
au chois et triage de ses raisons, et aymant la perti-
nence, et par consequent la briefveté. Qu'on l'instruise
surtout à se rendre et à quitter les armes à la verité,
tout aussitost qu'il l'appercevra; soit qu'elle naisse ez
mains de son adversaire, soit qu'elle naisse en luy mesme
par quelque radvisement: car il ne sera pas mis en chaise
pour dire un roolle prescript; il n'est engagé à aulcune
cause, que parce qu'il l'appreuve; ny ne sera du mestier
où se vend à purs deniers comptants la liberté de se pouvoir repentir et recognoistre : neque, ut omnia quæ præ-
scripta et imperata sint defendat, necessitate ullâ cogitur (1).

Si son gouverneur tient de mon humeur, il luy for-
mera la volonté à estre tresloyal serviteur de son prince,
et tresaffectionné et trescourageux: mais il luy refroi-
dira l'envie de s'y attacher aultrement que par un debvoir
publicque. Oultre plusieurs aultres inconvenients qui
blecent nostre franchise par ces obligations particulieres,
le ingement d'un homme gagé, et achetté, ou il est moins
entier et moins libre, ou il est taché et d'imprudence et
d'ingratitude. Un courtisan ne peult avoir ny loy ny volonté de dire et penser que favorablement d'un maistre
qui, parmi tant de milliers d'aultres subiects, l'a choisi
pour le nourrir et eslever de sa main; cette faveur et utilité corrompent, non sans quelque raison, sa franchise,
et l'esblouïssent: pourtant veoid on coustumierement le
langage de ces gents là divers à tout aultre langage
d'un estat, et de peu de foi en telle matiere. Que sa
conscience et sa vertu reluisent en son parler, et n'ayent
que la raison pour guide. Qu'on luy face entendre que
de confesser la faulte qu'il descouvrira en son propre

_____

(1) Nulle nécessité ne l'oblige de défendre toutes les choses
qui lui ont été enseignées et prescrites. *Cic.* acad. quæst. l. 4, c. 3.

discours, encores qu'elle ne soit apperceue que par luy, c'est un effect de iugement et de sincerité, qui sont les principales parties qu'il cherche; que l'opiniastrer et contester sont qualitez communes, plus apparentes aux plus basses ames; que se radviser et se corriger, abandonner un mauvais party sur le cours de son ardeur, ce sont qualitez rares, fortes et philosophiques. On l'advertira, estant en compaignie, d'avoir les yeulx partout; car ie treuve que les premiers sieges sont communement saisis par les hommes moins capables, et que les grandeurs de fortune ne se treuvent gueres meslees à la suffisance: i'ay veu, ce pendant qu'on s'entretenoit au hault bout d'une table de la beauté d'une tapisserie ou du goust de la malvoisie, se perdre beaucoup de beaux traicts à l'aultre bout. Il sondera la portee d'un chascun: un bouvier, un masson, un passant, il fault tout mettre en besongne, et emprunter chascun selon sa marchandise, car tout sert en mesnage; la sottise mesme et foiblesse d'aultruy luy sera instruction: à contrerooller les graces et façons d'un chascun, il s'engendrera envie des bonnes, et mespris des mauvaises.

Qu'on luy mette en fantasie une honneste curiosité de s'enquerir de toutes choses: tout ce qu'il y aura de singulier autour de luy il le verra; un bastiment, une fontaine, un homme, le lieu d'une bataille ancienne, le passage de Cesar ou de Charlemaigne;

> Quæ tellus sit lenta gelu, quæ putris ab æstu;
> Ventus in Italiam quis bene vela ferat; (1)

Il s'enquerra des mœurs, des moyens et des alliances de ce prince, et de celuy là: ce sont choses tresplaisantes à apprendre et tresutiles à sçavoir. En cette practique des

------

(1) Quel est le terroir que le froid rend plus pesant, quel est celui que la chaleur rend plus léger; et quel vent pousse directement les vaisseaux en Italie. *Propert.* l. 4, eleg. 3, v. 39, 40.

hommes, i'entends y comprendre, et principalement, ceulx qui ne vivent qu'en la memoire des livres: il practiquera par le moyen des histoires ces grandes ames des meilleurs siecles. C'est un vain estude, qui veult; mais qui veult aussi, c'est un estude de fruict inestimable, et le seul estude, comme dict Platon, que les Lacedemoniens eussent reservé à leur part. Quel proufit ne fera il, en cette part là, à la lecture des vies de nostre Plutarque? Mais que mon guide se souvienne où vise sa charge; et qu'il n'imprime pas tant à son disciple la date de la ruyne de Carthage, que les mœurs de Hannibal et de Scipion; ny tant où mourut Marcellus, que pourquoy il feut indigne de son debvoir qu'il mourust là. Qu'il ne luy apprenne pas tant les histoires, qu'à en iuger. C'est à mon gré, entre toutes, la matiere à laquelle nos esprits s'appliquent de plus diverse mesure: i'ay leu en Tite Live cent choses que tel n'y a pas leu; Plutarque en y a leu cent, oultre ce que i'y ay sceu lire, et à l'adventure oultre ce que l'aucteur y avoit mis: à d'aulcuns c'est un pur estude grammairien; à d'aultres, l'anatomie de la philosophie, en laquelle les plus abstruses parties de nostre nature se penetrent. Il y a dans Plutarque beaucoup de discours estendus tresdignes d'estre sceus; car à mon gré c'est le maistre ouvrier de telle besongne: mais il y en a mille qu'il n'a que touchés simplement; il guigne seulement du doigt par où nous irons, s'il nous plaist; et se contente quelquefois de ne donner qu'une atteinte dans le plus vif d'un propos. Il les fault arracher de là, et mettre en place marchande: comme ce sien mot, « Que les habitants d'Asie servoient à un seul, pour ne sçavoir prononcer une seule syllabe, qui est, Non », donna peutestre la matiere et l'occasion à la Boëtie de sa Servitude volontaire. Cela mesme de luy veoir trier une legiere action en la vie d'un homme, ou un mot, qui semble ne porter pas; cela, c'est un discours. C'est dommage que les gents d'entendement ayment tant la brief-

veté : sans doubte leur reputation en vault mieulx; mais
nous en valons moins. Plutarque ayme mieulx que nous
le vantions de son iugement, que de son sçavoir; il ayme
mieulx nous laisser desir de soy, que satieté : il sçavoit
qu'ez choses bonnes mesme on peult trop dire; et que
Alexandridas reprocha iustement à celuy qui tenoit aux
Ephores des bons propos, mais trop longs : « O estran-
« gier, tu dis ce qu'il fault, aultrement qu'il ne fault ».
Ceulx qui ont le corps graile, le grossissent d'embourru-
res : ceulx qui ont la matiere exile, l'enflent de paroles.

Il se tire une merveilleuse clarté pour le iugement humain, de la frequentation du monde : nous sommes touts
contraincts et amoncelez en nous, et avons la veue rac-
courcie à la longueur de nostre nez. On demandoit à
Socrates d'où il estoit : il ne respondit pas, d'Athenes;
mais, du monde : luy qui avoit l'imagination plus pleine
et plus estendue, embrassoit l'univers comme sa ville,
iectoit ses cognoissances, sa societé et ses affections à
tout le genre humain ; non pas comme nous qui ne regardons que soubs nous (a). Quand les vignes gelent en
mon village, mon presbtre en argumente l'ire de dieu
sur la race humaine; et iuge que la pepie en tienne desia
les Cannibales. A veoir nos guerres civiles, qui ne crie
que cette machine se bouleverse, et que le iour du iugement nous prend au collet? sans s'adviser que plusieurs
pires choses se sont veues, et que les dix mille parts du
monde ne laissent pas de galler le bon temps ce pendant :
moy, selon leur licence et impunité, admire de les veoir
si doulces et molles. A qui il gresle sur la teste, tout
l'hemisphere semble estre en tempeste et orage : et disoit
le Savoïard que « Si ce sot de roy de France eust sceu bien
conduire sa fortune, il estoit homme pour devenir maistre
d'hostel de son duc » : son imagination ne concevoit aultre

(a) L'édition de 1588 porte *qu'à nos pieds*, leçon que Montaigne a effacée dans l'exemplaire corrigé de sa main. N.

plus eslevee grandeur que celle de son maistre. Nous
sommes insensiblement touts en cette erreur : erreur de
grande suitte et preiudice. Mais, qui se presente comme
dans un tableau cette grande image de nostre mere na
ture en son entiere maiesté ; qui lit en son visage une
si generale et constante varieté ; qui se remarque là dedans, et, non soy, mais tout un royaume, comme un
traict d'une poincte tresdelicate, celuy là seul estime les
choses selon leur iuste grandeur. Ce grand monde, que
les uns multiplient encores comme especes soubs un
genre, c'est le mirouer où il nous fault regarder pour
nous cognoistre de bon biais. Somme, ie veulx que ce
soit le livre de mon escholier. Tant d'humeurs, de sectes,
de iugements, d'opinions, de loix et de coustumes, nous
apprennent à iuger sainement des nostres, et apprennent
nostre iugement à recognoistre son imperfection et sa
naturelle foiblesse ; qui n'est pas un legier apprentissage :
tant de remuements d'estat et changements de fortune
publicque nous instruisent à ne faire pas grand miracle de la nostre : tant de noms, tant de victoires et
conquestes ensepvelies sous l'oubliance, rendent ridicule l'esperance d'eterniser nostre nom par la prinse de
dix argoulets et d'un poullier qui n'est cogneu que de
sa cheute : l'orgueil et la fierté de tant de pompes estrangieres, la maiesté si enflee de tant de courts et de grandeurs, nous fermit et asseure la veue à soustenir l'esclat
des nostres, sans ciller les yeulx : tant de milliasses
d'hommes enterrez avant nous nous encouragent à ne
craindre d'aller trouver si bonne compaignie en l'aultre
monde ; ainsi du reste. Nostre vie, disoit Pythagoras,
retire à la grande et populeuse assemblee des ieux olym-
piques : les uns s'y exercent le corps, pour en acquerir
la gloire des ieux ; d'aultres y portent des marchandises
à vendre, pour le gaing : il en est, et qui ne sont pas
les pires, lesquels n'y cherchent aultre fruict que de
regarder comment et pourquoy chasque chose se faict,

et estre spectateurs de la vie des aultres hommes, pour
en iugér, et regler la leur.

Aux exemples se pourront proprement assortir touts
les plus proufitables discours de la philosophie, à laquelle
se doibvent toucher les actions humaines comme à leur
regle. On luy dira,

> Quid fas optare; quid asper
> Utile nummus habet; patriæ charisque propinquis
> Quantum elargiri deceat; quem te Deus esse
> Jussit, et humanâ quâ parte locatus es in re;
> Quid sumus, aut quidnam victuri gignimur: (1)

que c'est que sçavoir et ignorer, qui doibt estre le but de
l'estude; que c'est que vaillance, temperance, et iustice;
ce qu'il y a à dire entre l'ambition et l'avarice, la servitude et la subiection, la licence et la liberté; à quelles
marques on cognoist le vray et solide contentement;
iusques où il fault craindre la mort, la douleur et la
honte;

> Et quo quemque modo fugiatque ferátque laborem; (2)

quels ressorts nous meuvent, et le moyen de tant [de] divers bransles en nous: car il me semble que les premiers
discours de quoy on luy doibt abruver l'entendement, ce

---

(1) A quoi nous devons borner nos desirs; quel est le véritable usage de l'argent; ce qu'on en doit employer pour ses parents
et pour sa pàtrie; le personnage que Dieu veut que nous fassions
sur la terre; le rang que nous y tenons; ce que nous sommes,
et pourquoi nous venons dans ce monde. *Pers.* sat. 3, v. 69-72.
Montaigne a déplacé ce vers,

> Quid sumus, aut quidnam victuri gignimur,

qui dans Perse précede les autres, et est le soixante-septieme. C.

(2) Et comment nous devons supporter et fuir la peine. *Virg.*
Aeneid. l. 3, v. 459.

doibvent estre ceulx qui reglent ses mœurs et son sens ;
qui luy apprendront à se cognoistre, et à sçavoir bien
mourir et bien vivre. Entre les arts liberaux, commen-
ceons par l'art qui nous fait libres: elles servent toutes-
aulcunement à l'instruction de nostre vie et à son usage,
comme toutes aultres choses y servent (a) aulcunement ;
mais choisissons celle qui y sert directement et professoi-
rement. Si nous sçavions restreindre les appartenances
de nostre vie à leurs iustes et naturels limites, nous trouverions que la meilleure part des sciences qui sont en
usage est hors de nostre usage ; et en celles mesme qui
le sont, qu'il y a des estendues et enfonceures tresinutiles
que nous ferions mieulx de laisser là, et, suyvant l'institution de Socrates, borner le cours de nostre estude en
icelles où fault l'utilité :

Sapere aude :
Incipe. Vivendi rectè qui prorogat horam,
Rusticus expectat dum defluat amnis ; at ille
Labitur, et labetur in omne volubilis ævum. (1)

C'est une grande simplesse d'apprendre à nos enfants

Quid moveant Pisces, animosaque signa Leonis,
Lotus et Hesperiâ quid Capricornus aquâ, (2)

(a) *En quelque maniere aussi.* Edit. de 1595.
(1) Ose être vertueux. Commence. Celui qui differe de bien
vivre fait comme ce paysan qui, ayant trouvé un fleuve sur son
chemin, attendoit de le voir écouler pour passer au-delà :

Il attend ce moment ; mais le fleuve rapide
Continue à suivre son cours,
Et le suivra toujours.
Horat. epist. 2, l. 1, v. 40-43.
(2) Quelle est l'influence des Poissons, du Lion, et du Capri-
corne qui se plonge dans la mer d'Espagne. *Propert.* l. 4, eleg. 1,
v. 85, 86.

la science des astres et le mouvement de la huictiesme
sphere, avant que les leurs propres :

Τι Πλειαδεσσι καμοι,
Τι δ' αστρασιν Βοωτεω. (1)

Anaximenes escrivant à Pythagoras : « De quel sens puis
« ie m'amuser au secret des estoiles, ayant la mort ou la
« servitude tousiours presente aux yeulx » ? (car lors les
roys de Perse preparoient la guerre contre son pays):
chascun doibt dire ainsin : « Estant battu d'ambition,
d'avarice, de temerité, de superstition, et ayant au dedans tels aultres ennemis de la vie, iray ie songer au
bransle du monde » ?

Aprez qu'on luy aura dict ce qui sert à le faire plus
sage et meilleur, on l'entretiendra que c'est que logique,
physique, geometrie, rhetorique : et la science qu'il choi-
sira, ayant desia le iugement formé, il en viendra bientost à bout. Sa leçon se fera tantost par devis, tantost par
livre : tantost son gouverneur luy fournira de l'aucteur
mesme propre à cette fin de son institution; tantost il
luy en donnera la moelle et la substance toute maschee :
et si de soy mesme il n'est assez familier des livres pour
y trouver tant de beaux discours qui y sont, pour l'effect
de son desseing, on luy pourra ioindre quelque homme de
lettres qui à chasque besoing fournisse les munitions qu'il
fauldra, pour les distribuer et dispenser à son nourrisson.
Et que cette leçon ne soit plus aysee et naturelle que celle
de Gaza, qui y peult faire doubte? Ce sont là preceptes espineux et mal plaisants, et des mots vains et descharnez
où il n'y a point de prinse, rien qui vous esveille l'esprit : en cette cy l'ame treuve où mordre, et où se paistre.
Ce fruict est plus grand sans comparaison, et si sera
plustost meury.

---

(1) Que me soucié-je des Pléiades, ou des étoiles du Bootes ?
Anacréon, od. 17, v. 10, 11.

C'est grand cas que les choses en soyent là, en nostre siecle, que la philosophie ce soit, iusques aux gents d'entendement, un nom vain et fantastique qui se treuve de nul usage et de nul prix, et par opinion et par effect. Ié croy que ces ergotismes en sont cause, qui ont saisi ses advenues. On a grand tort de la peindre inaccessible aux enfants, et d'un visage renfrongné, sourcilleux et terrible : qui me l'a masquee de ce faulx visage pasle et hideux ? Il n'est rien plus gay, plus gaillard, plus enioué, et à peu que ie ne die follastre ; elle ne presche que feste et bon temps : une mine triste et transie montre que ce n'est pas là son giste. Demetrius le grammairien rencontrant dans le temple de Delphes une troupe de philosophes assis ensemble, il leur dict : « Ou ie me trompe, ou, à vous veoir la contenance si paisible et si gaye, vous n'estes pas en grand discours entre vous » : à quoy l'un d'eux, Heracleon le Megarien, respondit : « C'est à faire à ceulx qui cherchent si le futur du verbe βαλλω a double λ, ou qui cherchent la derivation des comparatifs χειρον et βελτιον, et des superlatifs χειριστον et βελτιστον, qu'il fault rider le front s'entretenant de leur science ; mais quant aux discours de la philosophie, ils ont accoustumé d'esgayer et resiouir ceulx qui les traictent, non les renfrongner et contrister. »

> Deprendas animi tormenta latentis in ægro
> Corpore, deprendas et gaudia : sumit utrumque
> Inde habitum facies. (1)

L'ame qui loge la philosophie doibt par sa santé rendre sain encores le corps : elle doibt faire luire iusques au dehors son repos et son aise ; doibt former à son moule le port exterieur, et l'armer par consequent d'une

---

(1) Les tourments, les inquiétudes de l'ame, se découvrent, aussi bien que sa joie, par la disposition extérieure du corps : ces deux passions opposées donnent au visage un air tout différent. *Juvénal.* sat. 9, v. 18, 19.

graticuse fierté, d'un maintien actif et alaigre, et d'une
contenance contente et debonnaire. La plus expresse
marque de la sagesse, c'est une esiouissance constante;
son estat est, comme des choses au dessus de la lune,
tousiours serein : c'est Baroco et Baralipton qui rendent
leurs supposts ainsi crottez et enfumez ; ce n'est pas elle :
ils ne la cognoissent que par ouyr dire. Comment? elle
faict estat de sereiner les tempestes de l'ame, et d'apprendre la faim et les fiebvres à rire, non par quelques
epicycles imaginaires, mais par raisons naturelles et
palpables : elle a pour son but la vertu, qui n'est pas,
comme dict l'eschole, plantee à la teste d'un mont coupé, rabotteux et inaccessible : ceulx qui l'ont approchee
la tiennent, au rebours, logee dans une belle plaine fertile
et fleurissante, d'où elle veoid bien soubs soy toutes
choses ; mais si peult on y arriver, qui en sçait l'addresse,
par des routes ombrageuses, gazonnees et doux fleu-
rantes, plaisamment, et d'une pente facile et polie comme
est celle des voultes celestes. Pour n'avoir hanté cette
vertu supreme, belle, triomphante, amoureuse, deli-
cieuse pareillement et courageuse, ennemie professe et
irreconciliable d'aigreur, de desplaisir, de crainte et de
contraincte, ayant pour guide nature, fortune et volupté
pour compaignes; ils sont allez, selon leur foiblesse, feindre cette sotte image, triste, querelleuse, despite, mena-
ceuse, mineuse, et la placer sur un rochier à l'escart,
emmy des ronces : fantosme à estonner les gents.

Mon gouverneur, qui cognoist debvoir remplir la volonté de son disciple autant ou plus d'affection que de
reverence envers la vertu, luy sçaura dire que les poëtes
suyvent les humeurs communes, et luy faire toucher au
doigt que les dieux ont mis plustost la sueur aux advenues des cabinets de Venus, que de Pallas. Et, quand il
commencera de se sentir, luy presentant Bradamante, ou
Angelique, pour maistresse à iouyr ; et d'une beauté
naïfve, active, genereuse, non hommasse, mais virile,

au prix d'une beauté molle, affettee, delicate, artificielle;
l'une travestie en garson, coiffee d'un morion luisant;
l'aultre vestue en garse, coiffee d'un attiffet emperlé : il
iugera maslé son amour mesme, s'il choisit tout diversement à cet effeminé pasteur de Phrygie.

Il luy fera cette nouvelle leçon : Que le prix et haulteur
de la vraye vertu est en la facilité, utilité et plaisir de son
exercice; si esloingné de difficulté, que les enfants y
peuvent comme les hommes, les simples comme les subtils. Le reglement c'est son util, non pas la force. Socrates,
son premier mignon, quitte à escient sa force, pour glis-
ser en la naïfveté et aysance de son progrez. C'est la mere
nourrice des plaisirs humains : en les rendant iustes, elle
les rend seurs et purs; les moderant, elle les tient en haleine et en goust; retranchant ceulx qu'elle refuse, elle
nous aiguise envers ceulx qu'elle nous laisse, et nous
laisse abondamment touts ceulx que veult nature, et
iusques à la satieté maternellement, sinon iusques à la las-
seté : si d'adventure nous ne voulons dire que le regime
qui arreste le beuveur avant l'yvresse, le mangeur avant
la crudité, le paillard avant la pelade, soit ennemy de
nos plaisirs. Si la fortune commune luy fault, elle luy
eschappe; ou elle s'en passe, et s'en forge une aultre
toute sienne, non plus flottante et roulante. Elle sçait
estre riche, et puissante, et sçavante, et coucher dans
des matelats musquez; elle aime la vie, elle aime la
beauté, et la gloire, et la santé : mais son office propre
et particulier, c'est sçavoir user de ces biens là reglec-
ment, et les sçavoir perdre constamment; office bien
plus noble qu'aspre, sans lequel tout cours de vie est des-
naturé, turbulent et difforme, et y peult on iustement
attacher ces escueils, ces halliers, et ces monstres. Si ce
disciple se rencontre de si diverse condition, qu'il aime
mieulx ouïr une fable, que la narration d'un beau voyage,
ou un sage propos, quand il l'entendra; qui au son du
tabourin qui arme la ieune ardeur de ses compaignons,

se destourne à un aultre qui l'appelle au ieu des batte-
leurs; qui, par souhait, ne treuve plus plaisant et plus
doulx revenir pouldreux et victorieux d'un combat, que
de la paulme ou du bal avecques le prix de cet exercice : ie
n'y treuve aultre remede, sinon que de bonne heure son
gouverneur l'estrangle, s'il est sans tesmoings (a); ou
qu'on le mette pastissier dans quelque bonne ville, feust
il fils d'un duc; suyvant le precepte de Platon, « Qu'il
fault colloquer les enfants non selon les facultez de leur
pere, mais selon les facultez de leur ame. »

(a) Ce passage, très remarquable, ne se trouve dans aucune
édition des Essais, mais il est écrit de la main de Montaigne, à
la marge de l'exemplaire qu'il a corrigé. Le remede indiqué ici
par ce philosophe est un de ces actes de rigueur que l'intérêt public, et la raison d'état, commandent quelquefois et justifient
toujours. On ne peut nier en effet que cette mesure, prise dans
certaines occasions, n'eût épargné beaucoup de sang et prévenu
de grands malheurs. Rousseau prétend que *tout est bien sortant
des mains de l'auteur des choses*, et que *l'homme est naturellement bon* : ces deux assertions d'un sophiste très éloquent, très
subtil, et, par cela même, très dangereux, se répetent tous les
jours, et n'en sont pas moins fausses : dans un systême où tout
est lié; où le bras de fer d'un destin inflexible et rigoureux di-
rige et enchaîne tout, il n'y a, au physique, comme au moral, ni
bien ni mal : tout est bien, en ce sens seulement que tout est nécessairement ce qu'il est. Il n'est permis de louer ou d'accuser un
ordre de choses, de le trouver beau ou de s'en plaindre qu'à celui
qui, lorsqu'il souffre ou qu'il jouit, se croit récompensé ou
frappé par un être intelligent et libre. A l'égard du principe de
Rousseau sur la bonté naturelle de l'homme, il n'est pas mieux
fondé. On ne naît ni bon ni méchant : mais on est heureusement ou malheureusement né : c'est-à-dire que par une disposition, une affection particuliere des organes intérieurs, et
sur-tout de cette substance, encore peu connue, renfermée
dans la tête, par son tempérament propre et spécifique, ou
son idiosyncrasie, comme parlent les physiologistes, on est
porté plus ou moins fortement à ce que, dans notre maniere
ordinaire de concevoir, nous appelons ordre ou désordre, bien

Puisque la philosophie est celle qui nous instruit à vivre, et que l'enfance y a sa leçon comme les aultres aages, pourquoy ne la luy communique lon?

Udum et molle lutum est, nunc nunc properandus, et acri
Fingendus sine fine rotâ. (1)

On nous apprend à vivre quand la vie est passee. Cent escholiers ont prins la verole avant que d'estre arrivez à leur leçon d'Aristote, De la temperance. Cicero disoit que, quand il vivroit la vie de deux hommes, il ne pren-

---

ou mal, vice ou vertu. Ce que Rousseau devoit dire, et ce qui l'auroit conduit à des résultats importants, c'est que l'homme n'est pas une pierre; c'est un être de chair, un être sensible, et par conséquent un être modifiable : de là, la nécessité bien démontrée de l'éducation, l'utilité des lois, des bons exemples, des bons livres, des conseils, et en général de tout ce qui peut contribuer à le modifier. Il y a, je l'avone, quelques individus assez malheureusement nés pour rendre absolument inutiles l'éducation la plus perfectionnée sous tous les rapports et les soins du meilleur instituteur : mais si on sait bien l'histoire de ces especes de monstres depuis leur enfance jusqu'à l'âge mûr; si on les observe ensuite dans les détails de leur vie publique et privée, on verra que la plupart de leurs actions décellent évidemment, comme tous les crimes portés à un certain degré d'atrocité, un vice, un désordre particulier dans l'organisation du cerveau, et dans les fonctions de ce viscére. Caligula, Néron, Commode, Héliogabale, etc., étoient autant de fous, avec des intervalles lucides, plus ou moins longs, plus ou moins fréquents. On a dit qu'il n'y avoit point de grands génies sans un certain mélange de folie; et cela est également vrai des grands scélérats, avec cette différence essentielle, que dans les premiers, c'est le génie qui est la qualité extrême; et que dans les seconds, c'est la méchanceté : d'où il suit nécessairement qu'il faut admirer les premiers, et détruire les seconds, comme des animaux malfaisants. Mais il n'en est pas moins vrai que tout ce qui prédomine sensiblement dans l'homme, soit le bien, soit le mal, l'avoisine plus ou moins de la folie, qui n'est, ainsi que Hobbes l'a très bien vu, que l'extrême degré de la passion. N.

(1) C'est une argille molle et humide : il faut se hâter de la façonner sur la roue, sans perdre un seul moment. *Pers.* sat. 3, v. 23.

droit pas le loisir d'estudier les poëtes lyriques : et ie
treuve ces ergotistes plus tristement encores inutiles.
Nostre enfant est bien plus pressé : il ne doibt au paida-
gogisme (a), que les premiers quinze ou seize ans de sa vie :
le demourant est deu à l'action. Employons un temps si
court aux instructions necessaires. Ce sont abus : ostez
toutes ces subtilitez espineuses de la dialectique, de quoy
nostre vie ne se peult amender ; prenez les simples discours de la philosophie, sçachez les choisir et traicter à
poinct : ils sont plus aysez à concevoir qu'un conte de Boc-
cace ; un enfant en est capable au partir de la nourrice
beaucoup mieulx que d'apprendre à lire ou escrire.
La philosophie a des discours pour la naissance des
hommes comme pour la decrepitude. Je suis de l'advis de
Plutarque, qu'Aristote n'amusa pas tant son grand disciple à l'artifice de composer syllogismes, ou aux principes
de geometrie, comme à l'instruire des bons preceptes
touchant la vaillance, prouesse, la magnanimité et
temperance, et l'asseurance de ne rien craindre : et, avecques cette munition, il l'envoya encores enfant subiuguer
l'empire du monde à tout seulement trente mille hommes
de pied, quatre mille chevaulx, et quarante deux mille
escus. Les aultres arts et sciences, dict il, Alexandre les
honoroit bien, et louoit leur excellence et gentillesse ;
mais, pour plaisir qu'il y prinst, il n'estoit pas facile à se
laisser surprendre à l'affection de les vouloir exercer.

> Petite hinc, iuvenesque senesque,
> Finem animo certum, miserisque viatica canis. (1)

(a) Montaigne a écrit ici sur son exemplaire *pœdagisme* ; mais
c'est évidemment un laps de plume, puisque, quelques pages
avant, on trouve à la marge de ce même exemplaire, et écrit de
même de sa propre main, *pœdagogisme*, qui est sans aucun
doute le vrai mot, où l'on retrouve tous ceux dont il est dérivé,
comme le savent ceux qui ont quelque intelligence de la langue
grecque. N.

(1) Jeunes et vieux, tirez de là les résolutions qui doivent ré-

C'est ce que dict Epicurus au commencement de sa lettre à Meniceus : « Ny le plus ieune refuye à philosopher, ny le plus vièil s'y lasse ». Qui faict aultrement, il semble dire ou qu'il n'est pas encores saison d'heureusement vivre, ou qu'il n'en est plus saison. Pour tout cecy, ie ne veulx pas qu'on emprisonne ce garson : ie ne veulx pas qu'on l'abandonne à l'humeur melancholique d'un furieux maistre d'eschole : ie ne veulx pas corrompre son esprit à le tenir à la gehenne et au travail, à la mode des aultres, quatorze ou quinze heures par iour, comme un portefaix ; ny ne trouverois bon, quand par quelque complexion solitaire et melancholique on le verroit adonné d'une application trop indiscrete à l'estude des livres, qu'on la luy nourrist : cela les rend ineptes à la conversation civile, et les destourne de meilleures occupations : et combien ay ie veu de mon temps d'hommes abestis par temeraire avidité de science ? Carneades s'en trouva si affollé, qu'il n'eut plus le loisir de se faire le poil et les ongles : ny ne veulx gaster ses mœurs genereuses par l'incivilité et barbarie d'aultruy. La sagesse françoise a esté anciennement en proverbe pour une sagesse qui prenoit de bonne heure, et n'avoit gueres de tenue. A la verité nous veoyons encores qu'il n'est rien si gentil que les petits enfants en France ; mais ordinairement ils trompent l'esperance qu'on en a conceue ; et hommes faicts, on n'y veoid aulcune excellence : i'ay ouy tenir à gents d'entendement, que ces colleges où on les envoye, de quoy ils ont foison, les abrutissent ainsin. Au nostre, un cabinet, un iardin, la table et le lict, la solitude, la compaignie, le matin et le vespre, toutes heures luy seront unes, toutes places luy seront estude : car la philosophie, qui, comme formatrice des iugements et des mœurs,

gler votre conduite, et des provisions qui puissent vous servir à passer doucement les tristes années de la vieillesse. *Pers.* satir. 5 v. 64, 65.

sera sa principale leçon, a ce privilege de se mesler par tout. Isocrates l'orateur estant prié en un festin de parler de son art, chascun treuve qu'il eut raison de respondre : « Il n'est pas maintenant temps de ce que ie sçay faire ; et ce de quoy il est maintenant temps, ie ne le sçay pas faire » : car de presenter des harangues ou des disputes de rhetorique à une compaignie assemblee pour rire et faire bonne chere, ce seroit un meslange de trop mauvais accord ; et autant en pourroit on dire de toutes les aultres sciences. Mais quant à la philosophie, en la partie où elle traicte de l'homme et de ses debvoirs et offices, c'a esté le iugement commun de touts les sages, que pour la doulceur de sa conversation elle ne debvoit estre refusee ny aux festins ny aux ieux : et Platon l'ayant invitee à son Convive, nous veoyons comme elle entretient l'assistance, d'une façon molle et accommodee au temps et au lieu, quoyque ce soit de ses plus haults discours et plus salutaires.

> Aeque pauperibus prodest, locupletibus æque ;
> Et, neglecta, æque pueris senibusque nocebit. (1)

Ainsi sans doubte il chommera moins que les aultres. Mais comme les pas que nous employons à nous promener dans une galerie, quoy qu'il y en ayt trois fois autant, ne nous lassent pas comme ceulx que nous mettons à quelque chemin desseigné : aussi nostre leçon, se passant comme par rencontre, sans obligation de temps et de lieu, et se meslant à toutes nos actions, se coulera sans se faire sentir ; les ieux mesmes et les exercices seront une bonne partie de l'estude ; la course, la luicte, la musique, la danse, la chasse, le maniement des chevaulx et des armes. Ie veulx que la bienseance exterieure, et l'entregent, et la disposition de la personne, se façonne

---

(1) Elle est également utile aux pauvres et aux riches : et les vieillards et les jeunes gens ne peuvent la négliger impunément. *Horat.* epist. 1, l. 1, v. 25, 26.

quand et quand l'ame. Ce n'est pas une ame, ce n'est pas
un corps, qu'on dresse; c'est un homme : il n'en fault pas
faire à deux; et, comme dict Platon, il ne fault pas les
dresser l'un sans l'aultre, mais les conduire egalement,
comme une couple de chevaulx attelez à mesme timon :
et, à l'ouïr, semble il pas prester plus de temps et plus de
solicitude aux exercices du corps, et estimer que l'esprit
s'en exerce quand et quand, et non au rebours ?

  Au demourant, cette institution se doibt conduire par
une severe doulceur; non comme il se faict : au lieu de
convier les enfants aux lettres, on ne leur presente, à la
verité, que horreur et cruauté. Ostez moy la violence et
la force : il n'est rien, à mon advis, qui abastardisse et es-
tourdisse si fort une nature bien nee. Si vous avez envie qu'il craigne la honte et le chastiement, ne l'y endurcissez pas : endurcissez le à la sueur et au froid, au vent,
au soleil, et aux hazards qu'il luy fault mespriser; ostez
luy toute mollesse et delicatesse au vestir et coucher, au
manger et au boire; accoustumez le à tout : que ce ne soit
pas un beau garson et dameret, mais un garson vert et
vigoreux. Enfant, homme, vieil, i'ay tousiours creu et
iugé de mesme. Mais, entre aultres choses, cette police
de la plus part de nos colleges m'a tousiours despleu : on
eust failly, à l'adventure, moins dommageablement s'in-
clinant vers l'indulgence. C'est une vraye geaule de ieunesse captive : on la rend desbauchee, l'en punissant
avant qu'elle le soit. Arrivez y sur le poinct de leur office,
vous n'oyez que cris, et d'enfants suppliciez, et de maistres enyvrez en leur cholere. Quelle maniere, pour esveiller l'appetit envers leur leçon à ces tendres ames et
craintives, de les y guider d'une trongne effroyable, les
mains armees de fouets ! Inique et pernicieuse forme !
ioinct, ce que Quintilien en a tresbien remarqué, que cette
imperieuse auctorité tire des suittes perilleuses, et nommeement à nostre façon de chastiement. Combien leurs
classes seroient plus decemment ionchees de fleurs et de
feuillees, que de tronçons d'osier sanglants ! I'y ferois

pourtraire la Ioye, l'Alaigresse, et Flora, et les Graces, comme feit en son eschole le philosophe Speusippus. Où est leur proufit, que ce feust aussi leur esbat : on doibt en-sucrer les viandes salubres à l'enfant, et enfieler celles qui qui luy sont nuisibles. C'est merveille combien Platon se montre soigneux, en ses loix, de la gayeté et passetemps de la ieunesse de sa cité; et combien il s'arreste à leurs courses, ieux, chansons, saults et danses, desquelles il dict que l'antiquité a donné la conduicte et le patronage aux dieux mesmes, Apollon, les Muses et Minerve : il s'estend à mille preceptes pour ses gymnases ; pour les sciences lettrees, il s'y amuse fort peu, et semble ne recommender particulierement la poësie que pour la musique.

Toute estrangeté et particularité en nos mœurs et conditions est evitable, comme ennemie de communication et de societé, et comme monstrueuse. Qui ne s'estonneroit de la complexion de Demophon, maistre d'hostel d'Alexandre, qui suoit à l'umbre, et trembloit au soleil ? I'en ay veu fuir la senteur des pommes, plus que les arque-buzades ; d'aultres s'effrayer pour une souris ; d'aultres rendre la gorge à veoir de la cresme; d'aultres à veoir brasser un lict de plume; comme Germanicus ne pouvoit souffrir ny la veue ny le chant des coqs. Il y peult avoir, à l'adventure, à cela quelque proprieté occulte; mais on l'esteindroit, à mon advis, qui s'y prendroit de bonne heure. L'institution a gaigné cela sur moy, il est vray que ce n'a point esté sans quelque soing, que, sauf la biere, mon appetit est accommodable indifferemment à toutes choses de quoy on se paist.

Le corps (a) encores soupple, on le doibt, à cette cause, plier à toutes façons et coustumes ; et, pourveu qu'on puisse tenir l'appetit et la volonté soubs boucle, qu'on rende hardiement un ieune homme commode à toutes nations et compaignies, voire au desreglement et

(a) Leçon des éditions de 1580 et de 1588, conservée par Montaigne. L'édition de 1595 ajoute est. N.

aux excez, si besoing est. Son exercitation suive l'usage ;
qu'il puisse faire toutes choses, et n'ayme à faire que les
bonnes. Les philosophes mesmes ne treuvent pas louable
en Callisthenes, d'avoir perdu la bonne grace du grand
Alexandre son maistre pour n'avoir voulu boire d'autant
à luy. Il rira, il follastrera, il se desbauchera avecques
son prince. Ie veulx qu'en la desbauche mesme il surpasse en vigueur et en fermeté ses compaignons; et qu'il
ne laisse à faire le mal ny à faulte de force ny de science,
mais à faulte de volonté: *Multùm interest, utrum peccare*
aliquis nolit, aut nesciat (1). Ie pensois faire honneur à un
seigneur aussi esloingné de ces debordements qu'il en
soit en France, de m'enquerir à luy en bonne compaignie
combien de fois en sa vie il s'estoit enyvré pour la necessité des affaires du roy, en Allemaigne: il le print de cette
façon; et me respondit que c'estoit trois fois, lesquelles
il recita. I'en sçay qui à faulte de cette faculté se sont
mis en grand' peine, ayants à practiquer cette nation.
I'ay souvent remarqué avecques grande admiration la
merveilleuse nature d'Alcibiades, de se transformer si
ayseement à façons si diverses, sans interest de sa santé;
surpassant tantost la sumptuosité et pompe persienne,
tantost l'austerité et frugalité lacedemonienne; autant
reformé à Sparte, comme voluptueux en Ionie:

Omnis Aristippum decuit color, et status, et res : (2)

tel vouldrois ie former mon disciple:

> *quem duplici panno patientia velat,*
> *Mirabor, vitæ via si conversa decebit,*
> *Personamque feret non inconcinnus utramque.* (3)

---

(1) Il y a une grande différence entre ne vouloir pas, ou ne savoir pas, mal faire. *Senec.* epist. 90, pag. 416, t. 2, edit. var.

(2) Toute sorte d'états et de caracteres convenoient également
bien à Aristippe. *Horat.* epist. 17, l. 1, v. 23.

(3) J'admirerai celui qui d'un esprit tranquille se voit habillé

Voicy mes leçons : Celuy là y a mieulx proufité qui
les faict, que qui les sçait. Si vous le voyez, vous l'oyez : si
vous l'oyez, vous le voyez. Ia à dieu ne plaise, dict quelqu'un en Platon, que philosopher ce soit apprendre plusieurs choses, et traicter les arts : Hanc amplissimam omnium artium bene vivendi disciplinam, vitâ magis quàm litteris
persequuti sunt (1). Leon prince des Phliasiens s'enquerant
à Heraclides Ponticus de quelle science, de quelle art il
faisoit profession : « Ie ne sçay, dict il, ny art ny science:
mais ie suis philosophe ». On reprochoit à Diogenes,
comment, estant ignorant, il se mesloit de la philosophie:
« Ie m'en mesle, dict il, d'autant mieulx à propos ». Hegesias le prioit de luy lire quelque livre : « Vous estes plaisant, luy respondit il: vous choisissez les figues vrayes et
naturelles, non peinctes; que ne choisissez vous aussi les
exercitations naturelles, vrayes, et non escriptes » ? Il ne
dira pas tant sa leçon, comme il la fera; il la repetera en
ses actions : on verra s'il y a de la prudence en ses entreprinses; s'il y a de la bonté et de la iustice en ses deportements; s'il a du iugement et de la grace en son parler,
de la vigueur en ses maladies, de la modestie en ses ieux,
de la temperance en ses voluptez, de l'indifference en
son goust, soit chair, poisson, vin ou eau; de l'ordre
en son œconomie; qui disciplinam suam non ostentationem
scientiæ, sed legem vitæ putet; quique obtemperet ipse sibi, et
decretis pareat (2). Le vray mirouer de nos discours est le

---

de méchants haillons, si venant à passer dans un genre de vie tout
opposé, il le fait décemment, et sait jouer avec grace l'un et l'autre personnage. *Id.* ibid. v. 25, 26, 29.

Montaigne fait ici une application très ingénieuse des paroles
d'Horace, en les employant dans un sens directement opposé à
celui que leur a donné ce poëte. C.

(1) C'est plutôt par leurs mœurs que par leur savoir, qu'ils
se sont dévoués à cette souveraine directrice de l'art de bien vivre.
Cic. tusc. quæst. l. 4, c. 3.

(2) De sorte qu'il ne considere pas le résultat de ses études

cours de nos vies. Zeuxidamus respondit, à un qui luy demanda pourquoy les Lacedemoniens ne redigeoient par escript les ordonnances de la prouesse, et ne les donnoient à lire à leurs ieunes gents, « Que c'estoit parce qu'ils les vouloient accoustumer aux faicts, non pas aux paroles ». Comparez, au bout de quinze ou seize ans, à cettuy cy un de ces latineurs de college qui aura mis autant de temps à n'apprendre simplement qu'à parler. Le monde n'est que babil; et ne veis iamais homme qui ne die plustost plus que moins qu'il ne doibt. Toutesfois la moitié de nostre aage s'en va là : on nous tient quatre ou cinq ans à entendre les mots, et les coudre en clauses; encores autant à en proportionner un grand corps estendu en quatre ou cinq parties; aultres cinq pour le moins à les sçavoir briefvement mesler et entrelacer de quelque subtile façon : laissons le à ceulx qui en font profession expresse. Allant un iour à Orleans, ie trouvay dans cette plaine au deçà de Clery deux regents qui venoyent à Bourdeaux, environ à cinquante pas l'un de l'aultre : plus loing derriere eulx ie voyois une troupe et un maistre en teste, qui estoit feu monsieur le comte de la Rochefoucault. Un de mes gents s'enquit au premier de ces regents, qui estoit ce gentilhomme qui venoit aprez luy : luy qui n'avoit pas veu ce train qui le suyvoit, et qui pensoit qu'on luy parlast de son compaignon, respondit plaisamment, « Il n'est pas gentilhomme, c'est un grammairien; et ie suis logicien ». Or, nous qui cherchons icy au rebours de former non un grammairien ou logicien, mais un gentilhomme, laissons les abuser de leur loisir : nous avons affaire ailleurs. Mais que nostre disciple soit bien pourveu de choses, les paroles ne suyvront que trop; il les traisnera si elles ne veulent suyvre. I'en oy qui s'ex-

---

comme une vaine montre de science, mais comme une regle de conduite; se respectant lui-même, et vivant conformément à ses principes. *Cic.* tusc. quæst. l. 2, c. 4.

cusent de ne se pouvoir exprimer; et font contenance
d'avoir la teste pleine de plusieurs belles choses, mais à
faulte d'eloquence ne les pouvoir mettre en evidence:
ç'est une baye. Sçavez vous, à mon advis, que c'est que
cela? ce sont des ombrages qui leur viennent de quelques
conceptions informes, qu'ils ne peuvent desmesler et
esclarcir au dedans, ny par consequent produire au dehors; ils ne s'entendent pas encores eulx mesmes: et voyez
les un peu begayer sur le poinct de l'enfanter, vous iugez
que leur travail n'est point à l'accouchement mais à la
conception, et qu'ils ne font que leicher cette matiere
imparfaicte. De ma part ie tiens, et Socrates l'ordonne, que qui a dans l'esprit une vive imagination et claire,
il la produira, soit en bergamasque, soit par mines s'il est
muet:

Verbaque prævisam rem non invita sequentur. (1)

et comme disoit celuy là, aussi poëtiquement en sa prose,
cùm res animum occupavere, verba ambiunt (2): et cet aultre,
ipsæ res verba rapiunt (3). Il ne sçait pas ablatif, coniunctif, substantif, ny la grammaire: ne faict pas son laquais
ou une harangiere du petit pont, et si vous entretien-
dront tout vostre saoul si vous en avez envie, et se des-
ferreront aussi peu à l'adventure aux regles de leur langage, que le meilleur maistre ez arts de France. Il ne
sçait pas la rhetorique, ny, pour avant ieu, capter la bene-
volence du candide lecteur; ny ne luy chault de le sçavoir.
De vray, toute cette belle peincture s'efface ayseement par
le lustre d'une verité simple et naïfve: ces gentillesses ne

----

(1) Voit-il nettement la chose; les mots propres à l'exprimer,
s'offriront à lui sans peine. *Horat.* de arte poët. v. 311.

(2) Quand l'esprit a une fois saisi la chose, les mots se pré-
sentent d'eux-mêmes. *Senec.* controv. l. 3, in prœmio.

(3) Les choses entraînent les paroles. *Cic.* de finib. l. 3, c. 5.

servent que pour amuser le vulgaire incapable de prendre la viande plus massive et plus ferme, comme Afer montre bien clairement chez Tacitus. Les ambassadeurs de Samos estoient venus à Cleomenes roy de Sparte, preparez d'une belle et longue oraison pour l'esmouvoir à la guerre contre le tyran Polycrates : aprez qu'il les eut bien laissez dire, il leur respondit : « Quant à vostre commencement et exorde, il ne m'en souvient plus, ny par consequent du milieu ; et quant à vostre conclusion, ie n'en veulx rien faire ». Voilà une belle response, ce me semble, et des harangueurs bien camus ! Et quoy cet aultre ? les Atheniens estoient à choisir de deux architectes à conduire une grande fabrique : le premier, plus affetté, se presenta avecques un beau discours premedité sur le subiect de cette besongne, et tiroit le iugement du peuple à sa faveur ; mais l'aultre en trois mots : « Seigneurs Atheniens, ce que cettuy a dict, ie le feray ». Au fort de l'eloquence de Cicero, plusieurs en entroient en admiration ; mais Caton n'en faisant que rire : « Nous avons, disoit il, un plaisant consul ». Aille devant ou aprez ; une utile sentence, un beau traict, est tousiours de saison : s'il n'est pas bien à ce qui va devant, ny à ce qui vient aprez, il est bien en soy. Ie ne suis pas de ceulx qui pensent la bonne rhythme faire le bon poëme : laissez luy allonger une courte syllabe, s'il veult ; pour cela, non force : si les inventions y rient, si l'esprit et le iugement y ont bien faict leur office ; voylà un bon poëte, diray ie, mais un mauvais versificateur,

Emunctæ naris, durus componere versus. (1)

Qu'on face, dict Horace, perdre à son ouvrage toutes ses coustures et mesures,

---

(1) Il a l'esprit fin et délié, mais ses vers sont durs. *Horat.* sat. 4 l. 1, v. 8.

Tempora certa modosque, et, quod prius ordine verbum est,
Posterius facias, præponens ultima primis . . . . .
Invenias etiam disiecti membra poetæ : (1)

il ne se dementira point pour cela : les pieces mesmes en
seront belles. C'est ce que respondit Menander, comme
on le tansa, approchant le iour auquel il avoit promis
une comedie, de quoy il n'y avoit encores mis la main :
« Elle est composee et preste; il ne reste qu'à y adiouster
les vers » : ayant les choses et la matiere disposee en l'ame,
il mettoit en peu de compte le demourant. Depuis que
Ronsard et du Bellay ont donné credit à nostre poësie
françoise, ie ne veois si petit apprenti qui n'enfle des mots,
qui ne renge les cadences à peu prez comme eulx : Plus
sonat, quàm valet (2). Pour le vulgaire, il ne feut iamais tant
de poëtes : mais comme il leur a esté bien aysé de representer leurs rhythmes, ils demeurent bien aussi court à
imiter les riches descriptions de l'un, et les delicates inventions de l'aultre.

Voire mais, que fera il si on le presse de la subtilité so-
phistique de quelque syllogisme ? « Le iambon faict boire;
le boire desaltere : parquoi le iambon desaltere ». Qu'il
s'en mocque : il est plus subtil de s'en mocquer, que d'y
respondre. Qu'il emprunte d'Aristippus cette plaisante
contrefinesse : « Pourquoy le deslieray ie, puis que tout lié
il m'empesche » ? Quelqu'un proposoit contre Cleanthes
des finesses dialectiques ; à qui Chrysippus dict, « Ioue
toy de ces battelages avecques les enfants; et ne destourne à cela les pensees serieuses d'un homme d'aage ».
Si ces sottes arguties, contorta et aculeata sophismata (3),

_____

(1) Otez-en le nombre et la mesure, en changeant l'ordre des
mots; et vous y trouverez encore les membres dispersés d'un poëte.
Horat. sat. 4, l. 1, v. 58, 62.

(2) Tout cela sonne plus qu'il ne vaut. *Senec.* epist. 4.

(3) Sophismes embarrassés et épineux. *Cic.* acad. quæst. l. 4,
c. 24.

luy doibvent persuader une mensonge, cela est dangereux : mais si elles demeurent sans effect, et ne l'esmeuvent qu'à rire, ie ne veois pas pourquoy il s'en doibve
donner garde. Il en est de si sots, qu'ils se destournent
de leur voye un quart de lieue pour courir aprez un beau
mot; *aut qui non verba rebus aptant, sed res extrinsecùs arces-*
sunt quibus verba conveniant (1) : et l'aultre : *qui*, *alicuius*
verbi decore placentis, vocentur ad id quod non proposuerant
scribere (2). Ie tors bien plus volontiers une bonne sentence,
pour la coudre sur moy, que ie ne tors mon fil pour l'aller querir. Au rebours, c'est aux paroles à servir et à
suyvre; et que le gascon y arrive, si le françois n'y peult
aller. Ie veulx que les choses surmontent, et qu'elles remplissent de façon l'imagination de celuy qui escoute, qu'il
n'aye aulcune souvenance des mots. Le parler que i'aime,
c'est un parler simple et naïf, tel sur le papier qu'à la
bouche; un parler succulent et nerveux, court et serré;
non tant delicat et peigné, comme vehement et brusque;

    Hæc demum sapiet dictio, quæ feriet ; (3)

plustost difficile qu'ennuyeux; esloingné d'affectation;
desreglé, descousu et hardy : chasque loppin y face son
corps; non pedantesque, non fratesque, non plaide-
resque, mais plustost soldatesque, comme Suetone ap-

---

(1) On qui ne font pas quadrer les mots avec les choses, mais
vont chercher hors du sujet des choses auxquelles les mots puissent
convenir. *Quintil.* l. 8, c. 3, p. 689, edit. Burman. Lugd. Batav.
1720.

    (2) Qui, par l'attrait d'un mot qui leur plaît, s'engagent dans
une matiere qu'ils n'avoient pas dessein de traiter. *Senec.* epist.
59, p. 210, t. 2, edit. varior.

    (3) L'expression dont l'esprit sera frappé, lui plaira infaillible-
ment.

    Ce vers latin est pris d'une espece d'épitaphe de Lucain, qui
se trouve dans le supplément de la bibliotheque latine de Fabricius, p. 167, où il y a,

    Hæc verò sapiet dictio quæ feriet. C.

pelle celuy de Iulius Cesar; et si ne sens pas bien pourquoy il l'en appelle. I'ay volontiers imité cette desbauche qui se veoid en nostre ieunesse au port de leurs vestements; un manteau en escharpe, la cape sur une espaule, un bas mal tendu, qui represente une fierté desdaigneuse de ces parements estrangiers, et nonchalante de l'art: mais ie la treuve encores mieulx employee en la forme du parler. Toute affectation, nommeement en la gayeté et liberté françoise, est mesadvenante au courtisan; et en une monarchie tout gentilhomme doibt estre dressé à la façon d'un courtisan: parquoy nous faisons bien de gauchir un peu sur le naïf et mesprisant. Ie n'ayme point de tissure où les liaisons et les coustures paroissent: tout ainsi qu'en un beau corps il ne fault qu'on y puisse compter les os et les veines. Quæ veritati operam dat oratio, incomposita sit et simplex (1). Quis accuratè loquitur, nisi qui vult putidè loqui (2)? L'eloquence faict iniure aux choses, qui nous destourne à soy. Comme aux accoustrements, c'est pusillanimité de se vouloir marquer par quelque façon particuliere et inusitee: de mesme au langage, la recherche des phrases nouvelles et des mots peu cogneus vient d'une ambition puerile et pedantesque. Peusse ie ne me servir que de ceulx qui servent aux hales à Paris! Aristophanes le grammairien n'y entendoit rien, de reprendre en Epicurus la simplicité de ses mots, et la fin de son art oratoire, qui estoit perspicuité de langage seulement. L'imitation du parler, par sa facilité, suyt incontinent tout un peuple: l'imitation du iuger, de l'inventer, ne va pas si viste. La pluspart des lecteurs, pour avoir trouvé une pareille robbe, pensent tresfaulsement tenir un pareil corps: la force et les nerfs ne s'empruntent point; les

***

(1) Un discours destiné à représenter la vérité doit être simple et sans art. *Senec.* epist. 40.

(2) Il n'y a que des gens affectés dans leur langage, qui s'avisent de parler avec une scrupuleuse exactitude. *Id.* epist. 75, *ab init.*

atours et le manteau s'emprunte. La pluspart de ceulx qui me hantent parlent de mesme les Essais : mais ie ne sçay s'ils pensent de mesme. Les Atheniens, dict Platon, ont pour leur part le soing de l'abondance et elegance du parler ; les Lacedemoniens, de la briefveté ; et ceulx de Crete, de la fecondité des conceptions, plus que du langage : ceulx cy sont les meilleurs. Zenon disoit qu'il avoit deux sortes de disciples : les uns qu'il nommoit φιλολογους, curieux d'apprendre les choses, qui estoient ses mignons : les aultres λογοφιλους, qui n'avoyent soing que du langage. Ce n'est pas à dire que ce ne soit une belle et bonne chose que le bien dire : mais non pas si bonne qu'on la faict ; et suis despit de quoy nostre vie s'embesongne toute à cela. Ie vouldrois premierement bien sçavoir ma langue, et celle de mes voisins où i'ay plus ordinaire commerce.

C'est un bel et grand adgencement sans doubte que le grec et latin, mais on l'achete trop cher. Ie diray ici une façon d'en avoir meilleur marché que de coustume, qui a esté essayee en moy mesme : s'en servira qui vouldra. Feu mon pere, ayant faict toutes les recherches qu'homme peult faire, parmy les gents sçavants et d'entendement, d'une forme d'institution exquise, feut advisé de cet inconvenient qui estoit en usage ; et luy disoit on que cette longueur que nous mettions à apprendre les langues qui ne leur coustoient rien, est la seule cause pourquoy nous ne pouvons arriver à la grandeur d'ame et de cognoissance des anciens Grecs et Romains. Ie ne croy pas que ce en soit la seule cause. Tant y a que l'expedient que mon pere y trouva, ce feut qu'en nourrice, et avant le premier desnouement de ma langue, il me donna en charge à un Allemand qui depuis est mort fameux medecin en France, du tout ignorant de nostre langue, et tresbien versé en la latine. Cettuy cy, qu'il avoit fait venir exprez, et qui estoit bien cherement gagé, m'avoit continuellement entre les bras. Il en eut aussi avecques luy deux aultrès moindres en sçavoir, pour me suyvre, et soulager le premier : ceulx cy ne m'entretenoient d'aultre langue que latine. Quant au reste de sa maison, c'estoit une re-gle inviolable que ny luy mesme, ny ma mere, ny valet, ny chambriere, ne parloient en ma compaignie qu'au-tant de mots de latin que chascun avoit apprins pour iargonner avec moy. C'est merveille du fruict que chas-cun y feit : mon pere et ma mere y apprindrent assez de latin pour l'entendre, et en acquirent à suffisance pour s'en servir à la necessité, comme feirent aussi les aultres domestiques qui estoient plus attachez à mon service. Somme, nous nous latinizasmes tant, qu'il en regorgea iusques à nos villages tout autour, où il y a encores, et ont pris pied par l'usage, plusieurs appella-tions latines d'artisans et d'utils. Quant à moy, i'avoy plus de six ans avant que i'entendisse non plus de fran-çois ou de perigordin que d'arabesque : et sans art, sans livre, sans grammaire ou precepte, sans fouet, et sans larmes, i'avois apprins du latin tout aussi pur que mon maistre d'eschole le sçavoit ; car ie ne le pouvois avoir meslé ny alteré. Si par essay on me vouloit donner un theme, à la mode des colleges : on le donne aux aul-tres en françois ; mais à moy il me le falloit donner en mauvais latin pour le tourner en bon. Et Nicolas Grou-chi qui a escript de comitiis Romanorum, Guillaume Gue-rente qui a commenté Aristote, George Bucanan, ce grand poëte escossois, Marc Antoine Muret, que la France et l'Italie recognoist pour le meilleur orateur du temps, mes precepteurs domestiques, m'ont dict souvent que i avois ce langage en mon enfance si prest et si à main, qu'ils craignoient à m'accoster. Bucanan, que ie veis depuis à la suitte de feu monsieur le ma-reschal de Brissac, me dict qu'il estoit aprez à escrire de l'institution des enfants, et qu'il prenoit l'exemplaire de la mienne ; car il avoit lors en charge ce comte de

Brissac que nous avons veu depuis si valeureux et si brave.

Quant au grec, duquel ie n'ay quasi du tout point d'intelligence, mon pere desseigna me le faire apprendre par art, mais d'une voye nouvelle, par forme d'esbat et d'exercice : nous pelotions nos declinaisons, à la maniere de ceulx qui par certains ieux de tablier apprennent l'arithmetique et la geometrie. Car entre aultres choses il avoit esté conseillé de me faire gouster la science et le debvoir par une volonté non forcee, et de mon propre desir ; et d'eslever mon ame en toute doulceur et liberté, sans rigueur et contraincte : ie dis iusques à telle superstition, que, parce qu'aulcuns tiennent que cela trouble la cervelle tendre des enfants de les esveiller le matin en sursault, et de les arracher du sommeil (auquel ils sont plongez beaucoup plus que nous ne sommes) tout à coup et par violence, il me faisoit esveiller par le son de quelque instrument ; et ne feus iamais sans homme qui m'en servist.

Cet exemple suffira pour en iuger le reste, et pour recommender aussi et la prudence et l'affection d'un si bon pere, auquel il ne se fault prendre s'il n'a recueilly aulcuns fruicts respondants à une si exquise culture. Deux choses en feurent cause. En premier, le champ sterile et incommode ; car, quoyque i'eusse la santé ferme et entiere, et quant et quant un naturel doulx et traictable, i'estoy parmy cela si poisant, mol et endormy, qu'on ne me pouvoit arracher de l'oisifveté, non pas pour me faire iouer. Ce que ie voyois, ie le voyois bien ; et, soubs cette complexion lourde, nourrissois des imaginations hardies et des opinions au dessus de mon aage. L'esprit, ie l'avoy lent, et qui n'alloit qu'autant qu'on le menoit ; l'apprehension, tardive ; l'invention, lasche ; et, aprez tout, un incroyable default de memoire. De tout cela, il n'est pas merveille s'il ne

sceut rien tirer qui vaille. Secondement , comme ceulx
que presse un furieux desir de guarison se laissent aller
à toute sorte de conseils, le bon homme, ayant extreme peur de faillir en chose qu'il avoit tant à cœur, se
laissa enfin emporter à l'opinion commune qui suyt tousiours ceulx qui vont devant, comme les grues, et se
rengea à la coustume, n'ayant plus autour de luy ceulx
qui luy avoient donné ces premieres institutions qu'il
avoit apportees d'Italie; et m'envoya environ mes six
ans au college de Guienne, tresflorissant pour lors,
et le meilleur de France : et là, il n'est possible de rien
adiouster au soing qu'il eut, et à me choisir des precepteurs de chambre suffisants, et à toutes les aultres
circonstances de ma nourriture, en laquelle il reserva
plusieurs façons particulieres, contre l'usage des colleges :
mais tant y a que c'estoit tousiours college. Mon latin
s'abastardit incontinent, duquel depuis par desaccous-
tumance i'ay perdu tout usage : et ne me servit cette
mienne inaccoustumee institution, que de me faire en-
iamber d'arrivee aux premieres classes; car à treize ans
que ie sortis du college , i'avois achevé mon cours
(qu'ils appellent), et , à la verité, sans aulcun fruict que
ie peusse à present mettre en compte.

Le premier goust que i'eus aux livres, il me veint
du plaisir des fables de la Metamorphose d'Ovide: car
environ l'aage de sept ou huict ans, ie me desrobois
de tout aultre plaisir pour les lire ; d'autant que cette
langue estoit la mienne maternelle , et que c'estoit le
plus aysé livre que ie cogneusse et le plus accommodé
à la foiblesse de mon aage, à cause de la matiere : car
des Lancelots du Lac, des Amadis, des Huons de Bordeaux, et tels fatras de livres à quoy l'enfance s'amuse,
ie n'en cognoissoys pas seulement le nom, ny ne foys
encores le corps ; tant exacte estoit ma discipline ! Ie
m'en rendois plus nonchalant à l'estude de mes aultres
leçons prescriptes. Là il me veint singulierement à pro-

pos d'avoir affaire à un homme d'entendement de precepteur, qui sceut dextrement conniver à cette mienne
desbauche et aultres pareilles : car par là i'enfilay tout
d'un train Virgile en l'Aeneide, et puis Terence, et puis
Plaute, et des comedies italiennes, leurré tousiours par
la doulceur du subiect. S'il eust esté si fol de rompre
ce train, i'estime que ie n'eusse rapporté du college
que la haine des livres, comme faict quasi toute nostre
noblesse. Il s'y gouverna ingenieusement, faisant semblant de n'en veoir rien ; il aiguisoit ma faim, ne me
laissant qu'à la desrobee gourmander ces livres, et me
tenant doulcement en office pour les aultres estudes
de la regle : car les principales parties que mon pere
cherchoit à ceulx à qui il donnoit charge de moy, c'estoit
la debonnaireté et facilité de complexion. Aussi n'avoit
la mienne aultre vice que langueur et paresse. Le dangier n'estoit pas que ie feisse mal, mais que ie ne feisse
rien : nul ne prognostiquoit que ie deusse devenir mauvais, mais inutile ; on y prevoyoit de la faineantise,
non pas de la malice. Ie sens qu'il en est advenu de
mesme : les plainctes qui me cornent aux aureilles
sont comme cela : Oisif, froid aux offices d'amitié et de
parenté ; et, aux offices publicques, trop particulier,
[trop desdaigneux.] Les plus iniurieux ne disent pas,
pourquoy a il prins ? pourquoy n'a il payé ? mais, pourquoy ne quitte il ? pourquoy ne donne il ? Ie recevrois
à faveur qu'on ne desirast en moy que tels effects de
supererogation : mais ils sont iniustes d'exiger ce que
ie ne dois pas, plus rigoureusement beaucoup qu'ils
n'exigent d'eulx ce qu'ils doibvent. En m'y condamnant
ils effacent la gratification de l'action et la gratitude
qui m'en seroit deue : là où le bien faire actif debvroit
plus poiser de ma main, en consideration de ce que ie
n'en ay de passif nul qui soit. Ie puis d'autant plus librement disposer de ma fortune qu'elle est plus mienne,
[et de moy, que ie suis plus mien.] Toutesfois si i'estois

grand enlumineur de mes actions, à l'adventure rem-
barrerois ie bien ces reproches; et à quelques uns ap-
prendrois qu'ils ne sont pas si offensez que ie ne face
pas assez, que de quoy ie puisse faire assez plus que ie
ne foys. Mon ame ne laissoit pourtant en mesme temps
d'avoir, à part soy, des remuements fermes, et des iugements seurs et ouverts autour des obiects qu'elle cognois-
soit ; et les digeroit seule, sans aulcune communication :
et, entre aultres choses ie crois, à la verité, qu'elle eust
esté du tout incapable de se rendre à la force et violence. Mettray ie en compte cette faculté de mon enfance? une asseurance de visage, et soupplesse de voix
et de geste à m'appliquer aux roolles que i'entreprenois :
car, avant l'aage,

Alter ab undecimo tum me vix ceperat annus : (1)

i'ay soustenu les premiers personnages ez tragedies latines de Bucanan, de Guerente, et de Muret, qui se
representerent en nostre college de Guienne avecques
dignité. En cela, Andreas Goveanus nostre principal,
comme en toutes aultres parties de sa charge, feut sans
comparaison le plus grand principal de France; et m'en
tenoit on maistre ouvrier. C'est un exercice que ie ne mes-
loue point aux ieunes enfants de maison; et ay veu nos
princes s'y addonner depuis en personne, à l'exemple
d'aulcuns des anciens, honnestement et louablement : il
estoit loisible mesme d'en faire mestier aux gents d'honneur, en Grece : Aristoni tragico actori rem aperit : huic et
genus et fortuna honesta erant ; nec ars, quia nihil tale apud
Græcos pudori est, ea deformabat (2): car i'ay tousiours accusé d'impertinence ceulx qui condamnent ces esbatte-

---

(1)   A peine étois-je alors dans ma douzieme année.

Virg. eclog. 8 , v. 39.

(2) Il découvrit l'affaire à Ariston, joueur de tragédies. C'étoit
un homme accommodé des biens de la fortune, et de bonne fa-

ments; et d'iniustice ceulx qui refusent l'entree de nos
bonnes villes aux comediens qui le valent, et envient au
peuple ces plaisirs publicques. Les bonnes polices prennent soing d'assembler les citoyens et les r'allier, comme
aux offices serieux de la devotion, aussi aux exercices et
ieux; la societé et amitié s'en augmente: et puis on ne
leur sçauroit conceder des passetemps plus reglez que
ceulx qui se font en presence d'un chascun et à la veue
mesme du magistrat: et trouverois raisonnable que le
magistrat, et le prince à ses despens, en gratifiast quelquefois la commune, d'une affection et bonté comme paternelle; et qu'aux villes populeuses il y eust des lieux
destinez et disposez pour ces spectacles; quelque diver-
tissement de pires actions et occultes. Pour revenir à mon
propos, il n'y a tel que d'alleicher l'appetit et l'affection :
aultrement on ne fait que des asnes chargez de livres;
on leur donne à coups de fouet en garde leur pochette
pleine de science; laquelle, pour bien faire, il ne fault pas
seulement loger chez soy, il la fault espouser.

~~~~~~

CHAPITRE XXVI.

C'est folie de rapporter le vray et le faulx à nostre
suffisance.

Ce n'est pas à l'adventure sans raison que nous attribuons à simplesse et ignorance la facilité de croire et de
se laisser persuader: car il me semble avoir apprins aultrefois que la creance estoit comme une impression qui se
faisoit en nostre ame; et à mesure qu'elle se trouvoit plus
molle et de moindre resistance, il estoit plus aysé à y em-

---

mille, qualités qui n'étoient point déshonorées par son art, parceque cet exercice n'a rien de honteux parmi les Grecs. *Tit. Liv.*
I. 24, c. 24, num. 2 3.

preindre quelque chose. Ut necesse est lancem in librâ pon-
deribus impositis deprimi : sic animum perspicuis cedere (1).
D'autant que l'ame est plus vuide et sans contrepoids, elle
se baisse plus facilement soubs la charge de la premiere
persuasion : voylà pourquoy les enfants, le vulgaire, les
femmes et les malades sont plus subiects à estre menez
par les aureilles. Mais aussi de l'aultre part, c'est une
sotte presumption d'aller desdaignant et condamnant
pour faulx ce qui ne nous semble pas vraysemblable : qui
est un vice ordinaire de ceulx qui pensent avoir quelque
suffisance oultre la commune. I'en faisois ainsin aultrefois ; et si i'oyois parler ou des esprits qui reviennent, ou
du prognostique des choses futures, des enchantements,
des sorcelleries, ou faire quelque aultre conte où ie ne
peusse pas mordre,

> Somnia, terrores magicos, miracula, sagas,
> Nocturnos lemures, portentaque Thessala, (2)

il me venoit compassion du pauvre peuple abusé de ces folies. Et, à present, ie treuve que i'estois pour le moins autant à plaindre moy mesme ; non que l'experience m'aye
depuis rien faict veoir au dessus de mes premieres creances, et si n'a pas tenu à ma curiosité : mais la raison m'a
instruict que, de condamner ainsi resolument une chose
pour faulse et impossible, c'est se donner l'advantage
d'avoir dans la teste les bornes et limites de la volonté de
Dieu et de la puissance de nostre mere nature ; et qu'il
n'y a point de plus notable folie au monde, que de les

---

(1) Comme il est nécessaire qu'un des bassins de la balance soit
poussé en bas par le poids dont on le charge : il faut de même que
notre esprit se rende à l'évidence des choses. *Cic.* acad. quæst.
l. 4, (*qui inscribitur Lucullus.*) c. 12.

(2) De songes, de visions magiques, de miracles, de sorcieres,
d'apparitions nocturnes, et d'autres effets prodigieux. *Horat.*
epist. 2, l. 2, v. 208, 209.

ramener à la mesure de nostre capacité et suffisance. Si nous appellons monstres, ou miracles, ce où nostre raison ne peult aller, combien s'en presente il continuellement à nostre veue? Considerons au travers de quels nuages, et comment à tastons, on nous mene à la cognoissance de la pluspart des choses qui nous sont entre mains : certes nous trouverons que c'est plustost accoustumance que science qui nous en oste l'estrangeté ;

> iam nemo, fessus saturusque videndi,
> Suspicere in cœli dignatur lucida templa : (1)

et que ces choses là, si elles nous estoyent presentees de nouveau, nous les trouverions autant ou plus incroyables qu'aulcunes aultres.

> si nunc primum mortalibus adsint
> Ex improviso, ceu sint obiecta repentè,
> Nil magis his rebus poterat mirabile dici,
> Aut minus antè quod auderent fore credere gentes. (2)

Celuy qui n'avoit iamais veu de riviere, à la premiere qu'il rencontra il pensa que ce feust l'ocean : et les choses qui sont à nostre cognoissance les plus grandes, nous les iugeons estre les extremes que nature face en ce genre :

> Scilicet, et fluvius qui non est maximus, ei 'st
> Qui non antè aliquem maiorem vidit ; et ingens

---

(1) Fatigués et rassasiés de la vue du ciel, nous ne daignons plus lever les yeux vers cette voûte toute brillante de lumiere. *Lucret*. l. 2, v. 1037, 1038. Il y a dans Lucrece *fessus satiate videndi*. *Satiate* nom substantif à l'ablatif *de Satias*, qui se trouve aussi dans Térence : *ubi satias cœpit fieri, commuto locum*. Eunuch. *Act*. v. sc. 6. C.

(2) Si présentement ces objets se montroient tout d'un coup aux hommes comme venant d'être formés, rien ne pourroit leur paroître plus admirable ; et auparavant ils n'auroient jamais pu se figurer rien de pareil. *Lucret*. l. 2, v. 1032, 1035.

Arbor, homoque videtur; et omnia de genere omni
Maxima quæ vidit quisque, hæc ingentia fingit. (1)

Consuetudine oculorum assuescunt animi, neque admirantur,
neque requirunt rationes earum rerum quas semper vident (2).
La nouvelleté des choses nous incite, plus que leur grandeur, à en rechercher les causes. Il fault iuger avecques
plus de reverence de cette infinie puissance de nature, et
plus de recognoissance de nostre ignorance et foiblesse.
Combien y a il de choses peu vraysemblables, tesmoi-
gnees par gents dignes de foy, desquelles si nous ne pouvons estre persuadez, au moins les fault il laisser en sus-
pens : car, de les condamner impossibles, c'est se faire
fort, par une temeraire presumption, de sçavoir iusques
où va la possibilité. Si l'on entendoit bien la difference
qu'il y a entre l'impossible et l'inusité, et entre ce qui est
contre l'ordre du cours de nature et contre la commune
opinion des hommes, en ne croyant pas temerairement,
ny aussi ne descroyant pas facilement, on observeroit la
regle de Rien trop, commandee par Chilon.

Quand on treuve dans Froissard que le comte de Foix
sceut en Bearn la defaicte du roy Iean de Castille à Iu-
beroth, le lendemain qu'elle feut advenue (a), et les
moyens qu'il en allegue, on s'en peult mocquer ; et de ce
mesme que nos annales disent que le pape Honorius, le
propre iour que le roy Philippe Auguste mourut à
Mante, feit faire ses funerailles publicques et les manda

---

(1) Un fleuve médiocre paroît très grand à qui n'en a point vu
de plus grand. Il en est de même d'un arbre, d'un homme, et de
tout autre objet, quand ce sont les plus grands qu'on ait vus de
cette espece. *Id.* l. 6, v. 674, 677.

(2) Notre esprit familiarisé aux objets de la vue n'admire point
les choses qu'il voit continuellement, et ne songe pas à en rechercher les causes. *Cic.* de nat. deor. l. 2, c. 38.

(a) En 1385.

faire par toute l'Italie: car l'auctorité de ces tesmoings
n'a pas à l'adventure assez de reng pour nous tenir en
bride. Mais quoy! si Plutarque, oultre plusieurs exemples qu'il allegue de l'antiquité, dict sçavoir de certaine
science que du temps de Domitian la nouvelle de la battaille perdue par Antonius en Allemaigne à plusieurs
iournees de là, feut publiee à Rome, et semee par tout
le monde, le mesme iour qu'elle avoit esté perdue; et si
Cesar tient qu'il est souvent advenu que la renommee a
devancé l'accident: dirons nous pas que ces simples gents
là se sont laissez piper aprez le vulgaire pour n'estre pas
clairvoyants comme nous? Est il rien plus delicat, plus
net et plus vif que le iugement de Pline, quand il luy
plaist de le mettre en ieu? rien plus esloingné de vanité?
ie laisse à part l'excellence de son sçavoir, duquel ie foys
moins de compte: en quelle partie de ces deux là le surpassons nous? toutesfois il n'est si petit escholier qui ne
le convainque de mensonge, et qui ne luy veuille faire
leçon sur le progrez des ouvrages de nature. Quand nous
lisons dans Bouchet les miracles des reliques de sainct
Hilaire, passe; son credit n'est pas assez grand pour
nous oster la licence d'y contredire: mais de condamner
d'un train toutes pareilles histoires me semble singuliere
impudence. Ce grand sainct Augustin tesmoigne avoir
veu sur les reliques sainct Gervais et Protaise à Milan un
enfant aveugle recouvrer la veue; une femme à Carthage
estre guarie d'un cancer par le signe de la croix qu'une
femme nouvellement baptisee luy feit; Hesperius, un sien
familier, avoir chassé les esprits qui infestoient sa maison
avecques un peu de terre du sepulchre de nostre Seigneur;
et cette terre depuis transportee à l'eglise, un paralyti-
que en avoir esté soubdain guary; une femme en une
procession ayant touché à la chasse sainct Estienne d'un
bouquet, et de ce bouquet s'estant frotté les yeulx, avoir
recouvré la veue pieça perdue; et plusieurs aultres miracles où il dict luy mesme avoir assisté: de quoy accuse-

rons nous et luy et deux saints evesques Aurelius et Maximinus qu'il appelle pour ses recors? sera ce d'ignorance, simplesse, facilité? ou de malice et imposture? Est il homme en nostre siecle si impudent qui pense leur estre comparable, soit en vertu et pieté, soit en sçavoir, iugement et suffisance? qui, ut rationem nullam afferrent, ipsâ auctoritate me frangerent (1). C'est une hardiesse dangereuse et de consequence, oultre l'absurde temerité qu'elle traisne quand et soy, de mespriser ce que nous ne concevons pas : car aprez que, selon vostre bel entendement, vous avez establmy les limites de la verité et de la mensonge, et qu'il se treuve que vous avez necessairement à croire des choses où il y a encores plus d'estrangeté qu'en ce que vous niez, vous vous estes desia obligé de les abandonner. Or ce qui me semble apporter autant de desordre en nos consciences, en ces troubles où nous sommes de la religion, c'est cette dispensation que les catholiques font de leur creance. Il leur semble faire bien les moderez et les entendus quand ils quittent aux adversaires aulcuns articles de ceulx qui sont en debat : mais oultre ce qu'ils ne voyent pas quel advantage c'est à celuy qui vous charge de commencer à luy ceder et vous tirer arriere, et combien cela l'anime à poursuyvre sa poincte ; ces articles là qu'ils choisissent pour les plus legiers, sont aulcunefois tresimportants. Ou il fault se soubmettre du tout à l'auctorité de nostre police ecclesiastique, ou du tout s'en dispenser : ce n'est pas à nous à establir la part que nous luy debvons d'obeïssance. Et davantage, ie le puis dire pour l'avoir essayé, ayant aultrefois usé de cette liberté de mon choix et triage particulier, mettant à nonchaloir certains poincts de l'observance de nostre eglise qui semblent avoir un visage ou plus vain ou plus estrange ; ve-

***

(1) Lesquels, quand même ils n'apporteroient aucune raison, me persuaderoient par leur seule autorité. *Cic.* tusc. quæst. l. 1, c. 21.

nant à en communiquer aux hommes sçavants, i'ay trouvé que ces choses là ont un fondement massif et tres-solide; et que ce n'est que bestise et ignorance qui nous faict les recevoir avecques moindre reverence que le reste. Que ne nous souvient il combien nous sentons de contra-diction en nostre iugement mesme! combien de choses nous servoient hier d'articles de foy, qui nous sont fables auiourd'huy! La gloire et la curiosité sont les fleaux de nostre ame : cette cy nous conduict à mettre le nez par tout ; et celle là nous deffend de rien laisser irresolu et indecis.

CHAPITRE XXVII.

De l'amitié.

CONSIDERANT la conduicte de la besongne d'un pein-tre que i'ay, il m'a prins envie de l'ensuyvre. Il choisit le plus bel endroict et milieu de chasque paroy pour y loger un tableau eslaboré de toute sa suffisance; et le vuide tout autour, il le remplit de crotesques, qui sont peinc-tures fantasques, n'ayant grace qu'en la varieté et estran-geté. Que sont ce icy aussi, à la verité, que crotesques et corps monstrueux, rappiecez de divers membres, sans certaine figure, n'ayants ordre, suitte, ny proportion que fortuite?

Desinit in piscem mulier formosa supernè. (1)

Ie voys bien iusques à ce second poinct avecques mon peintre : mais ie demeure court en l'aultre et meilleure

---

(1) Figure dont le haut est une belle femme,
      Et le reste un poisson.
                              Horat. de arte poët., v. 4.

partie; car ma suffisance ne va pas si avant que d'oser
entreprendre un tableau riche, poly et formé selon l'art.
Ie me suis advisé d'en emprunter un d'Estienne de la Boëtie, qui honorera tout le reste de cette besongne : c'est un
discours auquel il donna nom LA SERVITUDE VOLONTAIRE :
mais ceulx qui l'ont ignoré l'ont bien proprement depuis
rebaptisé en aultre lettre, LE CONTRE UN. Il l'escrivit par
maniere d'essay en sa premiere ieunesse (a), à l'honneur
de la liberté contre les tyrans. Il court pieça ez mains des
gents d'entendement, non sans bien grande et meritee
recommandation; car il est gentil et plein, ce qu'il est
possible. Si y a il bien à dire que ce ne soit le mieulx qu'il
peust faire : et si en l'aage que ie l'ay cogneu plus avancé,
il eust prins un tel desseing que le mien de mettre par
escript ses fantasies, nous verrions plusieurs choses rares
et qui nous approcheroient bien prez de l'honneur de
l'antiquité; car notamment en cette partie des dons de
nature, ie n'en cognois point qui luy soit comparable.
Mais il n'est demeuré de luy que ce discours, encores par
rencontre, et crois qu'il ne le veit oncques depuis qu'il
luy eschappa; et quelques memoires sur cet edict de ianvier (b) fameux par nos guerres civiles, qui trouveront
encores ailleurs peutestre leur place. C'est tout ce que
i'ay peu recouvrer de ses reliques, moy qu'il laissa d'une
si amoureuse recommandation, la mort entre les dents,
par son testament, heritier de sa bibliotheque et de ses
papiers, oultre le livret de ses œuvres que i'ay faict mettre
en lumiere. Et si suis obligé particulierement à cette
piece, d'autant qu'elle a servy de moyen à nostre premiere accointance; car elle me feut montree longue piece
avant que ie l'eusse veu, et me donna la premiere cognoissance de son nom, acheminant ainsi cette amitié que

---

(a) N'ayant pas atteinct le dix-huitiesme an de son aage. Edition
de 1588, in-4°. N.

(b) Donné en 1562, sous le regne de Charles IX, encore mineur.

nous avons nourrie, tant que Dieu a voulu, entre nous, si entiere et si parfaicte que certainement il ne s'en lit gueres de pareilles, et entre nos hommes il ne s'en veoid aulcune trace en usage. Il fault tant de rencontres à la bastir, que c'est beaucoup si la fortune y arrive une fois en trois siecles. Il n'est rien à quoy il semble que nature nous aye plus acheminez qu'à la societé; et dict Aristote que les bons legislateurs ont eu plus de soing de l'amitié, que de la iustice. Or le dernier poinct de sa perfection est cettuy cy : car en general toutes celles que la volupté, ou le proufit, le besoing publicque ou privé, forge et nourrit, en sont d'autant moins belles et genereuses et d'autant moins amitiez, qu'elles meslent aultre cause et but et fruict en l'amitié, qu'elle mesme. Ny ces quatre especes anciennes, naturelle, sociale, hospitaliere, venerienne, particulierement n'y conviennent, ny conioinctement. Des enfants aux peres, c'est plustost respect. L'amitié se nourrit de communication, qui ne peult se trouver entre eulx pour la trop grande disparité; et offenseroit à l'adventure les debvoirs de nature : car ny toutes les secretes pensees des peres ne se peuvent communiquer aux enfants, pour n'y engendrer une messeante privauté; ny les advertissements et corrections, qui est un des premiers offices d'amitié, ne se pourroient exercer des enfants aux peres. Il s'est trouvé des nations où par usage les enfants tuoyent leurs peres, et d'aultres où les peres tuoyent leurs enfants, pour eviter l'empeschement qu'ils se peuvent quelquefois entreporter : et naturellement l'un despend de la ruine de l'aultre. Il s'est trouvé des philosophes desdaignant cette cousture naturelle : tesmoings Aristippus, qui, quand on le pressoit de l'affection qu'il debvoit à ses enfants pour estre sortis de luy, il se meit à cracher, disant « que cela en estoit aussi bien sorty; que nous engendrions bien des pouils et des vers »; et cet aultre que Plutarque vouloit induire à s'accorder avecques son frere : « Ie n'en fais pas, dict il, plus grand estat

pour estre sorty de mesme trou ». C'est à la verité un beau
nom et plein de dilection, que le nom de frere, et à cette
cause en feismes nous luy et moy nostre alliance : mais
·ce meslange de biens, ces partages, et que la richesse de
l'un soit la pauvreté de l'aultre, cela destrempe merveilleusement et relasche cette soudure fraternelle ; les
freres ayants à conduire le progrez de leur avancement
en mesme sentier et mesme train, il est force qu'ils se
heurtent et chocquent souvent. Davantage, la correspondance et relation qui engendre ces vrayes et parfaictes amitiez, pourquoy se trouvera elle en ceulx cy ? Le
pere et le fils peuvent estre de complexion entierement
esloingnee, et les freres aussi : c'est mon fils, c'est mon
parent ; mais c'est un homme farouche, un meschant ou
un sot. Et puis, à mesure que ce sont amitiez que la loy
et l'obligation naturelle nous commande, il y a d'autant
moins de nostre choix et liberté volontaire ; et nostre liberté volontaire n'a point de production qui soit plus
proprement sienne que celle de l'affection et amitié. Ce
n'est pas que ie n'aye essayé de ce costé là tout ce qui en
peult estre, ayant eu le meilleur pere qui feut oncques,
et le plus indulgent iusques à son extreme vieillesse ; et
estant d'une famille fameuse de pere en fils, et exemplaire
en cette partie de la concorde fraternelle ;

> et ipse
> Notus in fratres animi paterni. (1)

D'y comparer l'affection envers les femmes, quoyqu'elle
naisse de nostre choix, on ne peult, ny la loger en ce
roolle. Son feu, ie le confesse,

> neque enim est dea nescia nostri
> Quæ dulcem curis miscet amaritiem. (2)

---

(1) Et remarquable moi-même par une affection paternelle envers mes freres. *Horat.* od. 2 , l. 2 , v. 6.
(2) Car je ne suis point inconnu à la déesse qui mêle une

est plus actif, plus cuisant et plus aspre ; mais c'est un feu temeraire et volage, ondoyant et divers, feu de fiebvre, subiect à accez et remises, et qui ne nous tient qu'à un coing. En l'amitié, c'est une chaleur generale et universelle, temperee, au demourant, et egale ; une chaleur constante et rassise, toute doulceur et polissure, qui n'a rien d'aspre et de poignant. Qui plus est, en l'amour, ce n'est qu'un desir forcené aprez ce qui nous fuit :

> Come segue la lepre il cacciatore
> Al freddo, al caldo, alla montagna, al lito ;
> Ne più la stima poi che presa vede,
> E sol dietro a chi fugge affretta il piede : (1)

aussitost qu'il entre aux termes de l'amitié, c'est à dire en la convenance des volontez, il s'esvanouit et s'alanguit ; la iouïssance le perd, comme ayant la fin corporelle et subiecte à satieté. L'amitié, au rebours, est iouïe à mesure qu'elle est desiree, ne s'esieve, se nourrit, ny ne prend accroissance qu'en la iouïssance, comme estant spirituelle, et l'ame s'affinant par l'usage. Soubs cette parfaicte amitié, ces affections volages ont aultrefois trouvé place chez moy, à fin que ie ne parle de luy, qui n'en confesse que trop par ses vers : ainsi ces deux passions sont entrees chez moy, en cognoissance l'une de l'aultre, mais en comparaison, iamais ; la premiere maintenant sa route d'un vol haultain et superbe, et regardant desdaigneusement cette cy passer ses poinctes bien loing au dessoubs d'elle. Quant au mariage, oultre ce que c'est un marché qui n'a que l'entree libre, sa duree es-

---

douce amertume aux chagrins qu'elle cause. *Catull.* epigr. 67, v. 17, 18, edit. Vulpii.

(1) Semblable au chasseur qui, malgré le froid et le chaud, poursuit le lievre sur les montagnes et dans les plaines, et n'en fait aucun cas dès qu'il le voit pris, ne se hâtant de courir qu'après celui qui fuit. *Ariosto*, cant. 10, stanz. 7.

tant contraincte et forcee, dependant d'ailleurs que de
nostre vouloir, et marché qui ordinairement se faict à
aultres fins, il y survient mille fusees estrangieres à desmesler parmy, suffisantes à rompre le fil et troubler le
cours d'une vifve affection : là où en l'amitié, il n'y a affaire ny commerce que d'elle mesme. Ioinct qu'à dire
vray, la suffisance ordinaire des femmes n'est pas pour
respondre à cette conference et communication, nourrice de cette saincte cousture; ny leur ame ne semble
assez ferme pour soustenir l'estreincte d'un nœud si
pressé et si durable. Et certes, sans cela, s'il se pouvoit
dresser une telle accointance libre et volontaire où non
seulement les ames eussent cette entiere iouïssance, mais
encores où les corps eussent part à l'alliance, où l'homme feust engagé tout entier, il est certain que l'amitié
en seroit plus pleine et plus comble : mais ce sexe par
nul exemple n'y est encores pu arriver, et, par le commun consentement des escholes anciennes, en est reiecté.
Et cette aultre licence grecque est iustement abhorree
par nos mœurs : laquelle pourtant, pour avoir, selon leur usage, une si necessaire disparité d'aages et
difference d'offices entre les amants, ne respondoit non
plus assez à la parfaicte union et convenance qu'icy nous
demandons : Quis est enim iste amor amicitiæ? Cur neque de-
formem adolescentem quisquam amat, neque formosum se-
nem (1)? Car la peincture mesme qu'en faict l'academie
ne me desadvouera pas, comme ie pense, de dire ainsi
de sa part : Que cette premiere fureur, inspiree par le
fils de Venus au cœur de l'amant sur l'obiect de la fleur
d'une tendre ieunesse, à laquelle ils permettent touts
les insolents et passionnez efforts que peult produire
une ardeur immoderee, estoit simplement fondee en une

---

(1) Car que siguifie cet amour d'amitié? D'où vient que personne n'aime un jeune homme laid, ni un beau vieillard? *Cic.*
tusc. quæst. l. 4, c. 33.

beauté externe, faulse image de la generation corporelle; car en l'esprit elle ne pouvoit, duquel la montre estoit encores cachee, qui n'estoit qu'en sa naissance
et avant l'aage de germer : Que si cette fureur saisis-
soit un bas courage, les moyens de sa poursuitte c'estoient
richesses, presents, faveur à l'advancement des digni-
tez, et telle aultre basse marchandise qu'ils reprouvent;
si elle tomboit en un courage plus genereux, les entremises estoient genereuses de mesme, instructions
philosophiques, enseignements à reverer la religion,
obeïr aux loix, mourir pour le bien de son païs, exemples de vaillance, prudence, iustice; s'estudiant l'amant
de se rendre acceptable par la bonne grace et beauté
de son ame, celle de son corps estant pieça fanee, et
esperant par cette societé mentale establir un marché
plus ferme et durable. Quand cette poursuite arrivoit
à l'effect en sa saison, car ce qu'ils ne requierent point
en l'amant qu'il apportast loysir et discretion en son
entreprinse, ils le requierent exactement en l'aimé,
d'autant qu'il luy falloit iuger d'une beauté interne,
de difficile cognoissance et abstruse descouverte; lors
naissoit en l'aimé le desir d'une conception spirituelle
par l'entremise d'une spirituelle beauté. Cette cy estoit
ici principale; la corporelle, accidentale et seconde :
tout le rebours de l'amant. A cette cause preferent ils
l'aimé, et verifient que les dieux aussi le preferent; et
tansent grandement le poëte Aeschylus d'avoir en l'a-
mour d'Achilles et de Patroclus donné la part de l'amant
à Achilles qui estoit en la premiere et imberbe verdeur
de son adolescence, et le plus beau des Grecs. Aprez
cette communauté generale, la maistresse et plus digne
partie d'icelle exerçant ses offices et predominant, ils
disent qu'il en provenoit des fruicts tresutiles au privé
et au public; que c'estoit la force des païs qui en recevoient l'usage, et la principale deffense de l'equité et
de la liberté : tesmoings les salutaires amours de Her-

modius et d'Aristogiton. Pourtant la nomment ils sacrée
et divine; et n'est, à leur compte, que la violence des
tyrans et lascheté des peuples qui lui soit adversaire.
Enfin, tout ce qu'on peult donner à la faveur de l'academie, c'est dire que c'estoit un amour se terminant en
amitié : chose qui ne se rapporte pas mal à la definition stoïque de l'amour : Amorem conatum esse amicitiæ
faciendæ ex pulchritudinis specie. (1)

Ie reviens à ma description de façon plus equitable
et plus equable. Omninò amicitiæ, corroboratis iam con-
firmatisque et ingeniis et ætatibus, iudicandæ sunt (2). Au demourant, ce que nous appellons ordinairement amis et
amitiez, ce ne sont qu'accointances et familiaritez nouees
par quelque occasion ou commodité, par le moyen de
laquelle nos ames s'entretiennent. En l'amitié de quoy ie
parle, elles se meslent et confondent l'une en l'aultre
d'un meslange si universel, qu'elles effacent et ne re-
trouvent plus la cousture qui les a ioinctes. Si on me
presse de dire pourquoy ie l'aymois, ie sens que cela ne
se peult exprimer qu'en respondant « Parce que c'estoit
luy; parce que c'estoit moy ». Il y a, au delà de tout mon
discours et de ce que i'en puis dire particulierement,
ie ne sçais quelle force inexplicable et fatale, mediatrice
de cette union. Nous nous cherchions avant que de nous
estre veus, et par des rapports que nous oyions l'un
de l'aultre, qui faisoient en nostre affection plus d'effort
que ne porte la raison des rapports; ie crois par quelque ordonnance du ciel. Nous nous embrassions par
nos noms : et à nostre premiere rencontre, qui feut par
hazard en une grande feste et compaignie de ville, nous
nous trouvasmes si prins, si cogneus, si obligez entre

---

(1) Que l'amour est un effort de faire naître l'amitié par l'éclat
de la beauté. *Cic.* tusc. quæst. l. 4, c. 34.

(2) On ne peut juger de l'amitié qu'après que l'esprit et l'âge
sont parvenus à leur maturité. *Cic.* de amicitiâ, c. 20.

nous, que rien dez lors ne nous feut si proche que
l'un à l'aultre. Il escrivit une satire latine excellente,
qui est publiee, par laquelle il excuse et explique la
precipitation de nostre intelligence si promptement par-
venue à sa perfection. Ayant si peu à durer, et ayant
si tard commencé, car nous estions touts deux hommes
faicts, et luy plus de quelque annee, elle n'avoit point
à perdre temps ; et n'avoit à se regler au patron des
amitiez molles et regulieres, ausquelles il fault tant de
precautions de longue et prealable conversation. Cette
cy n'a point d'aultre idee que d'elle mesme, et ne se
peult rapporter qu'à soy : ce n'est pas une speciale consideration, ny deux, ny trois, ny quatre, ny mille ;
c'est ie ne sçais quelle quintessence de tout ce meslange,
qui, ayant saisi toute ma volonté, l'amena se plonger
et se perdre dans la sienne ; qui, ayant saisi toute sa
volonté, l'amena se plonger et se perdre en la mienne,
d'une faim, d'une concurrence pareille : ie dis perdre,
à la verité, ne nous reservant rien qui nous feust propre, ny qui feust ou sien ou mien. Quand Lelius, en
presence des consuls romains, lesquels aprez la condamnation de Tiberius Gracchus poursuyvoient touts
ceulx qui avoient esté de son intelligence, veint à s'enquerir de Caius Blosius (qui estoit le principal de ses
amis), combien il eust voulu faire pour luy, et qu'il
eut respondu, « Toutes choses ». « Comment toutes choses ? suyvit il : et quoi ! s'il t'eust commandé de mettre
le feu en nos temples » ? « Il ne me l'eust iamais commandé », repliqua Blosius. « Mais s'il l'eust fait » ? adiousta
Lelius. « I'y eusse obey », respondit il. S'il estoit si parfaictement amy de Gracchus, comme disent les histoires,
il n'avoit que faire d'offenser les consuls par cette derniere et hardie confession ; et ne se debvoit despartir
de l'asseurance qu'il avoit de la volonté de Gracchus.
Mais toutesfois ceulx qui accusent cette response comme
seditieuse n'entendent pas bien ce mystere, et ne pre-

supposent pas, comme il est, qu'il tenoit la volonté de
Gracchus en sa manche, et par puissance et par cognoissance : ils estoient plus amis, que citoyens ; plus amis
qu'amis et qu'ennemis de leur païs, qu'amis d'ambition
et de trouble : s'estant parfaictement commis l'un à l'aultre, ils tenoient parfaictement les renes de l'inclination
l'un de l'aultre : et faictes guider cet harnois par la vertu
et conduicte de la raison, comme aussi est il du tout
impossible de l'atteler sans cela, la responce de Blosius
est telle qu'elle debvoit estre. Si leurs actions se desman-
cherent, ils n'estoient ny amis, selon ma mesure, l'un de
l'aultre, ny amis à eulx mesmes. Au demourant, cette
responce ne sonne non plus que feroit la mienne à qui
s'enquerroit à moy de cette façon : « Si vostre volonté
vous commandoit de tuer vostre fille, la tueriez vous » ?
et que ie l'accordasse : car cela ne porte aulcun tesmoignage de consentement à ce faire ; parce que ie ne
suis point en doubte de ma volonté, et tout aussi peu
de celle d'un tel amy. Il n'est pas en la puissance de
touts les discours du monde de me desloger de la certitude que i'ay des intentions et iugements du mien :
aulcune de ses actions ne me sçauroit estre presentee,
quelque visage qu'elle eust, que ie n'en trouvasse incontinent le ressort. Nos ames ont charié si uniement ensemble ; elles se sont considerees d'une si ardente affection, et de pareille affection descouvertes iusques au fin
fond des entrailles l'une à l'aultre, que non seulement
ie cognoissois la sienne comme la mienne, mais ie me
feusse certainement plus volontiers fié à luy de moy,
qu'à moy.

Qu'on ne me mette pas en ce reng ces aultres amitiez
communes ; i'en ay autant de cognoissance qu'un aultre,
et des plus parfaictes de leur genre : mais ie ne conseille pas qu'on confonde leurs regles ; on s'y tromperoit. Il fault marcher en ces aultres amitiez la bride à
la main, avecques prudence et precaution : la liaison n'est

pas nouee en maniere qu'on n'ait aulcunement à s'en
desfier. « Aimez le, disoit Chilon, comme ayant quelque
iour à le haïr; haïssez le, comme ayant à l'aimer ». Ce
precepte, qui est si abominable en cette souveraine et
maistresse amitié, il est salubre en l'usage des amitiez
ordinaires et coustumieres; à l'endroict desquelles il fault
employer le mot qu'Aristote avoit tresfamilier, « O mes
amys ! il n'y a nul amy ». En ce noble commerce, les
offices et les bienfaicts, nourrissiers des aultres amitiez,
ne meritent pas seulement d'estre mis en compte; cette
confusion si pleine de nos volontez en est cause : car
tout ainsi que l'amitié que ie me porte ne reçoit point
augmentation pour le secours que ie me donne au besoing, quoy que dient les stoïciens, et comme ie ne me
sçais aulcun gré du service que ie me foys; aussi l'union
de tels amis estant veritablement parfaicte, elle leur faict
perdre le sentiment de tels debvoirs, et haïr et chasser
d'entre eulx ces mots de division et de difference, bienfaict, obligation, recognoissance, priere, remerciement,
et leurs pareils. Tout estant, par effect, commun entre
eulx, volontez, pensements, iugements, biens, femmes,
enfants, honneur et vie, et leur convenance n'estant
qu'une ame en deux corps, selon la trespropre definition d'Aristote, ils ne se peuvent ny prester ny donner
rien. Voilà pourquoy les faiseurs de loix, pour honnorer le mariage de quelque imaginaire ressemblance de
cette divine liaison, deffendent les donations entre le
mary et la femme; voulants inferer par là que tout doibt
estre à chascun d'eulx, et qu'ils n'ont rien à diviser et
partir ensemble.

Si, en l'amitié de quoy ie parle, l'un pouvoit donner
à l'aultre, ce seroit celuy qui recevroit le bienfaict qui
obligeroit son compaignon : car cherchant l'un et l'aultre, plus que toute aultre chose, de s'entre-bienfaire,
celuy qui en preste la matiere et l'occasion est celuy
là qui faict le liberal, donnant ce contentement à son

amy d'effectuer en son endroict ce qu'il desire le plus.
Quand le philosophe Diogenes avoit faulte d'argent,
il disoit, Qu'il le redemandoit à ses amis, non qu'il le
demandoit. Et pour montrer comment cela se practique par effect, i'en reciteray un ancien exemple singulier. Eudamidas corinthien avoit deux amis, Charixenus,
sycionien, et Aretheus, corinthien : venant à mourir,
estant pauvre, et ses deux amis riches, il feit ainsi son
testament : « Ie legue à Aretheus de nourrir ma mere
« et l'entretenir en sa vieillesse ; à Charixenus de ma-
« rier ma fille et luy donner le douaire le plus grand
« qu'il pourra : et au cas que l'un d'eulx vienne à de-
« faillir, ie substitue en sa part celuy qui survivra ».
Ceulx qui premiers veirent ce testament, s'en mocquerent ;
mais ses heritiers en ayants esté advertis l'accepterent
avec un singulier contentement : et l'un d'eulx, Charixenus, estant trespassé cinq iours aprez, la substi-
tution estant ouverte en faveur d'Aretheus, il nourrit
curieusement cette mere ; et de cinq talents qu'il avoit
en ses biens, il en donna les deux et demy en mariage
à une sienne fille unique, et deux et demy pour le mariage de la fille d'Eudamidas, desquelles il feit les nopces en mesme iour. Cet exemple est bien plein, si une
condition en estoit à dire, qui est la multitude d'amis ;
car cette parfaicte amitié de quoy ie parle est indivi-
sible : chascun se donne si entier à son amy, qu'il ne
luy reste rien à despartir ailleurs ; au rebours, il est marry
qu'il ne soit double, triple, ou quadruple, et qu'il n'ayt
plusieurs ames et plusieurs volontez, pour les conferer
toutes à ce subiect.

Les amitiez communes, on les peult despartir ; on peult
aymer en cettuy cy la beauté, en cet aultre la facilité
de ses mœurs, en l'aultre la liberalité, en celuy là la
paternité, en cet aultre la fraternité, ainsi du reste :
mais cette amitié qui possede l'ame et là regente en

toute souveraineté, il est impossible qu'elle soit double.
Si deux en mesme temps demandoient à estre secourus, auquel courriez vous? S'ils requeroient de vous
des offices contraires, quel ordre y trouveriez vous? Si
l'un commettoit à vostre silence chose qui feust utile
à l'aultre de sçavoir, comment vous en demesleriez vous?
L'unique et principale amitié descoust toutes aultres
obligations : le secret que i'ay iuré ne deceler à nul
aultre, ie le puis sans pariure communiquer à celuy
qui n'est pas aultre, c'est moy. C'est un assez grand
miracle de se doubler; et n'en cognoissent pas la haulteur ceulx qui parlent de se tripler. Rien n'est extreme,
qui a son pareil : et qui presupposera que de deux i'en
aime autant l'un que l'aultre, et qu'ils s'entr'aiment et
m'aiment autant que ie les aime, il multiplie en con-
frairie la chose la plus une et unie, et de quoy une seule
est encores la plus rare à trouver au monde. Le demourant de cette histoire convient tresbien à ce que
ie disois : car Eudamidas donne pour grace et pour
faveur à ses amis de les employer à son besoing; il les
laisse heritiers de cette sienne liberalité qui consiste à
leur mettre en main les moyens de luy bienfaire : et
sans doubte la force de l'amitié se montre bien plus
richement en son faict, qu'en celuy d'Aretheus. Somme,
ce sont effects inimaginables à qui n'en a gousté, et qui
me font honnorer à merveille la response de ce ieune
soldat, à Cyrus s'enquerant à luy pour combien il vouldroit donner un cheval par le moyen duquel il venoit
de gaigner le prix de la course; et s'il le vouldroit es-
changer à un royaume : « Non certes, sire ; mais bien
« le lairrois ie volontiers pour en acquerir un amy, si
« ie trouvois homme digne de telle alliance ». Il ne disoit pas mal, « si i'en trouvois »; car on treuve facilement
des hommes propres à une superficielle accointance :
mais en cette cy, en laquelle on negocie du fin fond

de son courage, qui ne faict rien de reste, certes il est
besoing que touts les ressorts soyent nets et seurs parfaictement.

Aux confederations qui ne tiennent que par un bout,
on n'a à pourveoir qu'aux imperfections qui particulierement interessent ce bout là. Il ne peult chaloir
de quelle religion soit mon medecin, et mon advocat ;
cette consideration n'a rien de commun avecques les
offices de l'amitié qu'ils me doibvent : et en l'accointance domestique que dressent avecques moy ceulx qui
me servent, i'en foys de mesme, et m'enquiers peu d'un
laquay, s'il est chaste, ie cherche s'il est diligent ; et
ne crains pas tant un muletier ioueur, que imbecille,
ny un cuisinier iureur, qu'ignorant. Ie ne me mesle
pas de dire ce qu'il fault faire au monde, d'aultres assez
s'en meslent, mais ce que i'y foys,

Mihi sic usus est : Tibi, ut opus est facto, face. (1)

A la familiarité de la table i'associe le plaisant, non le
prudent; au lict, la beauté avant la bonté; en la societé
du discours, la suffisance, veoire sans la preud'hommie :
pareillement ailleurs. Tout ainsi que cil qui feut rencontré à chevauchons sur un baston se iouant avecques ses
enfants, pria l'homme qui l'y surprint de n'en rien dire
iusques à ce qu'il feust pere luy mesme; estimant que
la passion qui luy naistroit lors en l'ame le rendroit
iuge equitable d'une telle action : ie souhaiterois aussi
parler à des gents qui eussent essayé ce que ie dis :
mais sçachant combien c'est chose esloingnee du commun usage qu'une telle amitié, et combien elle est rare,
ie ne m'attends pas d'en trouver aulcun bon iuge ; car
les discours mesmes que l'antiquité nous a laissé sur ce
subiect me semblent lasches au prix du sentiment que

_____

(1) C'est ainsi que j'en use. Pour toi, prends le parti qui t'accommode le mieux. *Terent.* Heautont. act. 1, sc. 1, v. 28.

i'en ay, et en ce poinct les effects surpassent les preceptes mesmes de la philosophie.

Nil ego contulerim iucundo sanus amico. (1)

L'ancien Menander disoit celuy là heureux qui avoit peu
rencontrer seulement l'ombre d'un amy : il avoit certes
raison de le dire, mesme s'il en avoit tasté. Car, à la
verité, si ie compare tout le reste de ma vie, quoyqu'a-
vecques la grace de Dieu ie l'aye passee doulce, aysee,
et, sauf la perte d'un tel amy, exempte d'affliction
poisante, pleine de tranquillité d'esprit, ayant prins en
payement mes commoditez naturelles et originelles,
sans en rechercher d'aultres ; si ie la compare, dis ie,
toute, aux quatre annees qu'il m'a esté donné de iouyr
de la doulce compaignie et societé de ce personnage,
ce n'est que fumee, ce n'est qu'une nuict obscure et ennuyeuse. Depuis le iour que ie le perdis,

quem semper acerbum,
Semper honoratum (sic dî voluistis !) habebo, (2)

ie ne foys que traisner languissant ; et les plaisirs mesmes
qui s'offrent à moy, au lieu de me consoler, me re-
doublent le regret de sa perte : nous estions à moitié
de tout ; il me semble que ie luy desrobe sa part :

Nec fas esse ullâ me voluptate hic frui
Decrevi, tantisper dum ille abest meus particeps. (3)

_____

(1) Je ne trouverai rien de comparable à un sincere ami, tant
que je serai en mon bon sens. *Horat.* sat. 5, l. 1, v. 44.

(2) Jour qui sera toujours triste pour moi, et que toujours
(puisque telle a été, ô Dieux, votre volonté suprême!) j'honore-
rai d'un tendre respect. *Aeneid.* l. 5, v. 49, 50.

(3) Et je ne pense pas qu'il me soit permis de jouir d'aucun
plaisir tandis qu'il est séparé de moi, lui qui étoit mon adjoint en
toutes choses. *Terent.* Heautont. act. 1, sc. 1, v. 97, 98.

Montaigne a fait un leger changement aux paroles de Térence,
pour pouvoir les appliquer à son sujet. C.

l'estois desia si faict et accoustumé à estre deuxiesme partout, qu'il me semble n'estre plus qu'à demy :

> Illam meæ si partem animæ tulit
> Maturior vis, quid moror altera?
> Nec carus æquè, nec superstes
> Integer. Ille dies utramque
> Duxit ruinam. (1)

Il n'est action ou imagination où ie ne le treuve à dire ; comme si eust il bien faict à moy : car de mesme qu'il me surpassoit d'une distance infinie en toute aultre suffisance et vertu ; aussi faisoit il au debvoir de l'amitié.

> Quis desiderio sit pudor aut modus
> Tam cari capitis! (2)

> O misero frater adempte mihi!
> Omnia tecum unà perierunt gaudia nostra,
> Quæ tuus in vità dulcis alebat amor.
> Tu mea, tu moriens, fregisti commoda, frater;
> Tecum unà tota est nostra sepulta anima :
> Cuius ego interitu totà de mente fugavi
> Hæc studia, atque omnes delicias animi.

> Alloquar? audiero nunquam tua verba loquentem?
> Nunquam ego te, vità frater amabilior,
> Aspiciam posthac : at certè semper amabo. (3)

Mais oyons un peu parler ce garson de seize ans.

***

Parce que i'ay trouvé que cet ouvrage a esté depuis mis en lumiere, et à mauvaise fin, par ceulx qui cherchent

---

(1) Un sort prématuré m'ayant ravi cette douce moitié de mon ame, pourquoi survit en moi l'autre moitié séparée de celle qui m'étoit beaucoup plus chere? Ce jour nous a été funeste à tous deux. *Horat.* od. 17, l. 2, v. 5, etc.

(2) Puis-je rougir de pleurer, puis-je trop regretter un ami si cher ! *Horat.* od. 24, l. 1, v. 1, 2.

(3) O mon frere, que je suis malheureux de t'avoir perdu!

à troubler et changer l'estat de nostre police, sans se
soucier s'ils l'amenderont, qu'ils ont meslé à d'aultres
escripts de leur farine, ie me suis dedict de le loger icy.
Et à fin que la memoire de l'aucteur n'en soit interessee
en l'endroict de ceulx qui n'ont peu cognoistre de prez
ses opinions et ses actions, ie les advise que ce subiect
feut traicté par luy en son enfance par maniere d'exercitation seulement, comme subiect vulgaire et tracassé en
mille endroicts des livres. Ie ne foys nul doubte qu'il ne
creust ce qu'il escrivoit; car il estoit assez conscientieux
pour ne mentir pas mesme en se iouant : et sçay davantage que s'il eust eu à choisir, il eust mieulx aymé estre
nay à Venise qu'à Sarlac; et avecques raison. Mais il avoit
une aultre maxime souverainement empreinte en son
ame, d'obeyr et de se soubmettre tresreligieusement aux
loix soubs lesquelles il estoit nay. Il ne feut iamais un
meilleur citoyen, ny plus affectionné au repos de son
païs, ny plus ennemy des remuements et nouvelletez de
son temps; il eut bien plustost employé sa suffisance à
les esteindre qu'à leur fournir de quoy les esmouvoir davantage : il avoit son esprit moulé au patron d'aultres
siecles que ceulx cy. Or en eschange de cet ouvrage serieux, i'en substitueray un aultre, produict en cette
mesme saison de son aage, plus gaillard et plus enioué.

Tous mes plaisirs, doux fruits de ton amitié pendant ta vie, se
sont évanouis avec toi. Par ta mort tu as dissipé mon bonheur.
Avec toi mon ame est ensevelie tout entiere. Ton trépas m'a
rendu insensible aux douceurs des muses et à tous les amuse-
ments de l'esprit. Ne pourrai-je donc plus t'entretenir? Ne t'en-
tendrai-je plus parler? Ah! mon frere, qui m'es plus cher que la
vie, je ne te verrai plus : mais certainement je t'aimerai toujours.
Catull. eclog. 67, v. 20-26. = eclog. 64, v. 9, 10, 11, edit.
Valpii, Pataviæ, 1737, in-4°.

CHAPITRE XXVIII.

Vingt et neuf sonnets d'Estienne de la Boëtie,

A. Madame de Grammont, comtesse de Guissen.

Madame, ie ne vous offre rien du mien, ou parce qu'il est desia vostre, ou pource que ie n'y treuve rien digne de vous; mais i'ay voulu que ces vers, en quelque lieu qu'ils se veissent, portassent vostre nom en teste, pour l'honneur que ce leur sera d'avoir pour guide cette grande Corisande d'Andoins. Ce present m'a semblé vous estre propre, d'autant qu'il est peu de dames en France qui iugent mieulx, et se servent plus à propos que vous, de la poësie; et puis, qu'il n'en est point qui la puissent rendre vifve et animee comme vous faictes par ces beaux et riches accords de quoy, parmy un million d'aultres beautez, nature vous a estrenee. Madame, ces vers meritent que vous les cherissiez; car vous serez de mon advis qu'il n'en est point sorty de Gascoigne qui eussent plus d'invention et de gentillesse, et qui tesmoignent estre sortis d'une plus riche main. Et n'entrez pas en ialousie de quoy vous n'avez que le reste de ce que pieça i'en ay faict imprimer soubs le nom de monsieur de Foix vostre bon parent : car certes ceulx cy ont ie ne sçay quoy de plus vif et de plus bouillant; comme il les feit en sa plus verte ieunesse, et eschauffé d'une belle et noble ardeur que ie vous diray, madame, un iour à l'aureille. Les aultres furent faicts depuis, comme il estoit à la poursuite de son mariage, en faveur de sa femme; et sentent desia ie ne sçay quelle froideur maritale. Et moy ie suis de ceulx qui tiennent que la poësie ne rid point ailleurs comme elle faict en un subiect folastre et desreglé. (a)

Ces vingt-neuf sonnets d'Estienne de la Boëtie, qui estoient mis en ce lieu, ont esté depuis imprimez avec ses œuvres. (b)

~~~~~~~~~~~~~~~~~~~~~~~~~~~~~~~~~~~~~

CHAPITRE XXIX.

De la moderation.

Comme si nous avions l'attouchement infect, nous corrompons par nostre maniement les choses qui d'elles mesmes sont belles et bonnes. Nous pouvons saisir la vertu de façon qu'elle en deviendra vicieuse, si nous l'embrassons d'un desir trop aspre et violent : ceulx qui disent qu'il n'y a iamais d'excez en la vertu, d'autant que ce n'est plus vertu si l'excez y est, se iouent des paroles :

Insani sapiens nomen ferat, æquus iniqui,
Ultra quàm satis est virtutem si petat ipsam. (1)

C'est une subtile consideration de la philosophie: on peult et trop aymer la vertu, et se porter excessivement

(a) Montaigne ajoute ici de sa propre main : *ces vers se voient ailleurs.* Voyez la page 74 verso, de l'exemplaire qu'il a corrigé. Il a rayé lui-même ces 29 sonnets, qui ne méritent pas en effet d'être réimprimés, parcequ'ils ne méritent pas d'être lus. N.

(b) Ils sont dans la première édition des Essais, imprimée à Bourdeaux en 1580; dans celle de Jean Richer, in-12, en 1587, à Paris, et dans celle d'Abel l'Angelier in-4°. à Paris en 1588. C.

(1) L'homme le plus sage et le plus juste mérite de passer pour insensé et pour injuste, s'il recherche la vertu même avec trop d'ardeur. *Horat.* epist. 6, l. 1, v. 15, 16.

en une action iuste. A ce biais s'accommode la voix divine, « Ne soyez pas plus sages qu'il ne fault; mais soyez
sobrement sages » (1). I'ay veu tel grand (a) blecer la reputation de sa religion, pour se montrer religieux oultre
tout exemple des hommes de sa sorte. I'ayme des natures
temperees et moyennes : l'immoderation vers le bien
mesme, si elle ne m'offense, elle m'estonne, et me met en
peine de la baptizer. Ny la mere de Pausanias qui donna
la premiere instruction, et porta la premiere pierre, à la
mort de son fils; ny le dictateur Posthumius qui feit
mourir le sien que l'ardeur de ieunesse avoit heureusement poulsé sur les ennemis un peu avant son reng,
ne me semble si iuste, comme estrange; et n'aime ny à
conseiller ny à suyvre une vertu si sauvage et si chere
L'archer qui oultrepasse le blanc fault, comme celuy qui
n'y arrive pas : et les yeulx me troublent à monter à
coup vers une grande lumiere, egalement comme à de-
valer à l'ombre. Callicles, en Platon, dict l'extremité de
la philosophie estre dommageable, et conseille de ne s'y
enfoncer oultre les bornes du proufit; que prinse avecques moderation elle est plaisante et commode; mais
qu'en fin elle rend un homme sauvage et vicieux, desdaigneux des religions et loix communes, ennemy de la

---

(1) S. Paul aux Romains, ch. 12, v. 3.

(a) Il y a apparence, dit le traducteur anglois, que Montaigne
veut parler ici de Henri III, roi de France. Je crois qu'il a raison.
Le bon cardinal d'Ossat écrivant à la reine Louise, veuve de Henri
III, lui dit franchement, à sa maniere, « que ce prince avoit vécu
« une vie autant ou plus religieuse que royale », lettre 23. Et un
jour Sixte V parlant de ce prince au cardinal de Joyeuse, protecteur des affaires de France, lui dit plaisamment : « Il n'y a rien
« que votre roi n'ait fait et ne fasse pour être moine; ni que je
« n'aye fait moy, pour ne l'être point ». Tiré d'une note d'Amelot
de la Houssaye sur les paroles du cardinal d'Ossat qu'on vient
de voir, p. 74, tom. 1, des Lettres du cardinal d'Ossat, pu-
bliées à Paris 1697. C.

conversation civile, ennemy des voluptez humaines, incapable de toute administration politique, et de secourir
aultruy et de se secourir à sòy (a); propre à estre impu-
neement souffletté. Il dict vray : car en son excez, elle
esclave nostre naturelle franchise, et nous desvoye, par
une importune subtilité, du beau et plain chemin que
nature nous a tracé.

L'amitié que nous portons à nos femmes, elle est tres
legitime : la theologie ne laisse pas de la brider pourtant
et de la restreindre. Il me semble avoir leu aultrefois
chez sainct Thomas (1), en un endroict où il condamne les
mariages des parents ez degrez deffendus, cette raison
parmy les aultres, qu'il y a dangier que l'amitié qu'on
porte à une telle femme soit immoderee : car si l'affection
maritale s'y treuve entiere et parfaicte comme elle doibt,
et qu'on la surcharge encores de celle qu'on doibt à la
parentele, il n'y a point de doubte que ce surcroist n'emporte un tel mary hors les barrieres de la raison. Les
sciences qui reglent les mœurs des hommes, comme la
theologie et la philosophie, elles se meslent de tout : il
n'est action si privee et secrette qui se desrobe de leur
cognoissance et iurisdiction. Bien apprentis sont ceulx
qui syndicquent leur liberté : ce sont les femmes qui
communiquent tant qu'on veult leurs pieces à garsonner;
à medeciner, la honte le deffend. Ie veulx donc, de leur
part, apprendre cecy aux maris, s'il s'en treuve encores
qui y soient trop acharnez; c'est que les plaisirs mesmes
qu'ils ont à l'accointance de leurs femmes sont re-
prouvez, si la moderation n'y est observee; et qu'il y a de
quoy faillir en licence et desbordement, comme en un
subiect illegitime. Ces encheriments deshontez, que la
chaleur premiere nous suggere en ce ieu, sont non

(a) On *de se secourir soy mesme* : comme on lit dans l'édition in-fol. de 1595. N.

(1) Dans la *Secunda Secundæ*, quæst. 154, art. 9. C.

indecemment seulement, mais dommageablement, employez envers nos femmes. Qu'elles apprennent l'impudence, au moins d'une aultre main : elles sont tousiours assez esveillees pour nostre besoing. Ie ne m'y suis servy que de l'instruction naturelle et simple.

C'est une religieuse liaison et devote que le mariage : voylà pourquoy le plaisir qu'on en tire ce doibt estre un plaisir retenu, serieux, et meslé à quelque severité; ce doibt estre une volupté aulcunement prudente et consciencieuse. Et parceque sa principale fin c'est la generation, il y en a qui mettent en doubte si, lors que nous sommes sans l'esperance de ce fruict, comme quand elles sont hors d'aage ou enceinctes, il est permis d'en rechercher l'embrassement : c'est un homicide à la mode de Platon. Certaines nations, et entre aultres la mahumetane, abominent la conionction avecques les femmes enceinctes : plusieurs aussi avecques celles qui ont leurs flueurs. Zenobia ne recevoit son mary que pour une charge; et cela faict, elle le laissoit courir tout le temps de sa conception, luy donnant lors seulement loy de recommencer : brave et genereux exemple de mariage. C'est de quelque poëte disetteux et affamé de ce deduit, que Platon emprunta cette narration : Que Iupiter feit à sa femme une si chaleureuse charge un iour, que, ne pouvant avoir patience qu'elle eust gaigné son lict, il la versa sur le plancher; et par la vehemence du plaisir oublia les resolutions grandes et importantes qu'il venoit de prendre avecques les aultres dieux en sa court celeste; se vantant qu'il l'avoit trouvé aussi bon ce coup là que lors que premierement il la depucella à cachettes de leurs parents. Les roys de Perse appelloient leurs femmes à la compaignie de leurs festins : mais quand le vin venoit à les eschauffer en bon escient, et qu'il falloit tout à faict lascher la bride à la volupté, ils les renvoyoient en leur privé, pour ne les faire participantes de leurs appetits immoderez; et faisoient venir en leur lieu des femmes

ausquelles ils n'eussent point cette obligation de respect.
Touts plaisirs et toutes gratifications ne sont pas bien logees en toutes gents. Epaminondas avoit faict emprison-
ner un garson desbauché; Pelopidas le pria de le mettre
en liberté en sa faveur : il l'en refusa, et l'accorda à une
sienne garse qui aussi l'en pria : disant, « que c'estoit une
gratification deue à une amie, non à un capitaine ». So-
phocles estant compaignon en la preture avecques Pericles, voyant de cas de fortune passer un beau garson :
« O le beau garson que voylà »! feit il à Pericles : « Cela
seroit bon à un aultre qu'à un preteur, luy dict Pericles,
qui doibt avoir non les mains seulement mais aussi les
yeulx chastes ». Aelius Verus l'empereur respondit à sa
femme, comme elle se plaignoit de quoy il se laissoit aller
à l'amour d'aultres femmes, « qu'il le faisoit par occasion
consciencieuse, d'autant que le mariage estoit un nom
d'honneur et dignité, non de folastre et lascive concupiscence». Et nos anciens aucteurs ecclesiastiques font avecques honneur mention d'uue femme qui repudia son
mary, pour ne vouloir seconder ses trop lascives et im-
moderees amours. Il n'est, en somme, aulcune si iuste
volupté en laquelle l'excez et l'intemperance ne nous soit
reprochable.

   Mais à parler en bon escient, est ce pas un miserable
animal que l'homme? A peine est il en son pouvoir, par
sa condition naturelle, de gouster un seul plaisir entier et
pur, encores se met il en peine de le retrencher, par discours : il n'est pas assez chestif, si par art et par estude il
n'augmente sa misere

   Fortunæ miseras auximus arte vias. (1)
La sagesse humaine faict bien sottement l'ingenieuse de
s'exercer à rabattre le nombre et la doulceur des voluptez
qui nous appartiennent ; comme elle faict favorablement

---

(1)   Nous étendons par art les tristes droits du sort.
                        Propert. l. 3, eleg. 7, v. 32.

et industrieusement d'employer ses artifices à nous peigner et farder les maulx, et en alleger le sentiment. Si i'eusse esté chef de part, i'eusse prins aultre voye plus naturelle, qui est à dire, vraye, commode et saincte; et me feusse peutestre rendu assez fort pour la borner: quoique nos medecins spirituels et corporels, comme par complot faict entre eulx, ne treuvent aulcune voye à la guarison, ny remede aux maladies du corps et de l'ame, que par le torment, la douleur, et la peine. Les veilles, les ieusnes, les haires, les exils loingtains et solitaires, les prisons perpetuelles, les verges, et aultres afflictions ont esté introduictes pour cela : mais en telle condition que ce soyent veritablement afflictions, et qu'il y ayt de l'aigreur poignante; et qu'il n'en advienne point comme à un Gallio, lequel ayant esté envoyé en exil en l'isle de Lesbos, on feut adverty à Rome qu'il s'y donnoit du bon temps, et que ce qu'on luy avoit enioinct pour peine luy tournoit à commodité : parquoy ils se radviserent de le rappeller prez de sa femme et en sa maison, et luy ordonnerent de s'y tenir; pour accommoder leur punition à son ressentiment. Car à qui le ieusne aiguiseroit la santé et l'alaigresse, à qui le poisson seroit plus appetissant que la chair, ce ne seroit plus recepte salutaire: non plus qu'en l'aultre medecine, les drogues n'ont point d'effect à l'endroict de celuy qui les prend avecques appetit et plaisir ; l'amertume et la difficulté sont circonstances servant à leur operation. Le naturel qui accepteroit la rubarbe comme familiere, en corromproit l'usage; il fault que ce soit chose qui blece nostre estomach pour le guarir: et icy fault la regle commune, que les choses se guarissent par leurs contraires; car le mal y guarit le mal. Cette impression se rapporte aulcunement à cette aultre si ancienne, de penser gratifier au ciel et à la nature par nostre massacre et homicide, qui feut universellement embrassee en toutes religions. Encores du temps de nos peres, Amurat, en la prinse de l'Isthme, immola six cents ieunes hommes

grecs à l'ame de son pere; à fin que ce sang servist de
propitiation à l'expiation des pechez du trespassé. Et en
ces nouvelles terres descouvertes en nostre aage, pures
encores et vierges au prix des nostres, l'usage en est aulcunement receu par tout; toutes leurs idoles s'abruvent
de sang humain, non sans divers exemples d'horrible
cruauté: on les brusle vifs, et demy rostis on les retire du
brasier pour leur arracher le cœur et les entrailles; à d'aultres, voire aux femmes, on les escorche vifves, et de leur
peau ainsi sanglante en revest on et masque d'aultres. Et
non moins d'exemples de constance et resolution : car ces
pauvres gents sacrifiables, vieillards, femmes, enfants,
vont quelques iours avant questants eulx mesmes les au-
mosnes pour l'offrande de leur sacrifice, et se presentent
à la boucherie chantants et dansants avecques les assistants. Les ambassadeurs du roy de Mexico, faisant entendre à Fernand Cortez la grandeur de leur maistre,
aprez luy avoir dict qu'il avoit trente vassaux, desquels chascun pouvoit assembler cent mille combattants,
et qu'il se tenoit en la plus belle et forte ville qui feust
soubs le ciel, luy adiousterent qu'il avoit à sacrifier aux
dieux cinquante mille hommes par an. De vray, ils disent
qu'il nourrissoit la guerre avecques certains grands peuples voisins, non seulement pour l'exercice de la ieunesse
du païs, mais principalement pour avoir de quoy fournir
à ses sacrifices par des prisonniers de guerre. Ailleurs,
en certain bourg, pour la bienvenue dudit Cortez, ils
sacrifierent cinquante hommes tout à la fois. Ie diray encores ce conte. Aulcuns de ces peuples, ayants esté battus
par luy, envoyerent le recognoistre, et rechercher d'amitié. Les messagers luy presenterent trois sortes de presents, en cette maniere : « Seigneur, voylà cinq esclaves ;
si tu es un dieu fier qui te paisses de chair et de sang,
mange les, et nous t'en amerrons davantage: si tu es un
dieu debonnaire, voylà de l'encens et des plumes : si tu
es homme, prends les oiseaux et les fruicts que voycy.

CHAPITRE XXX.

Des Cannibales.

Quand le roy Pyrrhus passa en Italie, aprez qu'il eut recogneu l'ordonnance de l'armee que les Romains luy envoyoient au devant: « Ie ne sçay, dict il, quels barbares sont ceulx cy, (car les Grecs appelloient ainsi toutes les nations estrangieres), mais la disposition de cette armee que ie veois n'est aulcunement barbare ». Autant en dirent les Grecs de celle que Flaminius feit passer en leur païs, et Philippus, voyant d'un tertre l'ordre et distribution du camp romain, en son royaume, soubs Publius Sulpicius Galba. Voylà comment il se fault garder de s'attacher aux opinions vulgaires, et les fault iuger par la voye de la raison, non par la voix commune.

I'ay eu longtemps avecques moy un homme qui avoit demeuré dix ou douze ans en cet aultre monde qui a esté descouvert en nostre siecle, en l'endroict où Villegaignon print terre (a), qu'il surnomma la France antartique. Cette descouverte d'un païs infiny semble estre de consideration. Ie ne sçais si ie me puis respondre que il ne s'en face à l'advenir quelque aultre, tant de personnages plus grands que nous ayants esté trompez en cette cy. I'ay peur que nous avons les yeulx plus grands que le ventre, et plus de curiosité que nous n'avons de capacité: nous embrassons tout, mais nous n'estreignons que du vent.

Platon introduict Solon racontant avoir apprins des presbtres de la ville de Says en Aegypte, que, iadis et avant le deluge, il y avoit une grande isle nommee Atlan-

---

(a) Au Bresil, où il arriva en 1557.

tide, droict à la bouche du destroict de Gibaltar (a), qui
tenoit plus de païs que l'Afrique et l'Asie toutes deux
ensemble ; et que les roys de cette contree là, qui ne pos-
sedoient pas seulement cette isle, mais s'estoyent estendus dans la terre ferme si avant qu'ils tenoient de la
largeur d'Afrique iusques en Aegypte, et de la longueur
de l'Europe iusques en la Toscane, entreprinrent d'en-
iamber iusques sur l'Asie, et subiuguer toutes les nations
qui bordent la mer mediterranee iusques au golfe de la
mer maiour (b) ; et pour cet effect, traverserent les Espai-
gnes, la Gaule, l'Italie, iusques en la Grece, où les Atheniens les sousteinrent : mais que quelque temps aprez et
les Atheniens et eulx et leur isle feurent engloutis par le
deluge.

Il est bien vraysemblable que cet extreme ravage
d'eau ayt faict des changements estranges aux habita-
tions de la terre, comme on tient que la mer a retrenché
la Sicile d'avecques l'Italie ;

> Hæc loca, vi quondam et vastà convulsa ruinà,
>
> . . . .
>
> Dissiluisse ferunt, cùm protinùs utraque tellus
> Una foret. (1)

Chypre, d'avecques la Surie ; l'isle de Negrepont, de la
terre ferme de la Bœoce ; et ioinct ailleurs les terres
qui estoyent divisees, comblant de limon et de sable les
fosses d'entre deux :

> sterilisque diù palus, aptaque remis,
> Vicinas urbes alit, et grave sentit aratrum. (2)

(a) Ou Gibraltar, comme nous parlons aujourd'hui. Nicot met
l'un et l'autre. C.

(b) Qu'on nomme à présent la Mer noire.

(1) On dit qu'autrefois ces terres, qui jointes ensemble ne faisoient d'abord qu'un seul continent, furent séparées par les violentes secousses d'un tremblement de terre. *Virg*. Aeneid. l. 3,
v. 414, 416, 417.

(2) Un marais, autrefois stérile, et portant bateau, se trouve

Mais il n'y a pas grande apparence que cette isle soit ce
monde nouveau que nous venons de descouvrir, car
elle touchoit quasi l'Espaigne, et ce seroit un effect incroyable d'inondation de l'en avoir reculee comme elle
est, de plus de douze cents lieues; oultre ce que les navigations des modernes ont desia presque descouvert que
ce n'est point une isle, ains terre ferme et continente
avecques l'Inde orientale d'un costé, et avecques les terres
qui sont soubs les deux poles d'aultre part; ou si elle en
est separee, que c'est d'un si petit destroict et intervalle
qu'elle ne merite pas d'estre nommee isle pour cela. Il
semble qu'il y aye des mouvements, naturels les uns, les
aultres fiebvreux, en ces grands corps comme aux nostres. Quand ie considere l'impression que ma riviere de
Dordoigne faict, de mon temps, vers la rive droicte de sa
descente, et qu'en vingt ans elle a tant gaigné, et desrobé
le fondement à plusieurs bastiments, ie veois bien que
c'est une agitation extraordinaire; car si elle feut tousiours allee ce train, ou deut aller à l'advenir, la figure
du monde seroit renversee: mais il leur prend des changements; tantost elles s'espandent d'un costé, tantost
d'un aultre, tantost elles se contiennent. Ie ne parle pas
des soubdaines inondations, de quoy nous manions les
causes. En Medoc, le long de la mer, mon frere sieur
d'Arsac veoid une sienne terre ensepvelie soubs les sables que la mer vomit devant elle; le faiste d'aulcuns
bastiments paroist encores: ses rentes et domaines se
sont eschangez en pasquages bien maigres. Les habitants
disent que depuis quelque temps la mer se poulse si fort
vers eulx, qu'ils ont perdu quatre lieues de terre. Ces sables sont ses fourriers; et voyons de grandes montioies
d'arene mouvante qui marchent d'une demie lieue devant elle et gaignent païs.

---

maintenant changé en terres labourables, et qui nourrissent les
villes voisines. *Horat.* de arte poet. v. 65, 66.

L'aultre tesmoignage de l'antiquité auquel on veult rapporter cette descouverte est dans Aristote, au moins si ce petit livret des Merveilles inouyes est à luy. Il raconte là que certains Carthaginois s'estants iectez au travers de la mer Atlantique, hors le destroict de Gibaltar, et navigé longtemps, avoient descouvert enfin une grande isle fertile, toute revestue de bois et arrousee de grandes et profondes rivieres, fort esloingnee de toutes terres fermes; et qu'eulx, et aultres depuis, attirez par la bonté et fertilité du terroir, s'y en allerent avecques leurs femmes et enfants, et commencerent à s'y habituer. Les seigneurs de Carthage, voyants que leur pays se depeuploit peu à peu, feirent deffense expresse, sur peine de mort, que nul n'eust plus à aller là ; et en chasserent ces nouveaux habitants, craignants, à ce qu'on dict, que par succession de temps ils ne veinssent à multiplier tellement qu'ils les supplantassent eulx mesmes et ruinassent leur estat. Cette narration d'Aristote n'a non plus d'accord avecques nos terres neufves.

Cet homme que i'avois estoit homme simple et grossier; qui est une condition propre à rendre veritable tesmoignage : car les fines gents remarquent bien plus curieusement et plus de choses, mais ils les glosent; et, pour faire valoir leur interpretation, et la persuader, ils ne se peuvent garder d'alterer un peu l'histoire; ils ne vous representent iamais les choses pures, ils les inclinent et masquent selon le visage qu'ils leur ont veu; et, pour donner credit à leur iugement et vous y attirer, prestent volontiers de ce costé là à la matiere, l'allongent et l'amplifient: Ou il fault un homme tresfidelle, ou si simple qu'il n'ayt pas de quoy bastir et donner de la vraysemblance à des inventions faulses, et qui n'ayt rien espousé. Le mien estoit tel, et oultre cela il m'a faict veoir à diverses fois plusieurs matelots et marchands qu'il avoit cogneus en ce voyage: ainsi ie me contente de cette information, sans m'enquerir de ce que les cosmogra-

phes en disent. Il nous fauldroit des topographes qui
nous feissent narration particuliere des endroicts où ils
ont esté : mais pour avoir cet advantage sur nous d'avoir
veu la Palestine, ils veulent iouïr de ce privilege de nous
conter nouvelles de tout le demourant du monde. Ie
vouldrois que chascun escrivist ce qu'il sçait, et autant
qu'il en sçait, non en cela seulement, mais en touts
aultres subiects : car tel peult avoir quelque particuliere science ou experience de la nature d'une riviere
ou d'une fontaine, qui ne sçait au reste que ce que chascun sçait ; il entreprendra toutesfois, pour faire courir
ce petit loppin, d'escrire toute la physique. De ce vice
sourdent plusieurs grandes incommoditez.

Or ie treuve, pour revenir à mon propos, qu'il n'y a
rien de barbare et de sauvage en cette nation, à ce
qu'on m'en a rapporté ; sinon que chascun appelle barbarie ce qui n'est pas de son usage. Comme de vray il
semble que nous n'avons aultre mire de la verité et de
la raison, que l'exemple et idee des opinions et usances
du païs où nous sommes : là est tousiours la parfaicte
religion, la parfaicte police, parfaict et accomply usage
de toutes choses. Ils sont sauvages, de mesme que
nous appellons sauvages les fruicts que nature de soy et
de son progrez ordinaire a produicts ; là où à la verité
ce sont ceulx que nous avons alterez par nostre artifice,
et destournez de l'ordre commun, que nous debvrions
appeller plustost sauvages : en ceulx là sont vifves et vigo-
reuses les vrayes et plus utiles et naturelles vertus et pro-
prietez ; lesquelles nous avons abbastardies en ceulx cy,
les accommodant au plaisir de nostre goust corrompu ;
et si pourtant la saveur mesme et delicatesse se treuve,
à nostre goust mesme, excellente, à l'envi des nostres, en
divers fruicts de ces contrees là, sans culture. Ce n'est
pas raison que l'art gaigne le poinct d'honneur sur nostre
grande et puissante mere nature. Nous avons tant re-
chargé la beauté et richesse de ses ouvrages par nos

inventions, que nous l'avons du tout estouffee: si est ce que partout où sa pureté reluict, elle faict une merveilleuse honte à nos vaines et frivoles entreprinses.

Et veniunt hederæ sponte suâ melius;
Surgit et in solis formosior arbutus antris;
. . . .
Et volucres nullâ dulcius arte canunt. (1)

Touts nos efforts ne peuvent seulement arriver à representer le nid du moindre oyselet, sa contexture, sa beauté, et l'utilité de son usage; non pas la tissure de la chestifve araignee. Toutes choses, dict Platon, sont produictes ou par la nature, ou par la fortune, ou par l'art: les plus grandes et plus belles, par l'une ou l'aultre des deux premieres; les moindres et imparfaictes, par la derniere. Ces nations me semblent doncques ainsi barbares pour avoir receu fort peu de façon de l'esprit humain, et estre encores fort voisines de leur naïfveté originelle. Les loix naturelles leur commandent encores, fort peu abbastardies par les nostres; mais c'est en telle pureté, qu'il me prend quelquesfois desplaisir de quoy la cognoissance n'en soit venue plustost du temps qu'il y avoit des hommes qui en eussent sceu mieulx iuger que nous: il me desplaist que Lycurgus et Platon ne l'ayent eue; car il me semble que ce que nous voyons par experience en ces nations là surpasse non seulement toutes les peinctures de quoy la poësie a embelly l'aage doré, et toutes ses inventions à feindre une heureuse condition d'hommes, mais encores la conception et le desir mesme de la philosophie: ils n'ont peu imaginer une naïfveté si pure et simple comme nous la voyons par experience;

---

(1) Le lierre vient beaucoup mieux de lui même : l'arboisier croît plus beau dans des antres solitaires; et le chant des oiseaux est plus doux sans le secours de l'art. *Propert.* l. 1, eleg. 2, v. 10, 11, 14.

ny n'ont peu croire que nostre societé se peust maintenir
avecques si peu d'artifice et de soudeure humaine. C'est
une nation, diroy ie à Platon, en laquelle il n'y a aulcune espece de traficque, nulle cognoissance de lettres,
nulle science de nombres, nul nom de magistrat ny de
superiorité politique, nul usage de service, de richesse
ou de pauvreté, nuls contracts, nulles successions, nuls
partages, nulles occupations qu'oysifves, nul respect de
parenté que commun, nuls vestements, nulle agriculture, nul metal, nul usage de vin ou de bled; les paroles
mesmes qui signifient la mensonge, la trahison, la dissi-
mulation, l'avarice, l'envie, la detraction, le pardon,
inouyes. Combien trouveroit il la republique qu'il a
imaginee, esloingnee de cette perfection ! Viri à diis re-
centes (1).

Hos natura modos primùm dedit. (2)

Au demourant, ils vivent en une contree de pays tresplaisante et bien temperee : de façon qu'à ce que m'ont
dict mes tesmoings, il est rare d'y veoir un homme malade; et m'ont asseuré n'en y avoir veu aulcun tremblant, chassieux, esdenté, ou courbé de vieillesse. Ils
sont assis le long de la mer, et fermez du costé de la terre
de grandes et haultes montaignes ayants, entre deux,
cent lieues ou environ d'estendue en large. Ils ont grande
abondance de poisson et de chairs qui n'ont aulcune ressemblance aux nostres; et les mangent sans aultre artifice que de les cuire. Le premier qui y mena un cheval,
quoy qu'il les eust practiquez à plusieurs aultres voyages,

---

(1) Ces hommes semblent être formés récemment de la main
des dieux.

Cette citation, tirée de Séneque (ep. 90), ne se trouve que dans
l'exemplaire corrigé par Montaigne où elle est écrite de sa main.

(2) Ce sont les premieres lois de notre mere nature. *Virg.*
g org. l. 2, v. 20.

leur feit tant d'horreur en cette assiette, qu'ils le tuerent à coups de traicts avant que le pouvoir recognoistre.
Leurs bastiments sont fort longs, et capables de deux ou
trois cents ames, estoffez d'escorce de grands arbres, tenants à terre par un bout et se soustenants et appuyants
l'un contre l'aultre par le faiste, à la mode d'aulcunes de
nos granges desquelles la couverture pend iusques à
terre et sert de flancq. Ils ont du bois si dur qu'ils en
coupent, et en font leurs espees et des grils à cuire leur
viande. Leurs licts sont d'un tissu de cotton, suspendus
contre le toict comme ceulx de nos navires, à chascun le
sien : car les femmes couchent à part des maris. Ils se
levent avec le soleil, et mangent soubdain aprez s'estre
levez, pour toute la iournee : car ils ne font aultre repas
que celuy là. Ils ne boivent pas lors, comme Suidas dict
de quelques aultres peuples d'orient qui beuvoient hors
du manger; ils boivent à plusieurs fois sur iour et d'autant. Leur bruvage est faict de quelque racine, et est
de la couleur de nos vins clairets; ils ne le boivent que
tiede. Ce bruvage ne se conserve que deux ou trois
iours; il a le goust un peu picquant, nullement fumeux,
salutaire à l'estomach, et laxatif à ceulx qui ne l'ont
accoustumé : c'est une boisson tresagreable à qui y est
duict. Au lieu du pain, ils usent d'une certaine matiere
blanche comme du coriandre confict : i'en ay tasté; le
goust en est doulx et un peu fade. Toute la iournee se
passe à dancer. Les plus ieunes vont à la chasse des bestes,
à tout des arcs. Une partie des femmes s'amusent ce
pendant à chauffer leur bruvage, qui est leur principal
office. Il y a quelqu'un des vieillards qui, le matin avant
qu'ils se mettent à manger, presche en commun toute
la grangee, en se promenant d'un bout à aultre, et re-
disant une mesme clause à plusieurs fois, iusques à ce
qu'il ayt achevé le tour, car ce sont bastiments qui ont
bien cent pas de longueur. Il ne leur recommende que
deux choses, la vaillance contre les ennemys, et l'amitié

à leurs femmes : et ne faillent iamais de remarquer cette obligation, pour leur refrain, « que ce sont elles qui leur maintiennent leur boisson tiede et assaisonnee ». Il se veoid en plusieurs lieux, et entre aultres chez moy, la forme de leurs licts, de leurs cordons, de leurs espees, et brasselets de bois de quoy ils couvrent leurs poignets aux combats, et des grandes cannes ouvertes par un bout, par le son desquelles ils soustiennent la cadence en leur dance. Ils sont raz par tout, et se font le poil beaucoup plus nettement que nous, sans aultre rasoir que de bois ou de pierre. Ils croyent les ames eternelles ; et celles qui ont bien merité des dieux, estre logees à l'endroict du ciel où le soleil se leve : les mauldites, du costé de l'occident.

Ils ont ie ne sçay quels presbtres et prophetes, qui se presentent bien rarement au peuple, ayants leur demeure aux montaignes. A leur arrivee, il se faict une grande feste et assemblee solennelle de plusieurs villages (chas-que grange, comme ie l'ay descripte, faict un village, et sont environ à une lieue françoise l'une de l'aultre). Ce prophete parle à eulx en public, les exhortant à la vertu et à leur debvoir : mais toute leur science ethique ne contient que ces deux articles, de la resolution à la guerre, et affection à leurs femmes. Cettuy cy leur pro-gnostique les choses à venir, et les evenements qu'ils doibvent esperer de leurs entreprinses ; les achemine ou destourne de la guerre : mais c'est par tel si, que où il fault à bien deviner, et s'il leur advient aultrement qu'il ne leur a predict, il est hasché en mille pieces s'ils l'at-trapent, et condamné pour faulx prophete. A cette cause celuy qui s'est une fois mesconté, on ne le veoid plus.

C'est don de Dieu que la divination : voylà pourquoy ce debvroit estre une imposture punissable d'en abuser. Entre les Scythes, quand les devins avoient failly de rencontre, on les couchoit, enforgez de pieds et de mains, sur des charriotes pleines de bruyere tirees par

des bœufs, en quoy on les faisoit brusler. Ceulx qui manient les choses subiectes à la conduicte de l'humaine
suffisance sont excusables d'y faire ce qu'ils peuvent :
mais ces aultres, qui nous viennent pipant des asseurances
d'une faculté extraordinaire qui est hors de nostre cognoissance, fault il pas les punir de ce qu'ils ne maintiennent l'effect de leur promesse, et de la temerité de
leur imposture?

Ils ont leurs guerres contre les nations qui sont au
delà de leurs montaignes, plus avant en la terre ferme,
ausquelles ils vont touts nuds, n'ayants aultres armes
que des arcs ou des espees de bois appointees par un
bout, à la mode des langues de nos espieux. C'est chose
esmerveillable que de la fermeté de leurs combats, qui
ne finissent iamais que par meurtre et effusion de sang :
car de routes et d'effroy, ils ne sçavent que c'est. Chascun rapporte pour son trophee la teste de l'ennemy qu'il
a tué, et l'attache à l'entree de son logis. Aprez avoir
longtemps bien traicté leurs prisonniers et de toutes les
commoditez dont ils se peuvent adviser, celuy qui en est
le maistre faict une grande assemblee de ses cognoissants.
Il attache une chorde à l'un des bras du prisonnier, par le
bout de laquelle il le tient esloingné de quelques pas, de
peur d'en estre offensé, et donne au plus cher de ses
amis l'aultre bras à tenir, de mesme ; et eulx deux, en
presence de toute l'assemblee, l'assomment à coups d'espee. Cela faict, ils le rostissent, et en mangent en commun, et en envoyent des loppins à ceulx de leurs amis
qui sont absents. Ce n'est pas, comme on pense, pour
s'en nourrir, ainsi que faisoient anciennement les Scythes ; c'est pour representer une extreme vengeance : et
qu'il soit ainsin, ayants apperceu que les Portugais qui
s'estoient r'alliez à leurs adversaires usoient d'une aultre
sorte de mort contre eulx quand ils les prenoient, qui
estoit de les enterrer iusques à la ceincture et tirer au
demourant du corps force coups de traicts, et les pendre

aprez ; ils penserent que ces gents icy de l'aultre monde
(comme ceulx qui avoient semé la cognoissance de beaucoup de vices parmy leur voisinage, et qui estoient beaucoup plus grands maistres qu'eulx en toute sorte de malice),ne prenoient pas sans occasion cette sorte de vengeance, et qu'elle debvoit estre plus aigre que la leur, dont ils
commencerent de quitter leur façon ancienne pour suyvre cette cy. Ie ne suis pas marry que nous remarquons
l'horreur barbaresque qu'il y a en une telle action ; mais
oui bien de quoy, iugeants à poinct de leurs faultes, nous
soyons si aveuglez aux nostres. Ie pense qu'il y a plus de
barbarie à manger un homme vivant, qu'à le manger
mort ; à deschirer par torments et par gehennes un corps
encores plein de sentiment, le faire rostir par le menu,
le faire mordre et meurtrir aux chiens et aux pourceaux
(comme nous l'avons non seulement leu, mais veu de
fresche memoire, non entre des ennemis anciens, mais
entre des voisins et concitoyens, et qui pis est, soubs
pretexte de pieté et de religion), que de le rostir et
manger aprez qu'il est trespassé. Chrysippus et Zenon,
chefs de la secte stoïcque, ont bien pensé qu'il n'y avoit
aulcun mal de se servir de nostre charongne à quoy que
ce feust pour nostre besoing, et d'en tirer de la nourriture ; comme nos ancestres estants assiegez par Cesar en
la ville d'Alexia, se resolurent de soustenir la faim de ce
siege par les corps des vieillards, des femmes et aultres personnes inutiles au combat ;

> Vascones (fama est) alimentis talibus usi
> Produxere animas. (1)

et les medecins ne craignent pas de s'en servir à toute
sorte d'usage pour nostre santé, soit pour l'appliquer
au dedans ou au dehors : mais il ne se trouva iamais

---

(1) On dit que les Gascons prolongerent leur vie,en se nourrissant de chair humaine. *Juvenal.* Sat. 15, v. 93, 94.

aulcune opinion si desreglee qui excusast la trahison,
la desloyauté, la tyrannie, la cruauté, qui sont nos faultes
ordinaires. Nous les pouvons donc bien appeller barbares, eu esgard aux regles de la raison ; mais non pas
eu esgard à nous, qui les surpassons en toute sorte
de barbarie. Leur guerre est toute noble et genereuse,
et a autant d'excuse et de beauté que cette maladie humaine en peult recevoir : elle n'a aultre fondement
parmy eulx, que la seule ialousie de la vertu. Ils ne sont
pas en debat de la conqueste de nouvelles terres ; car
ils iouyssent encores de cette uberté naturelle qui les
fournit sans travail et sans peine de toutes choses necessaires ; en telle abondance, qu'ils n'ont que faire d'a-
grandir leurs limites. Ils sont encores en cet heureux
poinct de ne desirer qu'autant que leurs necessitez naturelles leur ordonnent : tout ce qui est au delà est super-
flu pour eulx. Ils s'entr'appellent generalement, ceulx de
mesme aage, freres ; enfants, ceulx qui sont au dessoubs ; et les vieillards sont peres à touts les aultres.
Ceulx cy laissent à leurs heritiers en commun cette
pleine possession de bien par indivis, sans aultre tiltre
que celuy tout pur que nature donne à ses creatures les
produisant au monde. Si leurs voisins passent les montaignes pour les venir assaillir, et qu'ils emportent la
victoire sur eulx, l'acquest du victorieux c'est la gloire
et l'advantage d'estre demeuré maistre en valeur et en
vertu, car aultrement ils n'ont que faire des biens des
vaincus ; et s'en retournent à leurs pays, où ils n'ont faulte
d'aulcune chose necessaire, ny faulte encores de cette
grande partie, De sçavoir heureusement iouyr de leur
condition et s'en contenter. Autant en font ceulx cy à
leur tour ; ils ne demandent à leurs prisonniers aultre
rançon que la confession et recognoissance d'estre vaincus : mais il ne s'en treuve pas un en tout un siecle qui
n'ayme mieulx la mort, que de relascher, ny par contenance ny de parole, un seul poinct d'une grandeur de

courage invincible; il ne s'en veoid aulcun qui n'aime mieulx estre tué et mangé, que de requerir seulement de ne l'estre pas. Ils les traictent en toute liberté, à fin que la vie leur soit d'autant plus chere: et les entretiennent communement des menaces de leur mort future, des torments qu'ils y auront à souffrir, des apprests qu'on dresse pour cet effect, du destrenchement de leurs membres, et du festin qui se fera à leurs despens. Tout cela se faict pour cette seule fin, d'arracher de leur bouche quelque parole molle ou rabaissee, ou de leur donner envie de s'enfuyr, pour gaigner cet advantage de les avoir espouvantez et d'avoir faict force à leur constance. Car aussi, à le bien prendre, c'est en ce seul poinct que consiste la vraye victoire.

> Victoria nulla est
> Quàm quæ confessos animo quoque subiugat hostes. (1)

Les Hongres, tresbelliqueux combattants, ne poursuyvoient iadis leur poincte oultre avoir rendu l'ennemy à leur mercy: car en ayant arraché cette confession, ils le laissoient aller sans offense, sans rançon; sauf, pour le plus, d'en tirer parole de ne s'armer dez lors en avant contre eulx. Assez d'advantages gaignons nous sur nos ennemis, qui sont advantages empruntez, non pas nostres: c'est la qualité d'un portefaix, non de la vertu, d'avoir les bras et les iambes plus roides; c'est une qualité morte et corporelle, que la disposition; c'est un coup de la fortune, de faire bruncher nostre ennemy et de luy esblouïr les yeulx par la lumiere du soleil; c'est un tour d'art et de science, et qui peult tumber en une personne lasche et de neant, d'estre suffisant à l'escrime. L'estimation et le prix d'un homme consiste au cœur et en la volonté: c'est là où gist son vray honneur. La

---

(1) Il n'y a de véritable victoire que celle que les ennemis domtés sont forcés de reconnoître. *Claudian.* De sexto consulatu Honorii, Panegyris, v. 248, 249.

vaillance, c'est la fermeté, non pas des iambes et des bras, mais du courage et de l'ame; elle ne consiste pas en valeur de nostre cheval ny de nos armes, mais en la nostre. Celuy qui tumbe obstiné en son courage, si succiderit, de genu pugnat (1); qui pour quelque danger de la mort voisine ne relasche aulcun poinct de son asseurance; qui regarde encores, en rendant l'ame, son ennemy d'une veue ferme et desdaigneuse, il est battu, non pas de nous, mais de la fortune; il est tué, non pas vaincu: les plus vaillants sont par fois les plus infortunez. Aussi y a il des pertes triumphantes à l'envy des victoires. Ny ces quatre victoires sœurs, les plus belles que le soleil aye oncques veu de ses yeulx, de Salamine, de Platee, de Mycale, de Sicile, n'oserent oncques opposer toute leur gloire ensemble à la gloire de la desconfiture du roy Leonidas et des siens au pas des Thermopyles. Qui courut iamais d'une plus glorieuse envie et plus ambitieuse au gaing d'un combat, que le capitaine Ischolas à la perte? qui plus ingenieusement et curieusement s'est asseuré de son salut, que luy de sa ruine? Il estoit commis à deffendre certain passage du Peloponnese contre les Arcadiens : pour quoy faire se trouvant du tout incapable, veu la nature du lieu et inegualité des forces, et se resolvant que tout ce qui se presenteroit aux ennemis auroit de necessité à y demourer ; d'aultre part, estimant indigne et de sa propre vertu et magnanimité, et du nom lacedemonien, de faillir à sa charge, il print entre ces deux extremités un moyen party, de telle sorte: les plus ieunes et dispos de sa troupe il les conserva à la tuition et service de leur pays, et les y renvoya; et avecques ceulx desquels le default estoit moindre, il delibera de soustenir ce pas, et par leur mort en faire acheter aux ennemis l'entree la plus chere qu'il luy se-

---

(1) S'il vient à tomber, combat à genoux. *Senec.* de providentiâ, c. 2.

roit possible, comme il adveint; car estant tantost en-
vironné de toutes parts par les Arcadiens, aprez en avoir
faict une grande boucherie, luy et les siens feurent touts
mis au fil de l'espee. Est il quelque trophee assigné pour
les vainqueurs, qui ne soit mieulx deu à ces vaincus? Le
vray vaincre a pour son roollé l'estour, non pas le
salut; et consiste l'honneur de la vertu à combattre,
non à battre.

Pour revenir à nostre histoire, il s'en fault tant que
ces prisonniers se rendent pour tout ce qu'on leur faict,
qu'au rebours, pendant ces deux ou trois mois qu'on les
garde, ils portent une contenance gayé, ils pressent
leurs maistres de se haster de les mettre en cette espreuve, ils les desfient, les iniurient, leur reprochent
leur lascheté et le nombre des battailles perdues contre
les leurs. I'ay une chanson faicte par un prisonnier, où
il y a ce traict: « Qu'ils viennent hardiment trestouts, et
s'assemblent pour disner de luy, car ils mangeront
quand et quand leurs peres et leurs ayeulx qui ont servy
d'aliment et de nourriture à son corps: ces muscles,
dict il, cette chair et ces veines, ce sont les vostres,
pauvres fols que vous estes: vous ne recognoissez pas
que la substance des membres de vos ancestres s'y tient
encores; savourez les bien, vous y trouverez le goust
de vostre propre chair ». Invention qui ne sent aulcunement la barbarie. Ceulx qui les peignent mourants, et
qui representent cette action quand on les assomme, ils
peignent le prisonnier crachant au visage de ceulx qui
le tuent, et leur faisant la moue. De vray, ils ne cessent
iusques au dernier souspir de les braver et desfier de parole et de contenance. Sans mentir, au prix de nous,
voylà des hommes bien sauvages: car ou il fault qu'ils le
soyent bien à bon escient, ou que nous le soyons; il y a
une merveilleuse distance entre leur forme et la nostre.

Les hommes y ont plusieurs femmes, et en ont d'autant

plus grand nombre qu'ils sont en meilleure reputation
de vaillance. C'est une beauté remarquable en leurs mariages, que la mesme ialousie que nos femmes ont pour
nous empescher de l'amitié et bienveuillance d'aultres
femmes, les leurs l'ont toute pareille pour la leur acquerir : estants plus soigneuses de l'honneur de leurs maris que de toute aultre chose, elles cherchent et mettent
leur solicitude à avoir le plus de compaignes qu'elles
peuvent, d'autant que c'est un tesmoignage de la vertu
du mari. Les nostres crieront au miracle : ce ne l'est pas ;
c'est une vertu proprement matrimoniale, mais du plus
hault estage. Et en la bible, Lia, Rachel, Sara, et les
femmes de Iacob fournirent leurs belles servantes à leurs
maris : et Livia seconda les appetits d'Auguste, à son
interest : et la femme du roy Deiotarus, Stratonique,
presta non seulement à l'usage de son mari une fort belle
ieune fille de chambre qui la servoit, mais en nourrit
soigneusement les enfants, et leur feit espaule à succe-
der aux estats de leur pere. Et à fin qu'on ne pense
point que tout cecy se face par une simple et servile obligation à leur usance, et par l'impression de l'auctorité
de leur ancienne coustume, sans discours et sans iugement, et pour avoir l'ame si stupide que de ne pouvoir
prendre aultre party, il fault alleguer quelques traicts de
leur suffisance. Oultre celuy que ie viens de reciter de
l'une de leurs chansons guerrieres, i'en ay une aultre
amoureuse, qui commence en ce sens : « Couleuvre, arreste toy ; arreste toy, couleuvre, à fin que ma sœur tire
sur le patron de ta peincture la façon et l'ouvrage d'un
riche cordon que ie puisse donner à ma mie : ainsi soit en
tout temps ta beauté et ta disposition preferee à touts les
aultres serpents ». Ce premier couplet, c'est le refrain de
la chanson. Or i'ay assez de commerce avec la poësie pour
iuger cecy, que non seulement il n'y a rien de barbarie en
cette imagination, mais qu'elle est tout à faict anacreon-

tique. Leur langage, au demourant, c'est un langage doulx et qui a le son agreable, retirant aux terminaisons grecques

Trois d'entre eulx, ignorants combien coustera un iour à leur repos et à leur bonheur la cognoissance des corruptions de deçà, et que de ce commerce naistra leur ruine, comme ie presuppose qu'elle soit desia avancee, (bien miserables de s'estre laissez piper au desir de la nouvelleté, et avoir quitté la doulceur de leur ciel pour venir veoir le nostre !), feurent à Rouan du temps que le feu roy Charles neufviesme y estoit. Le roy parla à eulx longtemps. On leur feit veoir nostre façon, nostre pompe, la forme d'une belle ville. Aprez cela, quelqu'un en demanda leur advis, et voulut sçavoir d'eulx ce qu'ils y avoient trouvé de plus admirable : ils respondirent trois choses, dont i'ay perdu la troisiesme, et en suis bien marry ; mais i'en ay encores deux en memoire. Ils dirent qu'ils trouvoient en premier lieu fort estrange que tant de grands hommes portants barbe, forts et armez, qui estoient autour du roy (il est vraysemblable qu'ils parloient des Souisses de sa garde), se soubmissent à obeïr à un enfant, et qu'on ne choisissoit plustost quelqu'un d'entre eulx pour commander. Secondement, (ils ont une façon de leur langage telle, qu'ils nomment les hommes moitié les uns des aultres) qu'ils avoient apperceu qu'il y avoit parmy nous des hommes pleins et gorgez de toutes sortes de commoditez, et que leurs moitiez estoient mendiants à leurs portes, descharnez de faim et de pauvreté ; et trouvoient estrange comme ces moitiez icy necessiteuses pouvoient souffrir une telle iniustice, qu'ils ne prinssent les aultres à la gorge, ou meissent le feu à leurs maisons.

Ie parlay à l'un d'eulx fort longtemps ; mais i'avois un truchement qui me suyvoit si mal et qui estoit si empesché à recevoir mes imaginations, par sa bestise, que ie

n'en peus tirer (a) gueres de plaisir. Sur ce que ie luy
demanday, « Quel fruict il recevoit de la superiorité qu'il
avoit parmy les siens »? (car c'estoit un capitaine, et nos
matelots le nommoient roy), il me dict que c'estoit « Marcher le premier à la guerre » : De combien d'hommes il
estoit suyvi ? il me montra une espace de lieu, pour signifier que c'estoit autant qu'il en pourroit en une telle
espace ; ce pouvoit estre quatre ou cinq mille hommes :
Si hors la guerre toute son auctorité estoit expiree ? il
dict « Qu'il luy en restoit cela, que, quand il visitoit les
villages qui despendoient de luy, on luy dressoit des sentiers au travers des hayes de leurs bois par où il peust
passer bien à l'ayse ». Tout cela ne va pas trop mal : mais
quoy ! ils ne portent point de hault de chausses.

CHAPITRE XXXI.

*Qu'il fault sobrement se mesler de iuger des
ordonnances divines.*

LE vray champ et subiect de l'imposture sont les
choses incogneues : d'autant que, en premier lieu, l'estrangeté mesme donne credit ; et puis, n'estants point subiectes à nos discours ordinaires, elles nous ostent le
moyen de les combattre. A cette cause, dict Platon, est il
bien plus aysé de satisfaire parlant de la nature des dieux,
que de la nature des hommes : parce que l'ignorance
des auditeurs preste une belle et large carriere et toute
liberté au maniement d'une matiere cachee. Il advient
de là qu'il n'est rien creu si fermement que ce qu'on
sçait le moins ; ny gents si asseurez que ceulx qui nous
content des fables, comme alchymistes, prognostic-
queurs, iudiciaires, chiromantiens, medecins, id genus

_____

(a) rien qui vaille. *Edit.* de 1595.

omne (1) : ausquels ie ioindrois volontiers, si i'osois, un
tas de gens, interpretes et contreroolleurs ordinaires
des desseings de Dieu, faisants estat de trouver les
causes de chasque accident, et de veoir dans les secrets de la volonté divine les motifs incomprehensibles
de ses œuvres; et, quoyque la varieté et discordance
continuelle des evenements les reiecte de coing en coing,
et d'orient en occident, ils ne laissent de suyvre pourtant leur esteuf, et de mesme creon peindre le blanc et
le noir. En une nation indienne il y a cette louable observance : Quand il leur mesadvient en quelque rencontre
ou battaille, ils en demandent publicquement pardon au
soleil, qui est leur dieu, comme d'une action iniuste ;
rapportants leur heur ou malheur à la raison divine, et
luy soubmettants leur iugement et discours. Suffit à un
chrestien croire toutes choses venir de Dieu, les recevoir avecques recognoissance de sa divine et inscrutable
sapience; pourtant les prendre en bonne part, en quelque
visage qu'elles luy soyent envoyees. Mais ie treuve mauvais, ce que ie veois en usage, de chercher à fermir et
appuyer nostre religion (a) par le bonheur et prosperité de
nos entreprinses. Nostre creance a assez d'aultres fondements, sans l'auctoriser par les evenements ; car, le peuple
accoustumé à ces arguments plausibles et proprement de
son goust, il est dangier, quand les evenements viennent
à leur tour contraires et desadvantageux, qu'il en es-
bransle sa foy : comme aux guerres où nous sommes pour
la religion, ceulx qui eurent l'advantage au rencontre
de la Rochelabeille (b), faisants grand' feste de cet accident, et se servants de cette fortune pour certaine approbation de leur party; quand ils viennent aprez à ex-

---

(1) Et tous les gens de cette sorte. *Horat.* sat. 2, l. 1, v. 2.
(a) par la prosperité de, etc. *Edit.* de 1595.
(b) Grande escarmouche entre les troupes de l'amiral de
Coligny et celles du duc d'Anjou, au mois de mai 1569. C.

cuser leurs desfortunes de Montcontour et de Iarnac (a)
sur ce que ce sont verges et chastiments paternels, s'ils
n'ont un peuple du tout à leur mercy, ils luy font assez
ayseement sentir que c'est prendre d'un sac deux moul-
tures, et de mesme bouche souffler le chauld et le froid.
Il vauldroit mieulx l'entretenir des vrays fondements de
la verité. C'est une belle battaille navale qui s'est gai-
gnee ces mois passez (b) contre les Turcs, soubs la conduicte de Dom Ioan d'Austria : mais il a bien pleu à Dieu
en faire aultresfois veoir d'aultres telles à nos despens.
Somme, il est malaysé de ramener les choses divines à
nostre balance, qu'elles n'y souffrent du deschet. Et qui
vouldroit rendre raison de ce que Arrius, et Leon son
pape, chefs principaulx de cette heresie, moururent en
divers temps de morts si pareilles et si estranges (car
retirez de la dispute, par douleur de ventre, à la garde-
robe, touts deux y rendirent subitement l'ame), et
exaggerer cette vengeance divine par la circonstance du
lieu, y pourroit bien encores adiouster la mort de Helio-
gabalus, qui feut aussi tué en un retraict : mais quoy !
Irenee se treuve engagé en mesme fortune. Dieu nous
voulant apprendre que les bons ont aultre chose à esperer, et les mauvais aultre chose à craindre, que les fortunes ou infortunes de ce monde : il les manie et applique selon sa disposition occulté, et nous oste le moyen
d'en faire sottement nostre proufit. Et se mocquent ceulx
qui s'en veulent prevaloir selon l'humaine raison : ils
n'en donnent iamais une touche, qu'ils n'en reçoivent
deux. Saint Augustin en faict une belle preuve sur ses
adversaires. C'est un conflict qui se decide par les armes
de la memoire plus que par celles de la raison. Il se fault

(a) La bataille de Montcontour gagnée par le duc d'Anjou, en
1569, au mois d'octobre. Ce prince avoit gagné celle de Jarnac
au mois de mars de la même année. C.

(b) En 1571.

contenter de la lumiere qu'il plaist au soleil nous communiquer par ses rayons; et qui eslevera ses yeulx pour en prendre une plus grande dans son corps mesme, qu'il ne treuve pas estrange si, pour la peine de son oultrecuidance, il y perd la vue. *Quis hominum potest scire consilium Dei? aut quis poterit cogitare quid velit Dominus?* (1)

CHAPITRE XXXII.

De fuir les voluptez, au prix de la vie.

J'avois bien veu convenir en cecy la pluspart des anciennes opinions : Qu'il est heure de mourir lors qu'il y a plus de mal que de bien à vivre; et que de conserver nostre vie à nostre torment et incommodité, c'est chocquer les loix mesmes de nature, comme disent ces vieilles regles :

Η ζην αλυπως, η θανειν ευδαιμονος.

Καλον θνησκειν οις υβριν το ζην φερει.

Κρεισσον το μη ζην εστιν, η ζην αθλιως. (2)

mais de poulser le mespris de la mort insques à tel degré que de l'employer pour se distraire des honneurs, richesses, grandeurs et aultres faveurs et biens que nous appellons de la fortune, comme si la raison n'avoit pas assez à faire à nous persuader de les abandonner, sans

---

(1) Quel homme peut savoir les desseins de Dieu, ou imaginer ce que veut le Seigneur? *Sapient.* c. 9, v. 13.

(2) Ou une vie tranquille, ou une mort heureuse.

Il est beau de mourir lorsque la vie est à charge.

Il vaut mieux cesser de vivre que de vivre dans la misere.

On trouve dans Stobée, serm. 20, des sentences toutes semblables à ces trois-là. C.

y adiouster cette nouvelle recharge, ie ne l'avois veu
ny commander ny practiquer, iusques lors que ce passage
de Seneca me tumba entre mains, auquel conseillant
à Lucilius, personnage puissant et de grande auctorité
autour de l'empereur, de changer cette vie voluptueuse
et pompeuse, et de se retirer de cette ambition du monde
à quelque vie solitaire, tranquille et philosophique; sur
quoy Lucilius alleguoit quelques difficultez : « Ie suis
d'advis, dict il, que tu quittes cette vie là, ou la vie tout
à faict: bien te conseille ie de suyvre la plus doulce voye,
et de destacher plustost que de rompre ce que tu as
mal noué; pourveu que, s'il ne se peult aultrement destacher, tu le rompes: il n'y a homme si couard qui n'ayme
mieulx tumber une fois, que de demourer tousiours en
bransle ». I'eusse trouvé ce conseil sortable à la rudesse
stoïcque : mais il est plus estrange qu'il soit emprunté
d'Epicurus, qui escript à ce propos choses toutes pareilles
à Idomeneus. Si est ce que ie pense avoir remarqué quelque traict semblable parmy nos gents, mais avecques la
moderation chrestienne. Sainct Hilaire, evesque de Poic-
tiers, ce fameux ennemy de l'heresie arienne, estant en
Syrie, feut adverty qu'Abra sa fille unique, qu'il avoit
laissee par deçà avecques sa mere, estoit poursuyvie en
mariage par les plus apparents seigneurs du païs, comme
fille tresbien nourrie, belle, riche, et en la fleur de son
aage : il luy escrivit (comme nous voyons) qu'elle ostast
son affection de touts ces plaisirs et advantages qu'on
luy presentoit; qu'il luy avoit trouvé en son voyage un
party bien plus grand et plus digne, d'un mari de bien
aultre pouvoir et magnificence, qui luy feroit presents
de robes et de ioyaux de prix inestimable. Son desseing
estoit de luy faire perdre l'appetit et l'usage des plaisirs mondains, pour la ioindre toute à Dieu : mais à cela
le plus court et plus certain moyen luy semblant estre
la mort de sa fille, il ne cessa par vœux, prieres et
oraisons de faire requeste à Dieu de l'oster de ce monde

et de l'appeller à soy, comme il adveint; car bientost aprez son retour elle luy mourut, de quoy il montra une singuliere ioye. Cettuy cy semble encherir sur les aultres, de ce qu'il s'adresse à ce moyen de prime face, lequel ils ne prennent que subsidiairement, et puis, que c'est à l'endroict de sa fille unique. Mais ie ne veulx obmettre le bout de cette histoire, encores qu'il ne soit pas de mon propos. La femme de sainct Hilaire, ayant entendu par luy comme la mort de leur fille s'estoit conduicte par son desseing et volonté, et combien elle avoit plus d'heur d'estre deslogee de ce monde que d'y estre, print une si vifve apprehension de la beatitude eternelle et celeste, qu'elle solicita son mary avecques extreme instance d'en faire autant pour elle. Et Dieu, à leurs prieres communes, l'ayant retiree à soy bientost aprez, ce feut une mort embrassee avecques singulier contentement commun.

CHAPITRE XXXIII.

La fortune se rencontre souvent au train de la raison.

L'INCONSTANCE du bransle divers de la fortune faict qu'elle nous doibve presenter toute espece de visages. Y a il action de iustice plus expresse que celle cy? le duc de Valentinois, ayant resolu d'empoisonner (a) Adrian cardinal de Cornete chez qui le pape Alexandre sixiesme son pere et luy alloyent souper au Vatican, envoya devant quelque bouteille de vin empoisonné, et commanda au sommelier qu'il la gardast bien soigneusement : le pape y estant arrivé avant le fils, et ayant demandé à boire, ce sommelier qui pensoit ce vin ne luy avoir esté

(a) En 1503. *Historia* di Francesco Guicciardini, l. 6, p. 267. In Vinegia, appresso Gabriel Giolito, an 1568. C.

recommendé que pour sa bonté, en servit au pape; et le duc mesme y arrivant sur le poinct de la collation, et se fiant qu'on n'auroit pas touché à sa bouteille, en print à son tour : en maniere que le pere en mourut soubdain; et le fils, aprez avoir esté longuement tormenté de maladie, feut réservé à un'aultre pire fortune. Quelquesfois il semble à poinct nommé qu'elle se ioue à nous : Le seigneur d'Estrée, lors guidon de monsieur de Vandosme, et le seigneur de Licques, lieutenant de la compaignie du duc d'Ascot, estants touts deux serviteurs de la sœur du sieur de Foungueselles, quoyque de divers partis (comme il advient aux voisins de la frontiere), le sieur de Licques l'emporta : mais le mesme iour des nopces, et qui pis est avant le coucher, le marié, ayant envie de rompre un bois (a) en faveur de sa nouvelle espouse, sortit à l'escarmouche prez de S. Omer, où le sieur d'Estrée se trouvant le plus fort le feit son prisonnier : et pour faire valoir son advantage, encores faulsist il que la damoiselle,

> Coniugis antè coacta novi dimittere collum
>   Quàm veniens una atque altera rursùs hyems
> Noctibus in longis avidum saturasset amorem, (1)

luy feist elle mesme requeste par courtoisie de luy rendre son prisonnier, comme il feit: la noblesse françoise ne refusant iamais rien aux dames. Semble il pas que ce soit un sort artiste? Constantin, fils de Helene, fonda l'empire de Constantinople ; et tant de siecles aprez, Constantin, fils de Helene, le finit. Quelquesfois il luy plaist en-

---

(a) C'est-à-dire, rompre une lance, comme on parle présentement. C.

(1) Contrainte de renoncer aux embrassements de son nouvel époux, avant que les longues nuits d'un ou de deux hivers eussent rassasié l'avidité de leur amour. *Catul.* ad Manl. v. 81, etc. carmen 66.

vier sur nos miracles : nous tenons que le roy Clovis
assiegeant Angoulesme, les murailles cheurent d'elles
mesmes par faveur divine : et Bouchet emprunte de quelqu'aucteur, que le roy Robert assiegeant une ville, et
s'estant desrobé du siege pour aller à Orleans solennizer
la feste sainct Aignan, comme il estoit en devotion sur
certain poinct de la messe, les murailles de la ville assiegee s'en allerent sans aulcun effort en ruine. Elle feit
tout à contrepoil en nos guerres de Milan : car le capitaine Rense assiegeant pour nous la ville d'Eronne, et
ayant faict mettre la mine soubs un grand pan de mur ;
et le mur, en estant brusquement enlevé hors de terre,
recheut toutesfois tout empenné si droict dans son fondement que les assiegez n'en vaulsirent pas moins. Quelquesfois elle faict la medecine : Iason Phereus, estant
abandonné des medecins pour une aposteme qu'il avoit
dans la poictrine, ayant envie de s'en desfaire, au moins
par la mort, se iecta en une bataille à corps perdu dans
la presse des ennemis, où il feut blecé à travers le corps
si à poinct que son aposteme en creva, et guarit. Sur-
passa elle pas le peintre Protogenes en la science de son
art ? cettuy cy ayant parfaict l'image d'un chien las et
recreu, à son contentement en toutes les aultres parties,
mais ne pouvant representer à son gré l'escume et la
bave, despité contre sa besongne, print son esponge, et,
comme elle estoit abruvee de diverses peinctures, la iecta
contre, pour tout effacer : la fortune porta tout à propos le coup à l'endroict de la bouche du chien, et y parfournit ce à quoy l'art n'avoit peu atteindre. N'adresse
elle pas quelquesfois nos conseils et les corrige? Isabelle,
royne d'Angleterre, ayant à repasser de Zelande en son
royaume (a) avecques une armee en faveur de son fils contre son mary, estoit perdue si elle feust arrivee au port
qu'elle avoit proiecté, y estant attendue par ses enne-

(a) En 1326.

mis : mais la fortune la iecta contre son vouloir ailleurs , où elle print terre en toute seureté. Et cet ancien qui ruant la pierre à un chien en assena et tua sa marastre, eut il pas raison de prononcer ce vers,

Ταυτοματον ἡμων καλλιω 6ουλευεται.

La fortune a meilleur advis qué nous. (1)

Icetes avoit practiqué deux soldats pour tuer Timoleon seiournant à Adrane en la Sicile. Ils prinrent heure sur le poinct qu'il feroit quelque sacrifice : et se meslants parmy la multitude, comme ils se guignoyent l'un l'aultre que l'occasion estoit propre à leur besongne ; voicy un tiers qui d'un grand coup d'espee en assene l'un par la teste et le rue mort par terre, et s'enfuit. Le compaignon, se tenant pour descouvert et perdu, recourut à l'autel, requerant franchise, avecques promesse de dire toute la verité. Ainsi qu'il faisoit le conte de la coniuration, voicy le tiers qui avoit esté attrapé, lequel, comme meurtrier, le peuple poulse et saboule au travers la presse vers Timoleon et les plus apparents de l'assemblee. Là il crie mercy, et dict avoir iustement tué l'assassin de son pere ; verifiant sur le champ, par des tesmoings que son bon sort luy fournit tout à propos, qu'en la ville des Leontins son pere, de vray, avoit esté tué par celuy sur lequel il s'estoit vengé. On luy ordonna dix mines attiques, pour avoir eu cet heur, prenant raison de la mort de son pere, d'avoir retiré de mort le pere commun des Siciliens. Cette fortune surpasse en reglement les regles de l'humaine prudence.

Pour la fin, en ce faict icy se descouvre il pas une bien expresse application de sa faveur, de bonté et pieté

---

(1) Ici Montaigne traduit exactement le vers grec qu'il vient de citer. Ce vers est de Menandre et étoit passé en proverbe. Voyez les commentateurs sur les épîtres de Cicéron à Atticus, l. 1, ep. 12. C.

singuliere? Ignatius pere et fils, proscripts par les trium-
virs à Rome, se resolurent à ce genereux office de rendre leurs vies entre les mains l'un de l'aultre, et en frus-
trer la cruauté des tyrans; ils se coururent sus, l'espee
au poing : elle en dressa les poinctes et en feit deux
coups egualement mortels; et donna à l'honneur d'une
si belle amitié, qu'ils eussent iustement la force de retirer encores des playes leurs bras sanglants et armés,
pour s'entr'embrasser en cet estat d'une si forte estrein-
te, que les bourreaux couperent ensemble leurs deux
testes, laissants les corps tousiours prins en ce noble
nœud, et les playes ioinctes humants amoureusement
le sang et les restes de la vie, l'une de l'aultre.

CHAPITRE XXXIV.

D'un default de nos polices.

Feu mon pere, homme, pour n'estre aydé que de l'experience et du naturel, d'un iugement bien net, m'a dict
aultrefois qu'il avoit desiré mettre en train qu'il y eust
ez villes certain lieu designé auquel ceulx qui auroient
besoing de quelque chose se peussent rendre, et faire
enregistrer leur affaire à un officier estably pour cet
effect : comme, « Ie cherche à vendre des perles; Ie cherche des perles à vendre; Tel veult compaignie pour aller
à Paris; Tel s'enquiert d'un serviteur de telle qualité;
Tel d'un maistre; Tel demande un ouvrier; qui cecy,
qui cela, chascun selon son besoing ». Et semble que ce
moyen de nous entr'advertir apporteroit non legiere
commodité au commerce publicque; car à touts coups il y
a des conditions qui s'entrecherchent, et, pour ne s'entr'entendre, laissent les hommes en extreme necessité.

I'entends, avecques une grande honte de nostre siecle,

qu'à nostre veue deux tresexcellents personnages en sçavoir sont morts en estat de n'avoir pas leur saoul à
manger, Lilius Gregorius Giraldus en Italie, et Sebas-
tianus Castalio en Allemaigne ; et crois qu'il y a mille
hommes qui les eussent appellez avecques tresadvan-
tageuses conditions, ou secourus où ils estoient, s'ils
l'eussent sceu. Le monde n'est pas si generalement corrompu, que ie ne sçache tel homme qui souhaitteroit,
de bien grande affection, que les moyens que les siens
luy ont mis en main se peussent employer, tant qu'il
plaira à la fortune qu'il en iouïsse, à mettre à l'abry
de la necessité les personnages rares, et remarquables
en quelque espece de valeur, que le malheur combat
quelquesfois iusques à l'extremité ; et qui les mettroit
pour le moins en tel estat, qu'il ne tiendroit qu'à faulte
de bon discours s'ils n'estoient contents.

En la police œconomique, mon pere avoit cet ordre,
que ie sçais louer, mais nullement ensuyvre : c'est qu'oultre le registre des negoces du mesnage où se logent les
menus comptes, payements, marchés qui ne requierent
la main du notaire, lequel registre un receveur a en
charge ; il ordonnoit à celuy de ses gents qui luy servoit à escrire, un papier iournal à inserer toutes les
survenances de quelque remarque, et, iour par iour, les
memoires de l'histoire de sa maison ; tresplaisante à veoir
quand le temps commence à en effacer la souvenance,
et trez à propos pour nous oster souvent de peine : « Quand
feut entamee telle besongne, quand achevee ; Quels trains
y ont passé, combien arresté ; Nos voyages, nos absen-
ces, mariages, morts ; La reception des heureuses ou mal-
encontreuses nouvelles ; Changement des serviteurs principaulx ; telles matieres ». Usage ancien, que ie treuve
bon à refreschir, chascun en sa chascuniere : et me treuve un sot d'y avoir failly.

CHAPITRE XXXV.

De l'usage de se vestir.

Oᴜ que ie veuille donner, ii me fault forcer quelque barriere de la coustume : tant elle a soigneusement bridé toutes nos advenues ! Ie devisois, en cette saison frilleuse, si la façon d'aller tout nud, de ces nations dernierement trouvees, est une façon forcee par la chaulde temperature de l'air, comme nous disons des Indiens et des Mores, ou si c'est l'originelle des hommes. Les gents d'entendement, d'autant que tout ce qui est soubs le ciel, comme dict la saincte parole, est subiect à mesmes loix, ont accoustumé en pareilles considerations à celles icy, où il fault distinguer les loix naturelles, des controuvees, de recourir à la generale police du monde, où il n'y peult avoir rien de contrefaict. Or, tout estant exactement fourny ailleurs de filet et d'aiguille pour maintenir son estre, il est mescreable que nous soyons seuls produicts en estat defectueux et indigent, et en estat qui ne se puisse maintenir sans secours estrangier. Ainsi ie tiens que, comme les plantes, arbres, animaulx, et tout ce qui vit, se treuve naturellement equippé de suffisante couverture pour se deffendre de l'iniure du temps,

> Proptereàque ferè res omnes, aut corio sunt,
> Aut setâ, aut conchis, aut callo, aut cortice tectæ, (1)

aussi estions nous : mais, comme ceulx qui esteignent par artificielle lumiere celle du iour, nous avons esteinct

---

(1) C'est pour cela que presque tout est couvert ou de cuir, ou de poil, ou d'écaille, ou de callosité, ou d'écorce. *Lucret.* l. 4, v. 933, 934.

nos propres moyens par les moyens empruntez. Et est
aysé à veoir que c'est la coustume qui nous faict impossible ce qui ne l'est pas : car de ces nations qui n'ont
aulcune cognoissance de vestements , il s'en treuve d'assises environ soubs mesme ciel que le nostre, et soubs
bien plus rude ciel que le nostre ; et puis, la plus delicate partie de nous est celle qui se tient tousiours descouverte, les yeulx, la bouche, le nez, les aureilles ; à
nos contadins, comme à nos ayeulx, la partie pecto-
rale et le ventre. Si nous feussions nayz avecques condition de cotillons et de greguesques, il ne fault faire
doubte que nature n'eust armé d'une peau plus espesse
ce qu'elle eust abandonné à la batterie des saisons,
comme elle a faict le bout des doigts et plante des pieds.
Pourquoy semble il difficile à croire? entre ma façon
d'estre vestu, et celle d'un païsan de mon païs, ie treuve bien plus de distance, qu'il n'y a de sa façon à un
homme qui n'est vestu que de sa peau. Combien d'hommes, et en Turquie surtout, vont nuds par devotion? Ie
ne sçais qui demandoit à un de nos gueux, qu'il voyoit
en chemise en plein hyver aussi scarbillat que tel qui
se tient emmitonné dans les martes iusques aux aureilles, comme il pouvoit avoir patience. « Et vous, mon-
« sieur, respondit il, vous avez bien la face descouverte :
« or moy, ie suis tout face ». Les Italiens content du fol
du duc de Florence, ce me semble, que son maistre s'en-
quérant comment ainsi mal vestu il pouvoit porter le
froid, à quoy il estoit bien empesché luy mesme : « Suy-
« vez, dict il, ma recepte de charger sur vous touts vos
« accoustrements, comme ie foys les miens , vous n'en
« souffrirez non plus que moy ». Le roy Massinissa iusques à l'extreme vieillesse ne peut estre induict à aller la
teste couverte, par froid, orage et pluye qu'il feist ; ce
qu'on dict aussi de l'empereur Severus. Aux battailles
donnees entre les Aegyptiens et les Perses, Herodote
dict avoir esté remarqué, et par d'aultres et par luy,

que de ceulx qui y demeuroient morts le test estoit sans
comparaison plus dur aux Aegyptiens qu'aux Persiens;
à raison que ceulx icy portent leurs testes tousiours couvertes de beguins et puis de turbans; ceulx là razés dez
l'enfance et descouvertes. Et le roy Agesilaus observa
iusques à sa decrepitude de porter pareille vesture en
hyver qu'en esté. Cesar, dict Suetone, marchoit tousiours devant sa troupe, et le plus souvent à pied, la teste
descouverte, soit qu'il feist soleil ou qu'il pleust; et autant en dict on de Hannibal,

> tum vertice nudo
> Excipere insanos imbres, cœlique ruinam. (1)

Un Venitien, qui s'y est tenu long temps et qui ne faict
que d'en venir, escrit qu'au royaume du Pegu, les aultres parties du corps vestues, les hommes et les femmes
vont tousiours les pieds nuds, mesme à cheval. Et Platon
conseille merveilleusement, pour la santé de tout le corps,
de ne donner aux pieds et à la teste aultre couverture
que celle que nature y a mise. Celuy que les Polon-
nois ont choisi pour leur roy (a) aprez le nostre, qui est
à la verité l'un des plus grands princes de nostre siecle,
ne porte iamais gants, ny ne change, pour hyver et
temps qu'il face, le mesme bonnet qu'il porte au couvert. Comme ie ne puis souffrir d'aller desboutonné et
destaché, les laboureurs de mon voisinage se sentiroient
entravez de l'estre. Varro tient que quand on ordonna
que nous teinssions la teste descouverte en presence
des dieux ou du magistrat, on le feit plus pour nostre
santé et nous fermir contre les iniures du temps, que

---

(1) Qui tête nue s'exposoit à la pluie et aux plus violents orages. *Silius italicus*, l. 1, v. 250, 251.

(a) Etienne Bathory. Et c'est à lui, si je ne me trompe, et non
pas à Henri III, qu'il faut rapporter ces paroles *qui est à la vérité l'un des plus grands princes de nostre siecle.* C.

pour compte de la reverence. Et puisque nous sommes
sur le froid, et François accoustumez à nous bigarrer,
(non pas moy, car ie ne m'habille gueres que de noir
ou de blanc, à l'imitation de mon pere,) adioustons d'une
aultre piece, que le capitaine Martin du Bellay recite,
au voyage de Luxembourg, avoir veu les gelees si aspres (a) que le vin de la munition se coupoit à coups
de hache et de congnee, se debitoit aux soldats par
poids, et qu'ils l'emportoient dans des panniers : et
Ovide,

Nudaque consistunt formam servantia testæ
Vina, nec hausta meri, sed data frusta, bibunt. (1)

Les gelees sont si aspres en l'emboucheure des Palus
Maeotides, qu'en la mesme place où le lieutenant de
Mithridates avoit livré battaille aux ennemis à pied sec
et les y avoit desfaicts, l'esté venu il y gaigna contre
eulx encores une battaille navale. Les Romains souffrirent grand desadvantage, au combat qu'ils eurent contre les Carthaginois prez de Plaisance, de ce qu'ils allerent à la charge, le sang figé et les membres contraincts
de froid : là où Hannibal avoit faict espandre du feu
par tout son ost pour eschauffer ses soldats, et distribuer de l'huyle par les bandes, à fin que s'oignants ils
rendissent leurs nerfs plus souples et desgourdis, et en-
croustassent les pores contre les coups de l'air et du
vent gelé qui tiroit lors. La retraicte des Grecs, de Ba-
bylone en leurs païs, est fameuse des difficultez et mes-
ayses qu'ils eurent à surmonter : cette cy en feut, qu'ac-
cueillis aux montaignes d'Armenie d'un horrible ravage
de neiges, ils en perdirent la cognoissance du pays et

(a) En 1543. Philippe de Comines parle d'un pareil froid arrivé
de son temps (en 1469) dans le pays de Liege. C.

(1) Le vin glacé qu'on tire du tonneau, en retient la forme ; de
sorte qu'on ne boit pas le vin liquide, mais distribué en morceaux. *Ovid.* Trist. l. 3, eleg. 10, v. 23, 24.

des chemins ; et, en estants assiegés tout court, feurent un iour et une nuict sans boire et sans manger, la pluspart de leurs bestes mortes, d'entre eulx plusieurs morts, plusieurs aveugles du coup du gresil et lueur de la neige, plusieurs stropiez par les extremitez, plusieurs roides, transis et immobiles de froid, ayants encores le sens entier. Alexandre veid une nation en laquelle on enterre les arbres fruictiers en hyver pour les deffendre de la gelee ; [et nous en pouvons aussi veoir.]

Sur le subiect de vestir, le roy de la Mexique changeoit quatre fois par iour d'accoustrements, iamais ne les reïteroit, employant sa desferre à ses continuelles liberalitez et recompenses ; comme aussi ny pot, ny plat, ny utensile de sa cuisine et de sa table, ne luy estoient servis à deux fois.

CHAPITRE XXXVI.

Du ieune Caton.

Ie n'ay point cette erreur commune de iuger d'un aultre selon que ie suis : i'en crois ayseement des choses diverses à moy. Pour me sentir engagé à une forme, ie n'y oblige pas le monde, comme chascun faict ; et crois et conçois mille contraires façons de vie ; et, au rebours du commun, reçois plus facilement la difference que la ressemblance en nous. Ie descharge, tant qu'on veult, un aultre estre de mes conditions et principes ; et le considere simplement en luy mesme, sans relation, l'estoffant sur son propre modele. Pour n'estre continent, ie ne laisse d'advouer sincerement la continence des Feuillants et des Capuchins, et de bien trouver l'air de leur train : ie m'insinue par imagination fort bien en leur place ; et les aime et les honore d'autant plus qu'ils sont

aultres que moy. Ie desire singulierement qu'on nous
iuge chascun à part soy, et qu'on ne me tire en consequence des communs exemples. Ma foiblesse n'altere
aulcunement les opinions que ie dois avoir de la force et
vigueur de ceulx qui le meritent : *Sunt qui nihil suadent
quàm quod se imitari posse confidunt* (1). Rampant au limon
de la terre, ie ne laisse pas de remarquer iusques dans
les nues la haulteur inimitable d'aulcunes ames heroï-
ques. C'est beaucoup pour moy d'avoir le iugement reglé, si les effects ne le peuvent estre, et maintenir au
moins cette maistresse partie exempte de corruption :
c'est quelque chose d'avoir la volonté bonne, quand les
iambes me faillent. Ce siecle auquel nous vivons, au
moins pour nostre climat, est si plombé, que, ie ne dis
pas l'execution, mais l'imagination mesme, de la vertu en
est à dire : et semble que ce ne soit aultre chose qu'un
iargon de college ;

> Virtutem verba putant ; ut
> Lucum ligna ; (2)

quam vereri deberent, etiam si percipere non possent (3) ; c'est
un affiquet à pendre en un cabinet, ou au bout de la lan-

---

(1) Il y a des gens qui ne conseillent que ce qu'ils croient pouvoir imiter.

Cicéron a dit dans un livre intitulé *orator ad Brutum*,
c. 7 : *Nunc tantum quisque laudat quantum se posse spe-
rat imitari :* « On ne loue aujourd'hui que ce qu'on espere pou-
« voir imiter ». Apparemment c'est à ce passage que Montaigne
fait allusion ici ; mais je ne sais pourquoi il a mis *suadent*, au
lieu de *laudant*. C.

(2) Ils croient que la vertu n'est qu'un vain nom ; comme ils
s'imaginent qu'un bocage consacré aux dieux ne differe en rien
des forêts ordinaires. *Horat.* epist. 6, l. 1, v. 31, 32.

(3) La vertu, dis-je, qu'ils devroient respecter, quand ils ne
pourroient pas l'acquérir. *Cic.* tusc. quæst. l. 5, c. 2.

Montaigne applique à la vertu ce que Cicéron dit de la philosophie, et de ceux qui osent la blâmer. C.

gue, comme au bout de l'aureille, pour parement. Il ne se recognoist plus d'action vertueuse: celles qui en portent le visage, elles n'en ont pas pourtant l'essence; car le proufit, la gloire, la crainte, l'accoustumance, et aultres telles causes estrangieres, nous acheminent à les produire. La iustice, la vaillance, la debonnaireté que nous exerçons lors, elles peuvent estre ainsi nommees pour la consideration d'aultruy et du visage qu'elles portent en publicque; mais chez l'ouvrier ce n'est aulcunement vertu, il y a une aultre fin proposee, aultre cause mouvante. Or la vertu n'advoue rien que ce qui se faict par elle et pour elle seule. En cette grande bataille de Potidee (a), que les Grecs soubs Pausanias gaignerent contre Mardonius et les Perses, les victorieux, suyvant leur coustume, venants à partir entre eulx la gloire de l'exploict, attribuerent à la nation spartiate la precellence de valeur en ce combat. Les Spartiates, excellents iuges de la vertu, quand ils vindrent à decider à quel particulier [de leur nation] debvoit demourer l'honneur d'avoir le mieulx faict en cette iournee, trouverent qu'Aristodeme s'estoit le plus courageusement hazardé; mais pourtant ils ne luy en donnerent point de prix, parceque sa vertu avoit esté incitee du desir de se purger du reproche qu'il avoit encouru au faict des Thermopyles, et d'un appetit de mourir courageusement pour garantir sa honte passee.

Nos iugements sont encores malades, et suyvent la depravation de nos mœurs. Ie veois la pluspart des esprits de mon temps faire les ingenieux à obscurcir la gloire des belles et genereuses actions anciennes, leur donnant quelque interpretation vile, et leur controuvant des occasions et des causes vaines: grande subtilité! Qu'on me

_____

(a) Montaigne a mis par méprise Potidée, au lieu de Platée. Cornelius Nepos dans la vie de Pausanias, ch. 1. *Hujus illustrissimum est prælium apud Platæas.* C.

donne l'action la plus excellente et pure, ie m'en voys y fournir vraysemblablement cinquante vicieuses intentions. Dieu sçait, à qui les veut estendre, quelle diversité d'images ne souffre nostre interne volonté! Ils ne font pas tant malicieusement, que lourdement et grossierement, les ingenieux à tout leur mesdisance. La mesme peine qu'on prend à detracter de ces grands noms, et la mesme licence, ie la prendrois volontiers à leur prester quelque tour d'espaule à les haulser. Ces rares figures, et triees pour l'exemple du monde par le consentement des sages, ie ne me feindrois pas de les recharger d'honneur, autant que mon invention pourroit, en interpretation et favorable circonstance: mais il fault croire que les efforts de nostre conception sont loing au dessoubs de leur merite. C'est l'office des gents de bien de peindre la vertu la plus belle qui se puisse; et ne nous messieroit pas quand la passion nous transporteroit à la faveur de si sainctes formes. Ce que ceulx cy font au contraire, ils le font ou par malice, ou par ce vice de ramener leur creance à leur portee, de quoy ie viens de parler; ou, comme ie pense plustost, pour n'avoir pas la veue assez forte et assez nette pour concevoir la splendeur de la vertu en sa pureté naïfve, ny dressee à cela: comme Plutarque dict que de son temps aulcuns attribuoient la cause de la mort du ieune Caton à la crainte qu'il avoit eu de Cesar; de quoy il se picque avecques raison: et peult on iuger par là combien il se feust encores plus offensé de ceulx qui l'ont attribuee à l'ambition. Sottes gents! Il eust bien faict une belle action, genereuse et iuste, plustost avecques ignominie que pour la gloire. Ce personnage là feut veritablement un patron, que nature choisit pour montrer iusques où l'humaine vertu et fermeté pouvoit atteindre.

Mais ie ne suis pas icy à mesme pour traicter ce riche argument: ie veulx seulement faire luicter ensemble les traicts de cinq poëtes latins sur la louange de Caton, et pour l'interest de Caton, et, par incident, pour le leur aussi. Or debvra l'enfant bien nourry trouver, au prix des aultres, les deux premiers traisnants; le troisiesme plus verd, mais qui s'est abbattu par l'extravagance de sa force: il estimera que là il y auroit place à un ou deux degrez d'invention encores pour arriver au quatriesme, sur le poinct duquel il ioindra ses mains par admiration: au dernier, premier de quelque espace, mais laquelle espace il iurera ne pouvoir estre remplie par nul esprit humain, il s'estonnera, il se transira. Voicy merveille: Nous avons bien plus de poëtes, que de iuges et interpretes de poësie: il est plus aysé de la faire que de la cognoistre. A certaine mesure basse, on la peult iuger par les preceptes et par art: mais la bonne, l'excessive (a), la divine, est au dessus des regles et de la raison. Quiconque en discerne la beauté d'une veue ferme et rassise, il ne la veoid pas, non plus que la splendeur d'un esclair : elle ne practique point nostre iugement; elle le ravit et ravage. La fureur qui espoinçonne celuy qui la sçait penetrer fiert encores un tiers à la luy ouyr traicter et reciter; comme l'aimant non seulement attire une aiguille, mais infond encores en icelle sa faculté d'en attirer d'aultres: et il se veoid plus clairement aux theatres, que l'inspiration sacree des Muses, ayant premierement agité le poëte à la cholere, au dueil, à la hayne, et hors de soy, où elles veulent, frappe encores par le poëte l'acteur, et par l'acteur consecutivement tout un peuple; c'est l'enfileure de nos aiguilles suspendues l'une de l'aultre. Dez ma premiere enfance, la poësie a eu cela de me transpercer et transporter; mais ce ressentiment bien vif qui est naturellement en moy a esté diversement manié par diversité de formes, non tant plus haultes et plus basses (car c'estoient tousiours des plus haultes en chasque espece), comme differentes

---

(a) *La supresme.* Edition de 1595. N.

en couleur : premierement une fluidité gaye et ingenieuse; depuis, une subtilité aiguë et relevee; enfin,
une force meure et constante. L'exemple le dira mieulx ;
Ovide, Lucain, Virgile. Mais voyla nos gents (a) sur
la carriere.

Sit Cato, dum vivit, sanè vel Cæsare maior, (1)
dict l'un :

et invictum devictâ morte Catonem, (2)
dict l'aultre : et l'aultre parlant des guerres civiles d'entre Cesar et Pompeius,

Victrix causa diis placuit, sed victa Catoni. (3)
et le quatriesme, sur les louanges de Cesar :

Et cuncta terrarum subacta,
Præter atrocem animum Catonis. (4)
et le maistre du chœur, aprez avoir estalé les noms des
plus grands Romains en sa peincture, finit en cette maniere

his dantem iura Catonem. (5)

(a) Les cinq poëtes latins, qui, par les traits différents dont ils
ont peint Caton, se sont peints eux-mêmes. C.

(1) Que Caton soit pendant sa vie plus grand même que César.
Martial. l. 6, epigr. 32.

(2) Et Caton indomtable ayant domté la mort.
Manil. astronomicon, l. 4, v. 87.

(3) Le vainqueur plut aux dieux; à Caton, le vaincu.
Lucan. l. 1, v. 128.

(4) Tout le monde à ses pieds, hormis le fier Caton.
Horat. od. 1, l. 2, v. 23, 24.

(5) Avec Caton qui donne à tous la loi.
Virg. Aeneid. l. 8, v. 670.

CHAPITRE XXXVII.

Comme nous pleurons et rions d'une mesme chose.

Quand nous rencontrons dans les histoires qu'Antigonus sceut tresmauvais gré à son fils de luy avoir presenté la teste du roy Pyrrhus son ennemy qui venoit sur l'heure mesme d'estre tué combattant contre luy, et que l'ayant veue il se print bien fort à pleurer; et que le duc René de Lorraine plainsit aussi la mort du duc Charles de Bourgoigne (a) qu'il venoit de desfaire, et en porta le dueil en son enterrement; et qu'en la battaille d'Auroy (b), que le comte de Montfort gaigna contre Charles de Blois sa partie pour le duché de Bretaigne. le victorieux, rencontrant le corps de son ennemy trespassé, en mena grand dueil, il ne fault pas s'escrier soubdain,

> E cosi avven, che l'animo ciascuna
> Sua passion sotto 'l contrario manto
> Ricopre, con la vista or' chiara, or' bruna. (1)

Quand on presenta à Cesar la teste de Pompeius, les histoires disent qu'il en destourna sa veue comme d'un vilain et malplaisant spectacle. Il y avoit eu entre eulx une si longue intelligence et societé au maniement des affaires publicques, tant de communauté de fortunes,

---

(a) Devant Nancy en 1477.

(b) Donnée en 1564, sous le regne de Charles V, roi de France.

(1) C'est ainsi que l'esprit couvre sa passion sous une apparence contraire, d'un œil tantôt gai, tantôt triste. *Petrarca*, fol. 25 de l'édition de Gab. Giolito, an 1545.

tant d'offices reciproques et d'alliances, qu'il ne fault pas croire que cette contenance feust toute faulse et contre-faicte, comme estimé cet aultre

> tutùmque putavit
> Iam bonus esse socer; lacrymas non sponte cadentes
> Effudit, gemitusque expressit pectore læto; (1)

car bien qu'à la verité la pluspart de nos actions ne soient que masque et fard, et qu'il puisse quelquesfois estre vray,

> Heredis fletus sub personâ risus est, (2)

si est ce qu'au iugement de ces accidents, il fault consi-derer comme nos ames se treuvent souvent agitees de diverses passions. Et tout ainsi qu'en nos corps ils disent qu'il y a une assemblee de diverses humeurs, desquelles celle là est maistresse qui commande le plus ordinaire-ment en nous, selon nos complexions : aussi en nostre ame, bien qu'il y ayt divers mouvements qui l'agitent, si fault il qu'il y en ayt un à qui le champ demeure; mais ce n'est pas avecques si entier advantage que, pour la volubilité et souplesse de nostre ame, les plus foibles par occasion ne regaignent encores la place, et ne facent une courte charge à leur tour. D'où nous voyons non seule-ment les enfants, qui vont tout naïfvement aprez la na-ture, pleurer et rire souvent de mesme chose : mais nul d'entre nous ne se peult vanter, quelque voyage qu'il face à son souhait, qu'encores, au despartir de sa fa-mille et de ses amis, il ne se sente frissonner le courage; et si les larmes ne luy en eschappent tout à faict, au

---

(1) Croyant alors qu'il pouvoit, sans péril, faire le tendre beau-pere, il versa des larmes forcées; et poussa des soupirs d'un cœur tout rempli de joie. *Lucan.* l. 9, v. 1037, etc.

(2) Les pleurs d'un héritier sont des ris sous le masque.
Ex Publii Mimis, apud *A. Gellium*, l. 17, cap. 14.
Ce vers est de mademoiselle de Gournay.

moins met il le pied à l'estrier d'un visage morne et
contristé. Et quelque gentille flamme qui eschauffe le
cœur des filles bien nees, encores les despend on à force
du col de leurs meres pour les rendre à leurs espoux,
quoy que die ce bon compaignon,

> Estne novis nuptis odio Venus ? anne parentum
> Frustrantur falsis gaudia lacrymulis,
> Ubertim thalami quas intra limina fundunt ?
> Non, ita me divi, vera gemunt, iuverint. (1)

Ainsin il n'est pas estrange de plaindre celuy là mort
qu'on ne vouldroit aulcunement estre en vie. Quand ie
tanse avecques mon valet, ie tanse du meilleur courage
que i'aye ; ce sont vrayes et non feinctes imprecations :
mais, cette fumee passee, qu'il ayt besoing de moy, ie luy
bien feray volontiers ; ie tourne à l'instant le feuillet.
Quand ie l'appelle un badin, un veau, ie n'entreprends
pas de luy coudre à iamais ces tiltres ; ny ne pense me
desdire, pour le nommer tantost (a) honneste homme.
Nulle qualité nous embrasse purement et universellement. Si ce n'estoit la contenance d'un fol de
parler seul, il n'est iour (b) auquel on ne m'ouist
gronder en moy mesme et contre moy, « Bran du
fat »! et si n'entends pas que ce soit ma definition. Qui,
pour me veoir une mine tantost froide, tantost amoureuse envers ma femme, estime que l'une ou l'aultre soit
feincte ; il est un sot. Neron, prenant congé de sa mere,

---

(1) Vénus est-elle odieuse aux nouvelles mariées ? ou se jouent-
elles de leurs parents par de feintes larmes qu'elles versent en
abondance à l'entrée de la chambre nuptiale ? Que je meure, si
ces larmes sont sinceres ! *Catull.* de Comâ Berenices. *Carm.* 65,
v. 15, etc. edit. Vulpii.

(a) *Honneste homme tantost après* : edit. in-fol. de 1595.

(b) *Il n'est jour ni heure à peine en laquelle*, etc. edit. de
1595.

qu'il envoyoit noyer (a), sentit toutesfois l'esmotion de
cet adieu maternel, et en eut horreur et pitié. On dict
que la lumiere du soleil n'est pas d'une piece continue,
mais qu'il nous eslance si dru, sans cesse, nouveaux
rayons les uns sur les aultres, que nous n'en pouvons
appercevoir l'entredeux :

Largus enim liquidi fons luminis, ætherius sol
Inrigat assiduè cœlum candore recenti,
Suppeditatque novo confestim lumine lumen. (1)

ainsin eslance nostre ame ses poinctes diversement et imperceptiblement. Artabanus surprint Xerxes son nepveu, et le tansa de la soubdaine mutation de sa contenance. Il estoit à considerer la grandeur desmesuree de
ses forces au passage de l'Hellespont pour l'entreprinse
de la Grece : il luy print premierement un tressaillement
d'ayse à veoir tant de milliers d'hommes à son service,
et le tesmoigna par l'alaigresse et feste de son visage ;
et tout soubdain, en mesme instant sa pensee luy sugge-
rant comme tant de vies avoient à desfaillir au plus loing
dans un siecle, il refroigna son front, et s'attrista iusques
aux larmes.

Nous avons poursuyvi avecques resolue volonté la
vengeance d'une iniure, et ressenti un singulier contentement de la victoire ; nous en pleurons pourtant. Ce n'est
pas de cela que nous pleurons ; il n'y a rien de changé :
mais nostre ame regarde la chose d'un aultre œil, et se la

(a) C'est ce que dit Tacite ; mais sans l'assurer si positivement
que Montaigne. *Nero..... prosequitur abeuntem, arctiùs ocu-
lis et pectori hærens, sive explendá simulatione, seu peri-
turæ matris supremus aspectus quamvis ferum animum re-
tinebat.* Annal. l. 14, cap. 4, in fin. C.

(1) Car le soleil, source féconde de lumiere, ne cesse jamais
d'arroser le ciel d'une récente lueur, faisant incessamment suc-
céder à la lumiere une nouvelle lumiere. *Lucret.* l. 5, v. 282, etc.

représente par un aultre visage, car chasque chose a plusieurs biais et plusieurs lustres; la parenté, les anciennes accointances et amitiez saisissent nostre imagination, et la passionnent pour l'heure, selon leur condition: mais le contour en est si brusque qu'il nous eschappe,

> Nil adeò fieri celeri ratione videtur,
> Quàm si mens fieri proponit, et inchoat ipsa.
> Ociùs ergo animus, quàm res se perciet ulla,
> Ante oculos quarum in promptu natura videtur. (1)

et à cette cause, voulants de toute cette suitte continuer un corps, nous nous trompons. Quand Timoleon pleure le meurtre qu'il avoit commis d'une si meure et genereuse deliberation, il ne pleure pas la liberté rendue à sa patrie, il ne pleure pas le tyran; mais il pleure son frere. L'une partie de son debvoir est iouee, laissons luy en iouer l'aultre.

~~~~~~

CHAPITRE XXXVIII.

De la solitude.

Laissons à part cette longue comparaison de la vie solitaire à l'active: et quant à ce beau mot de quoy se couvre l'ambition et l'avarice, « Que nous ne sommes pas nayz pour nostre particulier, ains pour le public », rapportons nous en hardiment à ceulx qui sont en la

---

(1) Rien ne se fait si promptement que ce que notre esprit conçoit et projette. Il se meut donc soi-même avec plus de rapidité qu'aucune autre chose que nous connoissions. *Lucret.* l. 3, v. 183, et seqq.

danse; et qu'ils se battent la conscience, si au contraire
les estats, les charges, et cette tracasserie du monde ne
se recherche plustost pour tirer du public son proufit
particulier. Les mauvais moyens par où on s'y poulse en
nostre siecle montrent bien que la fin n'en vault gueres.
Respondons à l'ambition, Que c'est elle mesme qui nous
donne goust de la solitude : car que fuit elle tant que la
societé ? que cherche elle tant que ses coudees franches ?
Il y a de quoy bien et mal faire par tout. Toutesfois, si le
mot de Biás est vray, que « La pire part c'est la plus
grande », ou ce que dict l'Ecclesiastique que « De mille il
n'en est pas un bon »,

Rari quippe boni : numero vix sunt totidem, quot
Thebarum portæ, vel divitis ostia Nili, (1)

la contagion est tresdangereuse en la presse. Il fault ou
imiter les vicieux, ou les haïr : touts les deux sont dangereux ; et de leur ressembler, parce qu'ils sont beaucoup ; et d'en haïr beaucoup, parce qu'ils sont dissem-
blables. Et les marchands qui vont en mer ont raison de
regarder que ceulx qui se mettent en mesme vaisseau ne
soyent dissolus, blasphemateurs, meschants ; estimants
telle societé infortunee. Parquoy Bias plaisamment, à
ceulx qui passoient avecques luy le dangier d'une grande
tormente et appelloient le secours des dieux : « Taisez
vous, feit il ; qu'ils ne sentent point que vous soyez icy
avecques moy ». Et d'un plus pressant exemple, Albu-
querque, viceroy en l'Inde pour Emmanuel roy de Portugal, en un extreme peril de fortune de mer, print sur
ses espaules un ieune garson, pour cette seule fin qu'en
la societé de leur fortune son innocence luy servist de

---

(1) Car les gens de bien sont fort rares : à peine y en a-t-il autant que Thebes a de portes, ou le Nil d'embouchures. *Juvenal.*
sat. 13, v. 26, 27.

garant et de recommendation envers la faveur divine
pour le mettre à sauveté. Ce n'est pas que le sage ne
puisse partout vivre content, voire et seul en la foule
d'un palais ; mais s'il est à choisir, il en fuira, dict il,
mesme la veue : il portera s'il est besoing cela ; mais, s'il
est en luy, il eslira cecy. Il ne luy semble point suffisamment s'estre desfaict des vices, s'il fault encores qu'il
conteste avecques ceulx d'aultruy. Charondas chastioit
pour mauvais ceulx qui estoient convaincus de hanter
mauvaise compaignie. Il n'est rien si dissociable et sociable que l'homme : l'un par son vice, l'aultre par sa nature.
Et Antisthenes ne me semble avoir satisfait à celuy qui
luy reprochoit sa conversation avecques les meschants,
en disant, « que les medecins vivent bien entre les malades » : car s'ils servent à la santé des malades, ils dete-
riorent la leur par la contagion, la veue continuelle, et
practique des maladies.

Or la fin, ce crois ie, en est toute une, d'en vivre plus
à loisir et à son ayse : mais on n'en cherche pas tousiours
bien le chemin. Souvent on pense avoir quitté les affaires, on ne les a que changez : il n'y a gueres moins de
torment au gouvernement d'une famille, que d'un estat
entier. Où que l'ame soit empeschee, elle y est toute : et
pour estre les occupations domestiques moins importantes, elles n'en sont pas moins importunes. Davantage,
pour nous estre desfaicts de la court et du marché, nous
ne sommes pas desfaicts des principaux torments de
nostre vie :

> Ratio et prudentia curas,
> Non locus effusi latè maris arbiter, aufert : (1)

l'ambition, l'avarice, l'irresolution, la peur et les

---

(1) C'est la raison et la prudence qui dissipent les chagrins,
et non le séjour dans un lieu d'où la vue s'étend fort loin sur la
mer. *Horat.* epist. 11, l. 1, v. 25, 26.

concupiscences ne nous abandonnent point, pour changer de contree,

et

Post equitem sedet atra cura; (1)

elles nous suyvent souvent iusques dans les cloistres et
dans les escholes de philosophie : ny les deserts, ny les
rochiers creusez, ny la haire, ny les ieusnes, ne nous
en desmeslent :

hæret lateri letalis arundo. (2)

On disoit à Socrates que quelqu'un ne s'estoit aulcunement amendé en son voyage : « Ie crois bien, dict il ; il
s'estoit emporté avecques soy. »

quid terras alio calentes
Sole mutamus? Patriæ quis exul
Se quoque fugit? (3)

Si on ne se descharge premierement et son ame du faix
qui la presse, le remuement la fera fouler davantage :
comme en un navire les charges empeschent moins,
quand elles sont rassises. Vous faictes plus de mal que de
bien au malade, de luy faire changer de place : vous en-
sachez le mal en le remuant ; comme les pals s'enfoncent
plus avant et s'affermissent en les branslant et secouant.
Parquoy ce n'est pas assez de s'estre escarté du peuple ;
ce n'est pas assez de changer de place : il se fault escarter
des conditions populaires qui sont en nous ; il se fault
sequestrer et r'avoir de soy.

---

(1)   Le chagrin monte en croupe, et galope avec nous.
Horat. od. 1, l. 3, v. 40.
(2)   Le trait mortel au flanc est attaché.
Aeneid. l. 4, v. 73.
(3) Pourquoi changer de climat? On n'échappe point à soi-
même en s'exilant de sa patrie. *Horat.* od. 16, l. 2, v. 18, etc.

> Rupi iam vincula, dicas:
> Nam luctata canis nodum arripit ; attamen illi,
> Cùm fugit, a collo trahitur pars longa catenæ. (1)

Nous emportons nos fers quand et nous. Ce n'est pas une entiere liberté ; nous tournons encores la veue vers ce que nous avons laissé ; nous en avons la fantasie pleine :

> nisi purgatum est pectus, quæ prœlia nobis
> Atque pericula tunc ingratis insinuandum ?
> Quantæ conscindunt hominem cuppedinis acres
> Sollicitum curæ? quantique perinde timores ?
> Quidve superbia, spurcitia, ac petulantia, quantas
> Efficiunt clades? quid luxus, desidiesque ? (2)

Nostre mal nous tient en l'ame: or elle ne se peult eschapper à elle mesme ;

> In culpâ est animus, qui se non effugit unquam ; (3)

ainsin il la fault ramener et retirer en soy: c'est la vraye solitude, et qui se peult iouïr au milieu des villes et des courts des roys; mais elle se iouït plus commodement à part. Or, puisque nous entreprenons de vivre seuls, et

---

(1) « Il faudroit pouvoir dire, J'ai rompu mes fers. Un chien à l'attache, après s'être bien tourmenté, s'échappe enfin, et prend la fuite : mais il traîne pourtant encore une bonne partie de son lien ». *Pers.* sat. 5, v. 158, etc.

(2) Si notre ame n'est point reglée, à quels combats, à quels périls ne sommes-nous pas exposés malgré nous ? De quels soucis rongeants l'homme n'est-il pas déchiré lorsqu'il est en proie à ses passions? De quelles terreurs n'est-il point agité? Et dans quel gouffre de maux n'est-il pas plongé par l'orgueil, la débauche, l'insolence, le luxe, et l'oisiveté? *Lucret.* l. 5, v. 44-49.

(3) *Horat.* epist. 14, l. 1, v. 13. Je ne traduis point ce passage, parcequ'il ne contient qu'une répétition en latin de ce que Montaigne vient de dire en françois. C.

de nous passer de compaignie, faisons que nostre contentement despende de nous; desprenons nous de toutes les
liaisons qui nous attachent à aultruy; gaignons sur
nous de pouvoir à bon escient vivre seuls, et y vivre à
nostre ayse. Stilpon estant eschappé de l'embrasement
de sa ville, où il avoit perdu femme, enfants et chevance;
Demetrius Poliorcetes le voyant en une si grande ruine
de sa patrie, le visage non effroyé, luy demanda s'il n'a-
voit pas eu du dommage; il respondit « Que non; et qu'il
n'y avoit, Dieu mercy ! rien perdu de sien ». C'est ce que
le philosophe Antisthenes disoit plaisamment, « Que
l'homme se debvoit pourveoir de munitions qui flottas-
sent sur l'eau, et peussent à nage eschapper avecques luy
du naufrage ». Certes, l'homme d'entendement n'a rien
perdu, s'il a soy mesme. Quand la ville de Nole feut rui-
nee par les Barbares, Paulinus, qui en estoit evesque, y
ayant tout perdu, et leur prisonnier, prioit ainsi Dieu :
« Seigneur, garde moy de sentir cette perte; car tu sçais
qu'ils n'ont encores rien touché de ce qui est à moy » : les
richesses qui le faisoient riche, et les biens qui le faisoient bon, estoient encores en leur entier. Voylà que c'est
de bien choisir les thresors qui se puissent affranchir
de l'iniure, et de les cacher en lieu où personne n'aille,
et lequel ne puisse estre trahi que par nous mesmes. Il
fault avoir femmes, enfants, biens, et sur tout de la
santé, qui peult; mais non pas s'y attacher en maniere
que nostre heur en despende : il se fault reserver une arriere boutique, toute nostre, toute franche, en laquelle
nous establissions nostre vraye liberté et principale retraicte et solitude. En cette cy fault il prendre nostre ordinaire entretien de nous à nous mesmes, et si privé
que nulle accointance ou communication estrangiere y
treuve place; discourir et y rire, comme sans femme,
sans enfants et sans biens, sans train et sans valets: à fin
que quand l'occasion adviendra de leur perte, il ne nous
soit pas nouveau de nous en passer. Nous avons une ame

contournable en soy mesme ; elle se peult faire compaignie ; elle a de quoy assaillir et de quoy deffendre, de
quoy recevoir et de quoy donner. Ne craignons pas en
cette solitude nous croupir d'oysifveté ennuyeuse :

       In solis sis tibi turba locis. (1)

La vertu, dict Antisthenes, se contente de soy, sans dis-
ciplines, sans paroles, sans effects. En nos actions accoustumees, de mille il n'en est pas une qui nous regarde.
Celuy que tu veois grimpant contremont les ruines de cé
mur, furieux et hors de soy, en butte de tant de arque-
buzades ; et cet aultre tout cicatricé, transi et pasle de
faim, deliberé de crever plustost que de luy ouvrir la
porte ; penses tu qu'ils y soyent pour eulx ? pour tel, à
l'adventure, qu'ils ne veirent oncques, et qui ne se donne
aulcune peine de leur faict, plongé ce pendant en l'oysifveté et aux delices. Cettuy cy, tout pituiteux, chassieux
et crasseux, que tu veois sortir aprez minuict d'un estude,
penses tu qu'il cherche parmy les livres comme il se rendra plus homme de bien, plus content et plus sage ? nulles
nouvelles : il y mourra ; ou il apprendra à la posterité la
mesure des vers de Plaute et la vraye orthographe d'un
mot latin. Qui ne contrechange volontiers la santé, le
repos et la vie, à la reputation et à la gloire : la plus inutile, vaine et faulse monnoye qui soit en nostre usage ?
Nostre mort ne nous faisoit pas assez de peur, chargeons
nous encores de celle de nos femmes, de nos enfants et
de nos gents : nos affaires ne nous donnoient pas assez
de peine, prenons encores, à nous tormenter et rompre
la teste, de ceulx de nos voisins et amis.

    Vah, quemquamne hominem in animum instituere, aut
    Parare, quod sit carius quàm ipse est sibi ? (2)

La solitude me semble avoir plus d'apparence et de

---

(1)   Au milieu des déserts, sois un monde pour toi.
              Tibull. l. 4, eleg. 13, v. 12.
(2) Est-il possible qu'un homme aille se mettre en tête d'aimer

raison à ceulx qui ont donné au monde leur aage plus
actif et fleurissant, suyvant l'exemple de Thales. C'est assez
vescu pour aultruy; vivons pour nous, au moins ce bout
de vie : ramenons à nous et à nostre ayse nos pensees et
nos intentions. Ce n'est pas une legiere partie que de
faire seurement sa retraicte? elle nous empesche assez,
sans y mesler d'aultres entreprinses. Puisque Dieu nous
donne loisir de disposer de nostre deslogement, prepa-
rons nous y; plions bagage; prenons de bonne heure
congé de la compaignie; despestrons nous de ces violentes prinses qui nous engagent ailleurs et esloingnent
de nous. Il fault desnouer ces obligations si fortes; et
meshuy aymer cecy et cela, mais n'espouser rien que soy :
c'est à dire, le reste soit à nous, mais non pas ioinct et
collé en façon qu'on ne le puisse desprendre sans nous
escorcher, et arracher ensemble quelque piece du nostre.
La plus grande chose du monde, c'est de sçavoir estre à
soy. Il est temps de nous desnouer de la societé, puisque
nous n'y pouvons rien apporter : et qui ne peult prester,
qu'il se deffende d'emprunter. Nos forces nous faillent :
retirons les et resserrons en nous. Qui peult renverser
et confondre en soy les offices de l'amitié et de la compaignie, qu'il le face. En cette cheute qui le rend inutile,
poisant et importun aux aultres, qu'il se garde d'estre
importun à soy mesme, et poisant, et inutile. Qu'il se
flatte et caresse, et surtout se regente, respectant et
craignant sa raison et sa conscience, si qu'il ne puisse
sans honte bruncher en leur presence. *Rarum est enim ut
satis se quisque vereatur* (1). Socrates dict que les ieunes se
doibvent faire instruire; les hommes, s'exercer à bien
faire; les vieils, se retirer de toute occupation civile et

---

quelque chose plus que soi-même ? *Terent.* Adelph. act. 1, sc. 1,
v. 13, 14.

(1) Il est rare qu'on se respecte assez soi-même. *Quintil.* l. 10,
c. 7.

militaire, vivants à leur discretion, sans obligation à nul
certain office. Il y a des complexions plus propres à ces
preceptes de la retraicte, les unes que les aultres. Celles
qui ont l'apprehension molle et lasche, et une affection et
volonté delicate, et qui ne s'asservit ny s'employe pas ayseement, desquelles ie suis et par naturelle condition et par
discours, ils se plieront mieulx à ce conseil, que les ames
actives et occupees qui embrassent tout, et s'engagent
partout, qui se passionnent de toutes choses, qui s'offrent, qui se presentent, et qui se donnent à toutes occasions. Il se fault servir de ces commoditez accidentales et
hors de nous, en tant qu'elles nous sont plaisantes, mais
sans en faire nostre principal fondement; ce ne l'est pas:
ny la raison ny la nature ne le veulent: pourquoy contre
ses loix asservirons nous nostre contentement à la puissance d'aultruy? D'anticiper aussi les accidents de fortune; se priver des commoditez qui nous sont en main,
comme plusieurs ont faict par devotion, et quelques philosophes par discours; se servir soy mesme, coucher sur
la dure, se crever les yeulx, iecter ses richesses emmy
la riviere, rechercher la douleur; ceulx là pour, par le
torment de cette vie, en acquerir la beatitude d'une aultre; ceux cy pour, s'estants logez en la plus basse marche, se mettre en seureté de nouvelle cheute : c'est l'action d'une vertu excessive. Les natures plus roides et
plus fortes facent leur cachette mesme, glorieuse et exemplaire:

> tuta et parvula laudo,
> Cùm res deficiunt, satis inter vilia fortis:
> Verùm, ubi quid melius contingit et unctius, idem
> Hos sapere, et solos aio benè vivere, quorum
> Conspicitur nitidis fundata pecunia villis : (1)

il y a pour moy assez à faire, sans aller si avant. Il me

---

(1) Je puis fort bien m'accommoder d'un petit revenu assuré,
lorsque je n'ai rien de plus. Mais si je parviens à rendre mon sort

suffit, soubs la faveur de la fortune, me preparer à sa des-
faveur; et me representer, estant à mon ayse, le mal
advenir, autant que l'imagination y peult atteindre : tout
ainsi que nous nous accoustumons aux ioustes et tournois, et contrefaisons la guerre, en pleine paix. Ie n'estime
point Arcesilaus le philosophe moins reformé, pour le
sçavoir avoir usé d'utensiles d'or et d'argent, selon que
la condition de sa fortune le luy permettoit ; et l'estime
mieulx, que s'il s'en feust desmis, de ce qu'il en usoit mo-
dereement et liberalement. Ie veois iusques à quels
limites va la necessité naturelle : et, considerant le
pauvre mendiant à ma porte, souvent plus enioué et
plus sain que moy, ie me plante en sa place ; i'essaye de
chausser mon ame à son biais: et, courant ainsi par les
aultres exemples, quoyque ie pense la mort, la pauvreté, le mespris et la maladie à mes talons, ie me re-
souls ayseement de n'entrer en effroy de ce qu'un moindre que moy prend avecques telle patience ; et ne veulx
croire que la bassesse de l'entendement puisse plus que la
vigueur, ou que les effects du discours ne puissent arriver aux effects de l'accoustumance. Et cognoissant combien ces commoditez accessoires tiennent à peu, ie ne
laisse pas en pleine iouïssance de supplier Dieu, pour
ma souveraine requeste, qu'il me rende content de moy
mesme et des biens qui naissent de moy. Ie veois des
ieunes hommes gaillards qui portent, nonobstant, dans
leurs coffres une masse de pilules pour s'en servir quand
le rheume les pressera; lequel ils craignent d'autant moins
qu'ils en pensent avoir le remede en main: ainsi fault il
faire; et encores, si on se sent subiect à quelque maladie
plus forte, se garnir de ces medicaments qui assopis-
sent et endorment la partie.

---

plus heureux et plus doux . je dis qu'il n'y a de gens habiles et qui
puissent vivre agréablement, que ceux qui jouissent d'un gros
revenu, fondé sur de belles terres. *Horat.* ep. 15, l. 1, v. 42

L'occupation qu'il fault choisir à une telle vie, ce doibt
estre une occupation non penible ny ennuyeuse; aultrement pour neant ferions nous estat d'y estre venus chercher
le seiour. Cela despend du goust particulier d'un chascun.
Le mien ne s'accommode aulcunement au mesnage : ceulx
qui l'aiment ils s'y doibvent adonner avecques moderation;

> Conentur sibi res non se submittere rebus : (1)

c'est, aultrement, un office servile que la mesnagerie,
comme le nomme Salluste. Elle a des parties plus excusables, comme le soing des iardinages, que Xenophon
attribue à Cyrus : et se peult trouver un moyen entre ce
bas et vil soing, tendu et plein de solicitude qu'on veoid
aux hommes qui s'y plongent du tout, et cette profonde
et extreme nonchalance laissant tout aller à l'abandon,
qu'on veoid en d'aultres :

> Democriti pecus edit agellos
> Cultaque, dùm peregrè est animus sine corpore velox. (2)

Mais oyons le conseil que donne le ieune Pline à Cornelius Rufus son amy, sur ce propos de la solitude : « Ie
te conseille, en cette pleine et grasse retraicte où tu es,
de quitter à tes gents ce bas et abiect soing du mesnage,
et t'adonner à l'estude des lettres pour en tirer quelque
chose qui soit toute tienne ». Il entend la reputation
d'une pareille humeur à celle de Cicero qui dict vouloir
employer sa solitude et seiour des affaires publicques à
s'en acquerir par ses escripts une vie immortelle :

> usque adeone
> Scire tuum nihil est, nisi te scire hoc sciat alter ? (3)

Il semble que ce soit raison, puisqu'on parle de se reti-

---

(1) Qu'ils tâchent de se mettre au-dessus des choses, plutôt que
de s'y assujettir. *Horat.* epist. 1, l. 1, v. 19.

(2) Le bétail endommageoit les terres et les champs de Démocrite,
tandis que son esprit, comme séparé de son corps, n'étoit occupé
que des recherches les plus sublimes. *Horat.* epist. 12, l. 1, v. 12.

(3) Quoi donc, ton savoir n'est-il rien, si l'on ne sait que tu
en as ? *Pers.* sat. 1, v. 23, 24.

rer du monde, qu'on regarde hors de luy. Ceulx cy ne le
font qu'à demy : ils dressent bien leur partie pour quand
ils n'y seront plus ; mais le fruict de leur desseing, ils
pretendent le tirer encores lors du monde, absents, par
une ridicule contradiction. L'imagination de ceulx qui
par devotion recherchent la solitude, remplissant leur
courage de la certitude des promesses divines en l'aultre
vie, est bien plus sainement assortie. Ils se proposent
Dieu, obiect infini en bonté et en puissance ; l'ame a de
quoy y rassasier ses desirs en toute liberté : les afflictions, les douleurs, leur viennent à proufit, employees à
l'acquest d'une santé et resiouïssance eternelles ; la mort,
à souhait, passage à un si parfaict estat ; l'aspreté de
leurs regles est incontinent applanie par l'accoustumance ; et les appetits charnels, rebutez et endormis par
leur refus, car rien ne les entretient que l'usage et exercice. Cette seule fin d'une aultre vie heureusement immortelle merite loyalement que nous abandonnions les
commoditez et doulceurs de cette vie nostre ; et qui peult
embraser son ame de l'ardeur de cette vifve foy et esperance, reellement et constamment, il se bastit en la solitude une vie voluptueuse et delicate au delà de toute
aultre forme de vie.

Ny la fin doncques ny le moyen de ce conseil ne me
contente : nous retumbons tousiours de fiebvre en chauld
mal. Cette occupation des livres est aussi penible que
toute aultre, et autant ennemie de la santé, qui doibt
estre principalement consideree : et ne se fault point laisser endormir au plaisir qu'on y prend ; c'est ce mesme
plaisir qui perd le mesnagier, l'avaricieux, le voluptueux
et l'ambitieux. Les sages nous apprennent assez à nous
garder de la trahison de nos appetits, et à discerner les
vrays plaisirs et entiers, des plaisirs meslez et bigarrez
de plus de peine ; car la pluspart des plaisirs, disent ils,
nous chatouillent et embrassent pour nous estrangler,
comme faisoient les larrons que les Aegyptiens appel-

loient Philistas : et si la douleur de teste nous venoit
avant l'yvresse, nous nous garderions de trop boire ;
mais la volupté, pour nous tromper, marche devant et
nous cache sa suitte. Les livres sont plaisants ; mais si de
leur frequentation nous en perdons enfin la gayeté et la
santé, nos meilleures pieces, quittons les : ie suis de
ceulx qui pensent leur fruict ne pouvoir contrepoiser
cette perte. Comme les hommes qui se sentent de longtemps affoiblis par quelque indisposition se rengent à la
fin à la mercy de la medecine, et se font desseigner par
art certaines regles de vivre, pour ne les plus oultrepas-
ser : aussi celuy qui se retire, ennuyé et desgousté de la
vie commune, doibt former cette cy aux regles de la
raison, l'ordonner et renger par premeditation et discours. Il doibt avoir prins congé de toute espece de travail, quelque visage qu'il porte ; et fuir en general les
passions qui empeschent la tranquillité du corps et
de l'ame, et « choisir la route qui est plus selon son
humeur ».

> Unusquisque suâ noverit ire viâ. (1)

Au mesnage, à l'estude, à la chasse et tout aultre exercice, il fault donner iusques aux derniers limites du
plaisir ; et garder de s'engager plus avant, où la peine
commence à se mesler parmy. Il fault reserver d'embesongnement et d'occupation autant seulement qu'il en
est besoing pour nous tenir en haleine, et pour nous
garantir des incommoditez que tire aprez soy l'aultre extremité d'une lasche oysifveté et assopie. Il y a des sciences steriles et espineuses, et la pluspart forgees pour
la presse ; il les fault laisser à ceulx qui sont au service
du monde. Ie n'aime pour moy que des livres ou plaisants et faciles qui me chatouillent, ou ceulx qui me

---

(1) *Propert.* l. 2, eleg. 25, v. 38. Montaigne a traduit fidèlement ce vers avant que de le citer. G

consolent, et conseillent à regler ma vie et ma mort :

> tacitum sylvas inter reptare salubres,
> Curantem quidquid dignum sapiente bonoque est. (1)

Les gents plus sages peuvent se forger un repos tout
spirituel, ayant l'ame forte et vigoreuse : moy qui l'ay
commune, il fault que i'ayde à me soustenir par les commoditez corporelles ; et l'aage m'ayant tantost desrobe
celles qui estoient plus à ma fantasie, i'instruis et aiguise
mon appetit à celles qui restent plus sortables à cette
aultre saison. Il fault retenir, à tout nos dents et nos
griffes, l'usage des plaisirs de la vie, que nos ans nous
arrachent des poings les uns aprez les aultres :

> carpamus dulcia ; nostrum est
> Quod vivis : cinis et manes et fabula fies. (2)

Or, quant à la fin que Pline et Cicero nous proposent de
la gloire, c'est bien loing de mon compte. La plus contraire humeur à la retraicte, c'est l'ambition : la gloire et
le repos sont choses qui ne peuvent loger en mesme
giste. A ce que ie veois, ceulx cy n'ont que les bras et les
iambes hors de la presse ; leur ame, leur intention y
demeure engagee plus que iamais :

> Tun', vetule, auriculis alienis colligis escas? (3)

ils se sont seulement reculez pour mieulx saulter, et pour
d'un plus fort mouvement faire une plus vifve faulsee

---

(1) Me promenant en silence dans les bois, appliqué à tout ce
qui mérite les soins d'un homme sage et vertuenx. *Horat.* epist. 4.
l. 1, v. 4, 5.

(2) Prenons du bon temps : les seuls jours que nous donnons
au plaisir sont à nous. Tu ne seras bientôt qu'un peu de pous-
siere, une ombre, une fable, *Pers.* sat. 5, v. 151, etc.

(3) Vieux radoteur, ne travailles-tu que pour amuser et entretenir le peuple? *Pers.* sat. 1, v 19.

dans la troupe. Vous plaist il veoir comme ils tirent court
d'un grain ? mettons au contrepoids l'advis de deux philosophes, et de deux sectes tresdifferentes, escrivant
l'un à Idomeneus, l'aultre à Lucilius, leurs amis, pour,
du maniement des affaires et des grandeurs, les retirer à
la solitude. « Vous avez, disent ils, vescu nageant et
flottant iusques à present; venez vous en mourir au
port. Vous avez donné le reste de vostre vie à la lumiere;
donnez cecy à l'ombre. Il est impossible de quitter les
occupations, si vous n'en quittez le fruict : à cette cause,
desfaictes vous de tout soing de nom et de gloire; il est
dangier que la lueur de vos actions passees ne vous esclaire que trop, et vous suyve iusques dans vostre taniere. Quittez avecques les aultres voluptez celle qui
vient de l'approbation d'aultruy : et quant à vostre
science et suffisance, ne vous chaille; elle ne perdra pas
son effect, si vous en valez mieulx vous mesmes. Souvienne vous de celuy à qui, comme on demanda à quoy
faire il se peinoit si fort en un art qui ne pouvoit venir à la
cognoissance de gueres de gents : I'en ay assez de peu,
respondit il; i'en ay assez d'un; i'en ay assez de pas un.
Il disoit vray. Vous et un compaignon estes assez suffisant theatre l'un à l'aultre, ou vous à vous mesmes : que
le peuple vous soit un, et un vous soit tout le peuple.
C'est une lasche ambition de vouloir tirer gloire de son
oysifveté et de sa cachette : il fault faire comme les animaux qui effacent la trace à la porte de leur taniere. Ce
n'est plus ce qu'il vous fault chercher, que le monde
parle de vous; mais comme il fault que vous parliez à
vous mesmes. Retirez vous en vous; mais preparez vous
premierement de vous y recevoir : ce seroit folie de vous
fier à vous mesmes si vous ne vous sçavez gouverner.
Il y a moyen de faillir en la solitude, comme en la compaignie. Iusques à ce que vous vous soyez rendu tels devant qui vous n'osiez clocher, et iusques à ce que vous
ayez honte et respect de vous mesmes, *obversentur species*

honestæ animo (1), presentez vous tousiours en l'imagination Caton, Phocion et Aristides, en la presence desquels les fols mesmes cacheroient leurs faultes ; et establissez les contreroolleurs de toutes vos intentions : si elles se detraquent, leur reverence vous remettra en train ; ils vous contiendront en cette voye de vous contenter de vous mesmes, de n'emprunter rien que de vous, d'arrester et fermir vostre ame en certaines et limitees cogitations où elle se puisse plaire, et, ayant entendu les vrays biens desquels on iouït à mesure qu'on les entend, s'en contenter, sans desir de prolongement de vie ny de nom ». Voylà le conseil de la vraye et naïfve philosophie, non d'une philosophie ostentatrice et parliere, comme est celle des deux premiers.

~~~~~~

CHAPITRE XXXIX.

Consideration sur Ciceron.

ENCORES un traict à la comparaison de ces couples.

Il se tire, des escripts de Cicero et de ce Pline peu retirant à mon advis aux humeurs de son oncle, infinis tesmoignages de nature oultre mesure ambitieuse ; entre aultres, qu'ils solicitent au sceu de tout le monde les historiens de leur temps de ne les oublier en leurs registres : et la fortune, comme par despit, a fait durer iusques à nous la vanité de ces requestes, et pieça faict perdre ces histoires. Mais cecy surpasse toute bassesse de cœur, en personnes de tel reng, d'avoir voulu tirer quelque principale gloire du caquet et de la parlerie, iusques à y employer les lettres privees escriptes à leurs amis ; en maniere

---

(1) Remplissez-vous l'esprit d'images nobles et vertueuses. *Cic.* tusc. quæst. l. 2, c. 21.

que aulcunes ayant failly leur saison pour estre envoyees,
ils les font ce neantmoins publier, avecques cette digne excuse qu'ils n'ont pas voulu perdre leur travail et veillees.
Sied il pas bien à deux consuls romains, souverains magistrats de la chose publicque emperiere du monde,
d'employer leur loisir à ordonner et fagotter gentiement
une belle missive, pour en tirer la reputation de bien
entendre le langage de leur nourrice ! Que feroit pis un
simple maistre d'eschole qui en gaignast sa vie ? Si les
gestes de Xenophon et de Cesar n'eussent de bien loing
surpassé leur eloquence, ie ne crois pas qu'ils les eussent
iamais escripts : ils ont cherché à recommender non leur
dire, mais leur faire. Et si la perfection du bien parler
pouvoit apporter quelque gloire sortable à un grand
personnage, certainement Scipion et Laelius n'eussent
pas resigné l'honneur de leurs comedies, et toutes les
mignardises et delices du langage latin, à un serf afri-
cain : car que cet ouvrage soit leur, sa beauté et son
excellence le maintient assez, et Terence l'advoue luy
mesme ; et me feroit on desplaisir de me desloger de
cette creance. C'est une espece de mocquerie et d'iniure
de vouloir faire valoir un homme par des qualitez mesad-
venantes à son reng, quoyqu'elles soyent aultrement
louables, et par les qualitez aussi qui ne doibvent pas
estre les siennes principales ; comme qui loueroit un roy
d'estre bon peintre ou bon architecte, ou encores bon
arquebuzier, ou bon coureur de bague. Ces louanges ne
font honneur, si elles ne sont presentees en foule et à la
suitte de celles qui lui sont propres ; à sçavoir de la iustice, et de la science de conduire son peuple en paix et en
guerre. De cette façon faict honneur à Cyrus l'agriculture, et à Charlemaigne l'eloquence et cognoissance des
bonnes lettres. I'ay veu de mon temps, en plus forts
termes, des personnages, qui tiroient d'escrire et leurs
tiltres et leur vocation, desadvouer leur apprentissage,
corrompre leur plume, et affecter l'ignorance de qualité

si vulgaire, et que nostre peuple tient ne se rencontrer gueres en mains sçavantes, se recommendants par meilleures qualitez. Les compaignons de Demosthenes, en l'ambassade vers Philippus, louoient ce prince d'estre beau, eloquent, et bon beuveur : Demosthenes disoit que c'estoient louanges qui appartenoient mieulx à une femme, à un advocat, à une esponge, qu'à un roy;

> Imperet bellante prior, iacentem
> Lenis in hostem. (1)

Ce n'est pas sa profession de sçavoir ou bien chasser, ou bien danser :

> Orabunt causas alii, cœlique meatus
> Describent radio, et fulgentia sidera dicent;
> Hic regere imperio populos sciat. (2)

Plutarque dict davantage, que de paroistre si excellent en ces parties moins necessaires, c'est produire contre soy le tesmoignage d'avoir mal dispensé son loisir et l'estude qui debvoit estre employé à choses plus necessaires et utiles. De façon que Philippus, roy de Macedoine, ayant ouï ce grand Alexandre son fils chanter en un festin à l'envy des meilleurs musiciens: « N'as tu pas honte, luy dict il, de chanter si bien »? Et à ce mesme Philippus, un musicien contre lequel il debattoit de son art: « Ia à Dieu ne plaise, sire, dict il, qu'il t'advienne iamais tant de mal, que tu entendes ces choses là mieulx que moy. »! Un roy doibt pouvoir respondre comme Iphicrates respondit à l'orateur qui le pressoit, en son invective, de cette maniere : « Eh bien! qu'es tu, pour faire

---

(1) Qu'il soit brave au combat, humain dans la victoire.
Horat. in Carm. sæcul. v. 51, 52.

(2) D'autres s'appliqueront à l'éloquence, et à décrire le cours des astres : pour lui, son occupation est de savoir gouverner les peuples soumis à son empire. *Aeneid.* l. 6, v. 849, etc.

tant le brave? es tu homme d'armes ? es tu archer? es tu
picquier» ? « Ie ne suis rien de tout cela ; mais ie suis celuy qui sçait commander à touts ceulx là ». Et Antisthenes
print pour argument de peu de valeur en Ismenias , de
quoy on le vantoit d'estre excellent ioueur de fleutes.

Ie sçais bien, quand i'ois quelqu'un qui s'arreste au
langage des Essais , que i'aimerois mieulx qu'il s'en teust :
ce n'est pas tant eslever les mots, comme desprimer le
sens, d'autant plus picquamment que plus obliquement.
Si suis ie trompé, si gueres d'aultres donnent plus à
prendre en la matiere ; et , comment que ce soit, mal ou
bien , si nul escrivain l'a semee ny gueres plus materielle
ny au moins plus drue en son papier. Pour en renger
davantage ie n'en entasse que les testes : que i'y attache
leur suitte, ie multiplieray plusieurs fois ce volume. Et
combien y ay ie espandu d'histoires qui ne disent mot ,
lesquelles qui vouldra espluchcr un peu ingenieusement,
en produira infinis Essais. Ny elles, ny mes allegations,
ne servent pas tousiours simplement d'exemple, d'auctorité ou d'ornement ; ie ne les regarde pas seulement par
l'usage que i'en tire : elles portent souvent, hors de mon
propos, la semence d'une matiere plus riche et plus hardie ; et souvent, à gauche, un ton plus delicat , et pour
moy qui n'en veulx en ce lieu exprimer davantage , et
pour ceulx qui rencontreront mon air.

Revenant à la vertu parliere, ie ne treuve pas grand
choix entre Ne sçavoir dire que mal ; ou, Ne sçavoir
rien que bien dire. Non est ornamentum virile, concin-
nitas (1). Les sages disent que pour le regard du sçavoir il n'est que la philosophie, et pour le regard des
effects, que la vertu, qui generalement soit propre à
touts degrez et à touts ordres. Il y a quelque chose de
pareil en ces aultres deux philosophes ; car ils promettent

(1) Une parure fort ajustée n'est pas un ornement qui con-
vienne à un homme. *Senec.* epist. 115.

aussi eternité aux lettres qu'ils escrivent à leurs amis :
mais c'est d'aultre façon, et s'accommodants, pour une
bonne fin, à la vanité d'aultruy ; car ils leur mandent
que si le soing de se faire cognoistre aux siecles advenir,
et de la renommee, les arreste encores au maniement des
affaires, et leur faict craindre la solitude et la retraicte ou
ils les veulent appeller, qu'ils ne s'en donnent plus de
peine, d'autant qu'ils ont assez de credit avec la posterité pour leur respondre que, ne feust que par les lettres
qu'ils leur escrivent, ils rendront leur nom aussi cogneu
et fameux que pourroient faire leurs actions publicques.
Et oultre cette difference, encores ne sont ce pas lettres
vuides et descharnees, qui ne se soustiennent que par un
delicat choix de mots entassez et rengez à une iuste cadence, ains farcies et pleines de beaux discours de sapience ; par lesquelles on se rend non plus eloquent,
mais plus sage, et qui nous apprennent non à bien dire,
mais à bien faire. Fy de l'eloquence qui nous laisse envie
de soy, non des choses ! si ce n'est qu'on die que celle de
Cicero estant en si extreme perfection se donne corps
elle mesme. I'adiousteray encores un conte que nous lisons de luy à ce propos, pour nous faire toucher au
doigt son naturel : Il avoit à orer en publicque, et estoit
un peu pressé du temps pour se preparer à son ayse.
Eros, l'un de ses serfs, le veint advertir que l'audience
estoit remise au lendemain : il en feut si ayse, qu'il luy
donna liberté pour cette bonne nouvelle.

Sur ce subiect de lettres, ie veulx dire ce mot, que c'est
un ouvrage auquel mes amis tiennent que ie puis quelque
chose (a) : et eusse prins plus volontiers cette forme à
publier mes verves, si i'eusse eu à qui parler. Il me falloit, comme ie l'ay eu aultresfois, un certain commerce
qui m'attirast, qui me soustinst et souslevast ; car de

_____

(a) On trouvera dans cette édition neuf lettres de Montaigne,
qui pourront donner quelque idée de ce qu'il dit ici. C.

negocier au vent comme d'. ultres, ie ne sçaurois que de
songes; ny forger des vains noms à entretenir en chose
serieuse: ennemy iuré de toute [espece de] falsification.
I'eusse esté plus attentif et plus seur, ayant une addresse
forte et amie, que ie ne suis, regardant les divers visages
d'un peuple: et suis deceu s'il ne m'eust mieulx succedé.
I'ay naturellement un style comique et privé, mais c'est
d'une forme mienne, inepte aux negociations publicques,
comme en toutes façons est mon langage; trop serré,
desordonné, coupé, particulier: et ne m'entends pas en
lettres cerimonieuses qui n'ont aultre substance que
d'une belle enfileure de paroles courtoises. Ie n'ay ny la
faculté ny le goust de ces longues offres d'affection et de
service: ie n'en crois pas tant; et me desplaist d'en dire
gueres oultre ce que i'en crois. C'est bien loing de l'usage
present; car il ne feut iamais si abiecte et servile prosti-
tution de presentations: la Vie, l'Ame, Devotion, Adora-
tion, Serf, Esclave, touts ces mots y courent si vulgai-
rement, que quand ils veulent faire sentir une plus expresse volonté et plus respectueuse, ils n'ont plus de
maniere pour l'exprimer. Ie hais à mort de sentir au
flatteur: qui faict que ie me iecte naturellement à un parler sec, rond et crud, qui tire, à qui ne me cognoist
d'ailleurs, un peu vers le desdaigneux. I'honore le plus
ceulx que i'honore le moins; et, où mon ame marche
d'une grande alaigresse, i'oublie les pas de la conté-
nance; et m'offre maigrement et fierement à ceulx à qui
ie suis, et me presente moins à qui ie me suis le plus
donné: il me semble qu'ils le doibvent lire en mon cœur,
et que l'expression de mes paroles faict tort à ma conception. A bienveigner, à prendre congé, à remercier, à saluer, à presenter mon service, et tels compliments ver-
beux des loix cerimonieuses de nostre civilité, ie ne
cognois personne si sottement sterile de langage que
moy: et n'ay iamais esté employé à faire des lettres de
faveur et recommendation, que celuy pour qui c'es-

toit n'aye trouvees seches et lasches. Ce sont grands im-
primeurs de lettres , que les Italiens; i'en ay, ce crois ie,
cent divers volumes: celles de Annibale Caro me semblent les meilleures. Si tout le papier que i'ay aultresfois
barbouillé pour les dames estoit en nature, lorsque ma
main estoit veritablement emportee par ma passion, il
s'en trouveroit, à l'adventure, quelque page digne d'estre
communiquee à la ieunesse oysifve, embabouinee de
cette fureur. I'escris mes lettres tousiours en poste, et
si precipiteusement que, quoyque ie peigne insupporta-
blement mal, i'aime mieulx escrire de ma main que d'y
en employer une aultre, car ie n'en treuve point qui me
puisse suyvre; et ne les transcris iamais. I'ay accoustumé
les grands qui me cognoissent à y supporter des litures
et des trasseures, et un papier sans plieure et sans marge.
Celles qui me coustent le plus sont celles qui valent le
moins: depuis que ie les traisne, c'est signe que ie n'y
suis pas. Ie commence volontiers sans proiect; le premier traict produit le second. Les lettres de ce temps
sont plus en bordures et prefaces, qu'en matiere. Comme
i'aime mieulx composer deux lettres, que d'en clore et
plier une, et resigne tousiours cette commission à quelque aultre: de mesme quand la matiere est achevee, ie
donnerois volontiers à quelqu'un la charge d'y adiouster
ces longues harangues, offres et prieres que nous lo-
geons sur la fin; et desire que quelque nouvel usage nous
en descharge, comme aussi de les inscrire d'une legende
de qualitez et tiltres; pour ausquels ne bruncher i'ay
maintesfois laissé d'escrire, et notamment à gents de iustice et de finance: tant d'innovations d'offices, une si
difficile dispensation et ordonnance de divers noms
d'honneur, lesquels estants si cherement achetez ne peuvent estre eschangez ou oubliez sans offense; ie treuve
pareillement de mauvaise grace d'en charger le front et
inscription des livres que nous faisons imprimer.

CHAPITRE XL.

*Que le goust des biens et des maulx despend en
bonne partie de l'opinion que nous en avons.*

Les hommes, dict une sentence grecque ancienne,
sont tormentez par les opinions qu'ils ont des choses,
non par les choses mesmes. Il y auroit un grand poinct
gaigné pour le soulagement de nostre miserable condition humaine, qui pourroit establir cette proposition
vraye, tout par tout. Car, si les maulx n'ont entree en
nous que par nostre iugement; il semble qu'il soit en
nostre pouvoir de les mespriser, ou contourner à bien :
si les choses se rendent à nostre mercy; pourquoy n'en
chevirons nous, ou ne les accommoderons nous à nostre
advantage? si ce que nous appellons mal et torment,
n'est ny mal ny torment de soy, ains seulement que
nostre fantasie luy donne cette qualité, il est en nous de
la changer; et en ayant le choix, si nul ne nous force,
nous sommes estrangement fols de nous bander pour le
party qui nous est le plus ennuyeux, et de donner aux
maladies, à l'indigence et au mespris, un aigre et mauvais goust, si nous le leur pouvons donner bon, et si,
la fortune fournissant simplement de matiere, c'est à
nous de luy donner la forme. Or, que ce que nous appellons mal ne le soit pas de soy; ou au moins, tel qu'il soit,
qu'il depende de nous de luy donner aultre saveur et
aultre visage, car tout revient à un, voyons s'il se peult
maintenir.

Si l'estre originel de ces choses que nous craignons
avoit credit de se loger en nous de son auctorité, il
logeroit pareil et semblable en touts; car les hommes
sont touts d'une espece, et, sauf le plus et le moins, se

treuvent garnis de pareils utils et instruments pour concevoir et iuger : mais la diversité des opinions que nous avons de ces choses là montre clairement qu'elles n'entrent en nous que par composition ; tel à l'adventure les loge chez soy en leur vray estre, mais mille aultres leur donnent un estre nouveau et contraire, chez eulx. Nous tenons la mort, la pauvreté et la douleur pour nos principales parties : or cette mort, que les uns appellent « des choses horribles la plus horrible », qui ne sçait que d'aultres la nomment « l'unique port des torments de cette vie, le souverain bien de nature, seul appuy de nostre liberté, et commune et prompte recepte à touts maulx » ? Et comme les uns l'attendent tremblants et effroyez ; d'aultres la supportent plus ayseement que la vie ; celuy là se plainct de sa facilité,

> Mors, utinam pavidos vitæ subducere nolles,
> Sed virtus te sola daret! (1)

Or laissons ces glorieux courages. Theodorus respondit à Lysimachus menaçant de le tuer : « Tu feras un grand coup, d'arriver à la force d'une cantharide » ! La pluspart des philosophes se treuvent avoir ou prevenu par desseing, ou hasté et secouru leur mort. Combien veoid on de personnes populaires, conduictes à la mort, et non à une mort simple, mais meslee de honte et quelquesfois de griefs torments, y apporter une telle asseurance, qui par opiniastreté, qui par simplesse naturelle, qu'on n'y apperçoit rien de changé de leur estat ordinaire ; establissants leurs affaires domestiques, se recommendants à leurs amis, chantants, preschants et entretenants le peuple, voire y meslants quelquesfois des mots pour rire, et beuvants à leurs cognoissants, aussi bien que Socrates ?

---

(1) O mort! plût aux dieux que tu dédaignasses d'emporter les lâches, et que la valeur seule te pût donner ! *Lucan.* liv. 4, v. 580, 581.

Un qu'on menoit au gibet disoit «que ce ne feust pas par
telle rue, car il y avoit dangier qu'un marchand luy feist
mettre la main sur le collet à cause d'un vieux debte». Un
aultre disoit au bourreau, « qu'il ne le touchast pas à la
gorge, de peur de le faire tressaillir de rire tant il estoit
chatouilleux». L'aultre respondit à son confesseur qui luy
promettoit qu'il souperoit ce iour là avecques nostre Seigneur, « Allez vous y en, vous ; car de ma part ie ieusne».
Un aultre ayant demandé à boire, et le bourreau ayant
beu le premier, dict ne vouloir boire aprez luy de peur
de prendre la verolle. Chascun a ouï faire le conte du Pi-
card auquel, estant à l'eschelle, on presente une garse,
et que (comme nostre iustice permet quelquesfois) s'il
la vouloit espouser on luy sauveroit la vie : luy, l'ayant
un peu contemplee, et apperceu qu'elle boittoit : « Attache ! attache ! dict il ; elle cloche ». Et on dict de mesme
qu'en Dannemarc un homme condamné à avoir la teste
trenchee, estant sur l'eschaffaud, comme on luy presenta
une pareille condition, la refusa parce que la fille qu'on
luy offrit avoit les ioues avallees, et le nez trop poinctu.
Un valet, à Toulouse, accusé d'heresie, pour toute raison de sa creance se rapportoit à celle de son maistre
ieune escholier prisonnier avecques luy, et aima mieulx
mourir que se laisser persuader que son maistre peust
faillir. Nous lisons de ceulx de la ville d'Arras, lors que
le roy Louys unziesme la print, qu'il s'en trouva bon
nombre parmy le peuple qui se laisserent pendre plustost que de dire, Vive le roy. Et de ces viles ames de bouf-
fons, il s'en est trouvé qui n'ont voulu abandonner leur
gaudisserie, en la mort mesme. Celuy à qui le bourreau
donnoit le bransle, s'escria, « Vogue la galleé »! qui estoit son refrain ordinaire. Et l'aultre qu'on avoit couché,
sur le poinct de rendre sa vie, le long du foyer sur une
paillasse, à qui le medecin demandant où le mal le tenoit,
« Entre le banc et le feu », respondit il : et le presbtre,
pour luy donner l'extreme onction, cherchant ses pieds

qu'il avoit resserrez et contraincts par la maladie : « Vous les trouverez, dict il, au bout de mes iambes ». A l'homme qui l'exhortoit de se recommender à Dieu, « Qui y va » ? demanda il : et l'aultre respondant, « Ce sera tantost vous mesme, s'il luy plaist » : « Y fusse ie bien demain au soir » ? répliqua il. « Recommendez vous seulement à luy, suyvit l'aultre, vous y serez bientost » : « Il vault doncques mieulx, adiousta il, que ie luy porte mes recommendations moy mesme ». Au royaume de Narsingue, encores auiourd'huy, les femmes de leurs presbtres sont vifves ensepvelies avecques leurs maris morts : toutes aultres femmes sont bruslees vifves, non constamment seulement, mais gayement, aux funerailles de leurs maris : et quand on brusle le corps de leur roy trespassé, toutes ses femmes et concubines, ses mignons et toute sorte d'officiers et serviteurs, qui font un peuple, accourent si alaigrement à ce feu pour s'y iecter quand et leur maistre, qu'ils semblent tenir à honneur d'estre compaignons de son trespas. Pendant nos dernieres guerres de Milan, et tant de prinses et rescousses, le peuple, impatient de si divers changements de fortune, print telle resolution à la mort que i'ay ouï dire à mon pere qu'il y veit tenir compte de bien vingt et cinq maistres de maison qui s'estoient desfaicts eulx mesmes en une semaine : accident approchant à celuy de la ville des Xanthiens, lesquels, assiegez par Brutus, se precipiterent pesle mesle, hommes, femmes et enfants, à un si furieux appetit de mourir, qu'on ne faict rien pour fuyr la mort, que ceulx cy ne feissent pour fuyr la vie : en maniere qu'à peine peut Brutus en sauver un bien petit nombre.

Toute opinion est assez forte pour se faire espouser au prix de la vie. Le premier article de ce courageux serment que la Grece iura et mainteint en la guerre medoise, ce feut que chascun changeroit plustost la mort à la vie, que les loix persiennes aux leurs. Combien veoid on de monde en la guerre des Turcs et des Grecs accepter plus-

tost la mort tresaspre, que de se descirconcire pour se
bapriser? exemple de quoy nulle sorte de religion n'est
incapable (a). Les roys de Castille ayant banni de leurs
terres les Iuifs, le roy Iehan de Portugal leur vendit, à
huict escus pour teste, la retraicte aux siennes : en condition que, dans certain iour, ils auroient à les vuider ; et,
luy, promettoit leur fournir des vaisseaux à les traiecter
en Afrique. Le iour venu, lequel passé il estoit dict que
ceulx qui n'auroient obeï demeureroient esclaves, les
vaisseaux leur feurent fournis escharcement, et ceulx
qui s'y embarquerent, rudement et vilainement traictez
par les passagiers, qui, oultre plusieurs aultres indignitez,
les amuserent sur mer, tantost avant, tantost arriere,
iusques à ce qu'ils eussent consommé leurs victuailles, et
feussent contraincts d'en acheter d'eulx si cherement et
si longuement qu'ils feurent rendus à bord aprez avoir
esté du tout mis en chemise. La nouvelle de cette inhu-
manité rapportee à ceulx qui estoient en terre, la pluspart se resolurent à la servitude ; aulcuns feirent contenance de changer de religion. Emmanuel, [successeur de
Iehan], venu à la couronne, les meit premierement en
liberté ; et changeant d'advis depuis, leur donna temps
de vuider ses pays, assignant trois ports à leur passage.
Il esperoit, dict l'evesque Osorius (b), le meilleur historien latin de nos siecles, que la faveur de la liberté qu'il
leur avoit rendue ayant failli de les convertir au christia-
nisme, la difficulté de se commettre comme leurs compaignons à la volerie des mariniers, d'abandonner un
pays où ils estoient habituez avecques grandes richesses,
pour s'aller iecter en region incogneue et estrangiere,
les y rameneroit. Mais se voyant descheu de son espe-

(a) Montaigne avoit d'abord écrit : *toute sorte de religion est
très capable* : mais il a rayé cette leçon, pour y substituer celle
du texte. N.

(b) *Non mesprisable historien.* Edit. in-fol. de 1595.

rance, et eulx touts deliberez au passage, il retrencha
deux des ports qu'il leur avoit promis, à fin que la longueur et incommodité du traiect en reduisist aulcuns,
ou pour les amonceler touts à un lieu pour une plus
grande commodité de l'execution qu'il avoit destinee; ce
feut qu'il ordonna qu'on arrachast d'entre les mains des
peres et des meres touts les enfants au dessoubs de quatorze ans pour les transporter, hors de leur veue et conversation, en lieu où ils feussent instruicts à nostre
religion. Ils disent que cet effect produisit un horrible
spectacle : la naturelle affection d'entre les peres et les
enfants, et, de plus, le zele à leur ancienne creance, combattant à l'encontre de cette violente ordonnance, il y
feut veu communement des peres et meres se desfaisants
eulx mesmes, et, d'un plus rude exemple encores, precipi-
tants, par amour et compassion, leurs ieunes enfants dans
des puits, pour fuyr à la loy. Au demourant, le terme qu'il
leur avoit prefix expiré, par faulte de moyens ils se
remeirent en servitude. Quelques uns se feirent chrestiens; de la foy desquels ou de leur race, encores auiour-
d'huy cent ans aprez, peu de Portugais s'asseurent,
quoyque la coustume et la longueur du temps soyent bien
plus fortes conseilleres [à telles mutations] que toute
aultre contraincte. [En la ville de Castelnau Darry, cinquante Albigeois heretiques souffrirent à la fois, d'un
courage determiné, d'estre bruslez vifs en un feu avant
desadvouer leurs opinions.] Quoties non modò ductores nos-
tri, dict Cicero, sed universi etiam exercitus, ad non dubiam
mortem concurrerunt (1)? I'ay veu quelqu'un de mes in-

---

(1) Et combien de fois non seulement nos généraux, mais des
corps d'armée ont-ils couru à des morts certaines ? *Tusc.* quæst.
l. i, c. 37.

Dans l'exemplaire corrigé par Montaigne, ce passage de Cicéron
suit immédiatement ces mots *que toute aultre contraincte*, et on
n'y trouve pas le fait des cinquante Albigeois de la ville de Castel-

times amis courre la mort à force, d'une vraye affection et enracinee en son cœur par divers visages de discours que ie ne luy sceus rabbattre ; et, à la premiere qui s'offrit coeffee d'un lustre d'honneur, s'y precipiter, hors de toute apparence, d'une (a) faim aspre et ardente. Nous avons plusieurs exemples en nostre temps de ceulx, iusques aux enfants, qui de crainte de quelque legiere incommodité se sont donnez à la mort. Et à ce propos, « Que ne craindrons nous, dict un ancien, si nous craignons ce que la couardise mesme a choisi pour sa retraicte? »

D'enfiler icy un grand roolle de ceulx de touts sexes et conditions et de toutes sectes, ez siecles plus heureux, qui ont ou attendu la mort constamment, ou recherché volontairement, et recherché non seulement pour fuyr les maulx de cette vie, mais aulcuns pour fuyr simplement la satieté de vivre, et d'aultres pour l'esperance d'une meilleure condition ailleurs, ie n'aurois iamais faict ; et en est le nombre si infini, qu'à la verité i'aurois meilleur marché de mettre en compte ceulx qui l'ont crainte : Cecy seulement : Pyrrho le philosophe se trouvant, un iour de grande tormente, dans un batteau, montroit à ceulx qu'il veoyoit les plus effrayez autour de luy, et les encourageoit par l'exemple d'un pourceau qui y estoit, nullement soulcieux de cet orage. Oserons nous doncques dire que cet advantage de la raison, de quoy nous faisons tant de feste, et pour le respect duquel nous nous tenons maistres et empereurs du reste des creatures, ayt esté mis en nous pour nostre torment ? A quoy faire la cognoissance des choses, si nous en devenons plus lasches ? si nous en perdons le repos et la tranquillité où nous serions sans cela ? et si

---

naudary. Montaigne a très bien vu que chaque religion peut se vanter, avec un droit égal, du nombre et de la constance de ses martyrs ; et qu'un argument qui a la même force dans tous les systêmes, ne prouve, par cela même, pour aucun. N.

(a) d'une fin. *Leçon* des édit. de 1595 et de 1635. Faute grave.

elle nous rend de pire condition que le pourceau de
Pyrrho ? L'intelligence qui nous a esté donnee pour
nostre plus grand bien, l'employerons nous à nostre
ruyne; combattants le desseing de nature et l'universel
ordre des choses, qui porte, que chascun use de ses utils
et moyens, pour sa commodité?

Bien, me dira lon, vostre regle serve à la mort : mais
que direz vous de l'indigence ? que direz vous encores de
la douleur ? que Aristippus, Hieronymus et la pluspart
des sages ont estimé le dernier mal; et ceulx qui le
nioient de parole le confessoient par effect. Possidonius
estant extremement tormenté d'une maladie aiguë et
douloureuse, Pompeius le feut veoir, et s'excusa d'avoir
prins heure si importune pour l'ouïr deviser de la philosophie : «Ia à Dieu ne plaise, luy dict Possidonius, que
la douleur gaigne tant sur moy qu'elle m'empesche d'en
discourir » ; et se iecta sur ce mesme propos du mespris
de la douleur : mais ce pendant elle iouoit son roolle, et
le pressoit incessamment; à quoy il s'escrioit : « Tu as
beau faire, douleur ! si ne diray ie pas que tu sois mal ».
Ce conte, qu'ils font tant valoir, que porte il pour le
mespris de la douleur? il ne debat que du mot : et cependant si ces poinctures ne l'esmeuvent, pourquoy en
rompt il son propos? pourquoy pense il faire beaucoup
de ne l'appeller pas mal? Icy tout ne consiste pas en
l'imagination : nous opinons du reste; c'est icy la certaine science qui ioue son roolle ; nos sens mesmes en
sont iuges ;

Qui nisi sunt veri, ratio quoque falsa sit omnis. (1)

Ferons nous accroire à nostre peau que les coups d'es-
triviere la chatouillent ? et à nostre goust que l'aloé soit
du vin de Graves ? Le pourceau de Pyrrho est icy de

---

(1) Et si les sens ne sont vrais, toute raison est fausse. *Lucret.*
l. 4, v. 487.

nostre escot : il est bien sans effroy à la mort ; mais si
on le bat, il crie et se tormente. Forcerons nous la generale loy de nature, qui se veoid en tout ce qui est vivant
soubs le ciel, de trembler soubs la douleur ? les arbres
mesmes semblent gemir aux offenses. La mort ne se
sent que par le discours, d'autant que c'est le mouvement d'un instant ;

> Aut fuit, aut veniet ; nihil est præsentis in illâ :
> Morsque minus pœnæ, quàm mora mortis, habet. (1)

mille bestes, mille hommes sont plustost morts que menacez. Et, à la verité, ce que nous disons craindre principalement en la mort, c'est la douleur son avant cou-
reuse coustumiere. Toutesfois, s'il en fault croire un
sainct pere, malam mortem non facit, nisi quod sequitur mortem (2) : et ie dirois encores plus vraysemblablement,
que ny ce qui va devant ny ce qui vient aprez n'est des
appartenances de la mort. Nous nous excusons faulsement : et ie treuve par experience que c'est plustost l'impatience de l'imagination de la mort qui nous rend im-
patients de la douleur, et que nous la sentons doublement
griefve de ce qu'elle nous menace de mourir ; mais la
raison accusant nostre lascheté de craindre chose si soubdaine, si inevitable, si insensible, nous prenons cet aultre pretexte plus excusable. Touts les maulx qui n'ont
aultre dangier que du mal, nous les disons sans dangier :
celuy des dents ou de la goutte, pour grief qu'il soit,

---

(1) Ou elle a été, ou elle sera : il n'y a rien de présent en elle.
La mort fait moins de mal que le retardement de la mort.

De ces deux vers latins le premier est pris d'une espece de sa-
tire qu'Estienne de la Boëtie, ami de Montaigne, lui avoit adressée.
L'autre vers est d'Ovide, épître d'Ariadne à Thésée, v. 82, edit.
Varior. C.

(2) La mort n'est un mal que par ce qui vient après elle.
Augustin. de civit. Dei, l. 1, c. 11.

d'autant qu'il n'est pas homicide, qui le met en compte de maladie?

Or bien presupposons le, qu'en la mort nous regardons principalement la douleur; comme aussi la pauvreté n'a rien à craindre que cela qu'elle nous iecte entre ses bras par la soif, la faim, le froid, le chauld, les veilles qu'elle nous fait souffrir : ainsi n'ayons à faire qu'à la douleur. Ie leur donne que ce soit le pire accident de nostre estre, et volontiers, car ie suis l'homme du monde qui luy veulx autant de mal et qui la fuys autant, pour iusques à present n'avoir pas eu, Dieu mercy, grand commerce avec elle: mais il est en nous, sinon de l'aneantir, au moins de l'amoindrir par patience; et, quand bien le corps s'en esmouveroit, de maintenir ce neantmoins l'ame et la raison en bonne trempe. Et s'il ne l'estoit, qui auroit mis en credit la vertu, la vaillance, la force, la magnanimité et la resolution? où ioueroyent elles leur roolle s'il n'y a plus de douleur à desfier? Avida est periculi virtus (1) : s'il ne fault coucher sur la dure, soustenir armé de toutes pieces la chaleur du midy, se paistre d'un cheval et d'un asne, se veoir destailler en pieces et arracher une balle d'entre les os, se souffrir recoudre, cauteriser et sonder, par où s'acquerra l'advantage que nous voulons avoir sur le vulgaire? C'est bien loing de fuyr le mal et la douleur, ce que disent les sages, «que des actions egualement bonnes, celle là est plus souhaitable à faire où il y a plus de peine». Non enim hilaritate, nec lasciviâ, nec risu, aut ioco, comite levitatis, sed sæpè etiam tristes firmitate et constantiâ, sunt beati (2). Et à cette cause il a esté impos-

---

(1) La vertu est avide de péril. *Senec.* Cur bonis viris mala fiant? cap. 4.

(2) Les gens graves et austeres ne sont point heureux par la gaieté, la lasciveté, les ris et les jeux, compagnes de la débauche; mais ils le sont souvent par la constance et la fermeté. *Cic.* de Finib. l. 2, c. 20.

sible de persuader à nos peres que les conquestes faictes par vifve force au hazard de la guerre ne feussent plus advantageuses que celles qu'on faict en toute seureté par practiques et menees.

Lætius est, quoties magno sibi constat honestum. (1) Davantage, cela nous doibt consoler, que naturellement « si la douleur est violente, elle est courte; si elle est longue, elle est legiere » : si gravis, brevis; si longus, levis (2). Tu ne la sentiras gueres longtemps si tu la sens trop; elle mettra fin à soy ou à toy : l'un et l'aultre revient à un; si tu ne la portes, elle t'emportera. Memineris maximos morte finiri; parvos multa habere intervalla requietis : mediocrium nos esse dominos : ut si tolerabiles sint, feramus; sin minùs, e vitâ, quum ea non placeat, tanquam e theatro, exeamus (3). Ce qui nous faict souffrir avecques tant d'impatience la douleur, c'est de n'estre pas accoustumez de prendre nostre principal contentement en l'ame, de ne nous attendre point assez à elle, qui est seule et souveraine maistresse de nostre condition et conduicte. Le corps n'a, sauf le plus et le moins, qu'un train et qu'un pli : Elle est variable en toute sorte de formes, et renge à soy, et à son estat quel qu'il soit, les sentiments du corps et touts aultres accidents : pourtant la fault il estudier et enquerir, et esveiller en elle ses ressorts tout puissants. Il n'y a raison, ny prescription, ny force qui puisse contre son inclination et son choix. De tant de

---

(1) Une action vertueuse cause d'autant plus de satisfaction, qu'elle coûte davantage. *Lucan.* l. 9, v. 404.

(2) Montaigne a traduit ce passage de Cicéron (de finib. bon. et mal. l. 2, c. 29) immédiatement avant que de le citer.

(3) Souviens toi que les grandes douleurs se terminent par la mort; que les petites ont plusieurs intervalles de repos, et que nous sommes maîtres des médiocres : afin que si elles sont supportables, nous les endurions; et que si elles ne le sont pas, nous sortions de la vie comme d'un theâtre, puisqu'elle nous déplaît. *Id.* de Finib. l. 1, c. 15.

milliers de biais qu'elle a en sa disposition, donnons luy
en un propre à nostre repos et conservation : nous voylà,
non couverts seulement de toute offense, mais gratifiez
mesme, et flattez, si bon luy semble, des offenses et des
maulx. Elle faict son proufit de tout indifferemment :
l'erreur, les songes, luy servent utilement, comme une
loyale matiere à nous mettre à garant et en contentement. Il est aysé à veoir que ce qui aiguise en nous la
douleur et la volupté, c'est la poincte de nostre esprit :
les bestes qui le tiennent soubs boucle, laissent aux corps
leurs sentiments libres et naïfs, et par consequent uns,
à peu prez, en chasque espece, comme (a) nous voyons
par la semblable application de leurs mouvements. Si
nous ne troublions pas en nos membres la iurisdiction
qui leur appartient en cela, il est à croire que nous en
serions mieulx, et que nature leur a donné un iuste et
moderé temperament envers la volupté et envers la
douleur ; et ne peult faillir d'estre iuste, estant egal et
commun. Mais, puisque nous nous sommes emancipez de
ses regles pour nous abandonner à la vagabonde liberté
de nos fantasies, au moins aidons nous à les plier du costé
le plus agreable. Platon craint nostre engagement aspre
à la douleur et à la volupté, d'autant qu'il oblige et attache par trop l'amé au corps : moy plustost, au rebours,
d'autant qu'il l'en desprend et descloue. Tout ainsi que
l'ennemy se rend plus aigre à nostre fuite : aussi s'en-
orgueillit-la douleur à nous veoir trembler soubs elle.
Elle se rendra de bien meilleure composition à qui luy
fera teste : il se fault opposer et bander contre. En nous
acculant et tirant arriere, nous appellons à nous et
attirons la ruyne qui nous menace. Comme le corps est
plus ferme à la charge en le roidissant : aussi est l'ame.

Mais venons aux exemples, qui sont proprement
du gibier des gents foibles de reins comme moy : où

(a) *Ainsi qu'elles montrent.* Edit. in-fol. de 1595.

noùs trouverons qu'il va de la douleur comme des pierres, qui prennent couleur ou plus haulte ou plus morne
selon la feuille où lon les couche, et qu'elle ne tient
qu'autant de place en nous que nous luy en faisons :
Tantùm dolaerunt, quantùm doloribus se inseruerunt (1). Nous
sentons plus un coup de rasoir du chirurgien, que
dix coups d'espee en la chaleur du combat. Les douleurs de l'enfantement, par les medecins et par Dieu
mesme estimees grandes, et que nous passons avecques
tant de cerimonies, il y a des nations entieres qui n'en
font nul compte. Ie laisse à part les femmes lacedemo-
niennes ; mais aux souisses, parmy nos gents de pied,
quel changement y trouvez vous? sinon que trottant
aprez leurs maris vous leur voyez auiourd'huy porter au
col l'enfant qu'elles avoient hier au ventre : et ces Aegyptiennes contrefaictes, ramassees d'entre nous, vont elles
mesmes laver les leurs qui viennent de naistre, et prennent leurs bains en la plus prochaine riviere. Oultre tant
de garses qui (a) desrobent touts les iours leurs enfants
en la generation comme en la conception, cette honneste femme de Sabinus patricien romain, pour l'interest
d'aultruy, supporta le travail de l'enfantement de deux
iumeaux, seule, sans assistance, et sans voix et gemissement. Un simple garsonnet de Lacedemone ayant desrobé un regnard (car ils craignoient encores plus la
honte de leur sottise au larrecin que nous ne craignons

_____

(1) Autant qu'ils se sont livrés à la douleur, autant a-t-elle eu
de prise sur eux.

Ces paroles latines sont de S. Augustin *de Civitate Dei*, l. 1,
c. 10, où elles ont un sens différent de celui que leur donne
Montaigne, comme chacun peut s'en convaincre en consultant
l'original. C.

(a) Il y a ici dans l'exemplaire corrigé par Montaigne une leçon
qui paroît différer un peu de celle-ci, mais qu'il est impossible
de lire, parceque cette ligne a été emportée par le couteau du
relieur. Voyez la page 19, verso de cet exemplaire. N.

sa (a) peine), et l'ayant mis sous sa cappe, endura plustost qu'il luy eust rongé le ventre, que de se descouvrir.
Et un aultre, donnant de l'encens à un sacrifice, se
laissa brusler iusques à l'os par un charbon tumbé dans
sa manche, pour ne troubler le mystere : et s'en est veu
un grand nombre, pour le seul essay de vertu, suyvant
leur institution, qui ont souffert en l'aage de sept ans
d'estre fouettez iusques à la mort sans alterer leur visage.
Et Cicero les a veus se battre à troupes, de poings, de
pieds et de dents, iusques à s'evanouïr, avant que d'advouer estre vaincus. Nunquam naturam mos vinceret ; est
enim ea semper invicta : sed nos umbris, deliciis, otio, languore,
desidiâ, animum infecimus ; opinionibus maloque more delini-
tum mollivimus (1). Chascun sçait l'histoire de Scevola qui,
s'estant coulé dans le camp ennemy pour en tuer le chef,
et ayant failly d'attaincte, pour reprendre son effect
d'une plus estrange invention, et descharger sa patrie,
confessa à Porsenna, qui estoit le roy qu'il vouloit tuer,
non seulement son desseing, mais adiousta qu'il y avoit
en son camp un grand nombre de Romains complices
de son entreprinse, tels que luy : et, pour montrer quel
il estoit, s'estant faict apporter un brasier, veit et souf-
frit griller et rostir son bras, iusques à ce que l'ennemy
mesme en ayant horreur commanda oster le brasier.
Quoy ! celuy qui ne daigna interrompre la lecture de son
livre pendant qu'on l'incisoit ? et celuy qui s'obstina à
se mocquer et à rire, à l'envy des maulx qu'on luy faisoit ;
de façon que la cruauté irritee des bourreaux qui le tenoient, et toutes les inventions des torments redoublez

(a) *La peine de nostre malice.* Edit. in-fol. de 1595.
(1) La coutume ne l'auroit jamais emporté sur la nature, qui
est toujours invincible : mais notre jugement ayant été corrompu
par les délices, la mollesse, l'oisiveté, la paresse et la lâcheté, nous
l'avons amolli par des opinions extravagantes, et par de mauvaises
habitudes. *Cic.* tusc. quæst. l. 5, c. 27.

les uns sur les aultres, luy donnerent gaigné? Mais c'estoit un philosophe. Quoy! un gladiateur de Cesar endura, tousiours riant, qu'on luy sondast et destaillast
ses playes: *Quis mediocris gladiator ingemuit? quis vultum
mutavit unquam? Quis non modò stetit, verùm etiam decu-
buit, turpiter? Quis, cùm decubuisset, ferrum recipere iussus,
collum contraxit* (1)? Meslons y les femmes. Qui n'a ouï
parler à Paris de celle qui se feit escorcher, pour seulement en acquerir le teint plus frais d'une nouvelle peau?
Il y en a qui se sont faict arracher des dents vifves et
saines, pour en former la voix plus molle et plus grasse,
ou pour les renger en meilleur ordre. Combien d'exemples du mespris de la douleur avons nous en ce genre!
Que ne peuvent elles, que craignent elles, pour peu qu'il
y ayt d'adgencement à esperer en leur beauté?

> *Vellere queis cura est albos à stirpe capillos,*
> *Et faciem, demptâ pelle, referre novam.* (2)

I'en ay veu engloutir du sable, de la cendre, et se travailler à poinct nommé de ruyner leur estomach, pour
acquerir les pasles couleurs. Pour faire un corps bien es-
pagnolé, quelle gehenne ne souffrent elles, guindees et
cenglees, à tout de grosses coches sur les costez, iusques
à la chair vifve? ouy, quelquesfois à en mourir. Il
est ordinaire à beaucoup de nations de nostre temps de
se blecer à escient pour donner foy à leur parole: et
nostre roy (a) en recite des notables exemples de ce qu'il

---

(1) Quel gladiateur d'un courage médiocre a jamais gémi, ou
changé de couleur? Qui d'entre eux non seulement debout, mais
même couché par terre, a fait paroître la moindre lâcheté? Quel
est celui qui après avoir été abattu, a retiré le cou, lorsqu'il
alloit être égorgé? *Cic.* tusc. quæst. l. 2, cap. 16.

(2) Il s'en trouve qui ne font pas difficulté d'arracher leurs
cheveux gris, et de s'écorcher tout le visage pour se faire une
nouvelle peau. *Tibull.* l. 1, eleg. 8, v. 45, 46. Edit. Vulpii.

(a) Henri III.

en a veu en Poloigne, et en l'endroict de luy mesme.
Mais oultre ce que ie sçais en avoir esté imité en France
par aulcuns, (a) i'ay veu une fille, pour tesmoigner
l'ardeur de ses promesses et aussi sa constance, se
donner, du poinçon qu'elle portoit en son poil, quatre
ou cinq bons coups dans le bras, qui luy faisoient craqueter la peau et la saignoient bien en bon escient. Les
Turcs se font des grandes escarres pour leurs dames,
et, à fin que la marque y demeure, ils portent soubdain
du feu sur la playe et l'y tiennent un temps incroyable,
pour arrester le sang et former la cicatrice ; gents qui
l'ont veu l'ont escript, et me l'ont iuré : mais pour dix
aspres, il se treuve touts les iours entre eulx qui se donnera une bien profonde taillade dans le bras ou dans les
cuisses. Ie suis bien aysé que les tesmoings nous sont plus
à main où nous en avons plus affaire; car la chrestienté
nous en fournit à suffisance : et aprez l'exemple de nostre
sainct Guide, il y en a eu force qui, par devotion, ont
voulu porter la croix. Nous apprenons, par tesmoing
tresdigne de foy (b), que le roy sainct Louys porta la haire
iusques à ce que, sur sa vieillesse, son confesseur l'en
dispensa; et que touts les vendredis il se faisoit battre les
espaules, par son presbtre, de cinq chaisnettes de fer
que pour cet effect il (c) portoit tousiours dans une
boite. Guillaume nostre dernier duc de Guyenne, pere
de cette Alienor qui transmeit ce duché aux maisons de
France et d'Angleterre, porta, les dix ou douze derniers
ans de sa vie, continuellement, un corps de cuirasse soubs
un habit de religieux, par penitence. Foulques, comte

(a) Quand ie veins de ces fameux estats de Blois, i'avois veu peu
auparavant une fille, en Picardie, etc. *Edit.* de 1595.
Ce texte de l'édition de 1595 peut servir à fixer l'époque
du fait rapporté ici par Montaigne. N.
(b) Le sire de Joinville dans ses mémoires, t. 1, p. 54, 55. C.
(c) on portoit emmy ses besongnes de nuict. *Edit.* de 1595. N.

d'Aniou, alla iusques en Ierusalem pour là se faire fouet-
ter à deux de ses valets, la chorde au col, devant le sepulchre de nostre Seigneur. Mais ne veoid on encores
touts les iours au vendredi sainct, en divers lieux, un
grand nombre d'hommes et femmes se battre iusques
à se deschirer la chair et percer iusques aux os? cela ay ie
veu souvent, et sans enchantement : et disoit on (car ils
vont masquez) qu'il y en avoit qui pour de l'argent entre-
prenoient en cela de garantir la religion d'aultruy, par un
mespris de la douleur d'autant plus grand, que plus peuvent les aiguillons de la devotion que de l'avarice. Q. Maximus enterra son fils consulaire, M. Cato le sien preteur designé, et L. Paulus les siens deux en peu de iours,
d'un visage rassis, et ne portant aulcun tesmoignage de
dueil. Ie disois, en mes iours, de quelqu'un, en gaussant,
qu'il avoit choué la divine iustice; car la mort violente
de trois grands enfants luy ayant esté annoncee en un
iour pour un aspre coup de verge, comme il est à croire,
peu s'en fallut qu'il ne la prinst (a) à gratification; (b) et
i'en ay perdu, mais en nourrice, deux ou trois, sinon sans
regret au moins sans fascherie : si n'est il gueres d'accident qui touche plus au vif les hommes. Ie veois
assez d'aultres communes occasions d'affliction, qu'à
peine sentirois ie si elles me venoient; et en ay mesprisé,
quand elles me sont venues, de celles ausquelles le monde
donne une si atroce figure, que ie n'oserois m'en vanter
au peuple sans rougir : ex quo intelligitur, non in naturâ,
sed in opinione, esse ægritudinem (1). L'opinion est une puis-

---

(a) A faveur et gratification singuliere du ciel : *édition* de
1595. N.

(b) Ie n'ensuys pas ces humeurs monstrueuses ; mais i'en ay
perdu en nourrice, etc. *Edit.* de 1595. N.

(1) D'où l'on peut comprendre que le chagrin n'est point un
effet de la nature, mais de l'opinion. *Cic.* tusculan. quæstion. l.3,
c. 28.

sante partie, hardie, et sans mesure. Qui rechercha iamais de telle faim la seureté et le repos, qu'Alexandre et
Cesar ont faict l'inquietude et les difficultez ? Terez, le
pere de Sitalcez, souloit dire que « Quand il ne faisoit
point la guerre il luy estoit advis qu'il n'y avoit point
difference entre luy et son palefrenier ». Caton consul,
pour s'asseurer d'aulcunes villes en Espaigne, ayant seulement interdict aux habitants d'icelles de porter les
armes, grand nombre se tuerent ; *ferox gens, nullam vitam
rati sine armis esse* (1). Combien en sçavons nous qui ont
fuy la doulceur d'une vie tranquille en leurs maisons
parmy leurs cognoissans, pour suyvre l'horreur des deserts inhabitables ; et qui se sont iectez à l'abiection, vilité et mespris du monde, et s'y sont pleus iusques à
l'affectation ! Le cardinal Borromee, qui mourut dernierement à Milan, au milieu de la desbauche à quoy le con-
vioit et sa noblesse, et ses grandes richesses, et l'air de
l'Italie, et sa ieunesse, se mainteint en une forme de vie si
austere, que la mesme robbe qui luy servoit en esté luy
servoit en hyver ; n'avoit pour son coucher que la paille ;
et les heures qui luy restoient des occupations de sa
charge, il les passoit estudiant continuellement, planté
sur ses genouils, ayant un peu d'eau et de pain à costé de
son livre, qui estoit toute la provision de ses repas et
tout le temps qu'il y employoit. I'en sçais qui à leur escient ont tiré et proufit et advancement, du cocuage, de
quoy le seul nom effroye tant de gents. Si la veue n'est
le plus necessaire de nos sens, il est au moins le plus plaisant : mais les plus plaisants et utiles de nos membres
semblent estre ceulx qui servent à nous engendrer ; toutesfois assez de gents les ont prins en haine mortelle,
pour cela seulement qu'ils estoient trop aimables, et les ont
reiectez à cause de leur prix : autant en opina des yeulx

---

(1) Peuple féroce, qui ne croyoit point qu'on pût iouir de la vie
sans faire la guerre. *Tit. Liv.* l. 34, c. 17.

celuy qui se les creva. La plus commune et plus saine
part des hommes tient à grand heur l'abondance des enfants; moy et quelques aultres à pareil heur le default : et
quand on demande à Thales pourquoy il ne se marie point,
il respond « qu'il n'aime point à laisser lignee de soy ».

Que nostre opinion donne prix aux choses, il se veoid
par celles en grand nombre ausquelles nous ne regardons pas seulement pour les estimer, ains à nous; et
ne considerons ny leurs qualitez ny leurs utilitez, mais
seulement nostre coust à les recouvrer, comme si c'estoit
quelque piece de leur substance; et appellons valeur, en
elles, non ce qu'elles apportent, mais ce que nous y appor-
tons. Sur quoy ie m'advise que nous sommes grands
mesnagiers de nostre mise : selon qu'elle poise, elle sert;
de ce mesme qu'elle poise. Nostre opinion ne la laisse
iamais courir à fauls fret : l'achat donne tiltre au diamant,
et la difficulté, à la vertu, et la douleur, à la devotion, et
l'aspreté, à la medecine; tel pour arriver à la pauvreté
iecta ses escus en cette mesme mer que tant d'aultres
fouillent de toutes parts pour y pescher des richesses.
Epicurus dict que « L'estre riche n'est pas soulagement,
mais changement, d'affaires ». De vray, ce n'est pas la disette, c'est plustost l'abondance, qui produict l'avarice.
Ie veulx dire mon experience autour de ce subiect.

I'ay vescu en trois sortes de conditions depuis estre
sorty de l'enfance. Le premier temps, qui a duré prez de
vingt annees, ie le passay n'ayant aultres moyens que
fortuites, et despendant de l'ordonnance et secours d'aultruy, sans estat certain et sans prescription. Ma despense
se faisoit d'autant plus alaigrement et avecques moins de
soing, qu'elle estoit toute en la temerité de la fortune. Ie
ne feus iamais mieulx. Il ne m'est oncques advenu de trouver la bourse de mes amis close; m'estant enioinct, au
delà de toute aultre necessité, la necessité de ne faillir au
terme que i'avois prins à m'acquitter, lequel ils m'ont
mille fois alongé voyant l'effort que ie me faisois pour leur

satisfaire : en maniere que i'en rendois une loyauté mes-
nagiere et aulcunement piperesse. Ie sens naturellement
quelque volupté à payer ; comme si ie deschargeois mes
espaules d'un ennuyeux poids et de cette image de servitude ; aussi qu'il y a quelque contentement qui me cha-
touille à faire une action iuste et contenter aultruy. I'ex-
cepte les payements où il fault venir à marchander et
compter; car si ie ne treuve à qui en commettre la charge,
ie les esloingne honteusement et iniurieusement, tant que
ie puis, de peur de cette altercation, à laquelle et mon humeur et ma forme de parler est du tout incompatible. Il
n'est rien que ie haïsse comme à marchander : c'est un
pur commerce de trichoterie et d'impudence ; aprez une
heure de debat et de barguignage, l'un et l'aultre abandonne sa parole et ses serments pour cinq sous d'amendement. Et si empruntois avecques desadvantage : car
n'ayant point le cœur de requerir en presence, i'en ren-
voyois le hazard sur le papier, qui ne faict gueres d'effort,
et qui preste grandement la main au refuser. Ie me re
mettois de la conduicte de mon besoing plus gayement
aux astres et plus librement, que ie n'ay faict depuis à
ma providence et à mon sens. La pluspart des mesnagiers
estiment horrible de vivre ainsin en incertitude : et ne
s'advisent pas, Premierement, que la pluspart du monde
vit ainsi : combien d'honnestes hommes ont reiecté tout
leur certain à l'abandon, et le font touts les iours, pour
chercher le vent de la faveur des roys et de la fortune !
Cesar s'endebta d'un million d'or oultre son vaillant,
pour devenir Cesar : et combien de marchands commen-
cent leur traficque par la vente de leur metairie, qu'ils
envoyent aux Indes,

> Tot per impotentia freta : (1)

en une si grande siccité de devotion nous avons mille et

---

(1) Sur tant de mers orageuses. *Catull.* epig. 4, v. 18.

I.   40 mille colleges qui la passent commodement attendants touts les iours de la liberalité du ciel ce qu'il fault à leur disner. Secondement, ils ne s'advisent pas que cette certitude sur laquelle ils se fondent n'est gueres moins incertaine et hazardeuse que le hazard mesme. Ie veois d'aussi prez la misere au delà de deux mille escus de rente, que si elle estoit tout contre moy : car, oultre ce que le sort a de quoy ouvrir cent bresches à la pauvreté au travers de nos richesses, n'y ayant souvent nul moyen entre la supreme et infime fortune,

Fortuna vitrea est : tum, quum splendet, frangitur, (1)

et envoyer cul sur poincte toutes nos deffenses et levees, ie treuve que par diverses causes l'indigence se veoid autant ordinairement logee chez ceulx qui ont des biens, que chez ceulx qui n'en ont point; et qu'à l'adventure est elle aulcunement moins incommode quand elle est seule, que quand elle se rencontre en compaignie des richesses. Elles viennent plus de l'ordre, que de la recepte; faber est suæ quisque fortunæ (2) : et me semble plus miserable un riche malaysé, necessiteux, affaireux, que celuy qui est simplement pauvre : In divitiis inopes, quod genus egestatis gravissimum est (3). Les plus grands princes et plus riches sont, par pauvreté et disette, poulsez ordi-

---

(1) Vers de Publius Syrus sur la fortune, que Corneille a traduit ainsi, dans sa tragédie de Polyeucte :
Et comme elle a l'éclat du verre,
Elle en a la fragilité.
Ex Mimis *Publii.*
   (2)   Chacun est l'artisan de sa propre fortune.
Sallust. in primâ orat. ad Cæsarem, *de ordinanda Rep.* §. 1.
(3) Pauvres dans les richesses : espece d'indigence très incommode. *Senec.* epist. 74, au commencement; où l'on voit que Montaigne a transposé les paroles de Sénèque pour les appliquer à son sujet. C.

nairement à l'extreme necessité ; car en est il de plus extreme que d'en devenir tyrans et iniustes usurpateurs des biens de leurs subiects ?

Ma seconde forme, c'a esté d'avoir de l'argent : à quoy m'estant prins, i'en feis bientost des reserves notables, selon ma condition : n'estimant pas que ce feust avoir, sinon autant qu'on possede oultre sa despense ordinaire ; ny qu'on se puisse fier du bien qui est encores en esperance de recepte, pour claire qu'elle soit. Car, quoy ! disois ie, si i'estois surprins d'un tel ou d'un tel accident ? et à la suitte de ces vaines et vicieuses imaginations i'allois faisant l'ingenieux à pourvoir, par cette superflue reserve, à touts inconvenients : et sçavois encore respondre, à celuy qui m'alleguoit que le nombre des inconvenients estoit trop infiny, Que si ce n'estoit à touts, c'estoit à aulcuns et plusieurs. Cela ne se passoit pas sans penible solicitude : i'en faisois un secret ; et moy, qui ose tant dire de moy, ne parlois de mon argent qu'en mensonge, comme font les aultres qui s'appauvrissent riches, s'enrichissent pauvres, et dispensent leur conscience de iamais tesmoigner sincerement de ce qu'ils ont : ridicule et honteuse prudence ! Allois ie en voyage ? il ne me sembloit estre iamais suffisamment pourveu ; et plus ie m'estois chargé de monnoye, plus aussi ie m'estois chargé de crainte, tantost de la seureté des chemins, tantost de la fidelité de ceulx qui conduisoient mon bagage, duquel, comme d'aultres que ie cognois, ie ne m'asseurois iamais assez si ie ne l'avois devant mes yeulx. Laissois ie ma boiste chez moy ? combien de souspeçons et pensements espineux, et, qui pis est, incommunicables ? i'avois tousiours l'esprit de ce costé. Tout compté, il y a plus de peine à garder l'argent qu'à l'acquerir. Si ie n'en faisois du tout tant que i'en dis, au moins il me coustoit à m'empescher de le faire. De commodité, i'en tirois peu ou rien : pour avoir plus de moyens de despense elle ne m'en poisoit pas moins ; car, comme disoit Bion, « Autant se fasche le chevelu comme le chauve qu'on luy arrache le poil » : et, depuis que vous estes accoustumé et avez planté vostre fantasie sur certain monceau , il n'est plus à vostre service; vous n'oseriez l'escorner; c'est un bastiment qui, comme il vous semble, croulera tont si vous y touchez; il fault que la necessité vous prenne à la gorge pour l'entamer : et auparavant i'engageois mes hardes et vendois un cheval avecques bien moins de contraincte et moins envy que, lors, ie ne faisois bresche à cette bourse favorie que ie tenois à part. Mais le dangier estoit que malayscement peult on establir bornes certaines à ce desir (elles sont difficiles à trouver ez choses qu'on croit bonnes), et arrester un poinct à l'espargne: on va tousiours grossissant cet amas et l'augmentant d'un nombre à aultre, iusques à se priver vilainement de la iouïssance de ses propres biens, et l'establir toute en la garde, et n'en user point. Selon cette espece d'usage, ce sont les plus riches gents du monde ceulx qui ont charge de la garde des portes et murs d'une bonne ville. Tout homme pecunieux est avaricieux à mon gré. Platon renge ainsi les biens corporels ou humains : la santé, la beauté, la force, la richesse: et la richesse, dict il, n'est pas aveugle, mais tresclairvoyante quand elle est illuminee par la prudence. Dionysius le fils eut bonne grace : On l'advertit que l'un de ses Syracusains avoit caché dans terre un thresor, il luy manda de le luy apporter; ce qu'il feit, s'en reservant à la desrobbee quelque partie avecques laquelle il s'en alla en une aultre ville , où ayant perdu cet appetit de thesauriser il se meit à vivre plus liberalement : ce qu'entendant Dionysius luy feit rendre le demourant de son thresor, disant que puisqu'il avoit apprins à en sçavoir user il le luy rendoit volontiers.

Je feus quelques annees en ce poinct: ie ne sçais quel bon daimon m'en iecta hors tresutilement, comme le Syracusain, et m'envoya toute cette conserve à l'abandon, le plaisir de certain voyage de grande despense ayant mis au pied cette sotte imagination : par où ie suis retumbé à une tierce sorte de vie (ie dis ce que i'en sens) certes plus plaisante beaucoup, et plus reglee; c'est que ie foys courir ma despense quand et ma recepte; tantost l'une devance, tantost l'aultre, mais c'est de peu qu'elles s'abandonnent. Ie vis du iour à la iournee, et me contente d'avoir de quoy suffire aux besoings presents et ordinaires : aux extraordinaires toutes les provisions du monde n'y sçauroient baster, Et est folie de s'attendre que fortune elle mesme nous arme iamais suffisamment contre soy : c'est de nos armes, qu'il la fault combattre; les fortuites nous trahiront au bon du faict. Si i'amasse, ce n'est que pour l'esperance de quelque voisine emploite, non pour acheter des terres de quoy ie n'ay que faire, mais pour acheter du plaisir. *Non esse cupidum, pecunia est; non esse emacem, vectigal est* (1). Ie n'ay ny gueres peur que bien me faille, ny nul desir qu'il m'augmente; *Divitiarum fructus est in copiâ; copiam declarat satietas* (2) : et me gratifie singulierement que cette correction me soit arrivee en un aage naturellement enclin à l'avarice, et que ie me veoye desfaict de cette folie si commune aux vieux et la plus ridicule de toutes les humaines folies. Feraulez qui avoit passé par les deux fortunes, et trouvé que l'accroist de chevance n'estoit pas accroist d'appetit au boire, manger, dormir, et embrasser sa femme; et qui d'aultre part sentoit poiser sur ses espaules l'importunité de l'œconomïe, ainsi qu'elle faict à moy, deliberades contenter un ieune homme pauvre son fidele amy abboyant aprez les richesses ; et luy feit present de

---

(1) C'est être riche, que de n'être pas avide de richesses ; c'est un revenu, que de n'avoir pas la passion d'acheter. *Cic.* Paradox. 6 , c. 3.

(2) Le fruit des richesses est dans l'abondance : et la satiété déclare l'abondance. *Id.* ibid. c. 2.

toutes les siennes grandes et excessives, et de celles encores qu'il estoit en train d'accumuler touts les iours par
la liberalité de Cyrus son bon maistre, et par la guerre;
moyennant qu'il prinst la charge de l'entretenir et nourrir
honnestement comme son hoste et son amy. Ils vescurent ainsi depuis tresheureusement, et egualement contents du changement de leur condition. Voylà un tour
que i'imiterois de grand courage : et loue grandement la
fortune d'un vieil prelat que ie veois s'estre si purement
demis de sa bourse, de sa recepte et de sa mise, tantost
à un serviteur choisi, tantost à un aultre, qu'il a coulé
un long espace d'annees autant ignorant cette sorte d'affaires de son mesnage comme un estrangier. La fiance de
la bonté d'aultruy est un non legier tesmoignage de la
bonté propre; partant la favorise Dieu volontiers. Et
pour son regard, ie ne veois point d'ordre de maison ny
plus dignement ny plus constamment conduict que le
sien. Heureux qui aye reglé à si iuste mesure son besoing,
que ses richesses y puissent suffire sans son soing et empeschement, et sans que leur dispensation ou assemblage
interrompe d'aultres occupations qu'il suyt, plus conve-
nables, plus tranquilles, et selon son cœur !

L'aysance donc et l'indigence despendent de l'opinion
d'un chascun; et non plus la richesse que la gloire, que
la santé, n'ont qu'autant de beauté, et de plaisir, que leur
en preste celuy qui les possede. Chascun est bien ou mal,
selon qu'il s'en treuve : non de qui on le croid, mais
qui le croid de soy, est content; et en cela seul la creance
se donne essence et verité. La fortune ne nous faict ny
bien ny mal; elle nous en offre seulement la matiere et
la semence : laquelle nostre ame, plus puissante qu'elle,
tourne et applique comme il luy plaist; seule cause et
maistresse de sa condition heureuse ou malheureuse.
Les accessions externes prennent saveur et couleur de
l'interne constitution : comme les accoustrements nous
eschauffent non de leur chaleur, mais de la nostre, la-

quelle ils sont propres à couver et nourrir ; qui en abrie-
roit un corps froid, il en tireroit mesme service pour
la froideur, ainsi se conserve la neige et la glace. Certes
tout en la maniere qu'à un faineant l'estude sert de torment; à un yvrongne, l'abstinence du vin ; la frugalité
est supplice au luxurieux; et l'exercice, gehenne à un
homme delicat et oysif : ainsin est il du reste. Les choses
ne sont pas si douloureuses ny difficiles d'elles mesmes ;
mais nostre foiblesse et lascheté les faict telles. Pour iuger des choses grandes et haultes, il fault une ame de
mesme ; aultrement nous leur attribuons le vice qui est
le nostre : un aviron droict semble courbe en l'eau ; il
n'importe pas seulement qu'on veoye la chose, mais comment on la veoid. Or sus, pourquoy, de tant de discours
qui persuadent diversement les hommes de mespriser la
mort et de porter la douleur, n'en trouvons nous quelqu'un qui face pour nous ? et de tant d'especes d'imaginations qui l'ont persuadé à aultruy, que chascun n'en
applique il à soy une le plus selon son humeur ? S'il ne
peut digerer la drogue forte et abstersive pour desraciner le mal, au moins qu'il la prenne lenitive pour le soulager. Opinio est quædam effœminata ac levis, nec in dolore magis, quàm eadem in voluptate : quâ, quum liquescimus fluimus-
que mollitiâ, apis aculeum sine clamore ferre non possumus.
Totum in eo est, ut tibi imperes (1). Au demourant, on n'eschappe pas à la philosophie, pour faire valoir oultre mesure l'aspreté des douleurs et l'humaine foiblesse; car on
la contrainct de se reiecter à ces invincibles repliques :
« S'il est mauvais de vivre en necessité; au moins de
vivre en necessité il n'est aulcune necessité » : « Nul n'est

_____

(1) Il y a une opinion efféminée et frivole, qui n'a pas moins
lieu dans le plaisir que dans la douleur : par laquelle affoiblis et
fondus de mollesse, nous ne saurions souffrir, sans crier, la pi-
quure d'une abeille. Tout le secret gît en ceci, que tu saches te
commander toi-même. _Cic._ tusc. quæst. l. 2, c. 21. Edit. Davis.

mal longtemps, qu'à sa faulte ». Qui n'a le cœur de souffrir ny la mort ny la vie ; qui ne veult ny resister ny fuyr :
que luy feroit on ?

~~~~~~

CHAPITRE XLI.

De ne communiquer sa gloire.

D E toutes les resveries du monde, la plus receue et plus
universelle est le soing de la reputation et de la gloire,
que nous espousons iusques à quitter les richesses, le
repos, la vie et la santé, qui sont biens effectuels et sub-
stantiaux, pour suyvre cette vaine image et cette simple
voix qui n'a ny corps ny prinse :

> La fama, ch'invaghisce a un dolce suono
> Gli superbi mortali, e par sì bella,
> È un' eco, un sogno, anzi d'un sogno un' ombra
> Ch' ad ogni vento si dilegua e sgombra. (1)

et des humeurs desraisonnables des hommes, il semble
que les philosophes mesmes (a) se desfacent plus tard et
plus envy de cette cy que de nulle aultre ; c'est la plus
revesche et opiniastre ; quia etiam bene proficientes animos
tentare non cessat (2). Il n'en est gueres de laquelle la raison

---

(1) La renommée, qui par la douceur de sa voix enchante les superbes mortels, et paroit si ravissante, n'est qu'un écho, un songe,
ou plutôt l'ombre d'un songe, qui se dissipe et s'évanouit en un
moment. *Tasso*, Gerusalem. liber. c. 14, st. 63.

(a) *Etiam sapientibus, cupido gloriæ novissima exuitur*,
dit Tacite, *hist.* l. 4, cap. 6. Je doute que Montaigne ait eu en
vue ce passage ; car il est si beau, que s'il l'eût eu dans l'esprit,
je crois qu'il n'auroit pu s'empêcher de le citer. C.

(2) Parcequ'elle ne cesse de tenter ceux-là même qui ont fait

accuse si clairement la vanité ; mais elle a ses racines si
vifves en nous, que ie ne sçais si iamais aulcun s'en est
peu nettement descharger. Aprez que vous avez tout
dict et tout creu pour la desadvouer, elle produict contre
vostre discours une inclination si intestine, que vous
avez peu que tenir à l'encontre : car, comme dict Cicero,
ceulx mesmes qui la combattent, encores veulent ils que
les livres qu'ils en escrivent portent au front leur nom,
et se veulent rendre glorieux de ce qu'ils ont mesprisé la
gloire. Toutes aultres choses tumbent en commerce : nous
prestons nos biens et nos vies au besoing de nos amis ;
mais de communiquer son honneur, et d'estrener aultruy
de sa gloire, il ne se veoid gueres. Catulus Luctatius en la
guerre contre les Cimbres, ayant faict touts ses efforts
d'arrester ses soldats qui fuyoient devant les ennemis, se
meit luy mesme entre les fuyards, et contrefeit le couard,
à fin qu'ils semblassent plustost suyvre leur capitaine
que fuyr l'ennemy : c'estoit abandonner sa reputation
pour couvrir la honte d'aultruy. Quand Charles cinquiesme passa en Provence l'an mil cinq cent trente
sept, on tient que Antoine de Leve, voyant l'empereur
resolu de ce voyage, et l'estimant luy estre merveilleusement glorieux, opinoit toutesfois le contraire et le
desconseilloit, à cette fin que toute la gloire et honneur
de ce conseil en feust attribué à son maistre, et qu'il
feust dict, son bon advis et sa prevoyance avoir esté
telle que, contre l'opinion de touts, il eut mis à fin une
si belle entreprinse : qui estoit l'honorer à ses despens.
Les ambassadeurs thraciens consolants Archileonide,
mere de Brasidas, de la mort de son fils, et le hault louants
insques à dire qu'il n'avoit point laissé son pareil ; elle
refusa cette louange privee et particuliere, pour la rendre au public : « Ne me dictes pas cela, feit elle, ie sçais

___

des progrès considérables dans la vertu. *D. August.* de Civitate
Dei, l. 5, ch. 14.

que la ville de Sparte a plusieurs citoyens plus grands et
plus vaillants qu'il n'estoit ». En la bataille de Crecy (a),
le prince de Gales encores fort ieune avoit l'avant garde
à conduire; le principal effort du rencontre feut en cet endroict: les seigneurs qui l'accompaignoient se trouvants
en dur party d'armes, manderent au roy Edouard de
s'approcher pour les secourir. Il s'enquit de l'estat de
son fils; et luy ayant esté respondu qu'il estoit vivant et à
cheval : « Ie luy ferois, dict il, tort de luy aller maintenant desrober l'honneur de la victoire de ce combat qu'il
a si long temps soustenu; quelque hazard qu'il y ayt, elle
sera toute sienne » : et n'y voulut aller ny envoyer, sçachant, s'il y feust allé, qu'on eust dict que tout estoit
perdu sans son secours, et qu'on luy eust attribué l'advantage de cet exploict. Semper enim quod postremum ad-
iectum est, id rem totam videtur traxisse (1). Plusieurs estimoient à Rome, et se disoit communement, que les principaulx beaux faicts de Scipion estoient en partie deus à
Laelius, qui toutesfois alla tousiours promouvant et se-
condant la grandeur et gloire de Scipion sans aulcun
soing de la sienne. Et Theopompus, roy de Sparte, à
celuy qui luy disoit que la chose publicque demeuroit
sur ses pieds pour autant qu'il sçavoit bien commander : « c'est plustost, dict il, parce que le peuple sçait
bien obeïr.

Comme les femmes qui succedoient aux pairies avoient,
nonobstant leur sexe, droict d'assister et opiner aux causes qui appartiennent à la iurisdiction des pairs : aussi
les pairs ecclesiastiques, nonobstant leur profession,
estoient tenus d'assister nos roys en leurs guerres, non
seulement de leurs amis et serviteurs, mais de leur per-

(a) Donnée en 1346.

(1) Car toujours les troupes qui surviennent les dernieres au
combat semblent avoir entièrement décidé l'affaire. *Tit. Liv.*
l. 27, c. 45, edit. Gronov.

sonne aussi. L'evesque de Beauvais se trouvant avecques Philippe-Auguste en la bataille de Bouvines (a), participoit bien fort courageusement à l'effect; mais il luy sembloit ne devoir toucher au fruict et gloire de cet exercice sanglant et violent. Il mena de sa main plusieurs des ennemis à raison, ce iour là; et les donnoit, au premier gentilhomme qu'il trouvoit, à esgosiller ou prendre prisonniers, luy en resignant toute l'execution : et le feit ainsi de Guillaume comte de Salsberi à messire Iehan de Nesle: d'une pareille subtilité de conscience à cette aultre, il vouloit bien assommer, mais non pas blecer, et pourtant ne combattoit que de masse. Quelqu'un en mes iours estant réproché par le roy d'avoir mis les mains sur un presbtre, le nioit fort et ferme : c'estoit qu'il l'avoit battu et foulé aux pieds.

CHAPITRE XLII.

De l'inequalité qui est entre nous.

PLUTARQUE dict, en quelque lieu, qu'il ne treuve point si grande distance de beste à beste, comme il treuve d'homme à homme. Il parle de la suffisance de l'ame et qualitez internes. A la verité, ie treuve si loing d'Epaminondas, comme ie l'imagine, iusques à tel que ie cognois, ie dis capable de sens commun, que i'encherirois volontiers sur Plutarque ; et dirois, qu'il y a plus de distance de tel à tel homme, qu'il n'y a de tel homme à telle beste;

Hem! vir viro quid præstat! (1)
et qu'il y a autant de degrez d'esprits, qu'il y a d'icy au

(a) Donnée en 1214, entre Lisle et Tournay.
(1) Ah! de combien un homme l'emporte sur un autre homme!
Terent. Eunuch. act. 2, sc. 3, v. 1.

ciel de brasses, et autant innumerables. Mais, à propos de
l'estimation des hommes, c'est merveille que, sauf nous,
aulcune chose ne s'estime que par ses propres qualitez.
Nous louons un cheval de ce qu'il est vigoreux et
adroict,

Volucrem

Sic laudamus equum, facili cui plurima palma
Fervet, et exsultat rauco victoria circo, (1)

non de son harnois; un levrier, de sa vistesse, non de son
collier; un oyseau, de son aile, non de ses longes et son-
nettes : pourquoy de mesme n'estimons nous un homme
par ce qui est sien? Il a un grand train, un beau palais,
tant de credit, tant de rente : tout cela est autour de luy,
non en luy. Vous n'achetez pas un chat en poche : si vous
marchandez un cheval, vous luy ostez ses bardes, vous le
voyez nud et à descouvert; ou s'il est couvert, comme
on les presentoit anciennement aux princes à vendre,
c'est par les parties moins necessaires, à fin que vous ne
vous amusiez pas à la beauté de son poil ou largeur de sa
croupe, et que vous vous arrestiez principalement à
considerer les iambes, les yeulx et le pied, qui sont les
membres les plus utiles,

Regibus hic mos est: ubi equos mercantur, opertos
Inspiciunt; ne, si facies (ut sæpè) decora
Molli fulta pede est, emptorem inducat hiantem
Quòd pulchræ clunes, breve quòd caput, ardua cervix: (2)

pourquoy estimant un homme l'estimez vous tout enve-

_____

(1) Ainsi l'on fait cas d'un cheval agile et plein de feu, qui dans
le cirque a remporté plusieurs fois le prix de la course. *Juvenal.*
sat. 8, v. 57, et seqq.

(2) Lorsque les princes veulent acheter des chevaux, ils les
examinent couverts, de peur que si le cheval a les pieds mauvais
et la tête belle, comme il arrive souvent, l'acheteur ne se laisse
séduire en lui voyant une croupe arrondie, une petite tête, et
une encolure relevée. *Horat.* sat. 2, l. 1, v. 86, et seqq.

loppé et empacqueté? Il ne nous faict montre que des
parties qui ne sont aulcunement siennes, et nous cache
celles par lesquelles seules on peut vrayement iuger de
son estimation. C'est le prix de l'espee que vous cherchez, nen de la gaine : vous n'en donnerez à l'adventure
pas un quatrain, si vous l'avez despouillee. Il le fault
iuger par luy mesme, non par ses atours : et, comme dict
tresplaisamment un ancien : « Sçavez vous pourquoy vous
l'estimez grand ? vous y comptez la haulteur de ses pa-
tins ». La base n'est pas de la statue. Mesurez le sans ses
eschasses : qu'il mette à part ses richesses et honneurs ;
qu'il se presente en chemise. A il le corps propre à ses
functions, sain et alaigre? Quelle ame a il? est elle belle,
capable, et heureusement pourveue de toutes ses pieces ?
est elle riche du sien, ou de l'aultruy? la fortune n'y a
elle que veoir? Si les yeulx ouverts elle attend les espes
traictes; s'il ne luy chault par où luy sorte la vie, par la
bouche ou par le gosier; si elle est rassise, equable et
contente : c'est ce qu'il fault veoir, et iuger par là les extremes differences qui sont entre nous. Est il

sapiens, sibique imperiosus ;
Quem neque pauperies, neque mors, neque vincula terrent ;
Responsare cupidinibus, contemnere honores,
Fortis ; et in seipso totus, teres atque rotundus,
Externi ne quid valeat per læve morari ;
In quem manca ruit semper fortuna ? (1)

un tel homme est cinq cents brasses au dessus des

---

(1) Sage et maître de lui-même, de sorte que l'indigence, les
chaines et la mort ne l'effraient point? A-t-il le courage de vaincre
ses passions, et de mépriser les honneurs? Ne comptant que sur
lui seul, n'offre-t-il, comme un corps rond et lisse, aucune prise sur
lui aux accidents externes qui pourroient le retarder un moment
dans le chemin de la vertu? Est-il toujours supérieur aux insultes
de la fortune? *Horat.* sat. 7, l. 2, v. 83, et seqq.

royaumes et des duchez; il est luy mesme à soy son empire:

> sapiens... pol ipse fingit fortunam sibi. (1)

que luy reste il à desirer?

> Nonne videmus
> Nil aliud sibi naturam latrare, nisi ut quoi
> Corpore seiunctus dolor absit, mente fruatur
> Iucundo sensu, curâ semotu' metuque? (2)

Comparez luy la tourbe de nos hommes, stupide, basse, servile, instable, et continuellement flottante en l'orage des passions diverses qui la poulsent et repoulsent, pendante toute d'aultruy; il y a plus d'esloingnement que du ciel à la terre: et toutesfois l'aveuglement de nostre usage est tel, que nous en faisons peu ou point d'estat; là où, si nous considerons un paysan et un roy, un noble et un vilain, un magistrat et un homme privé, un riche et un pauvre, il se presente soubdain à nos yeulx une extreme disparité, qui ne sont differents, par maniere de dire, qu'en leurs chausses. En Thrace le roy estoit distingué de son peuple, d'une plaisante maniere et bien rencherie: il avoit une religion à part, un dieu tout à luy, qu'il n'appartenoit à ses subiects d'adorer, c'estoit Mercure; et luy, desdaignoit les leurs, Mars, Bacchus, Diane: ce ne sont pourtant que peinctures qui ne font aulcune dissemblance essentielle. Car, comme les ioueurs de comedie vous les voyez sur l'eschaffaud faire une mine de duc et d'empereur; mais tantost aprez les voyla

---

(1)   Le sage est l'artisan de son propre bonheur.
       Plaut. in Trinummo, act. 2, sc. 2, v. 84.

(2) Ne voit-on pas que la nature ne demande autre chose sinon que, le corps exempt de douleur, on goûte une douce tranquillité d'esprit, sans crainte et sans inquiétude? *Lucret.* l. 2, v. 16, et seqq.

devenus valets et crocheteurs miserables, qui est leur
naïfve et originelle condition : aussi l'empereur, duquel
la pompe vous esblouit en public,

> Scilicet et grandes viridi cum luce smaragdi
> Auro includuntur, teriturque thalassina vestis
> Assiduè, et Veneris sudorem exercita potat : (1)

voyez le derriere le rideau; ce n'est rien qu'un homme
commun, et, à l'adventure, plus vil que le moindre de ses
subiects : *ille beatus introrsum est; istius bracteata felicitas
est* (2); la couardise, l'irresolution, l'ambition, le despit
et l'envie, l'agitent comme un aultre;

> Non enim gazæ, neque consularis
> Summovet lictor miseros tumultus
> Mentis, et curas laqueata circum
> Tecta volantes : (3)

et le soing et la crainte le tiennent à la gorge au milieu
de ses armees.

> Re verâque metus hominum, curæque sequaces,
> Nec metuunt sonitus armorum, nec fera tela;
> Audacterque inter reges, rerumque potentes,
> Versantur, neque fulgorem reverentur ab auro. (4)

La fiebvre, la micraine et la goutte l'espargnent elles

---

(1) Parce qu'il a les doigts chargés de grosses et belles éme-
raudes, enchâssées dans de l'or; et qu'il est toujours paré de riches habits qu'il use dans les exercices les plus lascifs. *Lucret.*
l. 4, v. 1119, et seqq.

(2) Celui-là jouit d'une félicité réelle et solide ; et le bonheur
de celui-ci ne consiste que dans une vaine apparence. *Senec.*
epist. 115.

(3) Les trésors, et les dignités les plus éminentes, ne dissipent
ni les cruelles agitations de l'esprit, ni les soucis, qui voltigent
autour des lambris dorés. *Horat.* od. 16, l. 2, v. 9, et seqq.

(4) Car les craintes et les soucis, inséparables de l'homme, ne

non plus que nous? Quand la vieillesse luy sera sur les
espaules, les archers de sa garde l'en deschargeront-ils?
quand la frayeur de la mort le transira, se rasseurera il
par l'assistance des gentilshommes de sa chambre?
quand il sera en ialousie et caprice, nos bonnettades le
remettront elles? Ce ciel de lict tout enfle d'or et de
perles n'a aulcune vertu à rappaiser les trenchees d'une
verte cholique.

> Nec calidæ citiùs decedunt corpore febres,
> Textilibus si in picturis, ostroque rubenti
> Iactaris, quàm si plebeia in veste cubandum est. (1)

Les flatteurs du grand Alexandre luy faisoyent accroire
qu'il estoit fils de Iupiter : un iour estant blecé, regardant escouler le sang de sa playe, « Eh bien ! qu'en dictes
vous ? feit il; est ce pas icy un sang vermeil et purement
humain? il n'est pas de la trempe de celuy que Homere
faict escouler de la playe des dieux ». Hermodorus le
poëte avoit faict des vers en l'honneur d'Antigonus, où il
l'appelloit fils du soleil : et luy, au contraire : « Celuy,
dict il, qui vuide ma chaize percee, sçait bien qu'il n'en
est rien ». C'est un homme pour touts potages : et, si de
soy mesme c'est un homme mal nay, l'empire de l'univers ne le sçauroit rabiller.

> Puellæ
> Hunc rapiant, quicquid calcaverit hic, rosa fiat: (2)

quoy pour cela si c'est une ame grossiere et stupide?

---

redoutent ni le bruit des armes, ni les traits les plus cruels : ils
se mêlent hardiment parmi les rois et les grands du monde, malgré l'éclat de l'or dont ils sont couverts. *Lucret.* l. 2, v. 46, et
seqq. edit. Creec. Londin. 1695.

(1) La fievre ne vous quitte pas plutôt, si vous vous étendez
sur un lit de pourpre relevé d'un riche tissu de figures en broderie,
que si vous êtes couché sur un lit ordinaire. *Lucret.* l. 2, v. 34,
et seqq.

(2) Que les jeunes filles se l'enlevent; et que les roses naissent
toujours sous ses pas. *Pers.* sat. 2, v. 38, 39.

La volupté mesme et le bonheur ne se perçoivent point
sans vigueur et sans esprit.

> Hæc perinde sunt, ut illius animus qui ea possidet :
> Qui uti scit, ei bona; illi qui non utitur rectè, mala. (1)

Les biens de la fortune, touts tels qu'ils sont, encores
fault il avoir du sentiment (a) pour les savourer. C'est
le iouïr, non le posseder, qui nous rend heureux :

> Non domus et fundus, non æris acervus et auri,
> Aegroto domini deduxit corpore febres,
> Non animo curas. Valeat possessor oportet,
> Qui comportatis rebus bene cogitat uti :
> Qui cupit aut metuit, iuvat illum sic domus aut res,
> Ut lippum pictæ tabulæ, fomenta podagram. (2)

Il est un sot, son goust est mousse et hebesté ; il n'en
iouit non plus qu'un morfondu de la doulceur du vin
grec, ou qu'un cheval, de la richesse du harnois duquel
on l'a paré : tout ainsi, comme Platon dict, que la santé,
la beauté, la force, les richesses, et tout ce qui s'appelle
bien, est equalement mal à l'iniuste, comme bien au
iuste ; et le mal, au rebours. Et puis, où le corps et l'ame
sont en mauvais estat, à quoy faire ces commoditez externes ? veu que la moindre picqueure d'esplingue, et pas-

---

(1) Ces choses sont comme est l'esprit de leur possesseur : ce
sont des biens pour celui qui sait s'en servir, et des maux pour
celui qui n'en fait pas un bon usage. *Terent.* Heautont. act. 1,
sc. 3, v. 21, 22.

(a) Le sentiment propre à, etc. *Edit.* de 1595.

(2) Les fonds de terre, les maisons, les amas d'or et d'argent
ne guérissent point de la fievre, et ne peuvent rien contre les
chagrins de l'ame. Le possesseur de ces biens doit être sain de
corps et d'esprit, pour pouvoir en faire un bon usage. Les richesses sont à l'égard de celui qui est tourmenté par l'avarice, ou
par la crainte de perdre ce qu'il a, ce que sont les fomentations
pour un goutteux, et les tableaux pour un homme qui a mal aux
yeux. *Horat.* epist. 2, l. 1, v. 47, et seqq.

sion de l'ame, est suffisante à nous oster le plaisir de la
monarchie du monde. A la premiere strette que luy
donne la goutte, il a beau estre sire et maiesté,

Totus et argento conflatus, totus et auro, (1)

perd il pas le souvenir de ses palais et de ses grandeurs?
s'il est en cholere, sa principaulté le garde elle de rougir, de paslir, de grincer les dents comme un fol? Or
si c'est un habile homme et bien nay, la royauté adiouste
peu à son bonheur;

Si ventri bene, si lateri est, pedibusque tuis, nil
Divitiæ poterunt regales addere mains; (2)

il veoid que ce n'est que biffe et piperie. Ouy a l'adventure il sera de l'advis du roy Seleucus, « Que qui sçauroit
le poids d'un sceptre ne daigneroit l'amasser quand il le
trouveroit à terre »: il le disoit pour les grandes et peni-
bles charges qui touchent un bon roy. Certes ce n'est pas
peu de chose que d'avoir à regler aultruy, puisqu'à regler nous mesmes il se presente tant de difficultez. Quant
au commander, qui semble estre si doulx, considerant
l'imbecillité du iugement humain, et la difficulté du
choix ez choses nouvelles et doubteuses, ie suis fort de
cet advis qu'il est bien plus aysé et plus plaisant de suyvre que de guider; et que c'est un grand seiour d'esprit
de n'avoir à tenir qu'une voye tracee, et à respondre
que de soy :

Ut satiùs multo iam sit parere quietum,
Quàm regere imperio res velle. (3)

Ioinct que Cyrus disoit qu'il n'appartenoit de comman-

_____

(1) Tout couvert d'or et d'argent. *Tibull.* l. 1, eleg. 2, v. 71.

(2) Vous portez-vous bien? n'avez-vous ni colique, ni goutte, ni
maux de reins? les richesses d'un roi ne pourront rien ajouter à
votre bonheur. *Horat.* epist. 12, l. 1, v. 5, 6.

(3) De sorte qu'il vaut mieux obéir tranquillement, que de

der, à homme qui ne vaille mieulx que ceulx à qui il
commande. Mais le roy Hieron, en Xenophon, dict davantage, Qu'en la iouïssance des voluptez mesmes ils sont
de pire condition que les privez : d'autant que l'aysance
et la facilité leur oste l'aigredoulce poincte que nous y
trouvons.

> Pinguis amor, nimiumque potens, in tædia nobis
>   Vertitur, et, stomacho dulcis ut esca, nocet. (1)

Pensons nous que les enfants de chœur prennent grand
plaisir à la musique ? la satieté la leur rend plustost ennuyeuse. Les festins, les danses, les masquarades, les
tournois resiouïssent ceulx qui ne les veoyent pas souvent
et qui ont desiré de les veoir ; mais à qui en faict ordinaire, le goust en devient fade et malplaisant : ny les
dames ne chatouillent celuy qui en iouït à cœur saoul :
qui ne se donne loisir d'avoir soif ne sçauroit prendre
plaisir à boire : les farces des bateleurs nous resiouïssent ;
mais aux ioueurs elles servent de corvee. Et qu'il soit
ainsi, ce sont delices aux princes, c'est leur feste, de se
pouvoir quelquesfois travestir et desmettre à la façon de
vivre basse et populaire,

> Plerumque gratæ principibus vices,
> Mundæque parvo sub lare pauperum
>   Cœnæ, sine aulæis et ostro,
>   Sollicitam explicuere frontem. (2)

Il n'est rien si empeschant, si desgousté, que l'abon-

---

vouloir se charger du gouvernement de l'état. *Lucret.* liv. 5,
v. 1126, et seqq.

(1) L'amour bien traité et trop absolu est bientôt à charge : et,
comme un mets trop doux, il nous dégoûte et nous souleve le
cœur. *Ovid.* Amor. l. 2, eleg. 19, v. 25, 26.

(2) Le changement plait aux grands. Un petit repas proprement
apprêté dans la maison d'un simple particulier, sans tapisseries,
ni lits couverts de pourpre, leur a souvent déridé le front. *Horat.*
od. 29, l. 3, v. 13, et seqq.

dance. Quel appetit ne se rebuteroit à veoir trois cents femmes à sa mercy, comme les a le grand seigneur en son serrail? Et quel appetit et visage de chasse s'estoit reservé celuy de ses ancestres qui n'alloit iamais aux champs à moins de sept mille faulconniers? Et oultre cela, ie crois que ce lustre de grandeur apporte non legieres incommoditez à la iouïssance des plaisirs plus doulx; ils sont trop esclairez et trop en butte: et ie ne sçais comment on requiert plus d'eulx de cacher et couvrir leur faulte; car ce qui est à nous indiscretion, à eulx se peuple iuge que ce soit tyrannie, mespris et desdaing des loix: et oultre l'inclination au vice, il semble qu'ils y adioustent encores le plaisir de gourmander et soubmettre à leurs pieds les observances publicques. De vray, Platon, en son Gorgias, definit Tyran celuy qui a licence en une cité de faire tout ce qui luy plaist: et souvent à cette cause, la montre et publication de leur vice blece plus que le vice mesme (a). Chascun craint à estre espié et contreroollé: ils le sont iusques à leurs contenances et à leurs pensees, tout le peuple estimant avoir droict et interest d'en iuger; oultre ce que les taches s'agrandissent selon l'eminence et clarté du lieu où elles sont assises, et qu'un seing et une verrue au front paroissent plus que ne faict ailleurs une balafre. Voylà pourquoy les poëtes feignent les amours de Iupiter conduictes soubs aultre visage que le sien; et de tant de practiques amoureuses qu'ils luy attribuent, il n'en est qu'une seule, ce me semble, où il se treuve en sa grandeur et maiesté. Mais revenons à Hieron: il recite aussi combien il sent d'incommoditez en sa royauté, pour ne pouvoir aller et voyager en liberté, estant comme prisonnier dans les limites de son païs; et qu'en toutes ses actions il se treuve enveloppé d'une fascheuse presse. De vray, à veoir les nostres touts seuls à table, assiegez de tant de parleurs

_____

(a) Plusque exemplo, quàm peccato, nocent. *Cic.* de leg. l. 3, c. 14.

et regardants incogneus, i'en ay eu souvent plus de pitie
que d'envie. Le roy Alphonse disoit que les asnes estoient
en cela de meilleure condition que les roys; leurs maistres les laissent paistre à leur ayse : là où les roys ne
peuvent pas obtenir cela de leurs serviteurs. Et ne m'est
iamais tumbé en fantasie que ce feust quelque notable
commodité à la vie d'un homme d'entendement d'avoir
une vingtaine de contreroolleurs à sa chaize percee; ny
que les services d'un homme qui a dix mille livres de
rente, ou qui a pris Casál ou deffendu Siene, luy soient
plus commodes et acceptables que d'un bon valet et bien
experimenté. Les advantages principesques sont quasi
advantages imaginaires : chasque degré de fortune a
quelque image de principaulté; Cesar appelle roytelets
touts les seigneurs ayants iustice en France de son temps
De vray, sauf le nom de sire, on va bien avant avecques
nos roys. Et voyez, aux provinces esloingnees de la court,
nommons Bretaigne pour exemple, le train, les subiects,
les officiers, les occupations, le service et cerimonie
d'un seigneur retiré et casanier, nourry entre ses valets;
et voyez aussi le vol de son imagination, il n'est rien
plus royal : il oyt parler de son maistre une fois l'an,
comme du roy de Perse, et ne le recognoist que par
quelque vieux cousinage que son secretaire tient en registre. A la verité nos loix sont libres assez; et le poids
de la souveraineté ne touche un gentilhomme françois à
peine deux fois en sa vie. La subiection essentielle et ef-
fectuelle ne regarde, d'entre nous, que ceulx qui s'y convient et qui aiment à s'honorer et enrichir par tel service :
car qui se veult tapir en son foyer, et sçait conduire sa
maison sans querelle et sans procez, il est aussi libre
que le duc de Venise. Paucos servitus, plures servitutem te-
nent. (1) Mais surtout Hieron faict cas de quoy il se veoid

---

(1) La servitude s'attache à peu de gens : et un grand nombre
d'hommes se livre à elle. *Senec.* epist. 22.

privé de toute amitié et societé mutuelle ; en laquelle
consiste le plus parfaict et doulx fruict de la vie humaine.
Car quel tesmoignage d'affection et de bonne volonté
puis ie tirer de celuy qui me doibt, veuille il ou non,
tout ce qu'il peult ? Puis ie faire estat de son humble
parler et courtoise reverence, veu qu'il n'est pas en luy
de me la refuser ? L'honneur que nous recevons de ceulx
qui nous craignent, ce n'est pas honneur ; ces respects se
doibvent à la royauté, non à moy.

> maximum hoc regni bonum est,
> Quòd facta domini cogitur populus sui
> Quàm ferre, tàm laudare. (1)

Veois ie pas que le meschant, le bon roy ; celuy qu'on
hait, celuy qu'on aime ; autant en a l'un que l'aultre ?
De mesmes apparences, de mesme cerimonie estoit servy
mon predecesseur, et le sera mon successeur. Si mes subiects ne m'offensent pas, ce n'est tesmoignage d'aulcune
bonne affection : pourquoy le prendrois ie en cette part
là, puisqu'ils ne pourroient quand ils vouldroient ? Nul ne
me suyt pour l'amitié qui soit entre luy et moy ; car il ne
s'y sçauroit coudre amitié où il y a si peu de relation et
de correspondance : ma haulteur m'a mis hors du commerce des hommes ; il y a trop de disparité et de dispro-
portion. Ils me suyvent par contenance et par coustume,
ou, plustost que moy, ma fortune, pour en accroistre la
leur. Tout ce qu'ils me dient et font ce n'est que fard,
leur liberté estant bridee de toutes parts par la grande
puissance que i'ay sur eulx : ie ne veois rien autour de
moy, que couvert et masqué. Ses courtisans louoient un
iour Iulian l'empereur de faire bonne iustice : « Ie m'en-
orgueillirois volontiers, dict il, de ces louanges, si elles
venoient de personnes qui osassent accuser ou meslouer

---

(1) Le plus grand avantage de la royauté, c'est que les peuples
sont également obligés de souffrir et de louer les actions de leurs
maîtres. *Senec.* Thyest. act. 2, sc. 1, v. 30, et seqq.

mes actions contraires, quand elles y seroient ». Toutes
les vrayes commoditez qu'ont les princes leur sont communes avecques les hommes de moyenne fortune : c'est
à faire aux dieux de monter des chevaux aislez et se
paistre d'ambrosie. Ils n'ont point d'aultre sommeil et
d'aultre appetit que le nostre ; leur acier n'est pas de
meilleure trempe que celuy de quoy nous nous armons ;
leur couronne ne les couvre ny du soleil ny de la pluye.
Diocletian, qui en portoit une si reveree et si fortunee,
la resigna, pour se retirer au plaisir d'une vie privee ; et
quelque temps aprez, la necessité des affaires publicques
requerant qu'il reveinst en prendre la charge, il respondit à ceulx qui l'en prioient : « Vous n'entreprendriez pas
de me persuader cela, si vous aviez veu le bel ordre des
arbres que i'ay moy mesme plantez chez moy, et les beaux
melons que i'y ay semez ». A l'advis d'Anacharsis, le plus
heureux estat d'une police seroit où, toutes aultres choses
estants eguales, la precedence se mesureroit à la vertu ; et
le rebut, au vice. Quand le roy Pyrrhus entreprenoit de
passer en Italie, Cyneas, son sage conseiller, luy voulant
faire sentir la vanité de son ambition : «Eh bien ! sire, luy
demanda il, à quelle fin dressez vous cette grande entreprinse » ? « Pour me faire maistre de l'Italie », respondit
il soubdain. « Et puis, suyvit Cyneas, cela faict » ? « Ie
passeray, dict l'aultre, en Gaule et en Espaigne ». « Et
aprez » ? « Ie m'en iray subiuguer l'Afrique ; et enfin,
quand i'auray mis le monde en ma subiection, ie me re-
poseray et vivray content et à mon ayse ». « Pour dieu !
sire, rechargea lors Cyneas, dictes moy à quoy il tient
que vous ne soyez dez à present, si vous voulez, en cet
estat ? pourquoy ne vous logez vous, dez cette heure, où
vous dictes aspirer, et vous espargnez tant de travail
et de hazard que vous iectez entre deux ? »

Nimirùm, quia non bene norat quæ esset habendi
Finis, et omninò quoad crescat vera voluptas. (1)

___

(1) C'est qu'il ne connoissoit pas la fin qu'on doit se proposer

Ie m'en vais clorre ce pas par un verset ancien que ie
treuve singulierement beau à ce propos :

Mores cuique sui fingunt fortunam. (1)

~~~~~~

CHAPITRE XLIII.

Des loix sumptuaires.

La façon de quoy nos loix essayent à regler les folles
et vaines despenses des tables et vestements, semble
estre contraire à sa fin. Le vray moyen, ce seroit d'engendrer aux hommes le mespris de l'or et de la soye,
comme de choses vaines et inutiles; et nous leur aug-
mentons l'honneur et le prix, qui est une bien inepte
façon pour en desgouster les hommes. Car dire ainsi,
qu'Il n'y aura que les princes qui mangent du turbot,
et qui puissent porter du velours et de la tresse d'or, et
l'interdire au peuple, qu'est ce aultre chose que Mettre
en credit ces choses là, et faire croistre l'envie à chascun
d'en user ? Que les roys quittent hardiement ces marques
de grandeur; ils en ont assez d'aultres: tels excez sont
plus excusables à tout aultre qu'à un prince. Par l'exemple de plusieurs nations, nous pouvons apprendre assez
de meilleures façons de nous distinguer exterieurement
et nos degrez (ce que i'estime à la verité estre bien requis en un estat), sans nourrir pour cet effect cette
corruption et incommodité si apparente. C'est merveille comme la coustume, en ces choses indifferentes,

---

daus la possession des biens, ni jusqu'où s'étend le véritable plaisir. *Lucret.* l. 5, v. 1431. et seqq.

(1) C'est du bon esprit de chacun, et de sa conduite dans le
cours de la vie, que dépend son bonheur. *Corn. Nepos.* in vita
Attici, cap. 11.

plante ayseement et soubdain le pied de son auctorité.
A peine feusmes nous un an, pour le dueil du roy Henry
second, à porter du drap à la court, il est certain que desia
à l'opinion d'un chascun les soyes estoient venues à telle
vilité, que si vous en voyiez quelqu'un vestu vous en fai-
siez incontinent quelque homme de ville; elles estoient de-
meurees en partage aux medecins et aux chirurgiens: et
quoiqu'un chascun feust à peu prez vestu de mesme, si
y avoit il d'ailleurs assez de distinctions apparentes des
qualitez des hommes. Combien soubdainement viennent
en honneur parmy nos armees les pourpoincts crasseux
de chamois et de toile; et la polisseure et richesse des
vestements, à reproche et à mespris! Que les roys com-
mencent à quitter ces despenses, ce sera faict en un mois,
sans edict et sans ordonnance : nous irons touts aprez.
La loy debvroit dire, au rebours, que le cramoisy et l'or-
favrerie est deffendue à toute espece de gents, sauf aux
basteleurs et aux courtisanes. De pareille invention cor-
rigea Zeleucus les mœurs corrompues des Locriens. Ses
ordonnances estoient telles : « Que la femme de condition
libre ne puisse mener aprez elle plus d'une chambriere,
sinon lorsqu'elle sera yvre; ny ne puisse sortir hors la
ville, de nuict, ny porter ioyaux d'or à l'entour de sa personne, ny robbe enrichie de broderie, si elle n'est publique et putain : Que, sauf les ruffiens, à homme ne loise
porter en son doigt anneau d'or, ny robbe delicate,
comme sont celles des draps tissus en la ville de Milet ».
Et ainsi, par ces exceptions honteuses, il divertissoit
ingenieusement ses citoyens des superfluitez et delices
pernicieuses : c'estoit une tresutile maniere d'attirer, par
honneur et ambition, les hommes à leur debvoir et à l'o-
beïssance. Nos roys peuvent tout en telles reformations
externes; leur inclination y sert de loy, *Quicquid principes faciunt, præcipere videntur* (1): le reste de la France

_____

(1) Les princes semblent commander tout ce qu'ils font eux-

prend pour regle la regle de la court. Qu'ils se desplai-
sent de cette vilaine chaussure qui montre si à descouvert nos membres occultes ; ce lourd grossissement de
pourpoincts, qui nous faict touts aultres que nous ne
sommes, si incommode à s'armer ; ces longues tresses
de poil, effeminees ; cet usage de baiser ce que nous presentons à nos compaignons, et nos mains en les saluant ;
cerimonie deue aultresfois aux seuls princes ; et qu'un
gentilhomme se treuve en lieu de respect sans espee à
son costé, tout esbraillé et destaché comme s'il venoit de
la garderobbe ; et que, contre la forme de nos peres et la
particuliere liberté de la noblesse de ce royaume, nous
nous tenons descouverts bien loing autour d'eulx, en
quelque lieu qu'ils soyent ; et, comme autour d'eulx,
autour de cent aultres, tant nous avons de tiercelets et
quartelets de roys ; et ainsi d'aultres pareilles introduc-
tions nouvelles et vicieuses : elles se verront incontinent
esvanouïes et descriees. Ce sont erreurs superficielles,
mais pourtant de mauvais prognostique ; et sommes advertis que le massif se desment quand nous voyons fen-
diller l'enduict et la crouste de nos parois. Platon, en
ses loix, n'estime peste au monde plus dommageable à
sa cité, que de laisser prendre liberté à la ieunesse de
changer, en accoustrements, en gestes, en danses, en
exercices et en chansons, d'une forme à aultre ; remuant
son iugement tantost en cette assiette, tantost en celle là ;
courant aprez les nouvelletez, honorant leurs inventeurs :
par où les mœurs se corrompent, et toutes anciennes institutions viennent à desdaing et à mespris. En toutes

---

mêmes. *Quintil.* pro milite declamat. 3, p. 38, edit. in-8°. *ex
officina Hackiana*, 1665.

    Dans l'exemplaire corrigé par Montaigne, il avoit d'abord tra-
duit ainsi ce passage de Quintilien : « tout ce que le prince faict,
il semble à veoir qu'il le commande ». Mais il a rayé ensuite cette
traduction, et s'est contenté de citer le texte. N.

choses, sauf simplement aux mauvaises, la mutation est
à craindre; la mutation des saisons, des vents, des vivres, des humeurs. Et nulles loix ne sont en leur vray
credit, que celles ausquelles Dieu a donné quelque ancienne durée, de mode que personne ne sçache leur
naissance, ny qu'elles ayent iamais esté aultres.

CHAPITRE XLIV.

Du dormir.

La raison nous ordonne bien d'aller tousiours mesme
chemin, mais non toutesfois mesme train: et, ores que le
sage ne doibve donner aux passions humaines de se four-
voyer de la droicte carriere, il peult bien, sans interest
de son debvoir, leur quitter aussi d'en haster ou retarder
son pas, et ne se planter comme un colosse immobile et
impassible. Quand la vertu mesme seroit incarnee, ie
crois que le pouls luy battroit plus fort allant à l'assault
qu'allant disner: voire il est necessaire qu'elle s'eschauffe
et s'esmeuve. A cette cause i'ay remarqué pour chose
rare, de véoir quelquesfois les grands personnages, aux
plus haultes entreprinses et importants affaires, se tenir
si entiers en leur assiette, que de n'en accourcir pas seulement leur sommeil. Alexandre le grand, le iour assigné
à cette furieuse bataille contre Darius, dormit si profondement et si haulte matinee, que Parmenion feut contrainct d'entrer en sa chambre, et, approchant de son
lict, l'appeller deux ou trois fois par son nom pour l'esveiller, le temps d'aller au combat le pressant. L'empereur Othon ayant resolu de se tuer, cette mesme nuict,
aprez avoir mis ordre à ses affaires domestiques, parta-
gé son argent à ses serviteurs, et affilé le trenchant d'une
espee de quoy il se vouloit donner, n'attendant plus qu'à

sçavoir si chascun de ses amis s'estoit retiré en seureté,
se print si profondement à dormir, que ses valets de chambre l'entendoient ronfler. La mort de cet empereur a
beaucoup de choses pareilles à celle du grand Caton, et
mesme cecy : car Caton estant prest à se desfaire, ce
pendant qu'il attendoit qu'on luy rapportast nouvelles
si les senateurs qu'il faisoit retirer s'estoient eslargis du
port d'Utique, se meit si fort à dormir qu'on l'oyoit souffler, de la chambre voisine; et celuy qu'il avoit envoyé
vers le port l'ayant esveillé pour luy dire que la tormente empeschoit les senateurs de faire voile à leur ayse, il y
en renvoya encores un aultre, et se r'enfonçant dans le
lict, se remeit encores à sommeiller iusques à ce que ce
dernier l'asseura de leur partement. Encores avons nous
de quoy le comparer au faict d'Alexandre, en ce grand
et dangereux orage qui le menaceoit par la sedition du
tribun Metellus voulant publier le decret du rappel de
Pompeius dans la ville avecques son armee, lors de l'esmotion de Catilina; auquel decret Caton seul insistoit, et
en avoient eu Metellus et luy de grosses paroles et grandes menaces au senat : mais c'estoit au lendemain, en la
place, qu'il falloit venir à l'execution; où Metellus, oultre
la faveur du peuple et de Cesar conspirant lors aux advantages de Pompeius, se debvoit trouver accompaigné
de force esclaves estrangiers et escrimeurs à oultrance,
et Caton, fortifié de sa seule constance ; de sorte que ses
parents, ses domestiques et beaucoup de gents de bien
en estoient en grand soulcy; et en y eut qui passerent la
nuict ensemble sans vouloir reposer, ny boire, ny manger, pour le dangier qu'ils luy voyoient preparé; mesme
sa femme et ses sœurs ne faisoient que pleurer et se tormenter en sa maison : là où luy, au contraire, reconfor-
toit tout le monde; et, aprez avoir soupé comme de coustume, s'en alla coucher, et dormir de fort profond sommeil iusques au matin, que l'un de ses compaignons au
tribunat le veint esveiller pour aller à l'escarmouche. La

cognoissance que nous avons de la grandeur de courage de cet homme, par le reste de sa vie, nous peult faire iuger, en toute seureté, que cecy luy partoit d'une ame si loing eslevee au dessus de tels accidents, qu'il n'en daignoit entrer en cervelle, non plus que d'accidents ordinaires. En la battaille navale que Augustus gaigna contre Sextus Pompeius en Sicile, sur le poinct d'aller au combat il se trouva pressé d'un si profond sommeil, qu'il fallut que ses amis l'esveillassent pour donner le signe de la battaille : cela donna occasion à M. Antonius de luy reprocher, depuis, qu'il n'avoit pas eu le cœur seulement de regarder les yeulx ouverts l'ordonnance de son armee, et de n'avoir osé se presenter aux soldats, iusques à ce qu'Agrippa luy veinst annoncer la nouvelle de la victoire qu'il avoit eu sur ses ennemis. Mais quant au ieune Marius, qui feit encores pis, car le iour de sa derniere iournee contre Sylla, aprez avoir ordonné son armee et donné le mot et signe de la battaille, il se coucha dessoubs un arbre à l'ombre pour se reposer, et s'endormit si serré qu'à peine se peut il esveiller de la route et fuitte de ses gents, n'ayant rien veu du combat ; ils disent que ce feut pour estre si extremement aggravé de travail et de faulte de dormir, que nature n'en pouvoit plus. Et à ce propos, les medecins adviseront si le dormir est si necessaire, que nostre vie en despende : car nous trouvons bien qu'on feit mourir le roy Perseus de Macedoine prisonnier à Rome, luy empeschant le sommeil ; mais Pline en allegue qui ont vescu long temps sans dormir. Chez Herodote, il y a des nations ausquelles les hommes dorment et veillent par demy annees. Et ceulx qui escrivent la vie du sage Epimenides disent qu'il dormit cinquante sept ans de suitte.

CHAPITRE XLV.

De la bataille de Dreux.

Iʟ y eut tout plein de rares accidents en nostre bataille de Dreux (1) : mais ceulx qui ne favorisent pas fort la reputation de M. de Guyse mettent volontiers en avant qu'il ne se peult excuser d'avoir faict alte et temporisé avecques les forces qu'il commandoit, ce pendant qu'on enfonçoit monsieur le connestable chef de l'armee avecques l'artillerie; et qu'il valoit mieulx se hazarder, prenant l'ennemy par flanc, que, attendant l'advantage de le veoir en queue, souffrir une si lourde perte. Mais, oultre ce que l'yssue en tesmoigna, qui en debattra sans passion me confessera aysement, à mon advis, que le but et la visee, non seulement d'un capitaine, mais de chasque soldat, doibt regarder la victoire en gros; et que nulles occurrences particulieres, quelque interest qu'il y ayt, ne le doibvent divertir de ce poinct là. Philopœmen, en une rencontre de Machanidas, ayant envoyé devant, pour attaquer l'escarmouche, bonne trouppe d'archers et gents de traict; et l'ennemy, aprez les avoir renversez, s'amusant à les poursuyvre à toute bride, et coulant, aprez sa victoire, le long de la bataille où estoit Philopœmen, quoyque ses soldats s'en esmeussent, il ne feut d'advis de bouger de sa place, ny de se presenter à l'ennemy pour secourir ses gents; ains les ayant laissé chasser et mettre en pieces à sa veue, commencea la charge sur les ennemis au bataillon de leurs gents de pied, lors qu'il les veid tout à fait abandonnez de leurs gents de cheval;

---

(1) Donnée en 1562, sous le regne de Charles IX, et gagnée par la conduite et la valeur du duc de Guise. C.

et bien que ce feussent Lacedemoniens, d'autant qu'il les print à l'heure que pour tenir tout gaigné ils commenceoient à se desordonner, il en veint ayseement à bout; et, cela fait, se meit à poursuyvre Machanidas. Ce cas est germain à celuy de monsieur de Guyse.

En cette aspre bataille d'Agesilaus contre les Bœotiens, que Xenophon, qui y estoit, dict estre la plus rude qu'il eust oncques veu, Agesilaus refusa l'advantage, que fortune luy presentoit, de laisser passer le battaillon des Bœotiens et les charger en queue, quelque certaine victoire qu'il en preveist, estimant qu'il y avoit plus d'art que de vaillance; et, pour montrer sa prouesse, d'une merveilleuse ardeur de courage choisit plustost de leur donner en teste : mais aussi feut il bien battu et blecé, et contrainct enfin de se desmesler, et prendre le party qu'il avoit refusé au commencement, faisant ouvrir ses gents pour donner passage à ce torrent de Bœotiens; puis, quand ils feurent passez, prenant garde qu'ils marchoient en desordre comme ceulx qui cuidoient bien estre hors de tout dangier, il les feit suyvre et charger par les flancs : mais pour cela ne les peut il tourner en fuitte à val de route; ains se retirerent le petit pas, montrants tousiours les dents, iusques à ce qu'ils se feurent rendus à sauveté.

~~~~~~

CHAPITRE XLVI.

Des noms.

QUELQUE diversité d'herbes qu'il y ait, tout s'enveloppe sous le nom de salade : de mesme, sous la consideration des noms, ie m'en voys faire icy une galimafree de divers articles.

Chasque nation a quelques noms qui se prennent, ie

ne sçais comment, en mauvaise part : et à nous Iehan,
Guillaume, Benoist. Item, il semble y avoir, en la genea-
logie des princes, certains noms fatalement affectez : comme des Ptolomees à ceulx d'Aegypte, des Henrys en Angleterre, Charles en France, Baudoins en Flandres, et
en nostre ancienne Aquitaine, des Guillaumes, d'où l'on
dict que le nom de Guienne est venu, par un froid rencontre, s'il n'en y avoit d'aussi cruds dans Platon mesme.
Item, c'est une chose legiere, mais toutesfois digne de memoire pour son estrangeté, et escripte par tesmoing ocu-
laire, que Henry duc de Normandie, fils de Henry second roy d'Angleterre, faisant un festin en France, l'assemblee de la noblesse y feut si grande, que, pour passetemps, s'estant divisee en bandes par la ressemblance des
noms ; en la premiere troupe qui feut des Guillaumes,
il se trouva cent dix chevaliers assis à table portants ce
nom, sans mettre en compte les simples gentilshommes
et serviteurs. Il est autant plaisant de distribuer les tables par les noms des assistants, comme il estoit à l'empereur Geta de faire distribuer le service de ses mets
par la consideration des premieres lettres du nom des
viandes : on servoit celles qui se commenceoient par M :
mouton, marcassin, merlus, marsoin, ainsi des aultres.
Item, il se dict qu'il faict bon avoir bon nom, c'est à dire
credit et reputation : mais encores, à la verité, est il commode d'avoir un nom beau et qui ayseement se puisse
prononcer et retenir ; car les roys et les grands nous en
cognoissent plus ayseement et oublient plus mal volontiers ; et de ceulx mesme qui nous servent, nous commandons plus ordinairement et employons ceulx desquels les noms se presentent le plus facilement à la langue.
I'ay veu le roy Henry second ne pouvoir nommer à droict
un gentilhomme de ce quartier de Gascoigne ; et à une
fille de la royne il feut luy mesme d'advis de donner le
nom general de la race, parce que celuy de la maison paternelle luy sembla trop revers. Et Socrates estime digne

du soing paternel de donner un beau nom aux enfants.
Item, on dict que la fondation de nostre Dame la grand'
à Poitiers, print origine de ce qu'un ieune homme desbauché, logé en cet endroict, ayant recouvré une garse; et
luy ayant, d'arrivee, demande son nom, qui estoit Marie,
se sentit si vifvement esprins de religion et de respect de
ce nom sacrosainct de la Vierge mere de nostre Sauveur,
que non seulement il la chassa soubdain, mais en amenda
tout le reste de sa vie : et qu'en consideration de ce miracle il feut basty, en la place où estoit la maison de ce
ieune homme, une chapelle au nom de nostre Dame, et
depuis l'eglise que nous y voyons. Cette correction voyelle
et auriculaire, devotieuse, tira droict à l'ame : cette aultre, de mesme genre, s'insinua par les sens corporels ;
Pythagoras estant en compaignie de ieunes hommes,
lesquels il sentit complotter, eschauffez de la feste, d'aller
violer une maison pudique, commanda à la menestriere
de changer de ton ; et, par une musique poisante, severe
et spondaïque, enchanta tout doulcement leur ardeur,
et l'endormit. Item, dira pas la posterité que nostre reformation d'aüiourd'huy ayt esté delicate et exacte, de
n'avoir pas seulement combattu les erreurs et les vices
et rempli le monde de devotion, d'humilité, d'obeïssance, de paix, et de toute espece de vertu; mais d'avoir
passé iusques à combattre ces anciens noms de nos bap-
tesmes, Charles, Louys, François, pour peupler le monde
de Mathusalem, Ezechiel, Malachie, beaucoup mieulx
sentants de la foy? Un gentilhomme mien voisin, estimant les commoditez du vieux temps au prix du nostre,
n'oublioit pas de mettre en compte la fierté et magnificence des noms de la noblesse de ce temps là, Dom Gru-
medan, Quedragan, Agesilan, et qu'à les ouïr seulement
sonner il se sentoit qu'ils avoient esté bien aultres gents
que Pierre, Guillot, et Michel. Item, ie sçais bon gré à
Iacques Amyot d'avoir laissé dans le cours d'une oraison
françoise les noms latins touts entiers, sans les bigarrer

et changer pour leur donner une cadence françoise. Cela sembloit un peu rude au commencement ; mais desia l'usage, par le credit de son Plutarque, nous en a osté toute l'estrangeté. I'ai souhaité souvent que ceulx qui escrivent les histoires en latin nous laissassent nos noms touts tels qu'ils sont ; car en faisant de Vaudemont, Vallemontanus, et les metamorphosant pour les garber à la grecque ou à la romaine, nous ne sçavons où nous en sommes, et en perdons la cognoissance.

Pour clorre nostre compte, c'est un vilain usage, et de tresmauvaise consequence en nostre France, d'appeller chascun par le nom de sa terre et seigneurie, et la chose du monde qui faict plus mesler et mescognoistre les races. Un cadet de bonne maison ayant eu pour son appanage une terre, sous le nom de laquelle il a esté cogneu et honoré, ne peult honnestement l'abandonner : dix ans aprez sa mort, la terre s'en va à un estrangier qui en faict de mesme ; devinez où nous sommes de la cognoissance de ces hommes. Il ne fault pas aller querir d'aultres exemples, que de nostre maison royale, où autant de partages, autant de surnoms : ce pendant l'originel de la tige nous est eschappé. Il y a tant de liberté en ces mutations, que de mon temps ie n'ay veu personne, eslevé par la fortune à quelque grandeur extraordinaire, à qui on n'ayt attaché incontinent des tiltres genealogiques nouveaux et ignorez à son pere, et qu'on n'ayt enté en quelque illustre tige : et, de bonne fortune, les plus obscures familles sont plus idoines à falsification. Combien avons nous de gentilshommes en France qui sont de royale race selon leurs comptes ? plus, ce crois ie, que d'aultres. Feut il pas dict de bonne grace par un de mes amis ? ils estoient plusieurs assemblez pour la querelle d'un seigneur contre un aultre ; lequel aultre avoit à la verité quelque prerogative de tiltres et d'alliances eslevees au dessus de la commune noblesse. Sur le propos de cette prerogative, chascun, cherchant à s'egualer à luy, alleguoit, qui une

origine, qui une aultre, qui la ressemblance du nom,
qui des armes, qui une vieille pancharte domestique, et
le moindre se trouvoit arriere fils de quelque roy d'oul-
tremer. Comme ce feut à disner, cettuy ci, au lieu de
prendre sa place, se recula en profondes reverences,
suppliant l'assistance de l'excuser de ce que, par temerité,
il avoit iusques lors vescu avec eulx en compaignon ;
mais qu'ayant esté nouvellement informé de leurs vieilles
qualitez, il commenceoit à les honorer selon leurs degrez, et qu'il ne luy appartenoit pas de se seoir parmy
tant de princes. Aprez sa farce, il leur dict mille iniures :
« Contentez vous, de par Dieu! de ce de quoy nos peres se
sont contentez, et de ce que nous sommes ; nous sommes
assez, si nous le sçavons bien maintenir : ne desadvouons
pas la fortune et condition de nos ayeuls, et ostons ces
sottes imaginations qui ne peuvent faillir à quiconque
a l'impudence de les alleguer ». Les armoiries n'ont de
seureté non plus que les surnoms. Ie porte d'azur semé
de trefles d'or, à une patte de lyon de mesme, armee de
gueules, mise en fasce. Quel privilege a cette figure pour
demourer particulierement en ma maison ? un gendre
la transportera en une aultre famille : quelque chestif
acheteur en fera ses premieres armes. Il n'est chose où il
se rencontre plus de mutation et de confusion. Mais cette
consideration me tire par force à un aultre champ. Son-
dons un peu de prez, et, pour Dieu! regardons à quel fondement nous attachons cette gloire et reputation pour
laquelle se bouleverse le monde : où asseons nous cette
renommee que nous allons questant avecques si grand'
peine ? c'est, en somme, Pierre ou Guillaume qui la porte,
prend en garde, et à qui elle touche. O la courageuse faculté que l'esperance, qui, en un subiect mortel, et en un
moment, va usurpant l'infinité, l'immensité, l'eternité,
[et remplissant l'indigence de son maistre de la possession de toutes les choses qu'il peult imaginer et desirer,
autant qu'elle veult!] Nature nous a là donné un plai-

sant iouet ! Et ce Pierre ou Guillaume, qu'est ce qu'une
voix pour touts potages, ou trois ou quatre traicts de
plume, premierement si aysez à varier, que ie demande-
rois volontiers, A qui touche l'honneur de tant de victoires, à Guesquin, à Glesquin, ou à Gueaquin? Il y
auroit bien plus d'apparence icy, qu'en Lucien, que Σ
mit T en procez; car

> non levia aut ludicra petuntur
>
> Præmia : (1)

il y va de bon ; il est question, laquelle de ces lettres doibt
estre payée de tant de sieges, battailles, bleceures, prisons et services faicts à la couronne de France par ce sien
fameux connestable. Nicolas Denisot n'a eu soing que
des lettres de son nom, et en a changé toute la contexture pour en bastir le Conte d'Alsinois qu'il a estrené de
la gloire de sa poësie et peincture. Et l'historien Suetone
n'a aimé que le sens du sien, et, en ayant privé Lenis,
qui estoit le surnom de son pere, a laissé Tranquillus
successeur de la reputation de ses escripts. Qui croiroit
que le capitaine Bayard n'eust honneur que celuy qu'il a
emprunté des faicts de Pierre Terrail? et qu'Antoine
Escalin se laisse voler, à sa veue, tant de navigations et
charges par mer et par terre, au capitaine Poulin et au
baron de la Garde? Secondement ce sont traicts de plume communs à mill'hommes. Combien y a il, en toutes
les races, de personnes de mesme nom et surnom? et en
diverses races, siecles et païs, combien? L'histoire a
cogneu trois Socrates, cinq Platons, huict Aristotes,
sept Xenophons, vingt Demetrius, vingt Theodores : et
divinez combien elle n'en a pas cogneu. Qui empesche
mon palefrenier de s'appeller Pompee le grand? Mais
aprez tout, quels moyens, quels ressorts y a il qui atta-

---

(1) Il n'est pas question ici d'un prix léger ou frivole. *Aeneïd.*
l. 12, v. 764.

chent à mon palefrenier trespassé, ou à cet aultre homme qui eut la teste trenchee en Aegypte, et qui ioignent à eulx cette voix glorifiee et ces traicts de plume ainsin honorez, à fin qu'ils s'en advantagent?

Id cinerem et manes credis curare sepultos ? (1)

Quel ressentiment ont les deux compaignons en principale valeur entre les hommes, Epaminondas, de ce glorieux vers qui court [tant de siecles] pour luy en nos bouches,

Consiliis nostris laus est attrita Laconum; (2)

et Africanus, de cet aultre,

A sole exoriente, supra Mæoti' paludes,
Nemo est qui factis me æquiparare queat. (3)

Les survivants se chatouillent de la doulceur de ces voix, et, par icelles sollicitez de ialousie et desir, transmettent inconsidereement par fantasie aux trespassez cettuy leur propre ressentiment; et, d'une pipeuse esperance, se donnent à croire d'en estre capables à leur tour. Dieu le sçait. Toutesfois,

                    ad hæc se
    Romanus Graiusque et Barbarus induperator
    Erexit; causas discriminis atque laboris
    Inde habuit : tanto maior famæ sitis est, quàm
    Virtutis ! (4)

---

(1) Penses-tu que les morts se mettent en peine de cela ? *Aeneid.* l. 4, v. 34.

(2) Mes grandes actions ont terni la gloire des Spartiates. *Cic.* Tusc. quæst. l. 5, c. 17.

(3) Depuis le soleil levant jusqu'au-delà des Palus Méotides, il n'y a personne qui par ses actions puisse s'égaler à moi. *Cic.* Tusc. quæst. l. 5, c. 17.

(4) C'est cette passion pour la gloire qui a mis en mouvement les généraux d'armée grecs, romains, barbares; qui leur a fait

CHAPITRE XLVII.

De l'incertitude de nostre ingement.

C'est bien, ce que dict ce vers,

Επεων δε πολυς νομος ενθα και ενθα (1).

« Il y a prou de loy de parler, par tout, et pour, et contre. »

Pour exemple :

Vince Hannibal, et non seppe usar poi
Ben la vittoriosa sua ventura. (2)

Qui vouldra estre de ce party, et faire valoir avecques nos gents la faulte de n'avoir dernierement poursuyvi nostre poincte à Moncontour ; ou qui vouldra accuser le roy d'Espaigne (a) de n'avoir sceu se servir de l'advantage qu'il eut contre nous à Saint Quentin ; il pourra dire cette faulte partir d'une ame enyvree de sa bonne fortune, et d'un courage, lequel, plein et gorgé de ce commencement de bonheur, perd le goust de l'accroistre, desia par trop empesché à digerer ce qu'il en a : il en a sa brassee toute comble, il n'en peult saisir davantage ; in-

---

affronter les dangers et essuyer tant de fatigues : tant il est vrai que les hommes sont plus avides de gloire qu'ils n'ont d'amour pour la vertu ! *Juvenal.* sat. 10, v. 137, etc.

(1) Iliad. l. 20, v. 249. Montaigne a traduit ce vers après l'avoir cité.

(2) Annibal vainquit les Romains, mais il ne sut pas profiter de sa victoire. *Petrarca*, troisieme partie de ses sonnets, fol. 141, edit. di Gabriel Giolito. 1545.

(a) Philippe II, qui battit les François près de S.-Quentin, en 1556, le dixieme d'août, fête de S. Laurent. C.

digne que la fortune luy aye mis un tel bien entre mains :
car quel proufit en sent il, si neantmoins il donne à son
ennemy moyen de se remettre sus ? Quelle esperance
peult on avoir qu'il ose une aultre fois attaquer ceulx cy
ralliez et remis, et de nouveau armez de despit et de vengeance, qui ne les a osé ou sceu poursuyvre touts rom-
pus et effroyez,

Dum fortuna calet, dum conficit omnia terror ? (1)

mais enfin que peult il attendre de mieulx que ce qu'il
vient de perdre ? Ce n'est pas comme à l'escrime, où le
nombre des touches donne gaing : tant que l'ennemy
est en pieds, c'est à recommencer de plus belle ; ce n'est
pas victoire, si elle ne met fin à la guerre. En cette escarmouche où Cesar eut du pire prez la ville d'Oricum, il
reprochoit aux soldats de Pompeius qu'il eust esté perdu
si leur capitaine eust sceu vaincre : et luy chaussa bien
aultrement les esperons quand ce feut à son tour. Mais
pourquoy ne dira on aussi, au contraire, Que c'est l'effect
d'un esprit precipiteux et insatiable de ne sçavoir mettre
fin à sa convoitise ; Que c'est abuser des faveurs de Dieu,
de leur vouloir faire perdre la mesure qu'il leur a prescripte ; et Que de se reiecter au dangier aprez la victoire,
c'est la remettre encores un coup à la mercy de la fortune ; Que l'une des plus grandes sagesses en l'art militaire, c'est de ne poulser son ennemy au desespoir ?
Sylla et Marius, en la guerre sociale, ayants desfaict les
Marses, en voyants encores une troupe de reste qui par
desespoir se revenoient iecter à eulx comme bestes fu-
rieuses, ne feurent pas d'advis de les attendre. Si l'ardeur de monsieur de Foix ne l'eust emporté à poursuyvre
trop asprement les restes de la victoire de Ravenne, il
ne l'eust pas souillee de sa mort : toutesfois encores ser-

_____

(1) Dans le moment même du succès, et lorsque la terreur
porte par-tout le trouble et le désordre? *Lucan.* l. 7, v. 734.

vit la recente memoire de son exemple à conserver monsieur d'Anguien de pareil inconvenient à Serisoles. Il
faict dangereux assaillir un homme à qui vous avez osté
tout aultre moyen d'eschapper que par les armes : car
c'est une violente maistresse d'eschole que la necessité :
gravissimi sunt morsus irritatæ necessitatis. (1)

Vincitur haud gratis iugulo qui provocat hostem. (2)

Voylà pourquoy Pharax empescha le roy de Lacedemone, qui venoit de gaigner la iournee contre les Man-
tineens, de n'aller affronter mille Argiens qui estoient
eschappez entiers de la desconfiture; ains les laisser couler en liberté, pour ne venir à essayer la vertu picquee
et despitee par le malheur. Clodomire roy d'Aquitaine,
aprez sa victoire, poursuyvant Gondemar roy de Bourgoigne vaincu et fuyant, le força de tourner teste; mais
son opiniastreté luy osta le fruict de sa victoire, car il
y mourut.

Pareillement, qui auroit à choisir ou de tenir ses soldats richement et sumptueusement armez, ou armez
seulement pour la necessité, il se presenteroit en faveur
du premier party, duquel estoit Sertorius, Philopœmen,
Brutus, Cesar et aultres, que c'est tousiours un aiguillon
d'honneur et de gloire au soldat de se veoir paré, et une
occasion de se rendre plus obstiné au combat, ayant à
sauver ses armes comme ses biens et heritages; raison,
dict Xenophon, pourquoy les Asiatiques menoient en
leurs guerres femmes, concubines, avecques leurs
ioyaux et richesses plus cheres. Mais il s'offriroit aussi,
de l'aultre part, qu'on doibt plustost oster au soldat le

---

(1) Montaigne a traduit ces mots latins avant que de les citer. Ce
passage est tiré de la déclamation de Porcius Latro, parmi les
fragments de Salluste, c. 11, à la fin. C.

(2) Celui qui combat, tout déterminé à mourir, ne sauroit être
vaincu impunément. *Lucan.* l. 4, v. 275.

soing de se conserver, que de le luy accroistre; qu'il craindra par ce moyen doublement à se hazarder : ioinct que c'est augmenter à l'ennemy l'envie de la victoire par ces riches despouilles; et a lon remarqué que d'aultres fois cela encouragea merveilleusement les Romains à l'encontre des Samnites. Antiochus montrant à Hannibal l'armée qu'il preparoit contre eulx, pompeuse et magnifique en toute sorte d'equipage, et luy demandant : « Les Romains se contenteront ils de cette armee »? « S'ils s'en contenteront? respondit il: vrayement, c'est mon; pour avares qu'ils soyent ». Lycurgus deffendoit aux siens non seulement la sumptuosité en leur equipage, mais encores de despouiller leurs ennemis vaincus; voulant, disoit il, que la pauvreté et frugalité reluisist avecques le reste de la battaille.

Aux sieges, et ailleurs où l'occasion nous approche de l'ennemy, nous donnons volontiers licence aux soldats de le braver, desdaigner et iniurier de toutes façons de reproches; et non sans apparence de raison, car ce n'est pas faire peu de leur oster toute esperance de grace et de composition, en leur representant qu'il n'y a plus ordre de l'attendre de celuy qu'ils ont si fort oultragé, et qu'il ne reste remede que de la victoire: si est ce qu'il en mesprint à Vitellius; car, ayant affaire à Othon plus foible en valeur de soldats desacoustumez de longue main du faict de la guerre et amollis par les delices de la ville, il les agacea tant enfin par ses paroles picquantes, leur reprochant leur pusillanimité, et le regret des dames et festes qu'ils venoient de laisser à Rome, qu'il leur remeit par ce moyen le cœur au ventre, ce que nuls enhortements n'avoient sceu faire, et les attira luy mesme sur ses bras, où lon ne les pouvoit poulser. Et de vray, quand ce sont iniures qui touchent au vif, elles peuvent faire ayseement que celuy qui alloit laschement à la besongne pour la querelle de son roy, y aille d'une aultre affection pour la sienne propre.

I.   45

A considerer de combien d'importance est la conservation d'un chef en une armee, et que la visee de l'ennemy regarde principalement cette teste à laquelle tiennent toutes les aultres et en despendent, il semble qu'on
ne puisse mettre en doubte ce conseil, que nous voyons
avoir esté prins par plusieurs grands chefs, de se travestir et desguiser sur le poinct de la meslee : toutesfois
l'inconvenient qu'on encourt par ce moyen n'est pas
moindre que celuy qu'on pense fuyr ; car le capitaine venant à estre mescogneu des siens, le courage qu'ils prennent de son exemple et de sa presence vient aussi quand et
quand à leur faillir, et, perdant la veue de ses marques et
enseignes accoustumees, ils le iugent, ou mort, ou s'estre
desrobbé desesperant de l'affaire. Et quant à l'experience,
nous luy voyons favoriser tantost l'un, tantost l'aultre
party. L'accident de Pyrrhus, en la bataille qu'il eut
contre le consul Levinus en Italie, nous sert à l'un et
l'aultre visage ; car pour s'estre voulu cacher soubs les
armes de Demogacles et luy avoir donné les siennes, il
sauva bien sans doubte sa vie, mais aussi il en cuida encourir l'aultre inconvenient de perdre la iournee. Alexandre, Cesar, Lucullus, aimoient à se marquer au combat
par des accoustrements et armes riches, de couleur relui-
sante et particuliere : Agis, Agesilaus, et ce grand Gi-
lippus, au rebours, alloient à la guerre obscurement couverts et sans atour imperial.

A la bataille de Pharsale entre aultres reproches qu'on
donne à Pompeius, c'est d'avoir arresté son armee pied
coy attendant l'ennemy : « Pour autant que cela (ie des-
robberay icy les mots mesmes de Plutarque, qui valent
mieulx que les miens) « affoiblit la violence que le cou-
« rir donne aux premiers coups ; et quand et quand oste
« l'eslancement des combattants les uns contre les aultres,
« qui a accoustumé de les remplir d'impetuosité et de fu-
« reur, plus que nulle aultre chose, quand ils viennent à
« s'entrechocquer de roideur, leur augmentant le courage

« par le cry et la course ; et rend la chaleur des soldats, en
« maniere de dire, refroidie et figee ». Voylà ce qu'il dict
pour ce roolle. Mais, si Cesar eust perdu, qui n'eust peu
aussi bien dire, Qu'au contraire la plus forte et roide assiette est celle en laquelle on se tient planté sans bouger ;
et Que qui est, en sa marche, arresté, resserrant et espargnant pour le besoing sa force en soy mesme, a grand
advantage contre celuy qui est esbranslé, et qui a desia
consommé à la course la moitié de son haleine ? oultre
ce que l'armee estant un corps de tant de diverses pieces,
il est impossible qu'elle s'esmeuve, en cette furie, d'un
mouvement si iuste qu'elle n'en altere ou rompe son ordonnance, et que le plus dispos ne soit aux prinses avant
que son compaignon le secoure. En cette vilaine battaille
des deux freres Perses, Clearchus lacedemonien, qui
commandoit les Grecs du party de Cyrus, les mena tout
bellement à la charge, sans soi haster : mais, à cinquante
pas prez, il les meit à la course, esperant, par la briefveté de l'espace, mesnager et leur ordre et leur haleine ;
leur donnant cependant l'advantage de l'impetuosité
pour leurs personnes et pour leurs armes à traict. D'aultres ont reglé ce doubte en leur armee, de cette maniere :
« Si les ennemis vous courent sus ; attendez les de pied
« coy : s'ils vous attendent de pied coy ; courez leur sus. »

Au passage que l'empereur Charles cinquiesme feit en
Provence, le roy François feut au propre d'eslire, ou de
luy aller au devant en Italie, ou de l'attendre en ses
terres : et bien qu'il considerast, Combien c'est d'advantage de conserver sa maison pure et nette des troubles
de la guerre, à fin qu'entiere en ses forces elle puisse
continuellement fournir deniers et secours au besoing ;
Que la necessité des guerres porte à touts les coups de
faire le gast, ce qui ne se peult faire bonnement en nos
biens propres ; et si le païsan ne porte pas si doulcement
ce ravage de ceulx de son party, que de l'ennemy, en
maniere qu'il s'en peult ayscement allumer des seditions et

des troubles parmy nous; Que la licence de desrobber et piller, qui ne peult estre permise en son païs, est un grand support aux ennuis de la guerre; et qui n'a aultre esperance de gaing que sa solde, il est malaysé qu'il soit tenù en office, estant à deux pas de sa femme et de sa retraicte; Que celuy qui met la nappe tumbe tousiours des despens; Qu'il y a plus d'alaigresse à assaillir qu'à deffendre, et Que la secousse de la perte d'une battaille dans nos entrailles est si violente, qu'il est malaysé qu'elle ne croulle tout le corps, attendu qu'il n'est passion contagieuse comme celle de la peur, ny qui se prenne si ayseement à credit, et qui s'espande plus brusquement; et que les villes qui auront ouï l'esclat de cette tempeste à leurs portes, qui auront recueilly leurs capitaines et soldats tremblants encores et hors d'haleine, il est dangereux sur la chaulde qu'ils ne se iectent à quelque mauvais party : si est ce (1) qu'il choisit de rappeller les forces qu'il avoit delà les monts, et de veoir venir l'ennemy. Car il peut imaginer au contraire, Qu'estant chez luy et entre ses amis, il ne pouvoit faillir d'avoir planté de toutes commoditez; Les rivieres, les passages, à sa devotion, luy conduiroient et vivres et deniers en toute seureté et sans besoing d'escorte; Qu'il auroit ses subiects d'autant plus affectiönnez, qu'ils auroient le dangier plus prez; Qu'ayant tant de villes et de barrieres pour sa seureté, ce seroit à luy de donner loy au combat, selon son opportunité et advantage; Et, s'il luy plaisoit de temporiser, qu'à l'abry et à son ayse il pourroit veoir morfondre son ennemy et se desfaire soy mesme par les difficultez qui le combattroient engagé en une terre contraire, où il n'auroit, devant, ny derriere luy, ny à costé, rien qui ne luy feist guerre, nul moyen de refreschir ou d'eslargir son armee si les maladies s'y mettoient, ny de loger à couvert ses

---

(1) Quoi qu'il en soit, François Premier se détermina à rappeler, etc. C.

blecez, nuls deniers, nuls vivres, qu'à poincte de lance,
nul loisir de se reposer et prendre haleine, nulle science
de lieux ny de païs qui le sceust deffendre d'embusches
et surprinses ; et s'il venoit à la perte d'une battaille,
aulcun moyen d'en sauver les reliques. Et n'avoit pas
faulte d'exemples pour l'un et pour l'aultre party.

Scipion trouva bien meilleur d'aller assaillir les terres
de son ennemy en Afrique, que de deffendre les siennes,
et le combattre en Italie où il estoit ; d'où bien luy print.
Mais, au rebours, Hannibal en cette mesme guerre se
ruina d'avoir abandonné la conqueste d'un païs estrangier pour aller deffendre le sien. Les Atheniens, ayant
laissé l'ennemy en leurs terres pour passer en la Sicile,
eurent la fortune contraire : mais Agathocles roy de Syracuse l'eut favorable, ayant passé en Afrique, et laissé la
guerre chez soy.

Ainsi nous avons bien accoustumé de dire, avecques
raison, que les evenements et yssues despendent, notamment en la guerre, pour la pluspart, de la fortune ; laquelle ne se veult pas renger et assubiectir à nostre
discours et prudence, comme disent ces vers,

> Et malè consultis pretium est ; prudentia fallax :
> Nec fortuna probat causas, sequiturque merentes ;
> Sed vaga per cunctos nullo discrimine fertur.
> Scilicet est aliud quod nos cogatque regatque
> Maius, et in proprias ducat mortalia leges. (1)

Mais, à le bien prendre, il semble que nos conseils et deliberations en despendent bien autant ; et que la fortune

---

(1) Des entreprises inconsidérées réussissent ; la prudence nous
trompe ; et la fortune ne favorise pas toujours le parti le plus
raisonnable ; elle est sans égard pour le mérite. Toujours incon-
stante, elle erre çà et là ; et ne reconnoît d'autre regle que ses ca-
prices. C'est qu'il y a une puissance supérieure qui nous maî-
trise, et qui tient sous sa dépendance toutes les choses mortelles.
Manil. l. 4, v. 95, et seqq.

engage en son trouble et incertitude aussi nos discours.
« Nous raisonnons hazardeusement et inconsidereement,
dict Timaeus en Platon, parce que, comme nous, nos
discours ont grande participation (a) au hazard. »

CHAPITRE XLVIII.

Des destriers.

Me voicy devenu grammairien, moy qui n'apprins
iamais langue que par routine, et qui ne sçais encores
que c'est d'adiectif, coniunctif et d'ablatif. Il me semble
avoir ouï dire que les Romains avoient des chevaux
qu'ils appelloient funales, ou dextrarios, qui se menoient
à dextre, ou à relais, pour les prendre touts frais au
besoing : et de là vient que nous appellons Destriers
les chevaux de service : et nos romans disent ordinairement, Adestrer, pour Accompaigner. Ils appelloient
aussi desultorios equos, des chevaux qui estoient dressez de
façon que courants de toute leur roideur, accouplez coste
à coste l'un de l'aultre, sans bride, sans selle, les gentilshommes romains, voire touts armez, au milieu de la
course se iectoient et reiectoient de l'un à l'aultre. Les
Numides gendarmes menoient en main un second cheval
pour changer au plus chauld de la meslee : quibus, desul-
torum in modum, binos trahentibus equos, inter acerrimam
sæpe pugnam in recentem equum, ex fesso, armatis transsultare
mos erat : tanta velocitas ipsis, tamque docile equorum genus! (1)

(a) A la témérité du hazard. *Edition* de 1595.
(1) Ils étoient accoutumés de mener deux chevaux, à la maniere
de ceux qui sautoient d'un cheval sur l'autre; et tout armés, dans
le fort du combat, ils se jetoient souvent d'un cheval fatigué sur
un frais : tant ils étoient dispos, et leurs chevaux dociles! *Tit.*
Liv. l. 23, c. 29.

Il se treuve plusieurs chevaulx dressez à secourir leur
maistre, courir sus à qui leur presente une espee nue, se
iecter, des pieds et des dents, sur ceulx qui les attaquent
et affrontent : mais il leur advient plus souvent de nuire
aux amis qu'aux ennemis ; ioinct que vous ne les despre-
nez pas à vostre poste quand ils se sont une fois harpez,
et demeurez à la misericorde de leur combat. Il mesprint
lourdement à Artibie, general de l'armee de Perse,
combattant contre Onesile, roy de Salamine, de personne à personne, d'estre monté sur un cheval façonné
en cette eschole ; car il feut cause de sa mort, le cous-
tillier d'Onesile l'ayant accueilly d'une faulx entre les
deux espaules, comme il s'estoit cabré sur son maistre.
Et ce que les Italiens disent qu'en la bataille de Fornuove,
le cheval du roy [Charles] le deschargea, à ruades et coups
de pieds, des ennemis qui le pressoient, et qu'il estoit
perdu sans cela ; ce feut un grand coup de hazard, s'il est
vray. Les Mammelus se vantent d'avoir les plus adroicts
chevaulx de gendarmes du monde ; et dict on que par
nature et par coustume ils sont faicts (a) à cognoistre
et distinguer l'ennemi sur qui il fault qu'ils se ruent de
dents et de pieds, selon la voix ou signe qu'on leur faict ;
et pareillement à relever, de la bouche, les lances et dards
emmy la place, et les offrir au maistre selon qu'il le commande. On dict de Cesar, et aussi du grand Pompeius, que
parmy leurs aultres excellentes qualitez ils estoient fort
bons hommes de cheval : et de Cesar, qu'en sa ieunesse,

(a) par certains signes et voix à ramasser avecques les dents,
les lances et les dards, et à..... au maistre en pleine meslee, et
à cognoistre et discerner.....
    Voilà tout ce qu'on peut lire de ce passage dans l'exemplaire
corrigé par Montaigne : les dernieres lignes ont été emportées
par le couteau du relieur. J'y ai suppléé par le texte de l'édition
de 1595, où l'on remarque de légers changements, non dans le
sens, mais dans l'ordre des mots. N.

monté à dos sur un cheval, et sans bride, il luy faisoit
prendre carriere, les mains tournees derriere le dos.
Comme nature a voulu faire de ce personnage, et
d'Alexandre, deux miracles en l'art militaire, vous diriez qu'elle s'est aussi efforcee à les armer extraordinairement : car chascun sçait, du cheval d'Alexandre, Bu-
cephal, qu'il avoit la teste retirant à celle d'un taureau ;
qu'il ne se souffroit monter à personne qu'à son maistre,
ne peut estre dressé que par luy mesme, feut honoré
aprez sa mort, et une ville bastie en son nom. Cesar en
avoit aussi un aultre qui avoit les pieds de devant comme
un homme, ayant l'ongle coupee en forme de doigts,
lequel ne peut estre monté ny dressé que par Cesar qui
dedia son image aprez sa mort à la deesse Venus.

Ie ne desmonte pas volontiers quand ie suis à cheval ; car
c'est l'assiette en laquelle ie me treuve le mieulx ; et sain et
malade. Platon la recommende pour la santé ; aussi dict
Pline qu'elle est salutaire à l'estomach et aux ioinctures.
Poursuyvons doncques, puisque nous y sommes.

On lit en Xenophon la loy deffendant de voyager à
pied à homme qui eust cheval. Trogus et Iustinus disent
que les Parthes avoient accoustumé de faire à cheval non
seulement la guerre, mais aussi touts leurs affaires
publicques et privez, marchander, parlementer, s'entretenir, et se promener ; et que la plus notable difference
des libres et des serfs, parmy eulx, c'est que les uns vont
à cheval, les aultres à pied : institution nee du roy Cyrus.
Il y a plusieurs exemples, en l'histoire romaine (et Suetone le remarque plus particulierement de Cesar), des
capitaines qui commandoient à leurs gents de cheval de
mettre pied à terre, quand ils se trouvoient pressez de
l'occasion, pour oster aux soldats toute esperance de
fuyte et pour l'advantage qu'ils esperoient en cette sorte
de combat : Quo, haud dubiè, superat Romanus (1), dict Tite

---

(1) Où, sans aucun doute, les Romains excellent. L. 9, c. 22.

Live. Si est il que la premiere provision de quoy ils se servoient à brider la rebellion des peuples de nouvelle conqueste, c'estoit leur oster armes et chevaux : pourtant voyons nous si souvent en Cesar : arma proferri, iumenta produci, obsides dari iubet (1). Le grand seigneur ne permet auiourd'huy, ny à chrestien, ny à iuif, d'avoir cheval à soy à ceulx qui sont soubs son empire.

Nos ancestres, et notamment du temps de la guerre des Anglois, ez combats solennels et iournees assignees, se mettoient, la pluspart du temps, touts à pied, pour ne se fiet, à aultre chose qu'à leur force propre et vigueur de leur courage et de leurs membres, de chose si chere que l'honneur et la vie. Vous engagez, quoy que die Chrysanthes, en Xenophon, vostre valeur et vostre fortune à celle de vostre cheval : ses playes et sa mort tirent la vostre en consequence ; son effroy ou sa fougue vous rendent ou temeraire ou lasche ; s'il a faulte de bouche ou d'esperon, c'est à vostre honneur à en respondre. A cette cause ie ne treuve pas estrange que ces combats là feussent plus fermes et plus furieux que ceulx qui se font à cheval :

> cædebant pariter, pariterque ruebant
> Victores victique, neque his fuga nota neque illis: (2)

leurs battailles se voyent bien mieulx contestees ; ce ne sont asture que routes, primus clamor atque impetus rem decernit (3): et chose que nous appellons à la societé d'un si grand hazard doibt estre en nostre puissance le plus qu'il se peult ; comme ie conseillerois de choisir les armes

(1) Il commande qu'on livre armes, chevaux, et ôtages. *De bello Gallico*, l. 7, c. 11, edit. varior. 1713.

(2) Vainqueurs et vaincus, ils tuoient et tomboient ensemble, sans songer à fuir d'aucun côté. *Aeneid.* l. 10, v. 756, et seq.

(3) Les premiers cris et la premiere charge terminent le combat. *Tit. Liv.* l. 25, c. 41.

les plus courtes , et celles de quoy nous nous pouvons le mieulx respondre. Il est bien plus apparent de s'asseurer d'une espee que nous tenons au poing, que du boulet qui eschappe de nostre pistole, en laquelle il y a plusieurs pieces, la pouldre, la pierre, le rouet, desquelles la moindre qui vienne à faillir vous fera faillir vostre fortune. On assene peu seurement le coup que l'air vous conduict,

> Et, quò ferre velint, permittere vulnera ventis :
> Ensis habet vires ; et gens quæcunque virorum est
> Bella gerit gladiis. (1)

Mais quant à cette arme là, i'en parleray plus amplement, où ie feray comparaison des armes anciennes aux nostres ; et, sauf l'estonnement des aureilles à quoy desormais chascun est apprivoisé, ie crois que c'est une arme de fort peu d'effect, et espere que nous en quitterons un iour l'usage. Celle de quoy les Italiens se servoient, de iect et à feu, estoit plus effroyable : ils nommoient Phalarica une certaine espece de iaveline armee par le bout d'un fer de trois pieds , à fin qu'il peust percer d'oultre en oultre un homme armé ; et se lanceoit tantost de la main en la campaigne , tantost à tout des engeins pour deffendre les lieux assiegez : la hante, revestue d'estouppe empoixee et huilee, s'enflammoit de sa course ; et, s'attachant au corps ou au bouclier, ostoit tout usage d'armes et de membres. Toutesfois il me semble que pour venir au ioindre, elle portast aussi empeschement à l'assaillant, et que le champ ionché de ces tronçons bruslants produisist en la meslee une commune incommodité :

---

(1) Et lorsqu'on laisse aux vents le soin de porter ses coups à l'ennemi. C'est dans l'épée que consiste la force du soldat ; et toutes les nations guerrieres décident leurs combats l'épée à la main. *Lucan.* l. 8 , v. 384 , et seqq.

magnum stridens contorta phalarica venit,
Fulminis acta modo. (1)

Ils avoient d'aultres moyens, à quoy l'usage les dressoit,
et qui nous semblent incroyables, par inexperience;
par où ils suppleoient au deffault de nostre pouldre et
de nos boulets. Ils dardoient leurs piles de telle roideur, que souvent ils en enfiloient deux boucliers et
deux hommes armez, et les cousoient. Les coups de leurs
fondes n'estoient pas moins certains et loingtains : saxis
globosis... fundâ, mare apertum incessentes... coronas mo-
dici circuli, magno ex intervallo loci, assueti traiicere : non capita modò hostium vulnerabant, sed quem locum destinas-
sent (2). Leurs pieces de batteries representoient, comme
l'effect, aussi le tintamarre, des nostres : ad ictus mœnium
cum terribili sonitu editos, pavor et trepidatio cœpit (3). Les
Gaulois nos cousins, en Asie, haïssoient ces armes trais-
tresses et volantes; duicts à combattre main à main
avecques plus de courage. Non tam patentibus plagis mo-
ventur... Ubi latior quàm altior plaga est, etiam gloriosiùs se
pugnare putant : iidem, quum aculeus sagittæ aut glandis abdi-
tæ introrsus tenui vulnere in speciem urit... tum, in rabiem et
pudorem tam parvæ perimentis pestis versi, prosternunt cor-
pora humi (4) : peincture bien voisine d'une arquebusade.

---

(1) La phalarique, décochée avec grand bruit, fendoit l'air
comme un coup de foudre. *Aeneid.* l. 9, v. 705, et seq.

(2) Accoutumés à lancer sur la mer, par forme d'exercice, des
cailloux ronds avec la fronde, et à enfiler des cercles étroits, de fort
loin, ils blessoient non seulement la tête de leurs ennemis, mais
telle partie qu'ils vouloient. *Tit. Liv.* l. 38, c. 29.

(3) Au retentissement des murs frappés avec grand bruit, ils
commençoient à trembler de peur. *Id.* ibid. c. 5.

(4) Les grandes blessures ne les touchent pas tant. Lorsque la
plaie est plus large que profonde, ils croient combattre encore

Les dix mille Grecs, en leur longue et fameuse retraicte, rencontrerent une nation qui les endommagea merveilleusement à coups de grands arcs et forts, et des sagettes si longues qu'à les reprendre à la main on les pouvoit reiecter à la mode d'un dard, et perceoient de part en part le bouclier et un homme armé. Les engeins que Dionysius inventa à Syracuse à tirer gros traits massifs et des pierres d'horrible grandeur, d'une si longue volée et impetuosité, representoient de bien prez nos inventions.

Encores ne fault il pas oublier la plaisante assiette qu'avoit sur sa mule un maistre Pierre Pol, docteur en theologie, que Monstrelet recite avoir accoustumé se promener par la ville de Paris assis de costé comme les femmes. Il dict aussi ailleurs, que les Gascons avoient des chevaux terribles, accoustumez de virer en courant; de quoy les François, Picards, Flamands et Brabançons faisoient grand miracle « pour n'avoir accoustumé de le veoir » : ce sont ses mots. Cesar, parlant de ceulx de Suede : « Aux rencontres qui se font à cheval, dict il, ils se iectent souvent à terre pour combattre à pied, ayant accoustumé leurs chevaux de ne bouger ce pendant de la place, ausquels ils recourent promptement s'il en est besoing ; et, selon leur coustume, il n'est rien si vilain et si lasche que d'user de selles et bardelles, et mesprisent ceulx qui en usent : de maniere que, fort peu en nombre, ils ne craignent pas d'en assaillir plusieurs ». Ce que i'ay admiré aultrefois, de veoir un cheval dressé à se manier à toutes mains avecques une baguette, la bride avallee sur ses au-

---

d'une maniere plus honorable. Mais s'ils se sentent frappés de la pointe d'une fleche, ou atteints d'une balle de plomb lancée avec une fronde, qui ne leur fasse qu'une petite blessure en apparence, alors ils se couchent par terre, transportés de rage et de honte de ce que si peu de chose leur donne la mort. *Tit. Liv.* l. 38, c. 21.

reilles, estoit ordinaire aux Massiliens qui se servoient
de leurs chevaux sans selle et sans bride.

> Et gens quæ nudo residens Massilia dorso,
> Ora levi flectit, frænorum nescia, virgâ. (1)

> Et Numidæ infræni cingunt. (2)

Equi sine frænis; deformis ipse cursus, rigidâ cervice, et extento
capite currentium (3). Le roy Alphonse, celuy qui dressa en
Espaigne l'ordre des chevaliers de la Bande ou de l'Escharpe, leur donna entre aultres regles, de ne monter
ny mule ny mulet, sur peine d'un marc d'argent d'a-
mende, comme ie viens d'apprendre dans les Lettres de
Guevara, desquelles ceulx qui les ont appellees Dorees
faisoient iugement bien aultre que celuy que i'en foys. Le
Courtisan dict qu'avant son temps c'estoit reproche à un
gentilhomme d'enchevaucher. Les Abyssins, à mesure
qu'ils sont plus grands et plus advancez prez le Prette-
ian leur maistre, affectent, au rebours, de grandes mules
à monter par honneur. Xenophon recite que les Assy-
riens tenoient leurs chevaux tousiours entravez au logis,
tant ils estoient fascheux et farouches; et qu'il falloit tant
de temps à les destacher et harnacher, que, pour que cette
longueur à la guerre ne leur apportast dommage s'ils
venoient à estre en dessoude surprins par les ennemis,
ils ne logeoient iamais en camp qui ne feust fossoyé et
remparé. Son Cyrus, si grand maistre au faict de cheva-
lerie, mettoit les chevaux de son escot: et ne leur faisoit
bailler à manger qu'ils ne l'eussent gaigné par la sueur
de quelque exercice. Les Scythes, où la necessité les pres-

---

(1) Les Massiliens, montant leurs chevaux à nud, les gouver-
nent avec une petite baguette, sans frein. *Lucan.* l. 4, v. 682,
683.

(2) Et les Numides maniant leurs chevaux sans frein. *Virg.*
Aeneid. l. 4, v. 41.

(3) Leurs chevaux, sans frein, courent d'une maniere désagréa-
ble, le col roide, et le nez au vent. *Tit. Liv.* l. 35, c. 11.

soit en la guerre, tiroient du sang de leurs chevaux, et s'en abruvoient et nourrissoient :

> Venit et epoto Sarmata pastus equo. (1)

Ceulx de Crete (a), assiegez par Metellus, se trouverent en telle disette de tout aultre bruvage, qu'ils eurent à se servir de l'urine de leurs chevaux. Pour verifier combien les armees turquesques se conduisent et maintiennent à meilleure raison que les nostres, ils disent qu'oultre ce que les soldats ne boivent que de l'eau et ne mangent que riz et de la chair salee mise en pouldre, de quoy chascun porte ayseement sur soy provision pour un mois, ils scavent aussi vivre du sang de leurs chevaux, comme les Tartares et Moscovites, et le salent. Ces nouveaux peuples des Indes, quand les Espaignols y arriverent, estimerent, tant des hommes que des chevaux, que ce feussent ou dieux, ou animaux en noblesse au dessus de leur nature : aulcuns, aprez avoir esté vaincus, venants demander paix et pardon aux hommes, et leur apporter de l'or et des viandes, ne faillirent d'en aller autant offrir aux chevaux, avecques une toute pareille harangue à celle des hommes, prenants leur hennissement pour langage de composition et de trefve. Aux Indes de deçà, c'estoit anciennement le principal et royal honneur de chevaucher un elephant ; le second, d'aller en coche traisné à quatre chevaux ; le tiers, de monter un chameau ; le dernier et plus vil degré, d'estre porté ou charrié par un cheval seul. Quelqu'un de nostre temps escrit avoir veu, en ce climat là, des païs où on chevauche les bœufs avecques bastines, estriers et brides, et s'estre bien trouvé de leur porture. Quintus Fabius Maximus Rutilianus, contre les Samnites, voyant que ses gents de cheval à trois ou quatre charges avoient failly d'enfoncer le

---

(1) On y voit (à Rome) le Sarmate qui se nourrit du sang de cheval. *Martial.* spectacul. lib. epigr. 3, v. 4.

(a) On lit *Crotte* dans toutes les éditions.

battaillon des ennemis, print ce conseil; qu'ils debridas-
sent leurs chevaux et brochassent à toute force des esperons; si que, rien ne les pouvant arrester au travers des
armes et des hommes renversez, ouvrirent le pas à leurs
gents de pied, qui parfirent une tressanglante desfaicte.
Autant en commanda Quintus Fulvius Flaccus contre les
Celtiberiens : Id cum maiore vi equorum facietis, si effrænatos
in hostes equos immittitis; quod sæpè romanos equites cum
laude fecisse sua memoriæ proditum est. Detractisque frænis,
bis ultrò citroque cum magna strage hostium, infractis omnibus
hastis, transcurrerunt. (1)

Le duc de Moscovie debvoit anciennement cette reverence aux Tartares, quand ils envoyoient vers luy des
ambassadeurs, qu'il leur alloit au devant à pied, et leur
presentoit un gobeau de laict de iument (bruvage qui
leur est en delices); et si en beuvant, quelque goutte en
tumboit sur le crin de leurs chevaux, il estoit tenu de la
leicher avec la langue. En Russie, l'armee que l'empereur
Baiazet y avoit envoyee feut accablee d'un si horrible ravage de neiges, que, pour s'en mettre à couvert et sauver du froid, plusieurs s'adviserent de tuer et eventrer
leurs chevaux pour se iecter dedans et iouïr de cette
chaleur vitale. Baiazet, aprez cet aspre estour où il feut
rompu par Tamburlan (a), se sauvoit belle erre sur une
iument arabesque, s'il n'eust esté contrainct de la laisser
boire son saoul au passage d'un ruisseau; ce qui la
rendit si flacque et refroidie qu'il feut bien ayseement
aprez acconsuyvi par ceulx qui le poursuyvoient : on

---

(1) Dans ce choc, leur dit-il, vos chevaux vous seront d'un
plus grand secours si vous les poussez tout débridés contre l'ennemi, ce qu'on nous assure dans l'histoire que la cavalerie romaine a souvent fait avec succès. Sur cela ayant ôté le frein à leurs
chevaux, ils passerent et repasserent deux fois à travers l'armée
des ennemis, dont ils rompirent toutes les lances, et firent un
grand carnage. *Tit. Liv.* l. 40, c. 40, edit. Gronov.

(a) En 1401.

dict bien qu'on les lasche, les laissant pisser; mais le boire, i'eusse plustost estimé qu'il l'eust refreschie et renforcee. Crœsus passant le long de la ville de Sardis y trouva des pastis où il y avoit grande quantité de serpents, desquels les chevaux de son armee mangeoient de bon appetit; qui feut un mauvais prodige à ses affaires, dict Herodote. Nous appellons un cheval, entier, qui a crin et aureille; et ne passent les aultres à la montre : les Lacedemoniens ayant desfaict les Atheniens en la Sicile, retournants de la victoire en pompe en la ville de Syracuse, entre aultres bravades feirent tondre les chevaux vaincus et les menerent ainsin en triumphe. Alexandre combattit une nation, Dahas : ils alloient deux à deux armez à cheval à la guerre; mais, en la meslee, l'un descendoit à terre; et combattoient ores à pied, ores à cheval, l'un aprez l'aultre.

Ie n'estime point qu'en suffisance et en grace à cheval nulle nation nous emporte. Bon homme de cheval, à l'usage de nostre parler, semble plus regarder au courage qu'à l'adresse. Le plus sçavant, le plus seur, le mieulx advenant à mener un cheval à raison, que i'aye cogneu, feut, à mon gré, le sieur de Carnevalet qui en servoit nostre roy Henry second. I'ay veu homme donner carriere à deux pieds sur sa selle, demonter sa selle, et au retour la relever, reaccommoder, et s'y rasseoir, fuyant tousiours à bride avallee; ayant passé par dessus un bonnet, y tirer par derriere des bons coups de son arc; amasser ce qu'il vouloit, se iectant d'un pied à terre, tenant l'aultre en l'estrier; et aultres pareilles singeries, de quoy il vivoit. On a veu de mon temps à Constantinople deux hommes sur un cheval, lesquels en sa plus roide course se reiectoient, à tours, à terre, et puis sur la selle : et un qui seulement des dents, bridoit et harnachoit son cheval : un aultre qui, entre deux chevaux, un pied sur une selle, l'aultre sur l'aultre, portant un second sur ses bras, picquoit à toute bride; ce second, tout debout sur

luy, tirant, en la course, des coups bien certains de son
arc:plusieurs qui, les iambes contremont, donnoient carriere, la teste plantee sur leurs selles entre les poinctes
des cimeterres attachez au harnois. En mon enfance, le
prince de Sulmone, à Naples, maniant un rude cheval de
toute sorte de maniements, tenoit soubs ses genouils, et
soubs ses orteils, des reales, comme si elles y eussent esté
clouees, pour montrer la fermeté de son assiette.

CHAPITRE XLIX.

Des coustumes anciennes.

I'excuserois volontiers en nostre peuple de n'avoir
aultre patron et regle de perfection, que ses propres
mœurs et usances; car c'est un commun vice, non du
vulgaire seulement, mais quasi de touts les hommes,
d'avoir leur visee et leur arrest sur le train auquel ils
sont nays. Ie suis content, quand il verra Fabricius ou
Laelius, qu'il leur treuve la contenance et le port barbare, puisqu'ils ne sont ny vestus ny façonnez à nostre
mode : mais ie me plains de sa particuliere indiscretion
de se laisser si fort piper et aveugler à l'auctorité de
l'usage present, qu'il soit capable de changer d'opinion
et d'advis touts les mois, s'il plaist à la coustume; et qu'il
iuge si diversement de soy mesme. Quand il portoit le
busc de son pourpoinct entre les mammelles, il mainte-
noit, par vifves raisons, qu'il estoit en son vray lieu:
quelques annees aprez le voylà avalé iusques entre les
cuisses; il se mocque de son aultre usage, le treuve
inepte et insupportable. La façon de se vestir presente
luy faict incontinent condamner l'ancienne, d'une resolution si grande et d'un consentement si universel, que
vous diriez que c'est une espece de manie qui luy tour-

neboule ainsi l'entendement. Parceque nostre changement est si subit et si prompt en cela, que l'invention
de touts les tailleurs du monde ne sçauroit fournir assez
de nouvelletez, il est force que bien souvent les formes
mesprisees reviennent en credit, et celles là mesmes
tumbent en mespris tantost aprez; et qu'un mesme iugement prenne en l'espace de quinze ou vingt ans deux
ou trois, non diverses seulement, mais contraires opinions, d'une inconstance et legiereté incroyable. Il n'y a
si fin d'entre nous qui ne se laisse embabouiner de cette
contradiction, et esblouïr tant les yeulx internes que
les externes insensiblement. Ie veulx icy entasser aulcunes façons anciennes que i'ay en memoire, les unes
de mesme les nostres, les aultres differentes; à fin
qu'ayant en l'imagination cette continuelle variation des
choses humaines, nous en ayons le iugement plus es-
claircy et plus ferme. Ce que nous disons de combattre
à l'espee et la cape, il s'usoit encores entre les Romains,
ce dict Cesar, sinistras sagis involvunt, gladiosque distrin-
gunt (1); et remarque dez lors en nostre nation ce vice,
qui y est encores, d'arrester les passants que nous rencontrons en chemin, et de les forcer de nous dire qui ils
sont, et de recevoir à iniure et occasion de querelle s'ils
refusent de nous respondre. Aux bains, que les anciens
prenoient touts les iours avant le repas, et les prenoient
aussi ordinairement que nous faisons de l'eau à laver les
mains, ils ne se lavoient du commencement que les bras
et les iambes; mais depuis, et d'une coustume qui a duré
plusieurs siecles et en la pluspart des nations du monde,
ils se lavoient tout nuds d'eau mixtionnee et parfumee,
de maniere qu'ils employoient pour tesmoignage de
grande simplicité de se laver d'eau simple. Les plus affet-

---

(1) Ils tirent l'épée, s'enveloppant la main gauche de leurs
hoquetons. *Cæsar.* comment. de bello civili, l. 1, c. 75, edit.
varior. 1713.

tez et delicats se parfumoient tout le corps bien trois ou quatre fois par iour. Ils se faisoient souvent pinceter tout le poil, comme les femmes françoises ont prins en usage, depuis quelque temps, de faire leur front,

Quod pectus, quod crura tibi, quod brachia vellis, (1)

quoyqu'ils eussent des oignements propres à cela :

Psilotro nitet, aut acidâ latet oblita cretâ. (2)

Ils aimoient à se coucher mollement, et alleguent pour preuve de patience de coucher sur le matelas. Ils mangeoient couchez sur des licts, à peu prez en mesme assiette que les Turcs de nostre temps ;

Inde toro pater Aeneas sic orsus ab alto. (3)

Et dict on du ieune Caton que depuis la battaille de Pharsale, estant entré en dueil du mauvais estat des affaires publicques, il mangea tousiours assis, prenant un train de vie austere. Ils baisoient les mains aux grands, pour les honorer et caresser : et entre les amis ils s'entrebaisoient en se saluant, comme font les Venitiens :

Gratatusque darem cum dulcibus oscula verbis : (4)

et touchoient aux genouils pour requerir ou saluer un grand. Pasiclez le philosophe, frere de Crates, au lieu de porter la main au genouil, la porta aux genitoires : celuy à qui il s'adressoit l'ayant rudement repoulsé, « Comment, dict il, cecy n'est il pas vostre, aussi bien

---

(1) On sait pourquoi tu t'épiles la poitrine, les jambes et les bras. *Martial*. l. 2, epigr. 62, v. 1.

(2) Elle s'oint d'onguents dépilatoires, ou se farde avec de la craie détrempée dans du vinaigre. *Id.* l. 6, epigr. 93, v. 9.

(3) Alors Enée, élevé sur le lit où il étoit placé, parla ainsi. *Aeneid.* l. 2, v. 2.

(4) Je te baiserois, en te félicitant dans les termes les plus touchants. *Ovid.* de Ponto, l. 4, eleg. 9, v. 13.

que les genouils ? » Ils mangeoient, comme nous, le fruict
à l'issue de la table. Ils se torchoient le cul (il fault laisser aux femmes cette vaine superstition des paroles)
avecques une esponge; voylà pourquoy spongia est un
mot obscœne en latin : et estoit cette esponge attachee
au bout d'un baston, comme tesmoigne l'histoire de celuy qu'on menoit pour estre presenté aux bestes devant
le peuple, qui demanda congé d'aller à ses affaires ; et
n'ayant aultre moyen de se tuer, il se fourra ce baston et
esponge dans le gosier, et s'en estouffa. Ils s'essuyoient le
catze, de laine parfumee, quand ils en avoient faict :

> At tibi nil faciam, sed lotâ mentula lanâ. (1)

Il y avoit aux carrefours à Rome des vaisseaux et demy-
cuves pour y apprester à pisser aux passants :

> Pusi sæpè lacum propter, se, ac dolia curta,
> Somno devincti, credunt extollere vestem. (2)

Ils faisoient collation entre les repas. Et y avoit en esté
des vendeurs de neige pour refreschir le vin ; et en y
avoit qui se servoient de neige en hyver, ne trouvants
pas le vin encores lors assez froid. Les grands avoient
leurs eschansons et trenchants ; et leurs fols, pour leur
donner plaisir. On leur servoit en hyver la viande sur
les fouyers qui se portoient sur la table; et avoient des
cuisines portatives, comme i'en ay veu, dans lesquelles
tout leur service se traisnoit aprez eulx.

> Has vobis epulas habete, lauti :
> Nos offendimur ambulante cœnâ. (3)

---

(1) *Martial.* l. 11, epigr. 58, v. 11.

(2) Les petits enfants endormis croient souvent lever leur robe
pour uriner dans les réservoirs publics destinés à cet usage.
Lucret. l. 4, v. 1020, et seq.

(3) Somptueux friands, gardez ces mets pour vous : car pour

Et en esté ils faisoient souvent, en leurs sales basses, couler de l'eau fresche et claire dans des canaux au dessoubs d'eulx, où il y avoit force poisson en vie, que les assistants choisissoient et prenoient en la main pour le faire apprester, chascun à sa poste. Le poisson a tousiours eu ce privilege, comme il a encores, que les grands se meslent de le sçavoir apprester: aussi en est le goust beaucoup plus exquis que de la chair, au moins pour moy. Mais en toute sorte de magnificence, desbauche, et d'inventions voluptueuses, de mollesse et de sumptuosité, nous faisons à la verité ce que nous pouvons pour les egualer; car nostre volonté est bien aussi gastee que la leur, mais nostre suffisance n'y peult arriver: nos forces ne sont non plus capables de les ioindre en ces parties là vicieuses, qu'aux vertueuses; car les unes et les aultres partent d'une vigueur d'esprit qui estoit sans comparaison plus grande en eulx qu'en nous: et les ames, à mesure qu'elles sont moins fortes, elles ont d'autant moins de moyen de faire ny fort bien ny fort mal. Le hault bout d'entre eulx ç'estoit le milieu. Le devant et derriere n'avoient, en escrivant et parlant, aulcune signification de grandeur, comme il se veoid evidemment par leurs escripts: ils diront Oppius et Cesar aussi volontiers que Cesar et Oppius; et diront Moy et Toy indifferemment, comme Toy et Moy. Voylà pourquoy i'ay aultresfois remarqué, en la vie de Flaminius de Plutarque françois, un endroict où il semble que l'aucteur, parlant de la ialousie de gloire qui estoit entre les Aetoliens et les Romains pour le gaing d'une battaille qu'ils avoient obtenu en commun, face quelque poids de ce qu'aux chansons grecques on nommoit les Aetoliens avant les Romains, s'il n'y a de l'amphibologie aux mots françois. Les dames estant aux estuves y recevoient quand

moi je suis choqué d'un souper ambulatoire. *Martial.* l. 7 , epigr. 48 , v. 4 , 5.

et quand des hommes; et se servoient, là mesme, de leurs valets à les frotter et oindre :

> Inguina succinctus nigrâ tibi servus alutâ
> Stat, quoties calidis nuda fovêris aquis. (1)

Elles se saulpouldroient de quelque pouldre pour reprimer les sueurs. Les anciens Gaulois, dict Sidonius Apollinaris, portoient le poil long par le devant, et le derrière de la teste tondu, qui est cette façon qui vient à estre renouvellee par l'usage effeminé et lasche de ce siecle. Les Romains payoient ce qui estoit deu aux bateliers pour leur noleage dez l'entree du bateau, ce que nous faisons aprez estre rendus à port :

> Dum æs exigitur, dum mula ligatur,
> Tota abit hora. (2)

Les femmes couchoient au lict du costé de la ruelle : voylà pourquoy on appelloit Cesar, spondam regis Nicomedis (3). Ils prenoient haleine en beuvant. Ils baptisoient le vin :

> Quis puer ociùs
> Restinguet ardentis falerni
> Pocula præitereunte lymphâ? (4)

Et ces champisses contenances de nos laquais y estoient aussi ;

---

(1) Un esclave, ceint d'un tablier noir au-dessus des aînes, est toujours sur pied pour te servir, toutes les fois que tu veux être lavée avec de l'eau chaude. *Martial.* l. 7, epigr. 35, v. 1, 2.

(2) Une heure entiere se passe à atteler la mule, et à faire payer les passagers. *Horat.* l. 1, sat. 5, v. 13, 14.

(3) La ruelle du roi Nicomede. *Sueton.* in Jul. Cæsare. §. 49.

(4) Esclave, hâte-toi de tempérer l'ardeur de ce vin de Falerne, en y mêlant de l'eau de la fontaine qui coule tout auprès. *Horat.* od. 11, l. 2, v. 18.

O Iane, a tergo quem nulla ciconia pinsit,
Nec manus auriculas imitata est mobilis albas,
Nec linguæ quantum sitiet canis appula tantum. (1)

Les dames argiennes et romaines portoient le dueil blanc,
comme les nostres avoient accoustumé, et debvoient
continuer de faire, si i'en estois creu. Mais il y a des livres entiers faicts sur cet argument.

CHAPITRE L.

De Democritus et Heraclitus.

Le iugement est un util à touts subiects, et se mesle
partout : à cette cause, aux Essais que i'en foys ici, i'y employe toute sorte d'occasion. Si c'est un subiect que ie
n'entende point, à cela mesme ie l'essaye, sondant le gué
de bien loing; et puis, le trouvant trop profond pour ma
taille, ie me tiens à la rive : et cette recognoissance de ne
pouvoir passer oultre, c'est un traict de son effect, ouy
de ceulx dont il se vante le plus. Tantost, à un subiect
vain et de neant, i'essaye veoir s'il trouvera de quoy luy
donner corps, et de quoy l'appùyer et l'estansonner : tantost ie le promene à un subiect noble et tracassé, auquel
il n'a rien à trouver de soy, le chemin en estant si frayé
qu'il ne peult marcher que sur la piste d'aultruy : là il
faict son ieu à eslire la route qui luy semble la meilleure;
et de mille sentiers il dict que cettuy cy ou celuy là a esté

***

(1) O Janus, on n'avoit garde de vous faire les cornes, les
oreilles d'âne, ou de tirer la langue, quand vous paroissiez, parceque vous voyiez derriere vous tout aussi bien que devant. *Perse*,
sat. 1, v. 58, et seqq.

le mieulx choisi. Ie prends, de la fortune, le premier argument ; ils me sont également bons, et ne desseigne iamais de les produire entiers : car ie ne veois le tout de
rien ; ne font pas ceulx qui nous promettent de nous le
faire véoir. De cent membres et visages qu'a chasque
chose, i'en prends un, tantost à leicher seulement, tantost à efflorer, et parfois à pincer iusqu'à l'os : i'y
donne une poincte, non pas le plus largement, mais le
plus profondement que ie sçais, et aime plus souvent à
les saisir par quelque lustre inusité. Je me hazarderois
de traicter à fond quelque matiere, si ie me cognoissois
moins, [et me trompois en mon impuissance]. Semant
icy un mot, icy un aultre, eschantillons desprins de leur
piece, escartez, sans desseing et sans promesse, ie ne suis
pas tenu d'en faire bon, ny de m'y tenir moy mesme,
sans varier quand il me plaist, et me rendre au doubte
et incertitude, et à ma maistresse forme, qui est l'ignorance. Tout mouvement nous descouvre : cette mesme
ame de Cesar qui se faict voir à ordonner et dresser la
bataille de Pharsale, ellé se faict aussi veoir à dresser
des parties oisifves et amoureuses : on iuge un cheval,
non seulement à le veoir manier sur une carriere, mais
encores à luy veoir aller le pas, voire et à le veoir en repos à l'estable. Entre les functions de l'ame il en est de
basses : qui ne la veoid encores par là n'acheve pas de la
cognoistre ; et à l'adventure la remarque lon mieulx où
elle va son pas simple. Les vents des passions la prennent plus en ses haultes assiettes : ioinct qu'elle se couche
entiere sur chasque matiere, et s'y exerce entiere ; et n'en
traicte iamais plus d'une à la fois, et la traicte, non sélon
elle, mais selon soy. Les choses, à part elles, ont peutestre
leurs poids et mesures et conditions ; mais au dedans,
en nous, elle les leur taille comme elle l'entend. La mort
est effroyable à Cicero, desirable à Caton, indifferente à
Socrates. La santé, la conscience, l'auctorité, la science,
la richesse, la beauté, et leurs contraires, se despouillent

à l'entree, et receoivent, de l'ame, nouvelle vesture et de la
teincture qu'il luy plaist, brune, verte, claire, obscure,
aigre, doulce, profonde, superficielle, et qu'il plaist à
chascune d'elles : car elles n'ont pas verifié en commun
leurs styles, regles et formes ; chascune est royne en son
estat. Parquoy ne prenons plus excuse des externes qualitez des choses ; c'est à nous à nous en rendre compte.
Nostre bien et nostre mal ne tient qu'à nous. Offrons y
nos offrandes et nos vœux ; non pas à la fortune : elle ne
peult rien sur nos mœurs ; au rebours, elles l'entraisnent
à leur suitte, et la moulent à leur forme. Pourquoy ne
iugeray ie d'Alexandre à table, devisant et beuvant d'au-
tants, ou s'il manioit des eschecs ? Quelle chorde de son
esprit ne touche et n'employe ce niais et puerile ieu ? ie
le hais et fuys de ce qu'il n'est pas assez ieu, et qu'il nous
esbat trop serieusement, ayant honte d'y fournir l'attention qui suffiroit à quelque bonne chose. Il ne feut pas
plus embesongné à dresser son glorieux passage aux
Indes ; ny cet aultre, à desnouer un passage duquel despend le salut du genre humain. Voyez combien nostre
ame grossit et espessit cet amusement ridicule ; si tous
ses nerfs ne bandent : combien amplement elle donne à
chascun loy en cela de se cognoistre et de iuger droictement de soy. Ie ne me veois et retaste plus universellement en nulle autre posture : quelle passion ne nous y
exerce ? la cholere, le despit, la hayne, l'impatience, et
une vehemente ambition de vaincre en chose en laquelle
il seroit plus excusable d'estre ambitieux d'estre vaincu ;
car la precellence rare, et au dessus du commun, messied
à un homme d'honneur en chose frivole. Ce que ie dis en
cet exemple se peult dire en touts aultres : chasque parcelle, chasque occupation de l'homme l'accuse et le montre egualement qu'un' aultre. (a)

_____

(a) Autant que toute autre parcelle, ou occupation. J'ai trouvé dans toutes les meilleures éditions *qu'un aultre*, mais c'est sans

Democritus et Heraclitus ont esté deux philosophes, desquels le premier, trouvant vaine et ridicule l'humaine condition, ne sortoit en publicque qu'avecques un visage mocqueur et riant; Heraclitus, ayant pitié et compassion de cette mesme condition nostre, en portoit le visage continuellement triste, et les yeulx chargez de larmes:

> alter
> Ridebat, quoties à limine moverat unum
> Protuleratque pedem; flebat contrarius alter. (1)

I'aime mieulx la premiere humeur; non parce qu'il est plus plaisant de rire que de plorer, mais parce qu'elle est plus desdaigneuse, et qu'elle nous condamne plus que l'aultre; et il me semble que nous ne pouvons iamais estre assez mesprisez selon nostre merite. La plaincte et la commiseration sont meslees à quelque estimation de la chose qu'on plaind : les choses de quoy on se mocque, on les estime sans prix. Ie ne pense point qu'il y ait tant de malheur en nous, comme il y a de vanité; ny tant de malice, comme de sottise : nous ne sommes pas si pleins de mal, comme d'inanité; nous ne sommes pas si miserables, comme nous sommes vils. Ainsi Diogenes, qui baguenaudoit à part soy roulant son tonneau, et hochant du nez le grand Alexandre, nous estimant des mouches ou des vessies pleines de vent, estoit bien iuge plus aigre et plus poignant, et par consequent plus iuste à mon humeur, que Timon, celuy qui feut surnommé le Haïsseur des hommes : car ce qu'on hait on le prend à cœur. Cettuy cy nous souhaitoit du mal, estoit passionné du desir de nostre ruyne, fuyoit nostre conversation comme

---

doute une faute d'impression, au lieu de *qu'un' aultre*, maniere d'écrire fort usitée dans les plus anciennes éditions de Montaigne, aussi-bien que dans celles des écrivains de son temps. C.

(1) Dès qu'ils avoient mis le pied hors de la maison, l'un rioit, et l'autre pleuroit. *Iuvenal.* sat. 10, v. 28, et seqq.

dangereuse, de meschants et de nature depravee : l'aultre
nous estimoit si peu, que nous ne pourrions ny le troubler ny l'alterer par nostre contagion ; nous laissoit de
compaignie, non pour la crainte, mais pour le desdaing,
de nostre commerce ; il ne nous estimoit capables ny de
bien ny de mal faire. De mesme marque feut la response
de Statilius, auquel Brutus parla pour le ioindre à la con-
spiration contre Cesar : il trouva l'entreprinse iuste, mais
il ne trouva pas les hommes dignes pour lesquels on se
meist aulcunement en peine ; conformement à la discipline de Hegesias, qui disoit « Le sage ne debvoir rien
faire que pour soy; d'autant que seul il est digne pour
qui on face » : et à celle de Theodorus, « Que c'est iniust-
ticé, que le sage se hazarde pour le bien de son pays, et
qu'il mette en peril la sagesse pour des fols ». Nostre
propre et peculiere condition est autant ridicule que
risible.

CHAPITRE LI.

De la vanité des paroles.

Un rhetoricien du temps passé disoit que son mestier
estoit « De choses petites, les faire paroistre et trouver
grandes ». C'est un cordonnier qui sçait faire de grands
souliers à un petit pied. On luy eust faict donner le fouet
en Sparte de faire profession d'un' art piperesse et mensongiere : et crois qu'Archidamus qui en estoit roy n'ouït
pas sans estonnement la response de Thucydides auquel
il s'enqueroit qui estoit plus fort à la luicte ou Pericles
ou luy : « Cela, feit il, seroit malaysé à verifier ; car
quand ie l'ay porté par terre en luictant, il persuade à
ceulx qui l'ont veu qu'il n'est pas tumbé, et le gaigne ».
Ceulx qui masquent et fardent les femmes font moins de

mal ; car c'est chose de peu de perte de ne les veoir pas en leur naturel : là où ceulx cy font estat de tromper, non pas nos yeulx, mais nostre iugement, et d'abastardir et corrompre l'essence des choses. Les republiques qui se sont maintenues en un estat reglé et bien policé, comme la cretense ou lacedemonienne, elles n'ont pas faict grand compte d'orateurs. Ariston definit sagement la rhetorique, « Science à persuader le peuple » : Socrates, Platon, « Art de tromper, et de flatter ». Et ceulx qui le nient en la generale description, le verifient par tout en leurs preceptes. Les Mahometans en deffendent l'instruction à leurs enfants, pour son inutilité ; et les Atheniens, s'appercevants combien son usage, qui avoit tout credit en leur ville, estoit pernicieux, ordonnerent que sa principale partie, qui est esmouvoir les affections, en feust ostee, ensemble les exordes et perorations. C'est un util inventé pour manier et agiter une tourbe et une commune desreglee ; et est util qui ne s'employe qu'aux estats malades, comme la medecine. En ceulx où le vulgaire, où les ignorants, où touts, ont tout peu, comme celuy d'Athenes, de Rhodes et de Rome, et où les choses ont esté en perpetuelle tempeste, là ont afflué les orateurs. Et, à la verité, il se veoid peu de personnages en ces republiques là qui se soient poulsez en grand credit sans le secours de l'eloquence. Pompeius, Cesar, Crassus, Lucullus, Lentulus, Metellus, ont prins de là leur grand appuy à se monter à cette grandeur d'auctorité où ils sont enfin arrivez, et s'en sont aydez plus que des armes ; contre l'opinion des meilleurs temps, car L. Volumnius parlant en publicque en faveur de l'election au consulat faicte des personnes de Q. Fabius et P. Decius : « Ce sont gents nays à la guerre, grands aux effects ; au combat du babil, rudes ; esprits vrayement consulaires : les subtils, eloquents et sçavants, sont bons pour la ville, Preteurs à faire iustice », dict il. L'eloquence a flori le plus à Rome lorsque les affaires ont esté en plus mauvais

estat, et que l'orage des guerres civiles les agitoit : comme un champ libre et indompté porte les herbes plus
gaillardes. Il semble par là que les polices qui despendent
d'un monarque en ont moins de besoing que les aultres :
car la bestise et facilité qui se treuve en la commune, et
qui la rend subiecte à estre maniee et contournee par les
aureilles au doulx son de cette harmonie, sans venir à
poiser et cognoistre la verité des choses par la force de
raison ; cette facilité, dis ie, ne se treuve pas si ayseement
en un seul, et est plus aysé de le garantir, par bonne institution et bon conseil, de l'impression de cette poison.
On n'a pas veu sortir de Macedoine, ny de Perse, aulcun
orateur de renom. I'en ay dict ce mot sur le subiect d'un
Italien que ie viens d'entretenir, qui a servy le feu cardinal Caraffe de maistre d'hostel iusques à sa mort. Ie luy
faisois conter de sa charge : il m'a faict un discours de
cette science de gueule, avecques une gravité et contenance magistrale, comme s'il m'eust parlé de quelque
grand poinct de theologie : il m'a dechifré une difference
d'appetits ; celuy qu'on a à ieun, qu'on a aprez le second
et tiers service ; les moyens tantost de luy plaire simplement, tantost de l'esveiller et picquer ; la police de ses saulses ; premierement en general, et puis particularisant les
qualitez des ingredients et leurs effects ; les differences des
salades selon leur saison, celle qui doibt estre reschauffee,
celle qui veult estre servie froide, la façon de les orner
et embellir pour les rendre encores plaisantes à la veue.
Aprez cela il est entré sur l'ordre du service, plein de
belles et importantes considerations :

> Nec minimo sanè discrimine refert
> Quo gestu lepores et quo gallina secetur. (1)

---

(1) Car ce n'est pas une chose indifférente que la maniere dont
on s'y prend pour couper un chapon, ou un lievre. *Juvenal.*
sat. 5, v. 123, et seq.

et tout cela enflé de riches et magnifiques paroles, et celles
mesmes qu'on employe à traicter du gouvernement d'un
empire. Il m'est souvenu de mon homme :

> Hoc salsum est, hoc adustum est, hoc lautum est parùm :
> Illud rectè ; iterum sic memento : sedulò
> Moneo quæ possum pro meâ sapientiâ.
> Postremò, tanquam in speculum, in patinas, Demea,
> Inspicere iubeo, et moneo quid facto usus sit. (1)

Si est ce que les Grecs mesmes louerent grandement l'ordre et la disposition que Paulus Aemilius observa au
festin qu'il leur feit au retour de Macedoine. Mais ie ne
parle point icy des effects, ie parle des mots.

Ie ne sçais s'il en advient aux aultres comme à moy ;
mais ie ne me puis garder, quand i'ois nos architectes
s'enfler de ces gros mots de Pilastres, Architraves, Cor-
niches, d'ouvrage Corinthien et Dorique, et semblables
de leur iargon, que mon imagination ne se saisisse incontinent du palais d'Apollidon (a) : et, par effect, ie treuve que ce sont les chestifves pieces de la porte de ma
cuisine. Oyez dire Metonomie, Metaphore, Allegorie,
et autres tels noms de la grammaire, semble il pas qu'on
signifie quelque forme de langage rare et pellegrin ? ce
sont tiltres qui touchent le babil de vostre chambriere.

---

(1) Cela est trop salé : ceci est brûlé : cela n'est pas d'un goût
assez relevé : ceci est fort bien apprêté ; souvenez-vous de le faire
de même une autre fois. Je leur donne tous les meilleurs avis que
je puis, selon mon goût et ma petite capacité. Enfin, monsieur,
je les exhorte à se mirer dans leur vaisselle, comme dans un mi-
roir, et les avertis de tout ce qu'il est bon de faire. *Terent.*
Adelph. act. 3, sc. 4, v. 62, et seqq.

(a) Qui voudra connoître les merveilles de ce palais, et Apollidon qui le fit par art de négromance, doit prendre la peine de
lire le premier chapitre du second livre d'Amadis de Gaule ; et
le chapitre second du quatrieme livre. C.

C'est une piperie voisine à cette cy, d'appeller les offices
de nostre estat par les tiltres superbes des Romains, encores qu'ils n'ayent aulcune ressemblance de charge et
encores moins d'auctorité et de puissance. Et cette cy
aussi, qui servira, à mon advis, un iour de tesmoignage
d'une singuliere ineptie de nostre siecle, d'employer in-
dignement, à qui bon nous semble, les surnoms les plus
glorieux de quoy l'ancienneté ait honoré un ou deux
personnages en plusieurs siecles. Platon a emporté ce
surnom de Divin, par un consentement universel qu'aulcun n'a essayé luy envier : et les Italiens, qui se vantent,
et avecques raison, d'avoir communement l'esprit plus
esveillé et le discours plus sain que les aultres nations de
leur temps, en viennent d'estrener l'Aretin, auquel, sauf
une façon de parler bouffie et bouillonnee de poinctes, in-
genieuses à la verité, mais recherchees de loing et fantasques, et oultre l'eloquence enfin, telle qu'elle puisse
estre, ie ne veois pas qu'il y ait rien au dessus des communs aucteurs de son siecle : tant s'en fault qu'il approche de cette divinité ancienne. Et le surnom de Grand,
nous l'attachons à des princes qui n'ont rien au dessus
de la grandeur populaire.

CHAPITRE LII.

De la parcimonie des anciens.

Attilius Regulus, general de l'armee romaine en
Afrique, au milieu de sa gloire et de ses victoires contre
les Carthaginois, escrivit à la chose publicque qu'un valet
de labourage qu'il avoit laissé seul au gouvernement de
son bien, qui estoit en tout sept arpents de terre, s'en
estoit enfuy ayant desrobbé ses utils de labourage; et demandoit congé pour s'en retourner et y pourveoir, de peur

que sa femme et ses enfants n'en eussent à souffrir. Le
senat pourveut à commettre un aultre à la conduicte de
ses biens, et lui feit restablir ce qui luy avoit esté desrobbé, et ordonna que sa femme et enfants seroient nourris
aux despens du publicque. Le vieux Caton, revenant d'Espaigne consul, vendit son cheval de service pour espargner l'argent qu'il eust cousté à le ramener par mer en
Italie : et, estant au gouvernement de Sardaigne, faisoit ses
visitations à pied, n'ayant avecques luy aultre suitte qu'un
officier de la chose publicque qui luy portoit sa robbe et
un vase à faire des sacrifices ; et le plus souvent il portoit
sa male luy mesme. Il se vantoit de n'avoir iamais eu
robbe qui eust cousté plus de dix escus, ny avoir envoyé
au marché plus de dix sols pour un iour ; et de ses
maisons aux champs, qu'il n'en avoit aulcune qui feust
crepie et enduite par dehors. Scipion Aemilianus, aprez
deux triumphes et deux consulats, alla en legation avec
sept serviteurs seulement : on tient qu'Homere n'en eut
iamais qu'un, Platon trois, Zenon le chef de la secte
stoïcque, pas un. Il ne feut taxé que cinq sols et demy,
pour iour à Tiberius Gracchus allant en commission
pour la chose publicque, estant lors le premier homme
des Romains.

CHAPITRE LIII.

D'un mot de Cesar.

S I nous nous amusions par fois à nous considerer ; et
le temps que nous mettons à contrerooller aultruy, et à
cognoistre les choses qui sont hors de nous, que nous
l'employissions à nous sonder nous mesmes, nous senti-
rions ayseement combien toute cette nostre contexture
est bastie de pieces foibles et desfaillantes. N'est ce pas un

singulier tesmoignage d'imperfection, ne pouvoir r'asseoir nostre contentement en aulcune chose; et que, par desir mesme et imagination, il soit hors de nostre puissance de choisir ce qu'il nous fault? De quoy porte bon tesmoignage cette grande dispute, qui a tousiours esté entre les philosophes, pour trouver le souverain bien de l'homme, et qui dure encores, et durera eternellement, sans resolution et sans accord.

> Dum abest quod avemus, id exsuperare videtur
> Cætera ; post aliud, cùm contigit illud, avemus,
> Et sitis æqua tenet. (1)

Quoy que ce soit qui tumbe en nostre cognoissance et iouïssance, nous sentons qu'il ne nous satisfaict pas, et allons beeant aprez les choses advenir et incogneues, d'autant que les presentes ne nous saoulent point; non pas, à mon advis, qu'elles n'ayent assez de quoy nous saouler, mais c'est que nous les saisissons d'une prinse malade et desreglee :

> Nam cùm vidit hic, ad usum quæ flagitat usus,
> Omnia iam fermè mortalibus esse parata ;
> Divitiis homines et honore et laude potentes
> Affluere, atque bonâ natorum excellere famâ ;
> Nec minùs esse domi cuiquam tamen anxia corda,
> Atque animum infestis cogi servire querelis :
> Intellexit ibi vitium vas efficere ipsum,
> Omniaque, illius vitio, corrumpier intùs
> Quæ collata foris et commoda quæque venirent. (2)

---

(1) Avant que d'avoir ce que nous desirons, nous le croyons préférable à toute autre chose ; et quand nous le possédons, nous souhaitons quelque autre bien avec la même ardeur. *Lucret.* l. 3, v. 1095, et seqq.

(2) Epicure ayant considéré que les hommes ont à-peu-près tout ce qui leur est nécessaire ; mais que ceux qui, comblés de richesses, d'honneur et de gloire, ont le bonheur de se voir une

Nostre appetit est irresolu et incertain ; il ne sçait rien tenir ny rien iouïr de bonne façon. L'homme, estimant que ce soit le vice de ces choses qu'il tient, se remplit et se paist d'aultres choses qu'il ne sçait point et qu'il ne cognoist point, où il applique ses desirs et ses esperances, les prend en honneur et reverence, comme dict Cesar, communi fit vitio naturæ, ut invisis, latitantibus atque incognitis, rebus magis confidamus, vehementiùsque exterreamur. (1)

‹‹‹

CHAPITRE LIV.

Des vaines subtilitez.

I L est de ces subtilitez frivoles et vaines par le moyen desquelles les hommes cherchent quelquesfois de la recommendation : comme les poëtes qui font des ouvrages entiers de vers commenceants par une mesme lettre : nous voyons des œufs, des boules, des ailes, des haches, façonnees anciennement par les Grecs avecques la mesure de leurs vers, en les alongeant ou accourcissant en maniere

---

famille d'enfants bien nés, ne laissent pas d'avoir l'ame rongée de chagrin, et de se plaindre vivement de leur état, il comprit que tout le mal vient du vase, qui, étant gâté, aigrit et corrompt ce qu'on y verse de plus exquis. *Lucret.* l. 6, v. 9, et seqq.

(1) Il se faict, par un vice ordinaire de nature, que nous ayons et plus de fiance et plus de crainte des choses que nous n'avons pas veu, et qui sont cachees et incogneues. *De bello civ.* l. 2, c. 4.

Cette traduction est de Montaigne lui-même. On la trouve à la fin de ce chapitre dans la première édition de ses Essais, publiée à Bordeaux en 1580, et dans celle d'Abel l'Angelier, in-4°. de 1588. Mais elle n'est point dans l'édition d'Abel l'Angelier, in-folio de 1595, ni dans aucune autre qui ait été faite depuis. C.

qu'ils viennent à representer telle ou telle figure : telle
estoit la science de celuy qui s'amusa à compter en combien de sortes se pouvoient renger les lettres de l'al-
phabet, et y en trouva ce nombre incroyable qui se veoid
dans Plutarque. Ie treuve bonne l'opinion de celuy (a) à
qui on presenta un homme apprins à iecter de la main un
grain de mil avecques telle industrie, que, sans faillir, il
le passoit tousiours dans le trou d'une aiguille; et luy
demanda lon, aprez, quelque present pour loyer d'une si
rare suffisance: sur quoy il ordonna, bien plaisamment,
et iustement, à mon advis, qu'on feist donner à cet ouvrier deux ou trois minots de mil, à fin qu'un si bel art
ne demeurast sans exercice. C'est un tesmoignage merveilleux de la foiblesse de nostre iugement, qu'il recommende les choses par la rareté ou nouvelleté, ou
encores par la difficulté, si la bonté et utilité n'y sont
ioinctes.

Nous venons presentement de nous iouer chez moy à
qui pourroit trouver plus de choses qui se teinssent par
les deux bouts extremes : comme, Sire; c'est un tiltre qui
se donne à la plus eslevee personne de nostre estat, qui
est le roy; et se donne aussi au vulgaire comme aux marchands, et ne touche point ceulx d'entre deux. Les femmes de qualité, on les nomme Dames; les moyennes,
Damoiselles; et Dames encores celles de la plus basse
marche. Les daiz qu'on estend sur les tables ne sont
permis qu'aux maisons des princes, et aux tavernes.
Democritus disoit que les dieux, et les bestes, avoient les
sentiments plus aigus, que les hommes, qui sont au
moyen estage. Les Romains portoient mesme accoustre-
ment les iours de dueil, et les iours de feste. Il est certain
que la peur extreme, et l'extreme ardeur de courage, troublent egualement le ventre et le laschent. Le saubriquet
de Tremblant, duquel le douziesme roy de Navarre San-

(a) Alexandre.

cho feut surnommé, apprend que la hardiesse aussi bien
que la peur font tremousser nos membres. Et (a) celuy, à
qui ses gents qui l'armoient, voyant frissonner la peau,
s'essayoient de le rasseurer en apetissant le hazard auquel il s'alloit presenter, leur dict : « Vous me cognoissez
mal : si ma chair sçavoit où mon courage la portera
tantost, elle s'en transiroit tout à plat ». La foiblesse
qui nous vient de froideur et desgoustement aux
exercices de Venus, elle nous vient aussi d'un appetit
trop vehement et d'une chaleur desreglee. L'extreme
froideur, et l'extreme chaleur, cuisent et rostissent : Aristote dict que les cueux de plomb se fondent et coulent de
froid et de la rigueur de l'hyver, comme d'une chaleur
vehemente (b). Le desir, et la satieté, remplissent de douleur les sieges au dessus et au dessoubs de la volupté.
La bestise, et la sagesse, se rencontrent en mesme poinct
de sentiment et de resolution à la souffrance des accidents humains. Les sages gourmandent, et commandent,
le mal ; et les aultres l'ignorent : ceulx cy sont, par maniere de dire, au deçà des accidents ; les aultres au delà,
lesquels, aprez en avoir bien poisé et consideré les qualitez, les avoir mesurez, et iugez tels qu'ils sont, s'eslancent au dessus par la force d'un vigoreux courage ; ils
les desdaignent et foulent aux pieds, ayants une ame
forte et solide contre laquelle les traicts de la fortune ve-

---

(a) Dans l'édition in-folio de 1595, Montaigne s'exprime ainsi :
Ceux qui armoient ou luy, ou quelque autre de pareille nature,
à qui la peau frissonnoit, essayerent à le rassurer, apetissant le
dangier auquel il s'alloit jecter : « Vous me cognoissez mal, leur
dict il, etc. N.

(b) Ici Montaigne ne rapporte pas exactement la pensée d'Aristote, qui, aprés avoir dit que l'étain des Celtes se fond plutôt que
le plomb, puisqu'il se fond même dans l'eau, ajoute : L'étain se
fond aussi par le froid, quand il gele, etc. *de mirabil. auscul-
tat.* p. 1154, edit. Paris. tom. 1. C.

nants à donner, il est force qu'ils reiallissent et s'esmous-
sent trouvants un corps dans lequel ils ne peuvent faire
impression : l'ordinaire et moyenne condition des hommes
loge entre ces deux extremitez ; qui est de ceulx qui ap-
perceoivent les maulx, les sentent, et ne les peuvent supporter. L'enfance, et la decrepitude, se rencontrent en
imbecillité de cerveau : l'avarice, et la profusion, en pareil
desir d'attirer et d'acquerir. Il se peult dire, avecques apparence, qu'il y a ignorance abecedaire, qui va devant la science : une aultre doctorale, qui vient aprez la science ; ignorance que la science faict et engendre, tout ainsi comme
elle desfaict et destruict la premiere. Des esprits simples,
moins curieux et moins instruicts, il s'en faict de bons
chrestiens, qui par reverence et obeïssance croyent simplement, et se maintiennent soubs les loix : En la moyenne
vigueur des esprits et moyenne capacité, s'engendre l'erreur des opinions ; ils suyvent l'apparence du premier
sens, et ont quelque tiltre d'interpreter à simplicité et
bestise, de nous veoir arrester en l'ancien train, regardants à nous qui n'y sommes pas instruicts par estude :
Les grands esprits, plus rassis et clairvoyants, font un
aultre genre de biencroyants ; lesquels, par longue et religieuse investigation, penetrent une plus profonde et
abstruse lumiere ez Escriptures, et sentent le mysterieux
et divin secret de nostre police ecclesiastique ; pourtant
en voyons nous aulcuns estre arrivez à ce dernier estage
par le second, avecques merveilleux fruict et confirmation, comme à l'extreme limite de la chrestienne intelligence, et iouïr de leur victoire avecques consolation,
action de graces, reformation de mœurs, et grande modestie. Et en ce reng n'entends ie pas loger ces aultres
qui, pour se purger du souspeçon de leur erreur passee, et
pour nous asseurer d'eulx, se rendent extremes, indiscrets et iniustes à la conduicte de nostre cause, et la ta-
chent d'infinis reproches de violence. Les païsans simples sont honnestes gents : et honnestes gents les philo-

sophes, ou, selon que nostre temps les nomme, des natures fortes et claires, enrichies d'une large instruction
de sciences utiles : les mestis, qui ont desdaigné le premier siege de l'ignorance des lettres, et n'ont peu ioindre l'aultre, le cul entre deux selles, desquels ie suis et
tant d'aultres, sont dangereux, ineptes, importuns ;
ceulx icy troublent le monde. Pourtant, de ma part, ie me
recule tant que ie puis dans le premier et naturel siege,
d'où ie me suis pour neant essayé de partir. La poësie
populaire et purement naturelle a des naïfvetés et graces,
par où elle se compare à la principale beauté de la poësie
parfaicte selon l'art ; comme il se veoid ez villanelles de
Gascoigne, et aux chansons qu'on nous rapporte des nations qui n'ont cognoissance d'aulcune science ny mesme
d'escripture : la poësie mediocre, qui s'arreste entre
deux, est desdaignee, sans honneur et sans prix.

Mais parce que, aprez que le pas a esté ouvert à l'esprit,
i'ay trouvé, comme il advient ordinairement, que nous
avions prins pour un exercice malaysé et d'un rare subiect ce qui ne l'est aulcunement ; et qu'aprez que nostre
invention a esté eschauffee, elle descouvre un nombre infiny de pareils exemples, ie n'en adiousteray que cettuy
cy : Que si ces Essais estoient dignes qu'on en iugeast,
il en pourroit advenir, à mon advis, qu'ils ne plairoient
gueres aux esprits communs et vulgaires, ny gueres aux
singuliers et excellents ; ceulx là n'y entendroient pas
assez ; ceulx cy y entendroient trop : ils pourroient vivo-
ter en la moyenne region.

CHAPITRE LV.

Des senteurs.

Il se dict d'aulcuns, comme d'Alexandre le grand, que leur sueur espandoit une odeur souefve, par quelque rare et extraordinaire complexion: de quoy Plutarque et aultres recherchent la cause. Mais la commune façon des corps est au contraire; et la meilleure condition qu'ils ayent, c'est d'estre exempts de senteur : la doulceur mesme des haleines plus pures n'a rien de plus excellent que d'estre sans aulcune odeur qui nous offense, comme sont celles des enfants bien sains. Voylà pourquoy, dict Plaute,

> Mulier tùm bene olet, ubi nihil olet, (1)

« la plus exquise senteur d'une femme, c'est ne sentir à rien ». Et les bonnes senteurs estrangieres on a raison de les tenir pour suspectes à ceulx qui s'en servent, et d'estimer qu'elles soyent employees pour couvrir quelque default naturel de ce costé là. D'où naissent ces rencontres des poëtes anciens, C'est puïr, que de sentir bon.

> Rides nos, Coracine, nil olentes :
> Malo, quàm bene olere, nil olere. (2)

Et ailleurs,

> Posthume, non bene olet, qui bene semper olet. (3)

---

(1) Plautus , Mostell. act. 1 , sc. 3 , v. 116. Il y a dans Plaute , *Ecastor ! mulier rectè olet, ubi nihil olet.* Montaigne a traduit ce vers après l'avoir cité.

(2) Tu te moques de moi, Coracinus, parceque je ne suis point parfumé : et moi, j'aime mieux ne rien sentir, que de sentir bon. *Martial.* l. 6, epigr. 55, v. 4, 5.

(3) Celui qui sent toujours bon, Posthumus, sent mauvais. *Id.* l. 2 , epigr. 12 , v. 4.

l'aime pourtant bien fort à estre entretenu de bonnes senteurs; et hais oultre mesure les mauvaises, que ie tire de plus loing que tout aultre:

> Namque sagaciùs unus odoror,
> Polypus, an gravis hirsutis cubet hircus in alis,
> Quàm canis acer ubi lateat sus. (1)

Les senteurs plus simples et naturelles me semblent plus agreables. Et touche ce soing principalement les dames : en la plus espesse Barbarie, les femmes scythes, aprez s'estre lavees, se saulpouldrent et encroustent tout le corps et le visage de certaine drogue qui naist en leur terroir, odoriferante : et pour approcher les hommes, ayants osté ce fard, elles s'en treuvent et polies et parfumees. Quelque odeur que ce soit, c'est merveille combien elle s'attache à moy, et combien i'ay la peau propre à s'en abruver. Celuy qui se plainct de nature, de quoy elle a laissé l'homme sans instrument à porter les senteurs au nez, a tort ; car elles se portent elles mesmes : mais à moy particulierement les moustaches que i'ay pleines m'en servent ; si i'en approche mes gants ou mon mouchoir, l'odeur y tiendra tout un iour : elles accusent le lieu d'où ie viens. Les estroicts baisers de la ieunesse, savoureux, gloutons et gluants, s'y colloient aultrefois, et s'y tenoient plusieurs heures aprez. Et si pourtant ie me treuve peu subiect aux maladies populaires, qui se chargent par la conversation, et qui naissent de la contagion de l'air ; et me suis sauvé de celles de mon temps, de quoy il y en a eu plusieurs sortes en nos villes et en nos armees. On lit de Socrates que n'estant iamais party d'Athenes pendant plusieurs recheutes de peste qui la tormenterent tant de fois, luy seul ne s'en trouva iamais plus mal.

---

(1) Car je sens plus finement les mauvaises odeurs, qu'un chien d'excellent nez ne flaire la bauge d'un sanglier. *Horat.* epod 12, v. 4, et seqq.

Les medecins pourroient, ce crois ie, tirer des odeurs
plus d'usage qu'ils ne font; car i'ay souvent apperceu
qu'elles me changent, et agissent en mes esprits, selon
qu'elles sont : qui me fait approuver ce qu'on dict que
l'invention des encens et parfums aux eglises, si ancienne et espandue en toutes nations et religions, regarde à cela, de nous resiouïr, esveiller et purifier le sens,
pour nous rendre plus propres à la contemplation. Ie
vouldrois bien, pour en iuger, avoir eu ma part de l'art
de ces cuisiniers qui sçavent assaisonner les odeurs estrangieres avecques la saveur des viandes; comme singulierement on remarqua au service de ce roy de Thunes (a),
qui de nostre aage print terre à Naples pour s'aboucher
avecques l'empereur Charles. On farcissoit ses viandes
de drogues odoriferantes, de telle sumptuosité, qu'un
paon et deux faisands (b) revenoient à cent ducats, pour les
apprester selon leur maniere; et quand on les despe-
ceoit, (c) ils remplissoient non seulement la salle, mais
toutes les chambres de son palais, et iusques aux maisons
du voisinage, d'une tressouefve vapeur qui ne se perdoit
pas sitost. Le principal soing que i'aye à me loger, c'est
de fuyr l'air puant et poisant. Ces belles villes, Venise et
Paris, alterent la faveur que ie leur porte, par l'aigre senteur, l'une de son marais, l'aultre de sa boue.

(a) Ou Thunis.

(b) Se trouverent sur ses parties revenir à cent ducats. *Edition
in-fol.* de 1595. N.

(c) Non la salle seulement, mais toutes les chambres de son
palais, et les rues d'autour, estoient remplies d'une tressouefve
vapeur qui ne s'esvanouïssoit pas si soubdain. *Edition in-fol.* de
1595. N.

CHAPITRE LVI.

Des prieres.

Ie propose des fantasies informes et irresolues, comme font ceulx qui publient des questions doubteuses à desbattre aux escholes, non pour establir la verité, mais pour la chercher; et les soubmets au iugement de ceulx à qui il touche de regler non seulement mes actions et mes escripts, mais encores mes pensees. Egualement m'en sera acceptable et utile la condamnation, comme l'approbation, tenant (a) pour exsecrable s'il se treuve chose dicte par moy, ignoramment ou inadvertamment, contre les sainctes prescriptions de l'Eglise catholique, apostolique et romaine, en laquelle ie meurs, et en laquelle ie suis nay: et pourtant, me remettant tousiours à l'auctorité de leur censure qui peult tout sur moy, ie me mesle ainsi temerairement à toute sorte de propos, comme icy.

Ie ne sçais si ie me trompe, mais puisque, par une faveur particuliere de la bonté divine, certaine façon de prier nous a esté prescripte et dictee mot à mot par la bouche de Dieu, il m'a tousiours semblé que nous en debvions avoir l'usage plus ordinaire que nous n'avons; et, si i'en estois creu, à l'entree et à l'yssue de nos tables, à nostre lever et coucher, et à toutes actions particulieres ausquelles on a accoustumé de mesler des prieres, ie

(a) Tenant pour absurde et impie si rien se rencontre, ignoramment ou inadvertamment couché en cette rapsodie, contraire aux sainctes resolutions et prescriptions de l'Eglise catholique, apostolique et romaine, en laquelle ie meurs, et en laquelle ie suis nay. *Edit. in-fol.* de 1595. N.

vouldrois que ce feust le patenostre que les chrestiens y
employassent, sinon seulement, au moins tousiours.
L'Eglise peult estendre et diversifier les prieres, selon le
besoing de nostre instruction; car ie sçais bien que c'est
tousiours mesme substance et mesme chose: mais on
debvoit donner à celle là ce privilege, que le peuple l'eust
continuellement en la bouche; car il est certain qu'elle
dict tout ce qu'il fault, et qu'elle est trespropre à toutes
occasions. C'est l'unique priere de quoy ie me sers partout,
et la repete au lieu d'en changer: d'où il advient que ie
n'en ay aussi bien en memoire que celle là.

I'avois presentement en la pensee, d'où nous venoit
cette erreur, de recourir à Dieu en touts nos desseings
et entreprinses, et l'appeller à toute sorte de besoing, et
en quelque lieu que nostre foiblesse veult de l'aide, sans
considerer si l'occasion est iuste ou iniuste; et de escrier
son nom et sa puissance en quelque estat et action que
nous soyons, pour vicieuse qu'elle soit. Il est bien nostre
seul et unique protecteur, et peult toutes choses à nous
ayder: mais encores qu'il daigne nous honorer de cette
doulce alliance paternelle, il est pourtant autant iuste,
comme il est bon et comme il est puissant; mais il use
bien plus souvent de sa iustice, que de son pouvoir, et
nous favorise selon la raison d'icelle, non selon nos demandes.

Platon, en ses loix, faict trois sortes d'iniurieuse
creance des dieux; « Qu'il n'y en aye point: Qu'ils ne se
meslent pas de nos affaires: Qu'ils ne refusent rien à nos
vœux, offrandes et sacrifices ». La premiere erreur, selon
son advis, ne dura iamais immuable en homme depuis
son enfance iusques à sa vieillesse. Les deux suyvantes
peuvent souffrir de la constance.

Sa iustice et sa puissance sont inseparables: pour
neant implorons nous sa force en une mauvaise cause.
Il fault avoir l'ame nette, au moins en ce moment auquel
nous le prions, et deschargee de passions vicieuses; aul-

trement nous luy presentons nous mesmes les verges de
quoy nous chastier : au lieu de rabiller nostre faulte,
nous la redoublons, presentants, à celuy à qui nous
avons à demander pardon, une affection pleine d'irreve-
rence et de haine. Voylà pourquoy ie ne loue pas volontiers ceulx que ie veois prier Dieu plus souvent et plus
ordinairément, si les actions voisines de la priere ne me
tesmoignent quelque amendement et reformation,

si, nocturnus adulter,
Tempora santonico velas adoperta cucullo : (1)

et l'assiette d'un homme meslant à une vie exsecrable la
devotion semble estre aulcunement plus condamnable
que celle d'un homme conforme à soy et dissolu partout :
pourtant refuse nostre Eglise touts les iours la faveur de
son entree et societé aux mœurs obstinees à quelque insi-
gne malice. Nous prions par usage et par coustume, ou,
pour mieulx dire, nous lisons ou prononceons nos prieres ;
ce n'est enfin que mine : et me desplaist de veoir faire
trois signes de croix au Benedicite, autant à Graces (et
plus m'en desplaist de ce que c'est un signe que i'ay en
reverence et continuel usage, mesmement (a) au baailler);
et ce pendant toutes les aultres heures du iour les veoir
occupees à la haine, l'avarice, l'iniustice : aux vices leur
heure; son heure à Dieu, comme par compensation et
composition. C'est miracle de veoir continuer des actions
si diverses, d'une si pareille teneur qu'il ne s'y sente point
d'interruption et d'alteration, aux confins mesmes et passage de l'une à l'aultre. Quelle prodigieuse conscience se
peult donner repos, nourrissant en mesme giste, d'une
societé si accordante et si paisible, le crime et le iuge ?
Un homme de qui la paillardise sans cesse regente la

---

(1) Si tu cours la nuit en masque pour commettre des adulteres.
Juvenal. sat. 8, v. 144, et seq.

(a) Quand je baaille. *Edit. in-fol.* de 1595.

teste, et qui la iuge tresodieuse à la veue divine, que dict
il à Dieu quand il luy en parle? Il se ramene; mais soubdain il recheoit. Si l'obiect de la divine iustice et sa presence frappoient, comme il dict, et chastioient son ame;
pour courte qu'en feust la penitence, la crainte mesme
y reiecteroit si souvent sa pensee, qu'incontinent il se
verroit maistre de ces vices qui sont habituez et acharnez
en luy. Mais, quoy! ceulx qui couchent une vie entiere
sur le fruict et emolument du peché qu'ils sçavent mortel? combien avons nous de mestiers et vacations receues, de quoy l'essence est vicieuse? et celuy qui, se
confessant à moy, me recitoit avoir, tout un aage, faict
profession et les effects d'une religion damnable selon
luy, et contradictoire à celle qu'il avoit en son cœur,
pour ne perdre son credit et l'honneur de ses charges,
comment pastissoit il ce discours en son courage? de
quel langage entretiennent ils sur ce subiect la iustice
divine? Leur repentance, consistant en visible et maniable reparation, ils perdent et envers Dieu et envers nous
le moyen de l'alleguer: sont ils si hardis de demander
pardon, sans satisfaction et sans repentance? Ie tiens
que de ces premiers il en va comme de ceulx icy; mais
l'obstination n'y est pas si aysee à convaincre. Cette con-
trarieté et volubilité d'opinion si soubdaine, si violente,
qu'ils nous feignent, sent pour moy au miracle: ils nous
representent l'estat d'une indigestible agonie. Que l'imagination me sembloit fantastique de ceulx qui, ces annees
passees, avoient en usage de reprocher tout chascun en
qui il reluisoit quelque clarté d'esprit, professant la religion catholique; que c'estoit à feincte: et tenoient mesme,
pour luy faire honneur, quoy qu'il dist par apparence,
qu'il ne pouvoit faillir au dedans d'avoir sa creance reformee à leur pied! Fascheuse maladie, de se croire si fort,
qu'on se persuade qu'il ne se puisse croire au contraire!
et plus fascheuse encores, qu'on se persuade d'un tel esprit, qu'il prefere ie ne sçais quelle disparité de fortune

presente, aux esperances et menaces de la vie eternelle!
Ils m'en peuvent croire: si rien eust deu tenter ma ieunesse, l'ambition du hazard et difficulté qui suyvoient
cette recente entreprinse, y eust eu bonne part.

Ce n'est pas sans grande raison, ce me semble, que
l'Eglise deffend l'usage promiscue, temeraire et indiscret,
des sainctes et divines chansons que le sainct Esprit a
dicté en David. Il ne fault mesler Dieu en nos actions,
qu'avecques reverence et attention pleine d'honneur et
de respect : cette voix est trop divine pour n'avoir aultre
usage que d'exercer les poulmons et plaire à nos aureilles;
c'est de la conscience, qu'elle doibt estre produicte, et non
pas de la langue. Ce n'est pas raison qu'on permette
qu'un garson de boutique, parmy ses vains et frivoles
pensements, s'en entretienne et s'en ioue; ny n'est certes
raison de veoir tracasser par une salle et par une cuisine
le sainct livre des sacrez mysteres de nostre creance :
c'estoient aultrefois mysteres, ce sont à present desduits
et esbats. Ce n'est pas en passant, et tumultuairement,
qu'il fault manier un estude si serieux et venerable; ce
doibt estre une action destinee et rassise, à laquelle on
doibt tousiours adiouster cette preface de nostre office,
Sursum corda, et y apporter le corps mesme disposé en
contenance qui tesmoigne une particuliere attention et
reverence. Ce n'est pas l'estude de tout le monde; c'est
l'estude des personnes qui y sont vouees, que Dieu y appelle : les meschants, les ignorants, s'y empirent : ce n'est
pas une histoire à conter; c'est une histoire à reverer,
craindre, et adorer. Plaisantes gents, qui pensent l'avoir
rendue maniable au peuple, pour l'avoir mise en langage
populaire! Ne tient il qu'aux mots, qu'ils n'entendent tout
ce qu'ils treuvent par escript? Diray ie plus? pour l'en
approcher de ce peu, ils l'en reculent : l'ignorance pure,
et remise tout en aultruy, estoit bien plus salutaire et
plus sçavante que n'est cette science verbale et vaine,
nourrice de presumption et de temerité. Ie crois aussi

que la liberté à chascun de dissiper une parole si religieuse et importante, à tant de sortes d'idiomes, a beaucoup plus de dangier que d'utilité. Les Iuifs, les Mahometans, et quasi touts aultres, ont espousé et reverent
le langage auquel originellement leurs mysteres avoient
esté conceus; et en est deffendue l'alteration et changement, non sans apparence. Sçavons nous bien qu'en
Basque et en Bretaigne il y ayt des iuges assez pour establir cette traduction faicte en leur langue? l'Eglise universelle n'a point de iugement plus ardu à faire et plus
solenne. En preschant et parlant, l'interpretation est
vague, libre, muable, et d'une parcelle; ainsi ce n'est
pas de mesme. L'un de nos historiens grecs accuse iustement son siecle, de ce que les secrets de la religion
chrestienne estoient espandus emmy la place ez mains
des moindres artisans; que chascun en peult debattre
et dire selon son sens; et que ce nous debvoit estre
grande honte, qui par la grace de Dieu iouïssons des
purs mysteres de la pieté, de les laisser profaner en la
bouche de personnes ignorantes et populaires, veu que
les Gentils interdisoient à Socrates, à Platon, et aux plus
sages, de parler et s'enquerir des choses commises aux
presbtres de Delphes : dict aussi que les factions des
princes sur le subiect de la theologie sont armees non de
zele, mais de cholere : que le zele tient de la divine raison et iustice, se conduisant ordonneement et moderee-
ment; mais qu'il se change en haine et envie, et produict, au lieu du froment et du raisin, de l'yvroye et des
orties, quand il est conduict d'une passion humaine. Et
iustement aussi, cet aultre, conseillant l'empereur Theo-
dose, disoit les disputes n'endormir pas tant les schismes
de l'Eglise, que les esveiller, et animer les heresies; que
pourtant il falloit fuyr toutes contentions et argumenta-
tions dialectiques, et se rapporter nuement aux prescriptions et formules de la foy establies par les anciens.
Et l'empereur Andronicus, ayant rencontré en son pa-

lais deux grands hommes aux prinses de parole contre
Lapodius, sur un de nos poincts de grande importance,
les tansa, iusques à menacer de les iecter en la riviere
s'ils continuoient. Les enfants et les femmes en nos iours
regentent les plus vieux et experimentez sur les loix ecclc-
siastiques : là où la premiere de celles de Platon leur
deffend de s'enquerir seulement de la raison des loix civiles, qui doibvent tenir lieu d'ordonnances divines ; et
permettant âux vieux d'en communiquer entre eulx, et
avecques le magistrat, il adiouste, «pourveu que ce ne
soit pas en presence des ieunes, et personnes profanes ».
Un evesque a laissé par escript, que en l'aultre bout du
monde il y a une isle, que les anciens nommoient Diosco-
ride, commode en fertilité de toutes sortes d'arbres et
fruicts, et salubrité d'air ; de laquelle le peuple est chrestien, ayant des eglises et des autels qui ne sont parez
que de croix sans aultres images, grand observateur de
ieusnes et de festes, exact payeur de dismes aux presbtres, et si chaste que nul d'eulx ne peult cognoistre
qu'une femme en sa vie ; au demourant, si content de sa
fortune, qu'au milieu de la mer il ignore l'usage des navires, et si simple, que de la religion qu'il observe si
soigneusement il n'en entend un seul mot : chose incroyable à qui ne sçauroit les païens si devots idolastres
ne cognoistre de leurs dieux que simplement le nom et la
statue. L'ancien commencement de Menalippe, tragedie
d'Euripides, portoit ainsin,

> O Jupiter ! car de toy rien sinon
> Je ne cognois seulement que le nom.

J'ay veu aussi de mon temps faire plaincte d'aulcuns escripts, de ce qu'ils sont purement humains et philosophiques, sans meslange de theologie. Qui diroit au contraire, ce ne seroit pourtant sans quelque raison, Que la
doctrine divine tient mieulx son reng à part, comme royne
et dominatrice ; Qu'elle doibt estre principale partout ;

point suffragante et subsidiaire; et Qu'à l'adventure se tireroient les exemples à la grammaire, rhetorique, logique, plus sortablement d'ailleurs, que d'une si saincte matiere; comme aussi les arguments des theatres, ieux et spectacles publicques: Que les raisons divines se considerent plus venerablement et revereemment seules, et en leur style, qu'appariees aux discours humains: Qu'il se veoid plus souvent cette faulte, que les theologiens escrivent trop humainement, que cette aultre, que les humanistes escrivent trop peu theologalement; la philosophie, dict sainct Chrysostome, est pieça bannie de l'eschole saincte comme servante inutile, et estimee indigne de veoir, seulement en passant de l'entree, le sacraire des saincts thresors de la doctrine celeste: Que le dire humain a ses formes plus basses, et ne se doibt servir de la dignité, maiesté, regence, du parler divin. Ie luy laisse, pour moy, dire verbis indisciplinatis (1) Fortune, Destinee, Accident, Heur, et Malheur, et les Dieux, et aultres phrases, selon sa mode. Ie propose les fantasies humaines, et miennes, simplement comme humaines fantasies, et separeement considerees; non comme arrestees et reglees par l'ordonnance celeste, incapables de doubte et d'altercation; matiere d'opinion, non matiere de foy; ce que ie discours selon moy, non ce que ie crois selon Dieu; comme les enfants proposent leurs essais, instruisables, non instruisants; d'une maniere laïcque, non clericale, mais tresreligieuse tousiours. Et ne diroit on pas aussi sans apparence, que l'ordonnance de ne s'entremettre, que bien reserveement, d'escrire de la religion à touts aultres qu'à ceulx qui en font expresse profession, n'auroit pas faulte de quelque image d'utilité et de iustice; et à moy avecques, à l'adventure, de m'en taire. On m'a

---

(1) En termes vulgaires et non consacrés.

Ces deux mots latins que je traduis ainsi, sont pris de S. Augustin, *de civit. Dei*, l. 10, c. 29. C.

dict que ceulx mesmes qui ne sont pas des nostres deffendent pourtant entre eulx l'usage du nom de Dieu en leurs propos communs; ils ne veulent pas qu'on s'en serve par une maniere d'interiection ou d'exclamation, ny pour tesmoignage, ny pour comparaison : en quoy ic treuve qu'ils ont raison; et en quelque maniere que ce soit que nous appellons Dieu à nostre commerce et societé, il fault que ce soit serieusement et religieusement.

Il y a, ce me semble en Xenophon, un tel discours où il montre que nous debvons plus rarement prier Dieu, d'autant qu'il n'est pas aysé que nous puissions si souvent remettre nostre ame en cette assiette reglee, reformee et devotieuse où il fault qu'elle soit pour ce faire : aultrement nos prieres ne sont pas seulement vaines et inutiles, mais vicieuses. « Pardonne nous, disons nous, comme nous pardonnons à ceulx qui nous ont offensez » : que disons nous par là, sinon que nous luy offrons nostre ame exempte de vengeance et de rancune? Toutesfois nous appellons Dieu et son ayde au complot de nos faultes, et le convions à l'iniustice :

Quæ nisi seductis nequeas committere divis : (1)
l'avaricieux le prie pour la conservation vaine et superflue de ses thresors; l'ambitieux, pour ses victoires et conduicte de sa passion : le voleur l'employe à son ayde pour franchir le hazard et les difficultez qui s'opposent à l'execution de ses meschantes entreprinses, ou le remercie de l'aysance qu'il a trouvé à desgosiller un passant; au pied de la maison qu'ils vont escheller ou petarder, ils font leurs prieres, l'intention et l'esperance pleine de cruauté, de luxure, d'avarice.

Hoc ipsum quo tu Iovis aurem impellere tentas,
Dic agedum, Staïo : Proh Iuppiter! ô bone, clamet,
Iuppiter! at sese non clamet Iuppiter ipse? (2)

_____

(1) Demandant des choses qu'on ne peut dire aux dieux qu'en les prenant à part. *Pers.* sat. 2, v. 4.

(2) Dis à Staïus ce que tu voudrois obtenir de Jupiter : « Ah!

La royne de Navarre Marguerite (a) recite d'un ieune prince, et, encores qu'elle ne le nomme pas, sa grandeur l'a rendu cognoissable assez, qu'allant à une assignation amoureuse et coucher avecques la femme d'un advocat de Paris, son chemin s'addonnant au travers d'une eglise (b), il ne passoit iamais en ce lieu sainct, allant ou retournant de son entreprinse, qu'il ne feist ses prieres et oraisons. Ie vous laisse à iuger, l'ame pleine de ce beau pensement, à quoy il employoit la faveur divine. Toutesfois elle allegue cela (c) pour un tesmoignage de singuliere devotion. Mais ce n'est pas par cette preuve seulement qu'on pourroit verifier que les femmes ne sont gueres propres à traicter les matieres de la theologie. Une vraye priere et une religieuse reconciliation de nous à Dieu, elle ne peult tumber en une ame impure, et soubmise, lors mesme, à la domination de Satan. Celuy qui appelle Dieu à son assistance pendant qu'il est dans le train du vice, il faict comme le coupeur de bourse qui appelleroit la iustice à son ayde, ou comme ceulx qui produisent le nom de Dieu en tesmoignage de mensonge.

> tacito mala vota susurro
> Concipimus. (1)

Jupiter ! s'écriera Staïus, ô bon Dieu, peut-on vous faire de telles demandes » ! Et crois-tu donc que Jupiter ne s'apostrophera pas aussi lui-même ? *Pers.* sat. 2, v. 21.

(a) Sœur unique de François premier, et femme de Henri d'Albret, roi de Navarre. C.

(b) Et ne failloit iamais (dit la reine de Navarre) combien qu'à l'aller il ne s'arrestast point, de demeurer, au retour, long-temps en oraison en l'église. *Journée* 3, nouvelle 25. C.

(c) Et neantmoins qu'il menast la vie que ie vous di, (ajoute la reine), si estoit il prince craignant et aimant Dieu. *Ibid.* p. 272, édit. de 1515. C.

(1) Nous formons des vœux détestables que nous marmottons entre nos dents. *Lucan.* l. 5, v. 104, 105.

Il est peu d'hommes qui osassent mettre en evidence
les requestes secretes qu'ils font à Dieu :

Haud cuivis promptum est, murmurque humilesque susurros
Tollere de templis, et aperto vivere voto : (1)

voylà pourquoy les pythagoriens vouloient qu'elles feussent publicques et ouïes d'un chascun ; à fin qu'on ne le
requist de chose indecente et iniuste, comme celuy là,

clarè cùm dixit, Apollo ;
Labra movet, metuens audiri : « Pulchra Laverna,
Da mihi fallere, da iustum sanctumque videri ;
Noctem peccatis, et fraudibus obiice nubem ». (2)

Les dieux punirent griefvement les iniques vœux d'Oe-
dipus, en les luy octroyant : il avoit prié que ses enfants
vuidassent, par armes, entre eulx, la succession de son
estat : il feut si miserable, de se veoir prins au mot. Il ne
fault pas demander que toutes choses suyvent nostre volonté ; mais qu'elle suyve la prudence.

Il semble, à la verité, que nous nous servons de nos
prieres comme d'un iargon, et comme ceulx qui employent les paroles sainctes et divines à des sorcelleries
et effects magiciens ; et que nous facions nostre compte
que ce soit de la contexture, ou son, ou suitte des mots,
ou de nostre contenance, que despende leur effect : car

---

(1) Peu de gens ont le courage de bannir des temples les prieres
qui se font à voix basse, et d'y demander ouvertement aux dieux
ce qu'ils desirent. *Pers.* sat. 2, v. 6, 7.

(2) Qui, après avoir invoqué Apollon d'une voix nette et dis-
tincte, dit tout bas, remuant à peine les levres de peur d'être entendu : « Belle Laverne, donne-moi les moyens de tromper : fais-
moi passer pour un homme juste et irréprochable : cache mes
crimes et mes fourberies sous les ombres d'une nuit obscure ».
Horat. epist. 16, l. 1, v. 59, et seqq.

ayants l'ame pleine de concupiscence, non touchee de repentance ny d'aulcune nouvelle reconciliation envers Dieu, nous luy allons presenter ces paroles que la memoire preste à nostre langue; et esperons en tirer une expiation de nos faultes. Il n'est rien si aysé, si doulx et si favorable, que la loy divine; elle nous appelle à soy, ainsi faultiers et detestables comme nous sommes; elle nous tend les bras, et nous receoit en son giron, pour vilains, ords et bourbeux que nous soyons et que nous ayons à estre à l'advenir: mais encores, en recompense, la fault il regarder de bon œil; encores fault il recevoir ce pardon avecques action de graces; et au moins, pour cet instant que nous nous addressons à elle, avoir l'ame desplaisante de ses faultes, et ennemie des passions qui nous ont poulsé à l'offenser. Ny les dieux, ny les gents de bien, dict Platon, n'acceptent le present d'un meschant.

> Immunis aram si tetigit manus,
> Non sumptuosâ blandior hostiâ
> Mollivit aversos Penates
> Farre pio et saliente micâ. (1)

CHAPITRE LVII.

De l'aage.

Ie ne puis recevoir la façon de quoy nous establissons la duree de nostre vie. Ie vois que les sages l'accourcis-

---

(1) Si vous approchez de l'autel avec des mains innocentes et pures; un peu de sel et de farine mêlés ensemble, que vous offrirez à vos dieux Pénates, leur sera tout aussi agréable qu'une victime de grand prix. *Horat.* od. 23, l. 3, v. 17, et seqq.

sent bien fort, au prix de la commune opinion : « Comment, dict le ieune Caton à ceulx qui le vouloient empescher de se tuer, suis ie à cette heure en aage où l'on me
puisse reprocher d'abandonner trop tost la vie » ? si n'a-
voit il que quarante et huict ans. Il estimoit cet aage là
bien meur et bien advancé, considerant combien peu
d'hommes y arrivent. Et ceulx qui s'entretiennent de ce
que ie ne sçais quel cours, qu'ils nomment naturel, pro-
met quelques annees au delà; ils le pourroient faire s'ils
avoient privilege qui les exemptast d'un si grand nombre
d'accidents, ausquels chascun de nous est en bute par une
naturelle subiection, qui peuvent interrompre ce cours
qu'ils se promettent. Quelle resverie est ce de s'attendre
de mourir d'une defaillance de forces que l'extreme
vieillesse apporte, et de se proposer ce but à nostre duree ? veu que c'est l'espece de mort la plus rare de toutes
et la moins en usage. Nous l'appellons seule, naturelle;
comme si c'estoit contre nature de veoir un homme se
rompre le col d'une cheute, s'estouffer d'un naufrage, se
laisser surprendre à la peste ou à une pleuresie; et comme
si nostre condition ordinaire ne nous presentoit à touts
ces inconvenients. Ne nous flattons pas de ces beaux
mots : on doibt à l'adventure appeler plustost naturel ce
qui est general, commun et universel. Mourir de vieillesse, c'est une mort rare, singuliere et extraordinaire, et,
d'autant, moins naturelle que les aultres; c'est la derniere
et extreme sorte de mourir : plus elle est esloingnee de
nous, d'autant est elle moins esperable. C'est bien la
borne au delà de laquelle nous n'irons pas, et que la loy
de nature a prescript pour n'estre point oultrepassee :
mais c'est un sien rare privilege de nous faire durer iusques là; c'est une exemption qu'elle donne par faveur
particuliere à un seul, en l'espace de deux ou trois siecles,
le deschargeant des traverses et difficultez qu'elle a iecté
entre deux en cette longue carriere. Par ainsi, mon opi-

nion est de regarder que l'aage auquel nous sommes arrivez, c'est un aage auquel peu de gents arrivent. Puisque
d'un train ordinaire les hommes ne viennent pas iusques
là, c'est signe que nous sommes bien avant; et puisque
nous avons passé les limites accoustumez, qui est la
vraye mesure de nostre vie, nous ne debvons esperer
d'aller guéres oultre : ayant eschappé tant d'occasions de
mourir où nous voyons tresbuscher le monde, nous debvons recognoistre qu'une fortune extraordinaire, comme
celle là qui nous maintient, et hors de l'usage commun,
ne nous doibt guéres durer.

C'est un vice des loix mesmes d'avoir cette faulse imagination; elles ne veulent pas qu'un homme soit capable
du maniement de ses biens, qu'il n'ait vingt et cinq ans :
et à peine conservera il iusques lors le maniement de sa
vie. Auguste retrencha cinq ans des anciennes ordonnances romaines, et declara qu'il suffisoit à ceulx qui
prenoient charge de iudicature d'avoir trente ans. Ser-
vius Tullius dispensa les chevaliers qui avoient passé
quarante sept ans, des courvees de la guerre : Auguste les
remeit à quarante et cinq. De renvoyer les hommes au
seiour, avant cinquante cinq ou soixante ans, il me
semble n'y avoir pas grande apparence. Ie serois d'advis qu'on estendist nostre vacation et occupation autant
qu'on pourroit, pour la commodité publicque : mais ie
treuve la faulte en l'aultre costé, de ne nous y embesongner pas assez tost. Cettuy cy avoit esté iuge universel
du monde à dix neuf ans; et veult que pour iuger de la
place d'une gouttiere on en ayt trente.

Quant à moy i'estime que nos ames sont desnouees, à
vingt ans, ce qu'elles doibvent estre, et qu'elles promettent tout ce qu'elles pourront : iamais ame, qui n'ayt donné
en cet aage là arrhe bien evidente de sa force, n'en donna
depuis la preuve. Les qualitez et vertus naturelles enseignent dans ce terme là, ou iamais, ce qu'elles ont de vigoreux et de beau :

Si l'espine nou picqué quand nai,
A pene que picque iamai, (1)

disent ils en Daulphiné. De toutes les belles actions humaines qui sont venues à ma cognoissance, de quelque
sorte qu'elles soyent, ie penserois en avoir plus grande
part à nombrer celles qui ont esté produictes, et aux
siecles anciens et au nostre, avant l'aage de trente ans,
que aprez : ouy, en la vie des mesmes hommes souvent.
Ne le puis ie pas dire en toute seureté de celles de Hannibal, et de Scipion son grand adversaire? la belle
moitié de leur vie, ils la vescurent de la gloire acquise en
leur ieunesse: grands hommes depuis, au prix de touts
aultres, mais nullement au prix d'eulx mesmes. Quant à
moy ie tiens pour certain que, depuis cet aage, et mon
esprit et mon corps ont plus diminué qu'augmenté, et
plus reculé que advancé. Il est possible qu'à ceulx qui employent bien le temps, la science et l'experience croissent
sent avecques la vie; mais la vivacité, la promptitude,
la fermeté, et aultres parties bien plus nostres, plus importantes et essentielles, se fanissent et s'allanguissent.

Ubi iam validis quassatum est viribus ævi
Corpus, et obtusis ceciderunt viribus artus,
Claudicat ingenium, delirat linguaque mensque. (2)

Tantost c'est le corps qui se rend le premier à la vieillesse; parfois aussi c'est l'ame : et en ay assez veu qui ont
eu la cervelle affoiblie avant l'estomach et les iambes; et
d'autant que c'est un mal peu sensible à qui le souffre, et

---

(1) Si l'épine ne pique point en naissant, à peine piquera-t-elle
jamais.

(2) Lorsque le corps est ruiné par les violentes secousses du
temps, et que les membres ont perdu leur vigueur, l'esprit s'affoiblit, la langue et le jugement extravaguent. *Lucret.* l. 3, v. 452,
et seqq.

d'une obscure montre, d'autant est il plus dangereux.
Pour ce coup ie me plains des loix, non pas de quoy elles
nous laissent trop tard à la besongne, mais de quoy elles
nous y employent trop tard. Il me semble que considerant la foiblesse de nostre vie, et à combien d'escueils
ordinaires et naturels elle est exposee, on n'en debvroit
pas faire si grande part à la naissance, à l'oisifveté, et à
l'apprentissage.

FIN DU LIVRE PREMIER.

TITRES
DES CHAPITRES
DU LIVRE PREMIER.